Emma ist jung, Lehrerin – und arbeitslos. So beschließt sie, alles hinter sich zu lassen und in einer fremden Stadt neu anzufangen. Sie nimmt eine befristete Stelle als Inklusionslehrerin an einem Kunstgymnasium an, wo sie lernschwache und verhaltensgestörte Jugendliche betreuen, fördern und unterstützen soll – vor allem Andrea, einen autistischen Jungen, der auf jeden Annäherungsversuch aggressiv reagiert. Nur langsam und mit Hilfe der Figur eines Leguans, den Andrea aus Drahtgeflecht und Pappmaché modelliert und der für ihn eine geheimnisvolle Bedeutung hat, gewinnt Emma sein Vertrauen und führt ihn behutsam an die Realität heran. Auch ihr selbst gibt die Beziehung zu Andrea neuen Halt in der Fremde. So helfen sich beide gegenseitig zurück ins Leben …

Giusi Marchetta hat einen berührenden Roman über die großen Entscheidungen des Lebens und eine ganz besondere Beziehung geschrieben.

»Giusi Marchetta ist eines der größten Talente der zeitgenössischen Erzählkunst.« *Corriere del Mezzogiorno*

Giusi Marchetta, 1982 geboren, studierte Klassische Philologie in Neapel. Sie lebte lange dort, bevor sie nach Turin zog, um als Lehrerin an einem Gymnasium zu unterrichten. Bisher hat sie zwei Erzählsammlungen veröffentlicht: *Dai un bacio a chi vuoi tu* (2007), für die sie mit dem »Premio Calvino« ausgezeichnet wurde, und *Napoli ore 11* (2009). *Der Leguan will das nicht* ist ihr erster Roman und wurde für den italienischen Literaturpreis »Premio Alassio« nominiert.

insel taschenbuch 4189
Giusi Marchetta
Der Leguan will das nicht

Giusi Marchetta

DER LEGUAN WILL DAS NICHT

Roman

Aus dem Italienischen von Angelika Beck

Insel Verlag

Die italienische Originalausgabe erschien 2011 unter dem Titel
L'iguana non vuole bei Rizzoli, Mailand.
Umschlagfoto: Cultura/plainpicture

Erste Auflage 2012
insel taschenbuch 4189
Deutsche Erstausgabe

Vertrieb durch den Suhrkamp Taschenbuch Verlag
Umschlag: Cornelia Niere, München
Satz: Hümmer GmbH, Waldbüttelbrunn
Druck: CPI – Ebner & Spiegel, Ulm
Printed in Germany
ISBN 978-3-458-35889-3

DER LEGUAN WILL DAS NICHT

Dies ist mein Arbeitsplatz.

Das Pult mit dem aufgeschlagenen Klassenbuch vor mir. Die Schiefertafel links hinter mir.

Es ist Morgen, das Licht fällt durch die Jalousien auf die ersten drei leeren Bankreihen. Irgendein Vormittag unter der Woche zwischen acht und dreizehn Uhr.

Mit der Rechten schreibe ich, ansonsten bewege ich mich nicht. Von meiner Unbeweglichkeit hängt alles ab.

Meine Handschrift wird immer kleiner, krümmt sich, passt sich den Kästchen und Linien des Klassenbuchs an. Hinten im Klassenzimmer fällt irgendetwas mit dumpfem Schlag zu Boden, verschafft sich Gehör.

Ich konzentriere mich auf die Seite im Klassenbuch, schreibe weiter, verwandele mich in die Hand, dann in den Füllfederhalter, darauf richte ich die Augen, die Ohren, die Wirbelsäule: Dies ist mein Arbeitsplatz.

Auf das Plumpsen folgen ein leises Rascheln und die atemlosen Anstrengungen vieler kleiner Luftverdrängungen. Ich schreibe, ohne mich dabei zu bewegen: Es fehlt nicht mehr viel, dann bin ich fertig.

Der Seiteneintrag besagt, dass es Oktober ist. Mir bleibt noch Zeit.

1

Die Schrift über dem Tor ist der goldschimmernde Beweis auf blauem Grund, dass ich vor drei Tagen tatsächlich angerufen wurde.

Hier ist das Bernini-Gymnasium. Wann können Sie kommen?

Wann soll ich kommen?

Montag um zehn.

Seit Viertel nach neun bin ich hier. Die Esplanade mit den Gärten ringsherum und den Bänken, den Wippen, den Treppenfluchten der Kirche auf der anderen Seite der Straße war menschenleer.

Könnten Sie bitte den Namen der Schule noch einmal wiederholen?

Bernini-Gymnasium.

Die Fenster der Fassade blicken alle in meine Richtung: fragen sich, warum ich hier vor dem Tor stehe, ob ich versuchen werde einzutreten und ob ich dazu befugt bin.

Verzeihen Sie noch einmal: Sie meinen das Bernini in Turin?

Natürlich, in Turin. Sie haben sich doch beworben, oder?

Zwanzig vor zehn.

Rechts gibt es eine Klingel, sie wartet darauf, bemerkt und betätigt zu werden. Am Tito Livio gab es keine Klingel; nur eine immer offen stehende Tür und ein Kabäuschen mit durchsichtigen Glasscheiben, aus dem Nicola, der Hausmeister, hervortrat und fragte, wer da sei, was er wolle.

Der metallische Laut ertönt, ich will schon fast die

 Hand wieder zurückziehen. Das Schloss schnappt auf, die schwere Tür öffnet sich.

Da bin ich also.

»Man hat mich wegen einer Vertretung herbestellt«, sage ich und halte den Türflügel fest, um keinen Lärm zu machen.

»Sie schließt von alleine«, erklärt mir die Frau hinter dem Empfangstresen.

Ich lasse die Tür sofort los und trete zu ihr, warte, dass sie mich über ihre Brille hinweg mustert, meinen Vor- und Zunamen auf der Besucherliste notiert. Auf dem Anstecker steht: Maria.

Sie kontrolliert meinen Personalausweis, betrachtet das Foto, dann die Rückseite, während sie sich mit der anderen Hand die Nummer und das Ausstellungsdatum aufschreibt. Ausgestellt in Neapel.

Vergangene Woche lebte ich noch im anderen Teil Italiens.

»Bitteschön.«

Sie gibt mir den Ausweis zurück, greift zum Telefon, wählt eine Nummer.

»Die neue Lehrerin für Riccardi ist da«, sagt sie, ohne den Blick von mir zu wenden. »Eine junge Frau«, fügt sie mit gesenkter Stimme hinzu.

Die Antwort am anderen Ende der Leitung ist kurz und trocken.

»Erster Stock. Sie soll nach der Belcari fragen.«

»Danke.«

Ich spüre ihre Augen in meinem Rücken: Sie kontrollieren, ob ich genau das tue, was sie gesagt hat, keinen Schritt mehr.

Das ist kein Problem, sage ich mir. Ich muss lediglich der Linie der Fliesen bis zum Ende des Ganges folgen und zu der Frau gelangen, die sich dort auf den Fenstersims stützt und etwas schreibt.

Meine flachen Schuhe erzeugen ein dumpfes Geräusch, das sich im Nu verflüchtigt. Die Frau am Fenster dreht sich um und blickt in meine Richtung. Groß, hager, dunkelhaarig, tritt sie in die Mitte des Ganges, verschränkt die Arme vor der Brust und wartet auf mich.

Ich presse meine Tasche an mich und gehe schneller. Rechts gleiten die geschlossenen Türen der Klassenzimmer an mir vorüber. Allesamt blau, ohne Aufschrift, es ist immer die gleiche Tür. Kunstdrucke und geometrische Tabellen an den Wänden verleihen dem schulischen Grau etwas Farbe.

Mit wenigen Schritten lege ich die paar Meter zurück, die uns voneinander trennen, und hoffe, dass meine entgegengestreckte Hand die tiefe Falte zwischen ihren Augenbrauen vertreiben wird.

»Studienrätin Belcari?«

»Ich heiße Grazia.«

Sie bedeutet mir, ihr zu folgen.

»Man hat mir noch nichts über den Fall erzählt. Wegen der Privatsphäre, glaube ich. Ich habe zwar gefragt, aber ...«

Die Belcari nickt mit dem Kopf, sie hört gar nicht zu. Sie starrt mir auf die Schultern, die Arme.

»Gehen wir in Klassenzimmer 9.«

Ich beschließe, den Mund zu halten. Sie führt mich durch den Flur, neigt den Kopf so weit nach unten, dass sie den passenden Schlüssel aus dem Bund fischen und damit die Tür aufschließen kann.

Die Falte ist immer noch da. Sie zieht die Augenbrauen zusammen, als sie sich umdreht und sagt: »Eigentlich hatten wir uns einen Mann gewünscht.«

Vor etwa zwanzig Jahren entpuppte sich ein leichtes herbstliches Fieber als eine Folge von Mumps. Meine Mutter setzte sich auf den Bettrand: Sie hatte mir ein Geschenk mitgebracht.

Es war nur eine kleine Schiefertafel mit ein paar bunten Kreidestücken, doch von der Tür her begann mein Bruder unwillig zu quengeln. Mama ließ sich nicht davon beirren, das Geschenk war für mich. So lernte ich in den folgenden zwei Stunden, dass alles geschrieben, unterstrichen, hervorgehoben werden kann. Dass alles erklärt werden kann, wenn man zwei oder drei fügsame Puppen hat, die liebend gern lernen möchten.

Im Dunkeln geht die Belcari zu den Fenstern, zieht die Jalousien hoch. Beim ersten Ruck des Rollladens verwandelt sich die Bank in der Mitte des Zimmers in einen langen Tisch. Beim zweiten werden ein Computer und einige Metallschränke sichtbar. Der dritte Rollladen ist der letzte. Die Belcari dreht sich zu den Wänden um, als sei auch ihr das Zimmer neu.

Überall hängen Kinderzeichnungen: gebückte Pinguine, Tiger mit krummen Streifen, ein rotes Walross mit langen, schiefen Stoßzähnen. Die Reihe der Tiere wird durch einen eindrucksvollen schwarzen Ninja mit violetter Schärpe unterbrochen. Ein Totenkopf mit lückenhaftem Gebiss. Ein Teufel mit lodernden Hörnern und bösen Augen.

Wir setzen uns einander gegenüber an den Tisch. Ihr Ringordner quillt über von Blättern, Dokumenten, Grafiken, Stundenplänen. In dieser Schule ist sie unter anderem für Organisatorisches zuständig: Ihr obliegt es, Namen und Daten einzufügen und so das Getriebe der Tage bis Juni am Laufen zu halten. Für die Inklusionslehrer gibt es keinen genauen Stundenplan, er passt sich dem der Klasse oder den Erfordernissen der Krankheit an.

»Riccardi ist ein sehr eigenartiger Junge«, beginnt sie.

Die Falte auf ihrer Stirn entspannt sich etwas, aber nur für einen Moment, dann geht die Tür auf, und wir fahren beide zusammen, als hätte man uns bei einem geheimen Treffen ertappt.

»Sind wir schon so weit gekommen?«

Eine Frau betritt den Raum, schüttelt die knochigen Arme und den Kopf, der Mann hinter ihr vermag nicht, sie zu beruhigen. Sie rennt mich fast über den Haufen und steuert geradewegs auf die Belcari zu, um sich direkt vor ihr zu postieren.

»Willst du warten, bis er mich umbringt, bevor du endlich was tust? Ist es das, worauf du wartest?«

Der Mann will ihr eine Hand auf den Rücken legen, lässt es dann aber bleiben. Er zieht ein Tuch aus der Hosentasche und putzt sich die Brille.

»Ich habe die Nase voll, verstehst du? So kann es nicht weitergehen. In die Klasse bringst du mich nicht mehr. Jetzt schreibe ich dem Direktor einen gesalzenen Brief.«

 Sie betrachtet einen Punkt im Leeren und sagt dann: »Es hat sich schon herumgesprochen, dass die Kollegin Miranda das Klassenzimmer nicht mehr betritt, weil sie Angst hat, angegriffen zu werden.«

Die Belcari schaut sie an.

»Bist du *angegriffen* worden?«

Die Frau zieht eine verächtliche Grimasse.

»Und das ist jetzt schon das zweite Mal.«

Der Mann räuspert sich.

»Vergessen wir Maria nicht. Wenn wir Maria mitzählen, ist es das dritte Mal.«

»Er macht keinen Unterschied. Lehrerinnen, Hausmeister: Er schlägt nach allen.«

Die Belcari wirft mir einen Blick zu, erhebt sich dann langsam.

»Wo ist er jetzt?«

»Oben. Bei De Lucia.«

»In Ordnung«, sagt die Belcari. Ihre Stimme klingt nun sanfter. »Möchtest du mir erzählen, was passiert ist?«

Die andere zieht eine Grimasse.

»Was immer passiert, Grazia. Sonst nichts.«

So verharren sie, eine der anderen gegenüber, schweigend, wovon der Lehrer und ich ausgeschlossen sind. Er setzt seine Brille auf und blickt sich um. Als er den leeren Augenhöhlen des Totenschädels begegnet, wendet er das Gesicht ab.

»Schön, ich gehe rauf und sehe nach, wie es läuft. Danach sprechen wir.«

»Irgendwas wird man ja wohl tun müssen, oder?« Die leise Stimme des Kollegen klingt erstaunt über die eigene Einmischung.

»De Lucia arbeitet daran. Man muss ihm Zeit geben«, sagt die Belcari.

»Gewiss«, seufzt die Frau. »Wenn De Lucia daran arbeitet, können wir ja beruhigt sein.«

Die Belcari geht nicht darauf ein, erinnert die beiden, dass ich auch noch da bin.

»Übrigens, Giglio, Miranda, darf ich euch die neue Lehrerin für Riccardi vorstellen?«

Die andere fixiert mich.

»Glückwunsch.«

Kaum hatte ich das Telefonat beendet, kam die Piazza Bellini wieder in Bewegung.

Ich erschauerte, steckte mein Handy in die Tasche und drehte mich zu den Tischchen hinten im Café um. Alles war neu und flimmernd.

Massimiliano verteilte Tabak auf seinem Zigarettenpapier.

»Was ist los?«

Ich betrachtete die Palazzi ringsum, rissig und vertraut, die Leute, die auf den Stufen um das Denkmal saßen, sich auf dem Bürgersteig davor trafen, sich in die Legionen einreihten und dort drinnen verschwanden.

Ich habe nur drei Tage, um alles zu organisieren. Ich muss los.

»Also? Wer ist gestorben?«

Ich nahm einen Schluck von meinem Bier.

Ich muss Gianni anrufen, dachte ich. Er soll es als Erster erfahren.

»Eine Schule hat mich angerufen. Sie haben einen Vertretungsjob für mich. Bis zum Ende des Schuljahres. In Turin.«

Massimiliano versiegelte seine Zigarette, indem er mit der Zunge darüber fuhr.

»Gut.«

»Ich habe nur dieses Wochenende. Es ist unmöglich.«

Er überhörte mich. Mit den Fingern zupfte er die Tabakfäden zurecht, die oben herausragten.

»Heute und morgen findest du ein Zimmer und packst deine Sachen. Wenn du Samstagnacht losfährst, bist du am Sonntag in Turin und hast alle Zeit der Welt, um dich dort einzurichten.«

Ich antwortete nicht. Wir hatten schon immer ein unterschiedliches Zeitgefühl, er und ich, was man nun daran sah, wie er sich streckte, um das Feuerzeug in seiner Tasche zu suchen, dabei den Kopf neigte, um einen Freund auf dem Weg zur Musikhochschule zu grüßen, wie er die Zigarette auf dem Tisch rotieren ließ und sie vergaß, um sich in Richtung Auto zu beugen und nachzusehen, ob es noch dastand, wie er die Beine unterm Tisch ausstreckte und seine Schuhe betrachtete, erst den einen, dann den anderen.

Er hat alle Zeit der Welt, ich nicht.

»Mach nicht so ein Gesicht«, sagte er. »Ich begleite dich.«

Ich legte ihm die Hand auf den Arm. Er zog das Päckchen mit dem Tabak, die Zigarettenpapierchen und die Filter aus der Jackentasche. Drehte sich eine neue Zigarette.

Die Belcari hat mich gebeten, hier zu warten; ich rühre mich nicht von der Stelle. Der Ringordner liegt noch auf dem Tisch, halb aufgeschlagen. Obwohl er verkehrt herum liegt, kann ich die Überschrift auf dem Blatt lesen: Es handelt sich um eine Funktionsdiagnose. Ich stehe auf und gehe ein paar Schritte durchs Zimmer. Die Wandschränke sind geschlossen, aber jeder Versuch, die Flügel zu öffnen, gelingt auf Anhieb: Nichts ist unter Verschluss. Auf den Schränken liegen Farben aller Art, Tempera, Pastelle, Plastilin. Und Bücher. Und Papier für den Drucker.

Aufs Geratewohl nehme ich ein Buch, halte es vor mich, während ich einen flüchtigen Blick auf die Dokumente von Riccardi werfe.

Er ist ein mittelschwerer Fall von Zurückgebliebenheit.

Gut, sagt in meinem Kopf Biagini, der Professor für Behindertenpädagogik im Spezialisierungsseminar. *Heute verfügen wir über mehr Instrumente als in der Vergangenheit, um die mittelschwere Zurückgebliebenheit so anzugehen, dass man mehr als befriedigende Resultate erzielt.*

Er hat eine differenzierte Beurteilung.

Bestens, fährt Biagini fort. *Durch das Differenzieren der didaktischen Inhalte für ihn von denen für die Klasse kann der Dozent den Bildungsweg individualisieren und somit den Erfordernissen des Schülers anpassen.*

Er ist psychotisch. Autistisch. Hat das Borderline-Syndrom.

Scheiße, sagt Biagini.

Es ist warm in diesem Zimmer, obwohl es groß ist. Ich blättere in dem zufällig gegriffenen Buch, es ist ein Handbuch für Orthografie, ich frage mich, ob es von Nutzen sein wird.

Die Belcari kommt nicht zurück, daher fühle ich mich

 irgendwie dazu berechtigt: Ich strecke eine Hand nach dem Ringordner aus und blättere die Diagnose durch.

Das Wort *Störung* fällt mir auf, noch ehe ich es lese.

Biagini schweigt.

Ich ordne das Aktenbündel, um es in die ursprüngliche Position zurückzubringen. Nun kann man nur den Stempel der örtlichen Abteilung für Kinderneuropsychiatrie und den Namen lesen: A. Riccardi.

Vom Fenster aus sieht man den Innenhof und die wenigen Bänke, die den Spielplatz kreisförmig umgeben.

Alfredo.

In einer Ecke des Zimmers liegen aufeinandergestapelte Staffeleien. Die Zeichnung eines jungen Gänserichs mit offenem Schnabel ist zur Hälfte fertig und die weiße Tempera von einer Seite bis zum unteren Rand getropft.

Vielleicht Alessandro.

Schachteln von unterschiedlicher Farbe und Größe machen sich eine Bank unter dem mittleren Fenster streitig. Sie sind von Hand bemalt: Da gibt es eine mit dem Batman-Symbol, eine mit einem roten Herzen, umgeben von anderen reliefartig modellierten Herzen. Auf dem Deckel einer anderen öffnet sich die Fratze von Kermit, dem Frosch, zu einem zahnlosen und leicht dümmlichen Grinsen.

Etwas weiter hinten liegt eine vollkommen schwarze Schachtel: Hier und da durchbohren spitze Zacken den Deckel aus Pappkarton. Ich trete näher und hebe sie hoch, sie ist schwer. Die Temperafarbe, die mit dicken Pinselstrichen aufgetragen wurde, bildet eine dunkle Kruste. In der Mittel des Deckels zeigt sich, geschützt von den

Stacheln, der Kopf eines Teufels. Aufgrund der Form der Hörner, die mir irgendwie bekannt vorkommt, vergleiche ich ihn mit dem, der mich von der Wand her fixiert, und stelle eine enge Verwandtschaft fest. Der schwarze Spitzbart und die langen Koteletten bilden eine Einheit mit den Augenbrauen, umrahmen sein Gesicht; die Augen verdreht er vor Wut über irgendetwas oder irgendjemanden nach oben.

»Entschuldige«, sagt die Belcari und schließt sofort die Tür hinter sich.

»Hast du den Streit geschlichtet?«

Sie lächelt mir zu.

»Warum setzen wir uns nicht?«

Ich gehorche. Sie bleibt stehen.

»Er ist kein typischer Autist«, sagt sie und reicht mir die Diagnose. »Und er ist nicht zweifelsfrei zurückgeblieben. Wir sind immer noch dabei, den Fall zu studieren, und leider kann ich dir nicht viel darüber erzählen.«

Sie geht zu einem der Schränke und öffnet ihn.

»Ich müsste etwas haben, das ich dir über Persönlichkeitsstörung und Autismus geben könnte.« Sie dreht sich zu mir um. »Du hast doch mit so etwas Erfahrung, oder?«

Ich denke an Tommasos Rennereien auf dem Schulflur.

»Während der Spezialisierung hat man mir einen Fall von Autismus zugeteilt«, erwidere ich.

Weißt du, ich beobachte Tommaso und glaube, dass ich es nie schaffen würde. Ja, nun beenden wir das Referendariat, schreiben die Abschlussarbeit, machen das Examen, und ich denke nicht mehr daran. Aber wenn sie mich danach ausgerechnet auf Tommaso ansetzen? Was mache ich dann, sage ich nein? Sage ich, dass ich davor Angst habe?

Ich will gerade weiterreden, doch sie kommt mir zuvor.

»Sieh mal einer an! Ich hab es ihm bestimmt schon hundertmal gesagt, dass er ihn nicht dort unten reinstellen soll.«

Die Belcari bückt sich, fördert ein Gewirr aus Draht zutage und legt es auf den Tisch.

»Entschuldige. Ich bin sauer auf den Kollegen De Lucia. Er ist ein guter Lehrer, aber was für ein Sturkopf!«

Ich gebe ihr die Diagnose zurück.

»Schlägt er auf die Lehrerinnen ein?«

Sie senkt den Blick auf das Aktenbündel, als stehe irgendwo da drinnen die Antwort geschrieben. Dann macht sie eine Handbewegung, um meine Gedanken zu verscheuchen.

»Hör zu: Es sind noch keine drei Schulwochen vergangen. Wir wissen wenig über diesen Jungen. Wir müssen uns Zeit geben.«

Noch etwas.

Was denn?

Sie haben doch das zweite Staatsexamen, nicht wahr?

Ja, natürlich.

Ausgezeichnet. Dann freuen wir uns auf Sie.

Das Drahtgewirr nimmt den halben Tisch ein. Die Drähte wurden nicht planlos ineinander verschlungen, sie ergeben eine, wenn auch nur vage erkennbare Gestalt: das Skelett eines Tieres mit flachem Kopf und langem Schwanz. Ein Drache. Eine Eidechse.

Die Belcari händigt mir den vorläufigen Stundenplan aus. Morgen ist mein erster Tag.

»Du wirst im Sekretariat erwartet, um den Vertrag zu unterschreiben«, sagt sie und schaut dann auf ihre Uhr. »Vielmehr, man erwartet dich nicht: Geh am besten gleich hin.«

Ich danke ihr und verabschiede mich. Bevor ich hinausgehe, bleibe ich vor dem Teufel stehen, um einen schwarzen Fleck auf seiner Schulter zu entziffern. Es ist ein A mit einem zittrigen Bein.

»Andrea«, sagt die Belcari.

Riccardi heißt also mit Vornamen Andrea.

Alle Schulen sind irgendwie gleich, denke ich.

Die Flure mit den aneinandergereihten Klassenzimmern, die Feuerleitern, die sich bis zu den oberen Fenstern hochwinden, die in die Wand eingelassenen Feuerlöscher. Ich sehe sie nicht zum ersten Mal.

Die Bibliotheken mit den Computern, die Lehrerzimmer, die Labore mit den Druckern – überall sind sie gleich.

Die Karteikästen, der Berechtigungsausweis zum Fotokopieren. Die glatten Wände, die genormten Türen. Die sauberen Fußböden.

Es ist eine öffentliche Schule, sage ich mir, die sind überall gleich. Und sofort kommt mir Nicola in den Sinn, sein verdrossenes Gesicht beim Anblick des Lateinbuchs, sein nachsichtiges Lächeln, als er den Fotokopierer einschaltete: »Wir kopieren doppelseitig, Kopien sind teuer.«

Das Sekretariat ist im ersten Stock, eingekeilt zwischen Lehrerzimmer und Direktorat.

Hinter mir putzt die Frau von heute Morgen gerade

 die Fenster. Sie trägt eine vorne durchnässte blaue Schürze, streckt sich auf die Zehenspitzen und trocknet die Glasscheiben mit einem großen Tuch.

»Es ist geschlossen«, sagt sie, ohne sich umzudrehen.

Von Nicola weiß ich, dass in Schulen oft die Pedelle das Sagen haben. Sie kennen alle Leute und wissen, wo man das Gesuchte findet. Sie können einem alles beschaffen, sofern sie Zeit und Lust dazu haben. Und sofern sie dich mögen.

»Wissen Sie, ich sollte eigentlich meinen Vertrag unterschreiben.«

Sie dreht den Lappen auf der Hand um und spritzt Putzmittel drauf.

»Sie müssen sich um Riccardi kümmern, stimmt's?«

»Andrea Riccardi, ja.«

»Haben Sie ihn schon gesehen?«

»Noch nicht. Morgen ist mein erster Tag.«

»Morgen ist das Sekretariat geöffnet. Dann können Sie in Ruhe unterschreiben, nach dem Unterricht.« Sie schaut mich an. »Warum haben Sie es so eilig?«

Ich verabschiede mich von ihr, weil ich mein Handy in der Handtasche vibrieren spüre unter tausend anderen Sachen. Das Lehrerzimmer ist leer, ich husche hinein und stelle die Tasche auf den Tisch, um besser darin kramen zu können.

Es ist Anna.

»Darf ich dich jetzt mit ›Frau Lehrerin‹ ansprechen?«

»Es scheint so.«

»Sehr gut. Und, worum geht es?«

»Autismus. Borderline. Irgendsowas.«

»O Gott. Eine Art Tommaso?«

»Eine Art Psycho.«

Sie lacht.

»Glückwunsch.«

»Danke. Und du?«

»Bei mir nichts. Bei uns nichts.«

»Wir haben ja erst Oktober.«

»Richtig: Es gibt schließlich keinen Grund, das Schuljahr zu beginnen.«

Ich weiß nicht, was ich ihr sagen soll, fühle mich irgendwie schuldig: Ich habe auf ein neunhundert Kilometer weit entferntes Pferd gesetzt und, wie es scheint, gewonnen. Zumindest dieses Jahr.

»Wir lassen uns nicht entmutigen. Wie ist es dort?«

»Nichts Besonderes. Es ist eine Schule, die sind überall gleich.«

»Jetzt lügst du.«

Wir denken beide an zerbrochene Fensterscheiben, kaputte Heizungen, Fotokopierer, die nicht funktionieren. Es gibt die öffentliche Schule. Und dann gibt es die öffentlichen Schulen.

»Also?«

Ich gehe im Zimmer umher und beschreibe es ihr: den Tisch, das Bücherregal voller Handbücher, griffbereit. Ich beanstande das Vorhandensein von Computer und Drucker: Es ist zu viel.

Ich trete ans Fenster: »Aber der Himmel ist grau, wie wir vermutet hatten.«

Unten im Schulhof, wo sich die Blätter auf dem Asphalt kräuseln, sehe ich eine Frau mit einem Jungen vorübergehen. Sie haben gerade das Schulgebäude verlassen und entfernen sich auf dem schmalen Weg zur Straße.

Er ist groß, hat blonde Haare und zieht den Kopf zwischen den Schultern ein. Sie laufen nebeneinander her, dann bleibt er plötzlich stehen und verteilt Kopfstöße in die Luft. Sie wartet, bis er weitergeht, sein Körper schwankt hin und her, der Arm fährt auf und ab, als könne er sich vom Körper lösen und irgendwo fernab landen.

»Es ist fast schon Winter«, sagt Anna. »Wirst du das überstehen?«

Ich brauche einen Augenblick, doch dann antworte ich auf ihre Frage mit einem »Ja«.

2

Der Fernseher läuft.

Ich kriege gar nicht mit, was gesendet wird, nur, dass der Bildschirm von einem Licht beleuchtet wird, das kommt und geht und dann erlischt.

Plötzlich habe ich eine Eingebung: Es ist ein Western. Ich weiß nicht, warum wir uns einen Western ansehen.

Gianni hat die Beine auf den Couchtisch gelegt, die Augen auf John Waynes Sporen gerichtet. Ich versuche, mich an seine Schulter zu lehnen, versinke aber in den Polstern des Sofas und lande wieder auf meiner Seite. Er merkt es und legt den Arm um meine Schultern, zieht mich zu sich heran.

Es ist das Klingeln des Telefons, das alles zerstört. Ich muss die Augen öffnen, das Licht einschalten. Dieses Zimmer gefällt mir nicht.

»Hallo?«

Einige Augenblicke vergehen, ehe sich Giannis Stimme einen Weg durch den Hörer bahnt:

»Habe ich dich geweckt?«

Es muss seltsam sein, mich um sechs Uhr morgens in der Küche anzutreffen, aber Margherita ist offenbar eine Person, die nichts überraschen kann.

Selbst wenn nachts um halb zwölf eine Unbekannte anruft, die ein Zimmer sucht und ihre Anzeige im Internet gelesen hat, aber nicht weiß, ob sie es nehmen wird, ohne es vorher gesehen zu haben, obwohl sie es eigentlich sofort braucht, antwortet sie: »Komm einfach vorbei, es wird dir gefallen«, und legt dann auf.

Und sie scheint sogar meinen Kaffee nicht zu verschmähen.

»Erster Schultag?«

»Ja, allerdings.«

Dass das Zimmer in Ordnung war, las ich auf Massimilianos Gesicht, als er auf den Balkon trat. Er rief mir zu, das Auto zu parken und hochzukommen.

»Massimiliano«, stellte er sich vor und lächelte etwas verlegen, während er ihr die Hand schüttelte.

»Margherita«, erwiderte sie und sah mich an, wobei sie wohl darauf wartete, dass ich die Wohnung mit ihrer Anzeige vergleichen und letztere für verdächtig knapp halten würde:

Zimmer in zentral gelegener heller Dreizimmerwohnung zu vermieten, zu teilen mit junger berufstätiger Frau, sofort beziehbar.

Jetzt also frühstücken wir zusammen. Ihre Pyjamahose beißt sich mit meiner untadeligen Bluse. Das Absurde daran ist, dass ich es bin, die sich unbehaglich fühlt.

»Bist du nervös?«

»Nein.«

Ich konzentriere mich darauf, die perfekte Mischung aus Milch und Kaffee hinzukriegen, dann verderbe ich alles, weil ich es mit dem Zucker übertreibe. Sie schüttet die genau richtige Menge Müsli in ihre Schüssel, schnappt sich eine auf dem Tisch liegende Zeitschrift und beginnt, darin zu blättern. Ich trinke das hyperglykämische Gebräu und sehe mich um. Meine Küche. Meine Wohnung.

Im Geiste berichtige ich.

In einem herrschaftlichen, zentral gelegenen Wohnhaus zu vermieten: kleines Einzelzimmer, nicht sehr hell, aber mit einer roten Ikea-Gardine ausgestattet, die ihm eine gewisse Note verleiht. Das Mobiliar wird komplettiert durch ein Bett und einen Schrank mit durchgebrochenem Boden. Außerdem ein Bad mit Fliesen von zweifelhaftem Geschmack und funktionierender Wanne und Waschbecken sowie eine Wohnküche mit knallgelben Stühlen, einem kürzlich ausgetauschten Kühlschrank, einem Pseudo-Thermometer in Form eines Gecko, das immer die gleiche Temperatur anzeigt (20 Grad). In der Miete eingeschlossen: gleichaltrige (»Achtundzwanzig. Und du?«), gutaussehende Mitbewohnerin, von Beruf Erzieherin (»In einem Familienhaus, einer Art Gemeinschaft mit Leuten, die nicht ganz richtig im Kopf sind.«), unfähig, Kaffee zu kochen (»Er schmeckt dir nicht? Die Maschine steht dort oben.«)

»Er schlägt auf die Lehrerinnen ein.«

Margherita blickt nicht von der Anzeige hoch, die sie gerade studiert.

»Er ist ein sehr sonderbarer Junge«, höre ich mich sagen.

Sie konzentriert sich einen Moment lang auf die unnatürliche Pose eines Models, klappt dann die Zeitschrift zu, schiebt sie beiseite.

»Ich gehe heute mit Vito zum Psychiater.«

Ich antworte nicht darauf, weil ich einen großen Schluck misslungenen Milchkaffee hinunterwürgen muss.

»Er hasst ihn«, fährt sie fort und lächelt.

»Vito?«

Vito, genannt *der Knochenbrecher*, ist das schwarze Monster der Villa dei Pini, der therapeutischen Wohngemeinschaft, in der Margherita seit drei Monaten arbeitet. Nach einer Woche im Koma ist er aufgewacht mit einer Flut psychischer Probleme und dem unbändigen Bedürfnis, anderen Leuten die Arme zu brechen, um möglichst viele das bei seinem Unfall erlittene Trauma nacherleben zu lassen.

»Am ersten Tag dachten alle Kollegen, er hätte mich aufgefressen oder so was.«

»Und stattdessen?«

»Stattdessen gar nichts.«

Sie fährt sich mit der Hand durch die Haare.

»Gestern hat er zu mir gesagt, wenn ihn der Doktor wieder wütend macht, bringt er ihn um und sich auch.«

»Scheint mir angemessen.«

»Und wen trifft also das Los, dieses Nervenbündel von eins achtzig bei dem Arztbesuch zu begleiten?«

»Glückwunsch.«

Ich biete an, schnell die Tassen zu spülen, dann verschwinde ich im Badezimmer. Zehn Minuten später stehe ich vor meiner Tasche für die Schule.

Sie ist leer.

Vor zwanzig Jahren kniete mein Vater neben mir vor der offenen Schultasche.

Hast du den Radiergummi?

Ja.

Und wo? Zeig ihn mir.

Es ist der Tag vor dem Schulanfang. Das verhasste Ritual

des Schulranzenpackens vollzieht sich seit der ersten Klasse und wird bis zur fünften weitergehen. Der Radiergummi ist natürlich nie dort, wo er sein soll. Oder es ist der Bleistiftspitzer, der unauffindbar bleibt. Irgendetwas fehlt immer, sodass meine Schultasche nie komplett ist.

Es ist doch bloß ein Radiergummi.

Es ist nicht bloß ein Radiergummi.

Ich öffne die Tasche und stecke weiße Blätter hinein, ein Ringbuch, Füllfederhalter und Farbstifte. Ob der Füllfederhalter schreibt, ob der Bleistift eine Spitze hat, überprüfe ich nicht. Gewiss, wenn es darauf ankommt, bin ich vielleicht nicht vorbereitet. Doch das ist eben der Preis, den ich zahle, um zu beweisen, dass man auch mit Fehlern leben kann.

Wie auf jedem anderen Schulhof des Planeten stehen die Schüler des Gymnasiums in Grüppchen zusammen, bummeln verschlafen auf den Wegen des Spielplatzes herum, lachen aus nichtigem Anlass. Abgesehen von einigen Emos oder ein paar gepiercten Metalfreaks kann ich sie schwer unterscheiden. Es ist seltsam, denn in der Phantasie der anderen Gymnasiasten heben sich die Schüler des künstlerischen Zweigs durch Kleidung, Promiskuität und durch Schulfächer ab, für die man die Hände braucht und dabei den iPod ständig im Ohr haben kann.

Aber jetzt erscheinen mir diese Schüler nicht besonders verschieden von allen anderen, und zwar aus einem einfachen Grund: Sie sind noch halbe Kinder. Sie haben das künstlerische Gymnasium gewählt, weil sie gut zeichnen können, weil sie meinen, man müsse dort wenig Mathematik machen, oder weil sie nach der demütigenden ersten Klasse Gymnasium, das sie mitten im Schuljahr hat durchfallen lassen, Latein und Griechisch umgehen wollten.

Seit September sind sie hier und beginnen erst jetzt, sich ihren Klassen und irgendwie auch der Schule zugehörig zu fühlen. Aber sie sind eben noch klein. Das künstlerische Gymnasium kennzeichnet sie einzig und allein durch die allgegenwärtige flache, weiße Plastikmappe, aus der das lange Lineal herausragt. Die schleppen sie resigniert mit sich herum, vergessen sie dann irgendwo und leben in der quälenden Sorge, sie wiederfinden zu müssen.

Jetzt, während ich die Treppe hinaufeile, bemerke ich lediglich die weißen, quadratischen Flecken, die den Schülern an der rechten Hand baumeln. Ich frage mich, wo sie die Mappen im Klassenzimmer hinlegen und ob noch genug Platz sein wird, um zwischen den Bänken durchzugehen.

Wir waren bereits examinierte Lehrer: Das genügte, um für das Aufbaustudium Inklusionspädagogik zugelassen zu werden.

Sechs Monate lang versuchten an fünf Nachmittagen in der Woche Pädagogen, Neuropsychiater und Psychologen ein unserer Ausbildung angemessenes Programm zusammenzustellen, das heißt für zukünftige Mathematik-, Sozialkunde-, Naturkunde-, Italienischlehrer, die zusammengewürfelt wurden, um die Chance zu bekommen, im Eilverfahren in den Schuldienst einzutreten – eine Möglichkeit, in der Rangliste höher zu rücken, indem man einen unbefristeten Vertrag erhält, der eines Tages dann in eine Verbeamtung als Lehrer des jeweiligen Faches umgewandelt werden kann.

Biagini war unser erster Dozent: Zuerst sah er uns an und schüttelte den Kopf. Dann ergriff er das Wort.

Fünfundzwanzig Jungen und Mädchen zwischen vierzehn und sechzehn Jahren richten die Augen auf mich.

»Die neue Inklusionslehrerin.« Loredana, geometrisches Zeichnen, lächelt aufmunternd.

Riccardi ist nicht da.

»Andrea kommt immer etwas später«, erklärt sie mir, bevor sie wieder hinter das Pult tritt.

Jetzt bin ich dran.

»Guten Morgen euch allen«, sage ich.

Die Schüler und Schülerinnen der 1A sitzen in drei Jungen- und drei Mädchenreihen. Da sind die Emos, das Mädchen mit den lila Haaren und der Nerd, der ein »Herr der Ringe«-Shirt trägt.

Der Inklusionslehrer ist ein Lehrer wie die anderen, erläutert Biagini. *Sein Eingreifen gilt nie dem speziellen Schüler, sondern allen.*

»Ich bin hier, um euch zu helfen«, beginne ich, als man im Flur ein dumpfes Dröhnen vernimmt. »Wenn ihr zum Beispiel in irgendeinem Fach Probleme habt«, fahre ich fort.

Ein weiterer Schlag, heftiger, näher. Die Schüler rutschen unruhig auf ihren Stühlen herum: Ich muss lauter sprechen, damit meine Stimme nicht zittert.

»Guten Morgen, Andrea«, sagt Loredana. Sie lächelt.

Er schnappt sich die kleine Mappe und rennt bis zu der leeren Bank ganz hinten im Klassenzimmer. Hektisch reißt er sich Jacke und Rucksack herunter, lässt sich auf den Stuhl fallen, vergräbt die Hände in den Haaren, lehnt sich zurück und beginnt zu schaukeln, vor und zurück, vor und zurück ...

»Ihr trefft auf Schüler, die nicht sprechen, auf blinde und taube. Ihr habt es mit Schülern zu tun, die sich vollpinkeln, sich unvermittelt auf den Boden werfen und die Augen verdrehen. Das sind aber keine Schüler, sondern Notfälle. Sie spucken, beißen, stecken sich die Finger in die Nase und in die Unterhose, kratzen sich blutig.«

Biagini redete und beobachtete uns dabei, forschte in unseren Gesichtern nach ersten Anzeichen von Unbehagen.

»Da gibt es welche, die bei der leisesten Berührung ausflippen, und andere, die euch mit ihrer Scheiße bewerfen. Wenn sie euch hassen, kriegt ihr Faustschläge und Fußtritte ab. Ansonsten passt ihr auf sie auf, während sie sich im Rollstuhl winden oder wie Marionetten durch die Gänge hüpfen. Der eine oder andere stirbt.«

Ich bat Anna, mich zu kneifen. Sie jedoch starrte ihn weiter unverwandt an.

»Sicher, es gibt die friedfertigen Down-Fälle und die geistig leicht Zurückgebliebenen, denen du alles zehnmal erklären musst, ehe sie es begreifen. Aber die, meine Herrschaften, sind ein Segen.«

Loredana erklärt an der Tafel, das stumpfe Knirschen der Kreide erfüllt das Klassenzimmer. Mein Platz ist vorerst die Fensterbank.

Riccardi hat ein Blatt und Buntstifte hervorgeholt und zeichnet; ab und zu presst er die Hände gegen die Bank und drückt sich schaukelnd nach hinten.

Ich tue so, als würde ich dem Unterricht lauschen und alle beobachten, aber es ist er, den ich knurren höre, er, den ich mit dem Bleistift Furchen auf einem zerknitterten Blatt ziehen sehe. Er ist der einzige blonde Junge in der Klasse und einer der größten. Er hat dieselbe Augenform wie Tommaso, jenen durch zu tief herabgezogene Augenbrauen verschatteten Blick, und die Lippen halb geöffnet. Je mehr er schaukelt, desto regungsloser sitzen die anderen da.

Der Moment der Beobachtung ist einer der heikelsten, man darf keinen Fehler machen, muss sich alles zweimal aufschreiben, wenn nötig. Ich hole mein Ringbuch aus der Tasche, notiere mir alles: die krumme Haltung, die kurzen, nervösen Blicke, die er in meine Richtung und in die der Klassenkameraden schleudert, das Rinnsal von Speichel, das ihm aus einem Mundwinkel fließt und das er sich mit dem Ärmel seines Pullovers wegwischt.

Du hast Angst davor, zu ihm hinzugehen, höre ich Biagini in meinem Kopf sagen.

Sogleich klappe ich mein Notizbuch zu und schlendere durch die Bankreihen. Riccardi schaukelt und schaut zum Fenster hinaus, zeigt auf etwas Unsichtbares, verfolgt es eine Weile mit den Augen und boxt dann mit der Faust dagegen.

Du hast Angst, sagt Biagini. *Was soll aus einer Lehrerin werden, die vor ihren Schülern Angst hat?*

Ich mache noch einige Schritte, ohne allzu dicht ranzugehen. Riccardi merkt es, schaut mich an, als sei ich vom Mond gefallen.

Ich hebe eine Hand, lächele ihm zu.

Hallo.

Er klammert sich an der Bank fest, reißt den Mund auf, fängt an zu schreien.

»Damit ich das richtig verstehe«, sagte Massimiliano, während wir Rom hinter uns ließen. »Sie stellen dich in eine Klasse mit einem behinderten Jungen, und du hilfst ihm beim Lernen.«

»Einem verhaltensgestörten Jungen. Ja, mehr oder weniger.«

»Und dafür musst du bis nach Turin?«

Auf dem Rücksitz türmten sich große Kartons. Papa hatte die Koffer mit Spanngurten auf dem Gepäckträger festgebunden und mit einer Militärplane gegen den Regen geschützt.

»Ich möchte es nicht wie im letzten Jahr machen: warten, ohne dass etwas passiert.«

Weder in Latein noch in Italienisch. Nicht in der Mittelstufe, nicht im Inklusions- und Förderbereich.

»Wir haben doch erst Oktober.«

»Wir haben *bereits* Oktober.«

Massimiliano zuckte mit den Schultern. Damit hatte ich nicht gerechnet. Das machen die anderen Freunde, die Verwandten: Sie zucken mit den Schultern und sagen: Im nächsten Jahr wird es besser laufen.

Sie nicht, dachte ich, aber du, du könntest es verstehen.

Zweiundzwanzig Jahre ist es her, da kamst du, wie jeden Nachmittag nach den Hausaufgaben, zu uns nach Hause; deine Haare waren lockig, du wusstest noch nicht, dass sie dir frühzeitig ausgehen würden und du dir den Schädel rasieren müsstest, um den Mädchen zu gefallen. Auf dem Teppich in meinem Zimmer hast du die acht Monate heraushängen lassen, die du älter bist als ich, indem du mir all das beibrachtest, was ich nicht schon selbst herausgefunden hatte. Ein ganzes Jahr lang waren es die Spielkarten. Du lehrtest mich »Rubamazzetto«, Ass sticht alle Karten, Briscola, Scopa. Du sagtest mir, ich solle auf die Farbe Karo achten, die fast immer die wichtigste sei. Du machtest dir dein hervorragendes Gedächtnis zunutze, das du von deinem Großvater geerbt hast, um die letzte Runde des Kartenspiels zu rekonstruieren. »Ich kenne alle deine Karten«, sagtest du jedes Mal, und jedes Mal war es so.

»Ich verstehe nicht, warum du ausgerechnet jetzt, wo ich weggehe, die Stadt in Schutz nehmen musst. Schließlich bist du doch auch der Meinung, dass in Neapel einiges schiefläuft.«

»Ja, und es wird immer schlimmer«, murmelte er.

»Der Unterschied ist doch der: Eine Massenentlassung ist im Norden ein Problem, im Süden ist sie eine Tragödie. Sie haben uns fertiggemacht: Das sagst du doch immer.«

Du müsstest es doch verstehen, dachte ich.

Du weißt, wie es war, sich den Kopf über die Regeln einer Sprache zu zerbrechen, die nur noch in Büchern existiert. Sich einem öffentlichen Wettbewerb zu stellen in der festen Überzeugung, es sowieso nicht zu schaffen, weil man über bestimmte Beziehungen nicht verfügt. Du weißt, was es bedeutete, ihn zu gewinnen und die Möglichkeit zu bekommen, in einer Klasse zu unterrichten und sich nützlich zu fühlen.

»Selbst in Turin dürfte das eine Tragödie sein«, sagte Massimiliano. »Wenn nicht im Moment, dann mit Sicherheit im nächsten Jahr.«

Ich musste mich zwingen, ihn anzulächeln. »Bis dahin sind es noch dreihundertfünfundsechzig Tage, richtig?«

Nach drei Stunden Fahrt hatte ich mich so sehr an den Motorenlärm gewöhnt, dass ich ihn mir nicht mehr wegdenken konnte. Je dunkler es wurde, desto schlechter konnte ich die Köpfe der Fahrer und Beifahrer in den anderen Autos erkennen; ich spürte aber, dass sie da waren, zu Tausenden vor uns, zu Tausenden hinter uns, sie folgten uns, ab und zu überholten sie uns und verschwanden. Wir fuhren nach Norden: Früher oder später würden wir alle dort landen.

»Und Gianni hat nichts mit dieser Sache zu tun?«, fragte er. Er kennt alle meine Karten.

»Gianni hat immer was damit zu tun«, sagte ich.

Riccardis Schrei fällt über mich her, will mich wegstoßen, verscheuchen. Es ist ein langgezogener, schlimmer Schrei, der in den Ohren schmerzt und mit jedem Luftholen an Lautstärke gewinnt.

Die Klasse zieht sich in ihr Schneckenhaus zurück, schützt sich mit den Händen. Ich schaffe das nicht, bleibe wie angewurzelt stehen, und der Schrei rempelt mich an, der Junge hat es auf mich abgesehen. Ich bemerke nicht einmal, dass die Tür aufgeht.

Riccardi jedoch bemerkt es: Er hört auf zu schreien, wischt sich den Mund ab und fängt wieder an zu schaukeln.

Unsere Anspannung löst sich. Wir sind verschont geblieben.

»Gibst du ein Konzert, Andrea?«, fragt der Mann auf der Türschwelle. Er ist groß, hat einen dunklen Teint. Obwohl ihn der Bart älter wirken lässt, dürfte er höchstens vierzig sein. Er betritt das Klassenzimmer, gibt Loredana ein Zeichen und kommt dann zu mir.

»Ich wusste, dass heute dein erster Tag ist, war aber heute Morgen zu spät dran, um dich zu begrüßen.« Er drückt mir die Hand, ist wegen mir gekommen. »Giuliano De Lucia.«

Riccardi packt ihn am Arm, zieht ihn zu sich heran, sodass De Lucia zwischen uns steht.

»Hast du jetzt aufgehört zu schreien, Andrea?«

»Ein bisschen«, antwortet er. Immerhin kann er sprechen. Und seine Stimme ist ein schwaches Krächzen.

»Gut. Denn wir sind schon ziemlich taub davon«, sagt De Lucia zu ihm und deutet auf seine Ohren. Riccardi lässt ihn los und beginnt wieder zu schaukeln. »Ich muss etwas mit der neuen Lehrerin besprechen. Benimm dich anständig, während wir draußen sind.«

Riccardi fischt ein leeres Blatt aus der Mappe und fängt an zu zeichnen.

»Ich komme gleich zurück«, sage ich, woraufhin er den

Bleistift fallen lässt und mit den Fäusten auf die Bank trommelt.

Vor dem Kaffeeautomaten zählt De Lucia die Münzen in seiner Hand ab. Kaum ist er damit fertig, sieht er mich an und fängt an zu lachen.

»Entschuldige, aber du solltest mal dein Gesicht sehen«, sagt er.

Ich bin nicht gekränkt, kann es mir vorstellen.

»Mach dir keine Gedanken, er will dir nur Angst machen.«

Ich lasse mich von ihm zu einem Kaffee einladen, den ich jetzt wirklich nötig habe.

»Aber bei dir ist er nicht so. Mit dir spricht er. Warum?«

Er zuckt mit den Schultern.

»Wer weiß das schon.«

Er kneift die Augen zusammen und braucht ein Weilchen, bis er die richtige Taste gefunden hat.

»Wie soll man wissen, was im Kopf eines Menschen vorgeht?«

Obwohl der Becher siedend heiß ist, umklammere ich ihn mit den Händen. Ich will nicht in die Klasse zurück.

De Lucia schwenkt seinen Kaffee hin und her.

»Hast du auch das zweite Staatsexamen?«

»Ja.«

Und ich habe lange studiert. Stell mir eine Frage.

De Lucia sieht nachdenklich aus.

»Mach dir keine Gedanken, ok? Es wird gut laufen.«

Er nimmt die leeren Becher, wirft sie in den Abfalleimer. »Jetzt muss ich gehen. Ich habe den Erzieher mit

Santojanni allein gelassen. Er wird nervös, wenn ich zu lange wegbleibe.«

Nein, warte, denke ich. »Und ich, was mache ich jetzt?«

De Lucia lächelt mir zu.

»Du bist Lehrerin: Du unterrichtest.«

Hallo, Gianni. Ich habe nicht viel Zeit. Ich war kurz in der Wohnung, um die letzten Sachen zu holen, und du warst nicht da. Ich wollte dir sagen, dass ich eine Vertretungsstelle bekommen habe, in Turin, morgen muss ich weg. Sie geht bis Juni, das musst du dir mal vorstellen. Bis Juni.

Das war's eigentlich schon. Ruf mich an, wenn du die Nachricht abhörst. Oder wenn du magst. Ruf mich an.

In der Klasse ist wieder Stille eingekehrt. Zurückhaltend äußern sich die Jungen und Mädchen zu Konstruktionsübungen an der Tafel. Hinten im Klassenzimmer zeichnet Riccardi vor sich hin, wobei seine Blicke umherschweifen, sich vergewissern, dass ich auf Distanz bleibe. Er ist sein eigener Wachhund.

Ich denke noch ein wenig darüber nach.

Ok, sage ich mir. Jetzt.

»Ich brauche mal kurz eure Aufmerksamkeit.«

Die Schüler hören auf zu zeichnen und starren mich an. Auch Riccardi fixiert mich.

Ich schreibe KÜNSTLERISCHES GYMNASIUM und 1A auf ein weißes Blatt Papier, lege es dann dem Jungen in der ersten Reihe hin. Auf seinem Zeichenkunstlehrbuch steht Lorenzo.

»Lorenzo, wie noch?

»Pasteris.«

»Würdest du mir das bitte hinschreiben?«

»Dahin?«

»Ja. Zuerst in Druckbuchstaben, dann als Unterschrift.«

Lorenzo zögert einen Augenblick, tut dann aber, was ich sage. Nun ist der Mitschüler zu seiner Linken dran, dann das Mädchen mit den lila Haaren.

Riccardi hält sich an der Bank fest, schaukelt auf dem Stuhl vor und zurück. Er streckt den Kopf vor, um zu sehen, was die Klassenkameraden machen.

Einer nach dem anderen setzt seine Unterschrift auf das Blatt. Zuerst die Jungen, dann die Mädchen, die auf einer Seite des Klassenraums eine Gruppe bilden. Sie haben lange Haare, einen schmächtigen Körperbau, unterscheiden sich wenig voneinander.

»Danke«, sage ich, als das Blatt bei der Letzten der Reihe ankommt. Sie ist anders, weniger knochig als die anderen. Üppiger und hübscher.

»Habt ihr alle unterschrieben?«

Sie blickt mich ausdruckslos an, gibt das Blatt dann an Riccardi weiter, langsam, mit ausgestrecktem Arm, bereit, die Hand sofort zurückzuziehen. Genau so, wie mein kleiner Bruder den Rottweiler der Nachbarn fütterte.

Riccardi reißt ihr das Blatt aus der Hand, setzt sich wieder hin und hält es in der Faust. Es gehört ihm.

Glückwunsch, sagt Biagini.

Ich ignoriere Andrea, der das Blatt mit den Unterschriften der Kameraden zusammenknüllt, in der Faust einschließt.

Die Kinder schweigen: Sie stülpen sich eine imaginäre Tarnkappe über, die sie unsichtbar macht.

Es ist ja bloß Papier, sagen sie sich, wir können diesem Knistern lauschen, ohne uns fürchten zu müssen. Es hört jetzt ohnehin auf: Riccardi entwirrt das Papierknäuel und breitet es auf der Bank aus, indem er mit dem Handballen die Falten glatt streicht. Als ihm das Blatt glatt genug erscheint, nimmt er einen Füllfederhalter und beginnt zu schreiben, seinen Vornamen.

Ich gehe zu ihm und nehme es ihm ab.

»Danke.«

Ich bleibe neben ihm stehen, lese. Riccardi fängt wieder an zu schaukeln, ohne mich anzusehen. Seine Haare sind nicht so blond, wie sie mir von weitem erschienen.

»Du bist Marco«, sage ich zu einem Jungen mit Irokesenkamm, dann entlocke ich ihm auch den Nachnamen. Und wie viele Geschwister er hat und wie alt er ist. Wo er geboren wurde und wo er wohnt.

»Du bist Daniele, in Mailand geboren und hast einen Bruder, der Matteo heißt. Du hingegen …«, sage ich und beuge mich über seine Bank, »bist Andrea. Stimmt's?«

Riccardi schaukelt heftig, stößt sich fast an der Tischplatte. Jedes Mal, wenn er innehält, zeichnet er weiter. Für ihn existiere ich gar nicht.

»Ja, du bist Andrea«, beharre ich und deute auf seine krumme Unterschrift. »Das hast du selbst geschrieben.«

Auf seinem Blatt nimmt ein Teufel Gestalt an, der dem im Büro der Belcari haargenau gleicht.

»Das ist Lorenzo Pasteris. Das ist Marco Vazzana. Und du bist Andrea.«

Riccardi greift sich seitlich in die Haare und zieht daran. Dann widmet er sich wieder seinem Teufel. Feuerzungen schießen aus den Hörnern bis zum Rand des Blattes hoch.

»Lorenzo Pasteris. Daniele Di Salvo. Marco Vazzana. Und Andrea.«

»Riccardi«, knurrt er, ohne den Blick zu heben.

»Andrea Riccardi«, sage ich.

Als die Pausenglocke ertönt, strömen die Schüler in den Flur, rennen die Treppen hinunter, gehen auf den Hof hinaus oder schließen sich in den Toiletten ein, um zu rauchen. Der schleppende Gang der Mädchen, die untergehakt auf und ab gehen, vermischt sich mit dem nervösen Getrampel der Jungs, die von Stockwerk zu Stockwerk rennen, um von dieser oder jener gesehen zu werden, um Chips oder eine Zigarette zu schnorren, um die Streber zu warnen, dass in der nächsten Stunde die Kacke am Dampfen ist, wenn sie die Mathematikhausaufgabe nicht herausrücken. Alles wollen sie in der Pause erledigen, dafür reichen die fünfzehn Minuten nie aus.

Ich beobachte die Kollegen, die an den Wänden lehnen oder sich zusammenfinden, um ein paar Worte zu wechseln. Während der Pause sind wir außen vor, wie bei einem Fest, zu dem man uns nicht eingeladen hat. Miranda geht durch die Gänge und droht, Zigaretten und allzu laute Mobiltelefone einzukassieren. Die Jugendlichen sehen und hören sie nicht. So funktioniert es.

Während der Pause leeren sich die Klassen und verlieren an Bedeutung. Die Schule wird zur Schule von Dingen, die mit den Büchern nichts zu tun haben und nichts zu tun haben wollen. So war es am Tito Livio, so ist es am Bernini, so ist es überall.

»War es einigermaßen ok?«, fragt mich Loredana und legt mir eine Hand auf die Schulter.

»Ja, für heute schon.«

Im Flur dreht sich Riccardi mit ausgebreiteten Armen um sich selbst, wie ein Hubschrauber. Als er stehen bleibt, nimmt er den Kopf in beide Hände und lässt dann einen Schrei los, der alles andere übertönt, und einen Augenblick lang ist es, als existiere nur er und als seien wir Ölgötzen, hingestellt, um ihm zuzuschauen und vor ihm Angst zu haben.

Die Sekretärin, die gerade mit den Akten beschäftigt ist, hat ein kantiges Gesicht und lange Finger, mit denen sie mir zeigt, wo ich unterschreiben muss.

»Hier. Hier und hier. Vergessen Sie nicht, mir den Füller zurückzugeben.«

Ich verspreche es.

Das ist der dritte Dienstantritt, den ich unterschreibe. Der erste als Inklusionslehrerin.

»Da bist du ja.«

Die Belcari hat zwischen ihren Augenbrauen die übliche Falte, die ihr die Stirn durchfurcht.

»Wie ist es gelaufen?«

»Sehr gut.«

Sie wartet.

»Das heißt, ich dachte, es würde schlimmer werden. Wirklich. Doch es ging. Natürlich hat er mich noch nicht akzeptiert, aber warum sollte er auch? Er kennt mich nicht. Immerhin hat er mit mir gesprochen, das ist ein gutes Zeichen, oder? Es wird also irgendwie gehen.«

Sie nickt.

»Ich freue mich, aber hör mal«, sie tritt näher und senkt die Stimme, »wenn du einen Rückzieher machen möchtest, kannst du es mir ruhig sagen. Daran wäre nichts Schlimmes.«

Dann verabschiedet sie sich – sie weiß etwas, das ich nicht weiß, über Riccardi oder über mich.

Es beginnt immer mit einem Schmerz in der Brust, einem Schwindelgefühl, das stärker und stärker wird, sodass ich überzeugt bin: Diesmal ist es so weit, ich werde sterben, wenn ich nicht sofort die Augen öffne. Dann nehmen die Kälteschauer, die mich erzittern lassen, die langgestreckte Form von Schlangen an.

Es kommt vor, dass ich sie über das Kopfkissen kriechen höre. Oder unter dem Bett: Sie winden sich um ein Bein des Bettgestells oder gleiten über die Schuhe, kringeln sich zusammen.

Ich setze mich dann auf und knipse das Licht an. Ich warte, bis ich ganz wach bin, und rede mir ein, dass es im Zimmer genug Luft gibt, auch wenn es mir nicht so vorkommt.

Es wird vorübergehen.

Es ist nur eine Sinnestäuschung. Nichts kriecht, nichts beißt, nichts würgt mich. Ich bin allein, bin in meinem Zimmer, es ist zwei Uhr nachts.

Ich versuche aufzustehen, ohne Lärm zu machen und ohne über die noch unausgepackten Kartons zu stolpern. Der Umzug ging hastig vonstatten, was jedoch nicht die Unordnung rechtfertigt, die mich umgibt: Das Chaos, das in meinem alten Zimmer herrschte, ist mit mir umgezogen und weigert sich, sich beseitigen zu lassen. Schachteln voller Theaterzettel, Lämpchen, im Laufe der Zeit gesammelter Nippesfigürchen, die jedem Versuch, sie wieder aufzustellen, Widerstand leisten.

Nach der Trennung von Gianni habe ich festgestellt, wie nachtragend Gegenstände sein können. Mit den Jahren häufen sie Bedeutungsschichten an, die weit über ihren Gebrauchswert hinausgehen, in Jahren, in denen wir sie kaum wahrnehmen, nachdem irgendjemand sie gekauft, benutzt, in eine Ecke gestellt hat. Dann gehören sie plötzlich uns und damit basta. Aus jenen Jahren haften ihnen Spuren an, durch die sie uns beim bloßen Anblick verletzen. Es ist eine Art, sich wichtig zu machen. Um zu beweisen, dass sie alles sind, was bleibt.

Ich tappe im dunklen Zimmer umher.

»Es ist klein, und das Bett nimmt viel zu viel Platz ein«, sagte Margherita bei meiner Ankunft. »Und der Schrank ist zwar riesig, kann aber nicht allzu viel fassen, der Boden ist durchgebrochen.«

»Macht nichts«, erwiderte ich.

»Der Höhepunkt ist die Aussicht«, meinte sie. »Sie geht auf den Balkon gegenüber. Gib acht, wenn du dich ausziehst: Der Nachbar ist nicht gerade ein Kavalier.«

Das ist kein Problem, ich sehe ihn nie. Manchmal klingelt sein Handy, beharrlich, doch er geht nicht ran und schaltet es auch nicht aus. Dann verstummt es ein Weilchen, fängt wieder an und hört den ganzen Abend lang nicht mehr auf. Einen so zähen Willen, jemanden zu ignorieren, kann ich mir einfach nicht vorstellen und ebenso wenig eine derartige Engelsgeduld, ad infinitum zu warten, bis jemand den Anruf entgegennimmt.

Während ich auf sein Fenster starre, beruhigt sich mein Herz allmählich und die Beine hören auf zu zittern. Den Ekel verspüre ich jedoch noch immer und ebenso das Verlangen, eine menschliche Stimme zu hören.

Auf Skype meldet sich niemand. Rasch kontrolliere ich meine E-Mails: nur Spam und eine automatische Auswahl von Stellenangeboten, der ich entnehme, dass es in meiner Heimatstadt nichts für mich gibt.

Ohne das Licht einzuschalten, gehe ich in die Diele.

Margheritas Tür ist nur angelehnt. Ich klopfe an und drücke sie behutsam auf.

»Darf ich reinkommen? Bist du wach?«

Ich führe ein Selbstgespräch. Margherita ist nicht da.

Von ihrem Zimmer aus sieht man das übrige Gebäude. Die Wohnungen, die über einen gemeinschaftlichen Balkon zugänglich sind, setzen alle den Blicken aller aus, und selbst zu dieser nachtschlafenden Zeit habe ich den Eindruck, dass hinter den geschlossenen Fenstern jemand steht, der in meine Richtung blickt. Ihr macht das offenbar nichts aus, sonst hätte sie statt dieser dünnen Gardine eine dichtere aufgehängt. Wie mir scheint, macht ihr fast nichts etwas aus.

Seit vier Jahren lebt sie in dieser Wohnung und hatte bereits fünf Mitbewohnerinnen. Die Wohnungseigentümerin nennt sie »die Alte« und trifft sie nie, nicht einmal, um die Miete zu zahlen. Die überweist sie online, und falls in der Wohnung ein Problem auftaucht, erledigt sie es lieber selbst.

»Wenn Gas austritt, etwas tropft, Feuer fängt, platzt, brauchst du nur zu schreien: Ich kümmere mich schon darum.«

Im Laufe der Jahre hat sie allen Dingen in ihrem Zimmer und der Wohnung ihren Stempel aufgedrückt. Die Schreibtischlampe hat den Korpus aus Plastik eingebüßt, sie besteht nur noch aus einem Kabel, das mit Tesafilm an die Wand geklebt wurde. Der Schuhschrank in der Ecke dient auch als Ablage für ihr Schminkzeug. An den Wänden hängen Filmplakate in Schwarzweiß, auf denen Margherita jedoch mit rotem Filzstift Zitate notiert hat.

»Lass mich wissen, ob sie in festen Händen ist«, sagte Massimiliano, bevor er wieder nach Neapel zurückfuhr. »Oder ob sie das Zimmer aus irgendeinem Grund aufgibt. Das übernehme ich dann und zahle auch ihre Miete.«

Im Bücherregal viele Filme und wenige Bücher. Eine verzierte Holzschachtel, die hübsch aussieht und sich gut anfühlt. Darin Tabak und Zigarettenpapierchen.

Die Schritte auf der Treppe lassen mich erstarren. Ertappt, denke ich, bis ein Schlüssel die Tür unserer Nachbarn aufsperrt.

Es ist nicht Margherita. Ich kann aufatmen, mich ihrem Schrank widmen, der kleiner ist als meiner, aber keinen durchgebrochenen Boden hat. Jacken und Mäntel hängen ordentlich aufgereiht nebeneinander. Aus den Taschen spitzen Handschuhe und Schals hervor.

Das reicht, denke ich. Mach zu und geh. Was mich zurückhält, ist das nur halb unter den Pulloverstapel geschobene Foto: Eine Frau, die auf einer Wiese sitzt, blickt mit einem gezwungenen Grinsen ins Objektiv. Irgendjemand hat sie soeben gebeten zu lächeln. Ein kleines Mädchen vor ihr steckt eine Hand in den Mund und versucht mit der anderen, einen Ball festzuhalten. Oder ihn wegzustoßen. Oder sich auch noch die zweite Hand in den Mund zu stecken.

Hinten auf dem Foto steht kein Datum, auch der Ort ist nicht angegeben. Irgendwo schüttelt mein Vater den Kopf als Zeichen der Missbilligung.

Ich lege es wieder an seinen Platz, schalte das Licht aus und lehne die Tür an. Mit vorgestreckten Händen, um nirgendwo dagegen zu stoßen, kehre ich in mein Zimmer zurück. Ich habe mir in den Kopf gesetzt, kein Licht zu machen – wenn das so weitergeht, wird mir die Wohnung ewig fremd bleiben.

»Heul doch nicht«, sagte Massimiliano und ließ meine Hand los. Er stieg ins Auto, deutete auf den Rückspiegel. »Wenn ich dich immer noch heulen sehe, kehre ich um und versohle dir den Hintern, ich schwör's dir.«

Ich lege mich ins Bett, den Laptop auf den Knien. Gianni hat versucht, mich über Skype zu kontaktieren.

Können wir reden?

Nein, denke ich, und schließe das Programm.

3

Am Montessori waren alle Türen geschlossen. Die des Sekretariats, des Direktorats, des Förderbüros. Anna ist geschickter als ich, wenn es ums Anklopfen geht, weshalb sie voranging, ich ihr folgte und es ihr überließ, mir die Dinge weniger feindselig erscheinen zu lassen.

»Dürfen wir reinkommen?«

Das Förderbüro war klein und finster. Tirone saß am Schreibtisch, die unendlich langen Beine übereinandergeschlagen, und schrieb mit einem Bleistift in ein Heft.

»Signore Tirone? Wir sind die neuen Referendarinnen für das Förderprogramm.«

Er hebt den Kopf und gibt uns die Hand.

»Und was hat euch dazu gebracht?«

Anna lächelt wohlerzogen.

»Können Sie uns von Ihren Fällen erzählen?«

Tirone bedeutet uns, auf den freien Stühlen Platz zu nehmen. Mit einem einzigen Handgriff legt er den Bleistift in das Heft und klappt es zu.

»In diesem Jahr betreue ich lediglich Francesco. Down-Syndrom, typischer Fall, nichts Besonderes.«

»Würde es ihn stören, wenn wir mit in die Klasse kommen würden?«

Anna hatte ihren Notizblock herausgezogen und *Francesco, D-Synd.* notiert.

»Aber nein, er ist ruhig. Umgänglich. Und sehr warmherzig, ihr werdet sehen.«

 Tirones Hemdkragen ragte zur Hälfte aus dem Pullover, die andere blieb darin verborgen. Das empfand ich als unangebracht und störend.

»Wenn ihr euch zehn Minuten geduldet, dann gehen wir in die Klasse.«

Abgesehen von zwei mit einem Vorhängeschloss versehenen Schränken und dem Tisch, an dem wir saßen, war der Raum völlig leer. Wie eine Verzierung zog sich ein Stockfleck von der Ecke beim Fenster bis zur Wandmitte herunter.

»Gestattet mir noch einen kurzen Augenblick.« Er schlug das Heft wieder auf. »Wenn ich das hier unterbreche, riskiere ich, den Faden zu verlieren.«

Schweigend schrieb er weiter, bis die Pausenglocke ertönte. Dann ließ er befriedigt den Bleistift auf dem Tisch liegen: ein Sudoku. »Wisst ihr was?«, verkündete er wie nach einer Erleuchtung. »*Interessanter* ist für euch möglicherweise Tommaso.«

Zum zweiten Mal gehe ich in die 1A und ertappe mich dabei, wie ich bereits meine Aufenthalte dort zähle. Die Italienischkollegin sitzt am Pult. Als sie mich in der Tür erblickt, kommt sie mir entgegen.

»Silvia«, sagt sie. Sie hat denselben schmächtigen Körperbau, dieselbe jugendliche Kurzhaarfrisur, dieselbe Art, den Mund zu verziehen wie meine Griechischlehrerin am Gymnasium. Die Schule verschlingt uns, speit uns aus, verschlingt uns von Neuem.

»Hast du ihn schon …?«

»Gestern.«

Ich warte, bis sie meinen kleinen Wuchs, mein jugendliches Alter abgeschätzt hat.

»Hast du das zweite Staatsexamen?«

»Ja«, erwidere ich, gebe ihr einen Aufhänger, an dem wir uns beide festklammern können.

Kurz darauf liest sie die Anwesenheitsliste vor, übergeht einige Namen oder wiederholt andere, weil sie die Antwort nicht gehört hat. Auch sie wartet.

Der Lärm des Rasenmähers im Garten, das Getuschel der Jungs, sogar das Dröhnen eines vorbeifahrenden Motorrads stört uns: Wir wollen nicht, dass es plötzlich über uns herfällt, wir wollen Wind davon bekommen, darauf vorbereitet sein.

Es ist zehn Minuten nach acht.

Draußen im Gang knallt irgendetwas gegen die Wand und schleppt sich dann zu unserer Klasse. Silvia wirft mir einen kurzen Blick zu, danach fragt sie, ob allen die Aufgabenstellung einigermaßen klar sei.

In diesem Augenblick wird die Tür sperrangelweit aufgerissen, aber der, den ich eintreten sehe, ist Tommaso: ein dicklicher Sechzehnjähriger, dessen krause schwarzen Haare in alle Richtungen abstehen. Mit seitlich ausgestreckten Armen und rotierenden Händen rennt er zum Fenster. Ein schwachsinniges Lachen entstellt seinen Mund und kräuselt seine Augenbrauen, die nur noch ein dunkler Fleck sind. Er steht vor dem Fensterbrett, lehnt sich dagegen.

Ich habe gerade noch Zeit, die Augen zu schließen und wieder zu öffnen, da stürmt Riccardi auch schon durch die aufgerissene Tür herein, stürzt sich mitten in die Klasse und bleibt abrupt stehen, als er mich sieht.

»Nein!«, brüllt er, versetzt sodann der ersten Bank einen Tritt und geht zu seinem Platz, entledigt sich seines Rucksacks und seiner Jacke und beginnt, wie wild zu schaukeln. Dann schlägt er mit der Faust auf seine Bank ein, ohne mich dabei aus den Augen zu lassen.

Er will dich auf die Probe stellen, sagt Biagini. *Du kannst nicht einfach tatenlos herumstehen.*

»Andrea«, schreitet Silvia ein. »Wir schreiben jetzt die Klassenarbeit. Nimm dir auch ein Blatt.«

Nach und nach hört Riccardi auf zu schaukeln und sucht in seinem Rucksack nach dem Heft.

»Ich schreibe die Stichpunkte an die Tafel, Silvia. Dann können alle überprüfen, ob sie Fehler gemacht haben«, sage ich sehr vernehmlich.

Während ich den ersten Stichpunkt hinkritzele, erfinde ich sogleich einen anderen, es geht um die Beschreibung eines Klassenkameraden. Silvia gibt mir ein Zeichen: Sie hat verstanden.

»Also, Andrea, willst du das übernehmen?«, fragt sie.

Riccardi stößt einen wütenden Laut aus. Nein. Er packt einen Bleistift und beginnt, auf dem Blatt herumzumalen.

Versuch, näher ranzugehen, sagt Biagini.

»Habt ihr das alle abgeschrieben?«, frage ich.

Keine Antwort. Ich gehe zwischen den Bänken hindurch, ein beiläufiger Spaziergang, aber Riccardi richtet sich auf seinem Stuhl auf, stößt mit dem Bleistift nach mir, durchbohrt die Luft mit vielen kleinen Stichen, wovon er nicht ablässt, obwohl ich ihm den Rücken zuwende.

In Ordnung. Tob dich ruhig aus.

Ohne mich umzudrehen, kehre ich zur Tafel zurück.
Über kurz oder lang wird er es leid sein.

Die Köpfe über die Bänke gebeugt, die Stifte in der Hand, schreiben die Schülerinnen und Schüler vor sich hin. Halblaut bespreche ich mit Silvia den Lehrplan des Schuljahres. In Geschichte kommen Athen und Rom dran; Lektüre wird zuerst die *Ilias*, dann die *Odyssee* sein.

Von der anderen Seite des Klassenzimmers aus fixiert mich Riccardi weiterhin; sein rechter, starr ausgestreckter Arm stößt den Bleistift immer wieder in die Luft, durchbohrt den gesamten Raum.

»Tommaso ist ein Fall wie aus dem Lehrbuch«, erklärte uns Tirone im Flur des Montessori-Lehrerseminars. »Er schaukelt, rennt durch die Gänge. Das wars. O ja, und die Italienischlehrerin wird euch erzählen, dass er schreibt. Aber bei mir hat er das noch nie getan.«

Er schrieb. Man musste ihm helfen, den Schreibapparat zu benutzen, dann aber drückte er die Tasten und beantwortete die Fragen, die wir ihm stellten, in Großbuchstaben.

»Wörter auf gut Glück also. Sätze ohne Sinn«, fuhr Tirone fort. »Es handelt sich um infantilen Autismus: Er spricht nicht, kommuniziert nicht, versteht nicht.«

»Versteht nicht?«

»Das behaupten die einen, andere behaupten das Gegenteil. Wir sind ja schließlich keine Mediziner.«

Wir sind keine Mediziner. Wir sind keine Psychologen. Wir sind Sozialarbeiter. Verlangt nicht von uns, dass wir uns zu Wort melden. Untersteht euch nicht, das zu verlangen.

Eine halbe Stunde ist vergangen: Riccardi drischt nicht mehr auf die Luft ein und schaukelt nun heftig und unablässig vor und zurück. Die Haare fallen ihm in die Stirn, streifen die Bank und ziehen eine Grenze.

Tut mir leid, Silvia; ich versuche es ja.

Sie versteht, schreitet ein. »Komm, Andrea. Schreib etwas.«

Er schaukelt etwas langsamer, wirft mir einen Blick zu. Ich rühre mich nicht von der Stelle.

»Willst du mal Lorenzo beschreiben?«

Das Heft auf der Bank wird geöffnet.

»Wie ist Lorenzo denn so?«, frage ich versuchsweise.

Riccardi brüllt. Der Stift richtet sich wieder nach oben: nur ein paar Stiche, um mich mundtot zu machen.

Ich lasse nicht locker.

»Ist er groß? Ist er klein?«

Riccardi betrachtet den Mitschüler. Lorenzos Ohren glühen, als er den Kopf über die Klassenarbeit beugt.

»Lorenzo, würdest du bitte mal aufstehen?«

Der Junge hört auf zu schreiben. Er zögert nur einen Moment, dann erhebt er sich von seinem Stuhl.

»Und? Ist er groß? Ist er klein?«

Riccardi schaut ihn an.

»Groß«, sagt er, nimmt den Stift in die Hand und fängt an zu schreiben.

Vor zwei Jahren streckte im Tito Livio-Gymnasium ein Schüler aus der zweiten Klasse den Kopf zur Tür heraus, stürmte wieder in die Klasse zurück und stieß einen Schrei aus: »Geschichte im Anmarsch!«, und ich war es, die eintrat, das Klassenbuch aufs Pult legte und »Guten Morgen« sagte.

Und: »Die Bücher raus, bitte.«

Und: »Bist du jetzt vielleicht mal zwei Minuten still, Polito? Ich sitze noch nicht einmal und habe bereits so einen Kopf.«

Ich hatte meine Verbündeten: das Klassenbuch, die Wandtafel, De Marchi in der ersten Bank, der bis zum Ende der Stunde ganz Auge und Ohr war. Ich nahm gerade Sparta und Athen durch.

An manchen Tagen kam mir das Unterrichten wie ein Krieg vor. Ich hatte die Schüler zu Beginn des Schuljahres übernommen und kapitulierte nicht: Bis zum Juni würde ich Ruhe gebieten, Klassenarbeiten schreiben lassen, die Trägheit mit Strenge bekämpfen. An anderen Tagen war das Unterrichten toll, wir folgten Alexander dem Großen nach Ägypten, in die Türkei, durch Persien bis nach Indien; draußen regnete es, und wir merkten gar nicht, wenn die Pausenglocke ertönte.

Freitags lehnte immer Gianni am Gittertor, wo er auf mich wartete, um mit mir Mittag essen zu gehen.

»Na, Frau Lehrerin?«

Polito zeigte sich am Fenster, pfiff uns nach, um sich über mich lustig zu machen.

»Hat er schwarze oder blonde Haare?«

Riccardi hält sich die Ohren zu. In Ordnung, ich rede nicht.

Ich gehe zur Tafel und schreibe: ER HAT HELLE AUGEN.

 Und auf die andere Seite: ER HAT DUNKLE AUGEN.

Riccardi hört auf zu schaukeln. Er ruft Lorenzo, aber der antwortet nicht. Da schreit er lauter, schlägt mit den Händen auf die Bank, springt hoch und baut sich vor Lorenzo auf.

Alle beobachten ihn, reglos: Wir sind seine Geiseln.

Mit schrecklicher Unruhe packt er Lorenzo am Kragen und zwingt ihn, das Gesicht zu heben.

Er hat helle Augen.

Befriedigt kehrt er an seinen Platz zurück. Er schreibt.

Ich nehme wieder die Kreide in die Hand. Nur ganz kurz überlege ich.

ER HAT EIN GELBES SWEATSHIRT AN.

ER HAT EIN WEISSES SWEATSHIRT AN.

Riccardi blickt zur Tafel hoch, schaut Lorenzo an, fasst sich an den Kopf und schreit.

»Es war nicht deine Schuld«, sagt Silvia am Tag der Klassenkonferenz zu mir.

»Versuch, ruhig zu bleiben«, höre ich von der Belcari ein paar Stunden später am Telefon.

»Ich bin froh, dass du mich damals nicht hast rufen lassen«, erklärt mir De Lucia ein paar Monate später.

»Da hätte ich auch losgeheult«, gesteht mir Anna an Weihnachten. »Es hat bestimmt niemand bemerkt.«

Er schreit noch immer, als die Bank vor ihm krachend umfällt. Er brüllt, während ich durch die beiden mittleren Reihen verängstigter Klassenkameraden laufe und er mich mit ausgestrecktem Arm einholt. Ich versuche, den meinen zu heben, einen Schritt zurückzutreten, aber er ist schneller als ich. Er packt mich am Handgelenk, dreht es wie einen Schaltknopf. Er ist großgewachsen, sperrig, unkoordiniert, verrückt.

Aus der Gruppe der Mädchen ertönt ein Schrei, dann nichts mehr. Sie fassen sich gegenseitig an den Händen.

»Es ist alles in Ordnung«, sage ich, aber Riccardi schreit, um meine Stimme zu übertönen und sie zu niemandem sonst gelangen zu lassen. Er ist großgewachsen, sperrig, unkoordiniert, verrückt.

»Beruhige dich, Andrea«, schaltet sich Silvia ein. Ich muss schnell nachdenken.

»Du hast Recht, ich habe einen Fehler gemacht. Jetzt reicht es aber.«

Ich habe ihn. Ich habe seine Hand in der meinen, drücke sie. Andrea zuckt zusammen, ist überrascht, verzieht die Lippen und bringt ein leises Stöhnen hervor, einen Klagelaut. Er ist größer und stärker als ich, aber im Grunde noch ein halbes Kind. Ich tue ihm weh.

»Ok, ist schon gut. Ruhig jetzt.«

Ich lasse ihn los.

»Nicht weinen.«

Riccardi hebt wieder den Kopf. Er weint nicht. Ich mache einen Schritt zurück, doch es ist schon zu spät. Die Hand, die ich losgelassen habe, zittert, mit der anderen reißt er den Filzstift hoch, kann es kaum erwarten, mir damit in die Augen zu stoßen.

Ich konzentriere mich auf die Fliesen in der Mitte des Ganges. Das ist schwierig, weil sie nicht still liegen bleiben.

 Ein Schritt nach dem anderen, dann kommst du zur Tür, trällerte vor zweiundzwanzig Jahren meine Großmutter, damit ich die Angst überwand, wenn ich nachts aufstehen musste, um zur Toilette zu gehen, die sich am anderen Ende der Wohnung befand.

»Fühlen Sie sich nicht wohl?«, fragt die Hausmeisterin, die mir entgegenkommt.

Doch, würde ich gern antworten, es ist nur, weil der Turm heute Morgen gebebt hat. Wenn der Turm bebt, fällt irgendetwas herunter, zerbricht, stirbt.

»Ich gehe nach Hause«, erwidere ich. Sie hält mich nicht auf.

Die Schülerinnen sind vor die Klassenzimmertür getreten. Unter ihnen ist jene ganz niedliche. Ich weiß, sie hat als Erste aufgeschrien. Ich lasse mich von ihr anstarren, während ich weggehe und sie bleibt.

»Wer war am Telefon?«

Margherita hat zwei Flaschen Weichspüler in den Händen. Beide sind blau. Ich frage mich, nach welchem Kriterium ich wählen soll.

»Eine Kollegin. Grazia«, sage ich.

Ich habe erfahren, was heute in der Klasse passiert ist.

»Ok: Alpenduft oder Meeresfrische?«

Ich glaubte, sie würde mir den Entscheidungszwang beim Einkaufen erlassen, wenn ich anbieten würde, den Wagen zu schieben.

»Frische«, sage ich.

Margherita legt die Plastikflasche ins Wägelchen.

»Und was wollte sie?«

Wir haben beschlossen, eine außerordentliche Klassenkonferenz einzuberufen. Morgen.

Ich folge meiner Wohnungsgenossin zwischen den vollgestopften Regalen hindurch. Mit den Ellenbogen stütze ich mich auf den Griff, um mich genau wie der Weichspüler und das Waschmittel durch die Papierteller und Servietten befördern zu lassen, die momentan im Angebot sind.

»Sie hat mich informiert, dass morgen Nachmittag eine Konferenz in der Schule stattfindet.«

»An deinem freien Tag – natürlich.«

»Natürlich.«

Endlos geht es an Konserven vorbei. Verschiedene Marken, Etiketten, Büchsen enthalten dasselbe, und es ist nicht leicht, bei gleichen Preisen das bessere Produkt zu wählen. Es kommt vor, dass man zu dem greift, was man häufiger im Fernsehen gesehen hat. Es kommt schon mal vor, dass man sich irrt.

Versuch, ruhig zu bleiben.

»Eine schlechte Nachricht für dich, eine gute für mich: Nächstes Mal, wenn ich Nachtschicht habe, ist Vito nicht da.«

Jetzt bin ich mir nicht mehr sicher, ob nicht der andere Weichspüler die richtige Wahl gewesen wäre. Wie aber hätte ich das wissen sollen?

»Stell dir vor: Sie haben ihn zu einem Treffen der ehemaligen Schüler des Gymnasiums eingeladen.«

Phantastisch: Er war der Einzige, der noch ungeselliger lebte als ich. Nun bin ich wieder im Nachteil.

Margherita macht mir ein Zeichen zu warten, während

 sie in zwei Regalen mit Keksen seelenruhig Preise und Inhaltsstoffe vergleicht.

»Entschuldigung.«

Der klassische unentschlossene Ehemann, der sich mit dem Einkauf herumschlägt, schleppt einen überfüllten Korb. Ich schiebe meinen Wagen zur Seite, um ihn vorbeizulassen, aber er hat es sich anders überlegt.

»Entschuldigen Sie«, wiederholt er. Plötzlich erhebt sich sein Arm vor meinen Augen, und ich habe keine Kraft mehr in den Beinen und versteife mich. Der Einkaufswagen entwischt mir, ist weg. Meine Brust schwitzt und zittert, schmerzt.

Mit einem Glas Mayonnaise in der Hand bleibt der Mann stehen, um mich anzustarren. Er ist ganz verschwommen.

»Wie geht's?«

Draußen ist die Luft frisch. Margherita hat mich an der Hand gepackt und hierher geschleppt, auf den Parkplatz.

Selber schuld, denke ich. Man soll sich eben seine Mitbewohnerinnen nicht übers Internet aussuchen.

Ich versuche, aufrecht zu stehen, mich zu bücken. Ich presse die Hand auf die Brust, ertaste die Stelle, wo es wehtut.

Margherita wartet auf eine Antwort. Unterdessen zündet sie sich aus einer plötzlichen Eingebung heraus eine Zigarette an: Es ist eine längere Geschichte.

Geflissentlich weiche ich dem Spiegel aus, während ich den Wasserhahn aufdrehe und die schwarzen Streifen der Wimperntusche wegwasche, die mir über die Wangen gelaufen sind. Auf dem Holzschränkchen drängen sich Bürsten, Cremedosen, Parfümfläschchen und Deodorants. Vom »Frühstück bei Tiffany«-Poster fixiert mich Audrey Hepburn mitleidslos. Selbst wenn sie könnte, würde sie mir nicht helfen.

Ohne anzuklopfen, kommt Margherita herein, stellt sich vor den Spiegel und fängt an, sich zu kämmen.

»Tut mir leid wegen vorhin«, sage ich zu ihr.

»Meine Arbeit besteht ja schließlich darin, Leute zu betreuen, die Szenen machen, wirres Zeug reden, anderen Leuten mit dem Tod drohen«, entgegnet sie und kämmt sich seelenruhig weiter, »was ist da schon ein hysterischer Anfall?«

Nichts. Er ist nichts.

»Federico zum Beispiel ist immer überzeugt, aufs Klo zu müssen. Und wenn du nicht sofort eines für ihn findest, lässt er die Hosen runter und pinkelt, wo er gerade steht.«

»Das hatte ich schon vorher erledigt.«

Sie lacht. Ein unbeschwertes Lachen, das ihre Augen erfasst und dort verweilt, bis ich ihr Gesellschaft leiste. Es ist alles in Ordnung. Nichts ist passiert.

Ich setze mich auf den Wannenrand, während sie sich schminkt, und noch ehe ich mich frage, warum ich ihr zuschaue, beginne ich zu erzählen. Das ist nicht normal, ich weiß. Letzte Woche wussten wir noch gar nichts voneinander. Jetzt können wir schon eine ausgewogene Einkaufsliste zusammenstellen, entscheiden, dass das Poster mit Audrey gegenüber der Badewanne hängen soll, aber Weinkrämpfe, Bekenntnisse und Ängste sind noch privates Terrain.

Es ist nicht normal, aber ich erzähle trotzdem. Normalität ist hier seit einigen Tagen ohnehin nicht mehr die Regel.

Als ich fertig bin, macht Margherita ein nachdenkliches Gesicht.

»Hat er dir wehgetan?«

»Nein. Aber er hat mir Angst eingejagt.«

Ich falte die Hände, drücke sie zusammen, damit sie nicht zittern.

»Manchmal starrt Vito ins Leere, und dann rennt er mit dem Kopf gegen die Wand. Einfach so, ohne jeden Anlass«, sagt Margherita. »Es war nicht deine Schuld.«

Ich zögere kurz, tue es dann aber doch.

»Er hatte ein schwarzes Sweatshirt an.«

»Riccardi?«

»Der Klassenkamerad. Sweatshirt, Hose, Schuhe, alles schwarz. Ich schrieb an die Tafel die Frage, ob es gelb oder weiß sei, um mich von ihm korrigieren zu lassen, damit er von alleine auf die richtige Antwort käme. Stattdessen ist er ausgerastet.«

Es war meine Schuld. Ich habe einen Fehler gemacht, Margherita.

Sie schüttelt den Kopf. »Diese verfluchten Gruftis«, sagt sie, wirft einen letzten Blick auf ihr Spiegelbild und verlässt das Badezimmer.

Ich lehne die Badezimmertür an. Das Blut kehrt wieder

in meine Beine zurück und die Kraft, aufrecht zu stehen. Ich gehe in mein Zimmer. Auch der Fußboden schwankt nicht mehr. Mir laufen die Tränen herunter und wollen nicht versiegen.

Nach einigen Minuten taucht Margherita mit Taschentüchern im Türrahmen auf.

Ich träume von Tommaso. Wir sitzen vor dem Schreibgerät, und ich halte sein Handgelenk, um ihm beim Zusammensetzen der Wörter zu helfen.

Gewöhnlich ist er furchtbar langsam.

DER TURM BEBT.

Er hält inne, um ein wenig zu schaukeln, und ich nutze die Unterbrechung, um hinzuzufügen: MANCHMAL.

Tommaso lacht. Er streckt die Faust aus, und ich egreife sie, um sie zu stützen.

IMMER.

Ich umfasse sein Handgelenk und bemühe mich, ihn dazu zu bringen, dass er die Löschtaste drückt, bis die Seite wieder leer ist.

Tommaso schaukelt vor und zurück und lacht so sehr, dass ihm der Speichel aus dem Mundwinkel läuft, den Ärmel seines Pullovers durchnässt.

Er ist ein Monster, denke ich. Er wird mich fressen.

Ich versuche mich zu bewegen, kann aber nicht. Ich bin gezwungen zu sehen, wie er aufsteht, zum Fenster rennt, sich auf die Hände stützt und hinunterstürzt.

4

Da gibt es einen Mann und eine Frau, die heiraten und sich ein Haus kaufen. Dieses Haus hat außer der Küche, den beiden Bädern, dem Schlaf-, Wohn- und dem Arbeitszimmer noch einen weiteren Raum, der vorerst leer steht, aber irgendwann gebraucht werden wird.

Der Mann und die Frau arbeiten, lieben sich, streiten sich, lieben sich etwas weniger, kaufen Möbel, zahlen den Kredit ab, bis sie schwanger wird. Es ist eine natürliche Folge all dessen, was sie getan haben, und sowie das Testergebnis eintrifft, kauft der Mann eine Wiege und die Frau bricht in Tränen aus. Ein paar Monate lang wird jeder der beiden denken, dass er mit dem anderen doch die richtige Wahl getroffen hat.

Überall gibt es Läden mit Umstandsmode, Leute, die ihr im Bus einen Sitzplatz anbieten, Preisnachlässe auf Windeln und Babyfläschchen. Alles wartet auf diese Geburt, und auch sie fährt vor Ungeduld schier aus der Haut.

Wird es ein Junge werden oder ein Mädchen? Wird das Kind ihre Haarfarbe haben, seine hellblauen Augen? Hoffentlich nicht die Nase des Großvaters.

Sie warten.

Auf den Ultraschallaufnahmen sieht man ein Herz, zehn Finger an den Händen und zehn Zehen an den Füßen. Lungen. Einen Mund. Die Andeutung einer Nase. Sie beschließen, sich bis zuletzt vom Geschlecht des Kindes überraschen zu lassen. Der Ehemann sagt, dass er sich auch freuen werde, wenn es ein Mädchen wird.

Die Freunde nennen die beiden schon Mama und Papa, um sie ein bisschen aufzuziehen. Sie verrechnen sich mit den Wochen, und eines schönen Tages ist es Oktober.

In der Klinik bleibt er im Flur sitzen, und mitten in der Nacht trifft der Arzt ihn zufällig vor dem Getränkeautomaten und teilt ihm mit, dass alles geschafft sei.

Währenddessen fühlt sie sich einfach nur leer. Sie hat viel Blut verloren und eine Transfusion bekommen. Wenn sie sich an den Bauch fasst, findet sie nichts mehr darin.

Als die Krankenschwester ins Zimmer tritt, fällt es ihr schwer, sie einzuordnen. Sie sieht in ihr ihre tote Mutter, die eigens zurückgekehrt ist, um ihr das Knäblein zu bringen, um ihr zu sagen, dass sie tapfer gewesen sei und heute Abend nicht das Geschirr spülen müsse.

Es ist ein Junge. Er reißt die Augen auf, schließt sie, streckt die Zunge heraus, weint ein bisschen.

Die Frau hält ihn im Arm. Ihre Brust schmerzt in Erwartung, gebissen zu werden. Sie streichelt dem Kleinen über den Kopf, obwohl man ihr abgeraten hat, dies zu tun. Sie fragt sich, ob ihr Mann weinen wird. Kurz darauf kommt er herein und gibt ihr einen Kuss. Er streichelt dem Kleinen über den Kopf und fängt an zu lachen.

Als sie ihn nach Hause bringen, machen sie sich Sorgen wegen der Kanten und Stufen, der Teppiche, über die er stolpern könnte, und der mitten im Zimmer stehen gelassenen Schuhe. Alles in ihrer Wohnung scheint ihnen zu schmutzig und zu gefährlich zu sein. Was für den Kleinen nicht taugt, taugt für niemanden. Es landet ganz oben auf den Schränken, wird ab und zu hervorgeholt und dann vergessen.

Das zusätzliche Zimmer nimmt Gestalt an, wird wesentlicher Bestandteil des Hauses. Für die Wände haben sie eine wassergrüne Tapete mit Gänschen ausgesucht.

Der Kleine isst und schläft. Alles an ihm ist ein Wunder: die Ärmchen, die sich strecken, die Händchen, die zufassen, der Mund, der lacht, zahnlos. Die Außenwelt verliert jegliche Anziehungskraft. Der Ehemann wundert sich, dass er früher Feierabend macht: »Papa« wird das erste Wort des Kleinen sein, das darf er nicht versäumen, und sie ist vor lauter Eifersucht womöglich imstande, ihn anzulügen, es ihm zu verschweigen.

Jeden Tag gibt es in ihrem Haus etwas Neues: die ersten Schritte, der erste Brei, der erste Zahn, die ersten Launen, das erste Filmchen, das erste hohe Fieber, die erste Pockenschutzimpfung, der erste Klaps auf den Hintern, der erste Gewissensbiss, die erste Schultasche, der erste Abschied und das erste Wiedersehen nach der Schule.

Alles geschieht zum ersten Mal und wird ihnen mit der Zeit zur Gewohnheit werden. Als sie ins Arbeitszimmer tritt und ihm verkündet, dass sie erneut schwanger ist, ist es ganz normal, dass sie genau zu wissen glauben, was sie erwartet.

»Es war nicht deine Schuld«, sagt Silvia zu mir, sobald wir sitzen.

Ich nicke mit dem Kopf und tue so, als sei ich mit der Tagesordnung beschäftigt. De Lucia nimmt neben mir Platz. Von der anderen Seite des Tisches mustert mich ein weißhaariger Lehrer über seine Brille hinweg.

»Nicolini, Kunstgeschichte«, flüstert mir De Lucia zu. Ich notiere es mir.

Die Schulleiterin ist eine blonde Mittfünfzigerin, die in ferner Vergangenheit einmal Mathematiklehrerin gewesen ist. Sie beendet das Telefonat, rückt sich die Armbanduhr zurecht.

Die Belcari beginnt:

»Verehrte Schulleiterin, liebe Kolleginnen und Kollegen: Die Klassenkonferenz der 1A tritt zusammen, um über die Eingliederung des Schülers Andrea Riccardi zu diskutieren.«

»Eingliederung?«, unterbricht Miranda sie. »Wir haben bereits Oktober: Er ist bereits zur Genüge eingegliedert worden.«

Die Belcari lächelt.

»Ich werde ein Seminar über die Folgen übertriebener Eingliederung vorschlagen. Aber«, sie hebt die Hand und würgt damit jeden Versuch ab, ihr das Wort zu entziehen, »lasst uns jetzt über Andrea reden.«

Biaginis erste Vorlesung hatte die Trauer um das Wunschkind zum Thema.

»Die Eltern haben neun Monate Zeit, sich vorzustellen, das Kind zu bekommen, das sie sich erhoffen. Wenn dann jedoch das Kind geboren wird, beginnt die Trauer um das Kind, das man sich eingebildet hatte. Dieses Kind gibt es nicht, sie müssen darauf verzichten.

Das Wunschkind ist gesund, hübsch und in der Regel männlich. Es weint praktisch nie, isst, was es auf dem Teller hat, und wandelt es in Energie um.

Die Füße des Wunschkindes sind dazu da, dass es läuft, rennt, bis es zurückgerufen wird. Die Hände fassen zu, ohne zu kneifen: Sie öffnen Schachteln, benutzen mühelos Kugelschreiber und Buntstifte. Der Mund des Wunschkindes sabbert nur in den ersten Monaten: Der Schokoladenfleck, den man nicht mehr wegkriegt, ist Gegenstand von Schnappschüssen, nicht jedoch von Sorgen. Das Wunschkind versteht und kann sich äußern, seine Eltern sind wie die in den Werbespots: sorgenfrei.

Und nun vergleicht mal dieses Kind mit einem aus Fleisch und Blut, das weint, Dreck macht, krank wird. Es ist ein holpriger Vergleich, aber in den meisten Fällen überwinden ihn die Eltern auf natürliche Weise.

Doch wenn aus einem Wunschkind dann ein behindertes Kind wird, kann die Trauer unerträglich werden.«

Riccardi ist ein Nervenbündel. Seine visuellen und akustischen Halluzinationen verschlimmern die autistischen Wesenszüge, die ihn seit seiner frühen Kindheit prägen. Die Mittelstufe war ein Desaster. Dies ist nun sein erster wirklicher Eintritt in die Welt.

Wenn ich den Blick von der Tagesordnung hebe, sitzt Andrea mit einem Bleistift im Mund am Tischende und schaukelt vor und zurück. Ich bin die Einzige, die ihn sieht.

»Wir sollten uns immer vor Augen halten, dass kein Fall völlig unlösbar ist«, sagt die Belcari.

»So ein Quatsch«, stößt Nicolini vom anderen Ende des Tisches hervor. Die ganze Zeit über hat er mit vor der Brust verschränkten Armen dagesessen und aus dem Fenster geschaut. »Sag uns einfach, ob er in der Klasse bleiben kann, ohne jemanden umzubringen.«

Da lacht der unsichtbare Gast und sticht sich mit der Spitze des Bleistifts in die Brust.

Die Belcari öffnet den Mund, um darauf zu antworten. Doch in diesem Moment taucht Signora Maria in der Tür auf: »Signora Riccardi ist da.«

»Schaut sie euch an, diese Eltern, wenn sie in die Schule kommen. Lernt, jene zu erkennen, die das Kreuz auf sich nehmen und sich dafür begeistern. Achtet auf jene, die sich für verflucht halten, weil sie in ihrer Jugend irgendeinen Scheiß gebaut haben: Selbst das begriffsstutzigste Kind hat es nicht verdient, wie eine Strafe Gottes behandelt zu werden. Mit diesen Leuten werdet ihr euch sogar herumstreiten müssen, falls sie unangenehm werden. Bei alledem dürft ihr jedoch niemals vergessen: Es sind Menschen, die Trauerarbeit leisten.«

»Was meinen Sie damit?«, fragte Anna mit betrübter Miene.

»Sagen Sie es mir«, erwiderte Biagini. »Was passiert, wenn man Trauerarbeit leistet?«

Alle drehten sich zu uns um.

»Man akzeptiert nach und nach, dass die Dinge nicht so sind, wie wir sie gerne hätten«, antwortete sie. Ihre Stimme zitterte. »Man denkt, dass das nicht gerecht ist, dass uns das nicht hätte passieren müssen. Mit der Zeit finden wir uns damit ab.«

Biagini schüttelte den Kopf.

»Nein, man leidet.«

Andrea überlässt den Platz seiner Mutter, schaukelt noch ein wenig neben dem Stuhl hin und her, zieht sich dann zurück und verschwindet im Halbdunkel des Zimmers. Sie ist eine hübsche Frau um die vierzig.

»Guten Tag, Signora Riccardi, wir haben Sie zu einer außerordentlichen Klassenkonferenz gebeten.« Die Stimme der Schulleiterin klingt vorwurfsvoll. Die Signora hat etwas falsch gemacht, auch wenn ich nicht sagen könnte, wann.

Die Belcari ergreift das Wort, ehe ihr andere zuvorkommen. »Andreas Eingliederung erweist sich als komplizierter als gedacht. Einige Vorfälle haben uns sprachlos gemacht, und wir erwägen momentan mögliche Vorgehensweisen.«

»Vorfälle?«

»Überfälle«, erwidert Miranda.

»Nichts Ernstes, keine Sorge«, versichert ihr die Belcari. »Aber vielleicht wäre es besser, wenn wir versuchen würden, diesen Schuleintritt für ihn etwas weniger traumatisch zu gestalten.«

»Das Förderbüro«, sagt die Signora und lächelt unerwartet. »Entschuldigen Sie. Ich war schon mal bei einer solchen Klassenkonferenz. In der Mittelstufe.«

Wir verstehen nicht so recht. Sie fährt fort.

»*Überfälle*, haben Sie gesagt?«

Miranda ergreift das Wort. »Überfälle. Auf mich, die Hausmeisterin, erst gestern auf die Kollegin hier.«

Andreas Mutter blickt sich suchend nach mir um.

»Was ist passiert?«

»Er hat versucht, mir damit ins Auge zu stechen.« Ehe

ich mir dessen bewusst werde, packe ich den Bleistift, hebe ihn hoch und stoße ein paarmal in ihre Richtung.

»Hat er Ihnen wehgetan?«

Der Schmerz in der Brust setzt wieder ein. Es ist ein Beklemmungsgefühl, das bis zur Kehle hochkriecht, sie mir allmählich zudrückt.

Ja, er hat mir wehgetan. Verflucht.

»Entschuldige, aber warum?«, fragt De Lucia. Er hat es auf mich abgesehen. »Überleg mal, es ist sehr wichtig. Was hat diese Reaktion ausgelöst?«

»Er hat ja schließlich auch auf mich eingeschlagen«, mischt Miranda sich ein.

»Und das ist ganz verständlich«, kontert er, entzieht sich dann ihrem giftigen Blick und fixiert wieder mich. »Aber warum hat er das bei *dir* getan? Was ist passiert?«

Andreas Mutter sieht mich an.

»Andrea sollte entscheiden, ob ein Klassenkamerad ein gelbes oder weißes Sweatshirt anhatte. Es war aber schwarz.«

»Du hast ihn angelogen«, sagt De Lucia.

Im Zimmer wird Gemurmel laut. Man spricht über mich.

»Herr Kollege, bitte.«

Die Stimme der Schulleiterin versetzt mich zwanzig Jahre zurück. Wir haben Mathematikunterricht, und Giuliano lenkt den Rest der Klasse ab.

De Lucia schüttelt den Kopf.

»Verehrte Schulleiterin, wenn wir Riccardi nicht vom ersten Schuljahr an in die Klasse eingliedern, werden wir das eines Tages noch bereuen. Er wird nämlich ein zweiter Santojanni werden.«

 Schlagartig verstummen sämtliche Kollegen und Kolleginnen: Das ist keine Ankündigung, es ist eine Drohung.

Die Schulleiterin befeuchtet sich die Lippen. »Na schön«, sagt sie. »Dann wird also beschlossen, dass der Schüler Andrea Riccardi bis Dezember im Förderbüro sein wird. Von Januar an wird seine mögliche Wiedereingliederung in die Klasse erwogen, unter der Voraussetzung, dass dies mit seiner eigenen Sicherheit und der seiner Mitschüler vereinbar ist.«

De Lucia nickt.

»Ich möchte hinzufügen, dass Sie, werter Kollege, derjenige sind, der am geeignetsten ist, sich um den Jungen zu kümmern. Da Sie so qualifiziert zu sein scheinen, wo doch andere gescheitert sind«, fügt sie mit einem Wink in meine Richtung abschließend hinzu.

Ich sehe die Kollegen wegfahren, De Lucia auf dem Motorrad, die anderen in Autos, und denke, dass es einen Ort in dieser Stadt geben müsste, wo ich jetzt hingehen könnte. Einen Ort wie die Piazza del Gesù, die Stufen des Maschio Angioino. Annas Wohnung.

Hier im Norden ist fast schon Abendessenszeit: Die Geschäfte haben bereits geschlossen, die Leute verschwinden in den Häusern, sagen dem Tag Adieu, bereiten sich auf morgen vor. Es ist eine Stunde, die es in Neapel nicht gibt.

Das Zentrum von Turin besteht aus Arkaden, Mansarden, Standbildern von Königen, blitzsauberen Straßen, Museen, Bibliotheken, Straßenbahnhaltestellen. Es ist wie Paris, Wien, Stuttgart: eine fremde Stadt.

»Bist du sicher?«, hatte mich Gianni gefragt. In der Bewerbung um Aufnahme in die Wartelisten für den Schuldienst hatte er *Turin* gelesen: Das musste ein Irrtum sein.

»Das ist nur eine der Möglichkeiten. Es ist ja nicht gesagt, dass ich dorthin komme.«

Wortlos hatte er begonnen, Kaffee zu kochen. Ich hatte den Briefumschlag wieder verschlossen und dann dem Impuls widerstanden, alles zum zigsten Mal zu überprüfen.

»Für mich keinen. Ich muss gehen, es ist schon spät.«

Er hatte sich kaum zu mir umgedreht.

»Jetzt sei doch nicht so. Es ist ja schließlich nicht New York, ok? Mit dem Flugzeug wird man gerade mal eine Stunde brauchen. Vielleicht ...« Ich hatte nicht weitergesprochen, weil er den Zucker hingestellt und danach das Holzschränkchen zugeknallt hatte, wie um einen Punkt zu setzen.

»Warum zum Teufel willst du mich eigentlich überzeugen? Das geht mich doch sowieso nichts mehr an, oder?«

Ich hatte kein Wort herausgebracht, einfach nur dagestanden, den Briefumschlag in den Händen, um wie ein Blitzableiter seine Wut auf mich zu ziehen.

Es ist doch lediglich eine kurze Unterbrechung, hätte ich gerne gesagt. Ich habe dich doch nur um ein paar Monate gebeten, um nachdenken zu können. Das habe ich nicht verdient, hör auf zu schreien. Schlecht drauf zu sein. Noch bevor ich zu einer Antwort ansetzen konnte, sagte Gianni: »Wenn du dich ohnehin schon entschieden hast, nicht mehr mit mir zusammenzuleben, kann ich nicht erkennen, was weitere neunhundert Kilometer ausmachen sollen.«

 O doch, die machen etwas aus, denke ich jetzt, während ich mich auf dieser langen, endlosen Straße ohne Kurven und ohne Unterbrechungen dahinschleppe. Ich kenne ihren Namen nicht, sie ist nur eine von vielen. Eine Prachtstraße voller herrschaftlicher Gebäude mit hohen Fenstern, von der Decke hängenden Kronleuchtern, die gerade, als mein Blick auf sie fällt, erleuchtet werden. Passanten, die mir entgegenkommen und mich überholen, ohne mich zu erkennen, ohne mich zu kennen.

Doch, Gianni, es macht etwas aus. Selbst ein Meter würde etwas ausmachen. Und dann erst neunhunderttausend!

Ich folge der Straße, die erst am Fluss endet. Wir kennen ihn aus Büchern, wissen, dass es ihn gibt: In Turin jedoch ist er Realität, man sieht ihn.

Der Po ist breit, mächtig angeschwollen: kommt überall hin, tut alles Erdenkliche, um diesen Straßen Widerstand zu leisten, sie zu durchschneiden, sie zu zwingen, einen großen Bogen um ihn zu machen. Das gelingt ihm teilweise, er unterbricht sie, aber auf der anderen Seite gehen sie weiter.

Ich mische mich unter die jungen Leute, die spazieren gehen, joggen oder sich in einem der zahllosen Lokale am Ufer einen Aperitif genehmigen.

Nach und nach löst sich die Verkrampfung in meiner Kehle, lässt den Sauerstoff einströmen, den ich brauche. Hier ist überall Platz, sich hinzusetzen und tief Luft zu holen.

Doch es ist nicht das Meer, sage ich mir.

Hör auf damit, sage ich mir.

Aber es ist doch so, sage ich mir.

Umso mehr, hör auf damit.

Der Luftstrom tut gut, reißt alles mit sich fort, ich muss ihn nur gewähren lassen.

»Wie bitte?« Der zwei Meter weiter weg sitzende junge Mann lässt das Buch, in dem er gelesen hat, auf seine Beine sinken. »Hast du was zu mir gesagt?«

»Nein, entschuldige.« Sofort stehe ich auf: Gegenüber einer Person, die dich bei einem Selbstgespräch ertappt hat, kannst du dich nicht rechtfertigen.

»Also gibst du es auf?«

»Was?«

»Den Monolog. Schien interessant zu sein.«

»O Gott.«

»Nein, ich mache doch bloß Spaß, kein Monolog.« Er schüttelt den Kopf. »Du hast nur ein paar Worte gesagt.«

Ich schaue ihn mir genauer an: Er ist blond, hat hellblaue Augen und sanfte Züge, sieht sehr gut aus. Er versetzt dem Buch einen Stoß, wie um es endgültig zuzuklappen.

»Lust auf ein Bier?«

Er heißt Fabio, schreibt gerade seine Diplomarbeit in Maschinenbauingenieurwesen. Sein Buch ist die Biographie eines Genies, das mit ein paar gelungenen Formeln die Mathematik revolutionierte.

»Er hatte den Kopf voller Zahlen. Und Menschen. Um nicht über die Menschen nachdenken zu müssen, dachte er über die Zahlen nach, und das mit unglaublichen Resultaten.«

»Wenn er also weniger gehemmt gewesen wäre, hätten wir weniger Resultate bekommen.«

»Mathematik ist etwas für unglückliche Gemüter«, schlussfolgert er und schlürft sein Bier. Kaum hat er dies gesagt, spüre ich, dass das nicht stimmt, dass die Mathematik eine wunderbare Sprache ist, die wir alle beherrschen sollten. Ich höre eine Stimme. Spüre sie in den Fingern.

Es ist Gianni.

»Und was studierst du?«, fragt Fabio.

»Geisteswissenschaften«, sage ich. »In Neapel.«

Ich bemühe mich, ihn loszuwerden, aus diesem Bier eine Sache zwischen mir und dem hier anwesenden Blonden zu machen. Aber es ist zwecklos: Es gibt zu vieles, was Fabio nicht über mich weiß.

»Eigentlich habe ich den Uniabschluss schon. Klassische Philologie.«

»Machst du Witze?«, fragt er ganz ernst.

Das Problem bei Latein ist, dass es sich nicht gut anhört. »Aber ich habe ein Erasmus-Jahr in Paris gemacht«, füge ich hinzu, um ein wenig zu punkten. Er lächelt. Es funktioniert. »Ich habe auch eine Weile hier gearbeitet. Der Plan war, hier zu bleiben«, sage ich zum Schluss und bereue es sofort.

Es war eine schwere Entscheidung, die ich binnen zwei Sekunden traf, kaum dass ich die Stimme meiner Mutter gehört hatte: Dem Großvater ging es schlecht. Gianni holte mich vom Flughafen ab und fuhr mit mir sofort zum Krankenhaus.

»Es tut mir leid«, sagte ich, wobei ich an all die Stunden dachte, die ich ihm am Telefon geraubt und in denen ich darauf beharrt hatte, dass Paris das Richtige sein könnte, die Chance, die wir uns verdient hätten. Ich dachte an seine beiden erfolgreichen Vorstellungsgespräche, an die unterwegs verbrachte Nacht, um seinen 18. Geburtstag zu feiern.

Er fuhr stur weiter.

»Ich habe meinen alten Chef angerufen: Er sagt, dass er mir die Stelle wiedergibt, wenn ich hier bleibe.«

»Tut mir leid«, wiederholte ich. »Ich habe es nicht mehr ausgehalten.«

Er nahm meine Hand, eine einzige Bewegung, meine und seine, um das Lenkrad zu drehen.

»Ich weiß«, erwiderte er.

»Berlin wäre mir lieber«, sagt Fabio. »Warst du schon mal in Berlin?«

So wird das Leben von nun an sein, denke ich. Als wäre ich von Gianni schwanger, trüge ihn immer in mir.

»Entschuldige, Fabio, aber ich muss jetzt gehen.«

Das Bierglas ist noch halbvoll, doch es ist spät geworden, oder zumindest sage ich das. Er begleitet mich ein Stück, bis mir eine Ausrede einfällt. Dann wartet er, bis ich mich ein wenig entfernt habe, bevor er sagt: »Aber solltest du mal wieder nach Turin …«

Ich drehe mich nur kurz um, so lange, um ihm zuzulächeln.

Er beendet den Satz nicht, und ich auch nicht.

5

Ich öffnete die Augen. Inzwischen knallte die Sonne auf uns herunter. Mein erster Sonnenaufgang auf der Autobahn.

In einem Anfall von Selbstlosigkeit hatte Massimiliano das Radio leiser gestellt, aber die Morgennachrichten drangen trotzdem an mein Ohr, bahnten sich einen Weg durch meine konfusen, traurigen Träume.

Irgendjemand sagte, dass die Krise bald vorüber sein würde. Ein kleines Mädchen war verschwunden. Es gab transitive Aktive und intransitive Deponentien. Falls jemand einen Brandherd sichtete, sollte er bitte den Notruf wählen.

»Guten Morgen.«

»Mmm.«

Ich hob nicht einmal den Kopf von der Rückenlehne, hatte kein Interesse, die vor uns liegenden Autobahnkilometer zu sehen. Noch weniger kümmerten mich die zurückgelegten, die verloren, einfach weg waren.

»Wo sind wir?«

»Ligurien.«

»Schon?«

Ich schloss wieder die Augen und legte ihm eine Hand auf den Arm. Von dort schien das Dröhnen des Motors zu kommen, aus dem angewinkelten Ellenbogen, der die Bewegungen des Lenkrades unterstützte, aus Massimilianos Herz, das Blut in das ganze Auto pumpte, es eine ganze Nacht hindurch am Laufen gehalten hatte.

»Wir sind fast da«, sagte er.

Nach einer weiteren Stunde erreichten wir Turin, fuhren am Fluss entlang, vertrauten uns ihm an, um die Straße zu finden. Die Stadt kam mir vor wie ein endloser Park, mit Hügeln, Alleen.

»Halten wir mal kurz an?«

Beim Austeigen musste ich mich an der Beifahrertür festhalten. Irgendjemand hatte mir die Beine geklaut, ich spürte sie nicht mehr. Massimiliano ging zur Bar gegenüber, kam mit Kaffee und der Sonntagsausgabe von *La Stampa* zurück.

»Keine unterhaltsame Lektüre«, sagte ich zu ihm.

Wir setzten uns auf eine Wiese. Ein paar morgendliche Jogger ehrten den Sonntag, indem sie ihre Waden malträtierten. Fahrzeuge, Personen, Hunde bewegten sich gesittet und friedlich. Diese Ruhe hatte nichts mit unserer zu tun, die immer öfter einer wütenden Atempause glich von dem ständigen Bedürfnis, sich abzureagieren. Unsere war eine gefährliche Ruhe: In ihr reiften die schlimmsten Entscheidungen, die sich verfestigen und Gewalt annehmen, unausweichlich erscheinen konnten. Deshalb war kein Einwand gegen unsere Entscheidungen möglich: bleiben, weggehen, jemanden zurücklassen – das alles hatten wir schon getan, tausendmal erwogen, ohne es auszusprechen.

»Verschone mich bitte«, sagte Massimiliano und rauchte seine Zigarette zu Ende. »Ich bin es, der Tränen vergießen sollte, dass ich wieder runterfahren muss.«

Ich sage es mir immer wieder: Kein Schrank räumt sich von selbst ein.

Keine Straße Turins wird mir je vertraut werden, wenn ich nicht häufiger rausgehe. Kein Tag ist so leer wie der Sonntag.

In Margheritas Zimmer ist jemand, der mit ihr lacht, die Musik der Stereoanlage übertönt und es mir schwer macht, mich ins Badezimmer zu schleppen und mein Tagewerk zu beginnen.

Mir beim Zähneputzen und Anziehen möglichst viel Zeit zu lassen, ist die einzige Möglichkeit, mich um das Auspacken der noch zugeklebten Kartons zu drücken: Bücher und Kleidungsstücke pochen gegen die Wände aus Pappkarton, wollen befreit werden.

»Ok«, sage ich mit lauter Stimme. Ich kapituliere.

Kein Bett ist so leer wie meins.

Kein Zimmer ist kälter.

Als das Telefon klingelt, widerstehe ich dem Impuls, Margherita zu rufen, ergreife flugs den schnurlosen Apparat und kehre in mein Zimmer zurück.

»Hallo?«, sage ich und werfe mich auf das noch ungemachte Bett.

»Margherita?«

»Nein, einen Moment bitte.«

Ich renne zu ihrer Tür, klopfe an. Die Musik wird etwas leiser gestellt, und sie zischt jemandem zu, er solle still sein.

Ich versuche, Zeit zu gewinnen. »Wer ist dran?«

»Geben Sie sie mir.«

Margheritas Tür öffnet sich gerade so weit, dass sie in dem Spalt auftaucht.

»Wer ist dran?«

»Ich weiß es nicht. Ein Mann.«

Diese Erklärung kommt mir albern vor. Aber es ist kein Junge. Es ist ein Mann.

»Gib her.«

Margherita blickt auf das Display, und ihr Gesicht fällt in sich zusammen. Ich schaffe es nicht rechtzeitig, etwas zu sagen: Sie zieht den Kopf zurück und schließt die Tür.

Die E-Mail in halbfetter Schrift ist von Gianni.

Ohne sie zu öffnen, lade ich sie herunter und suche nach einer Schere. Mit dem vordersten Karton fange ich an: Ich steche mit der Spitze der Schere hinein, schneide das Klebeband durch und reiße es weg. Dann ist der nächste an der Reihe. Danach ein weiterer und noch einer, bis alle mit einer aufgeschlitzten Kartonseite rücklings auf dem Fußboden liegen.

Nur einer versteckt sich unversehrt halb unter dem Bett. Ich ziehe ihn zu mir heran, lese die krumme Aufschrift: UNI-ZEUGS. Uni und Aufbaustudium sind mit mir nach Turin gekommen: die Examensprogramme, die Bücher, die in zwei Jahren Studium angehäuften Formblätter. Die Examensarbeit.

Auf dem Desktop öffnet sich ein rundes Fenster: Download abgeschlossen. Was will ich tun?

Nichts. Ich will nichts tun.

Ein Schlag genügt, und der Karton hat keinen Boden mehr. Das Klebeband will sich um die Schere wickeln, um nicht abgerissen zu werden.

Die Wohnungstür fällt ins Schloss, aber ich beschließe, nicht darauf zu achten: Ich bin sehr beschäftigt.

»Kennst du jemanden in Pavia? Verwandte, Freunde, Bekannte?«

Ich überlege. »Nein.«

»Gut. Von jetzt an wird bei dieser Vorwahl nicht mehr abgenommen. Ist das klar?« Dann verschwindet sie in der Diele.

Aus dem Karton ertönt ein schwaches Zischen, weshalb ich ihn eilends wieder schließe, unters Bett stoße und mich darüber zwischen den Decken verstecke. Nun zischt es auch aus dem Laptop. Beharrlich.

Na schön, denke ich. Drucke.

So findet mich Margherita mit dem noch warmen Blatt in den Händen, während ich die erste Zeile immer wieder lese.

»Ich muss etwas erledigen. Willst du mitkommen?«

Sie hat mir noch nicht gesagt, worum es geht, ich habe sie auch nicht danach gefragt. Schweigend sitzen wir einander gegenüber und scheinen genau das zu sein, was wir sind: zwei Fremde, die zufällig im selben Bus fahren.

Ich spüre, wie sich das Blatt Papier mit Giannis E-Mail in meiner Manteltasche zusammenrollt. Ich stecke die Hand in die Tasche und ertaste es, falte es zusammen, damit es nicht zerreißt. Margherita hantiert am Gehäuse ihrer Kamera herum.

Es kommt nicht auf die Dinge an, denke ich, sondern darauf, wie wir mit ihnen umgehen. Sie macht sich an der Nikon zu schaffen, als wäre sie ihr Kind: sorgfältig, aber mit einer Schnelligkeit in den Bewegungen, die wir gegenüber den Kindern anderer nicht an den Tag legen würden.

»Ich hätte gern mehr Ahnung von Fotografie«, beginne ich, bloß um irgendetwas zu sagen. »Manchmal sagt ein Bild mehr als tausend Worte.«

»Jim Morrison«, entgegnet sie.

Ich verstehe nicht so recht.

»*Ein Bild sagt mehr als tausend Worte*«, wiederholt sie. »Das war einer der Sätze, die man sich in der Mittelstufe ins Poesiealbum schrieb. Und immer waren sie von Jim Morrison.«

Mein Lachen überrascht sie. Ich komme mir dämlich vor, es fühlt sich toll an.

Wortlos folge ich ihr durch etliche immer gleiche Straßen. Vor dem x-ten Gründerzeithaus bleibt Margherita stehen und holt ihr Handy heraus. Kaum hat sie es ans Ohr gepresst, tritt auch schon ein junger Mann aus dem Tor und begrüßt sie.

»Savarese hat mir gesagt, dass du kommst.«

Ohne Zeit zu verlieren, führt er uns zur Rückseite des Gebäudes, zieht einen Schlüsselbund aus der Tasche und schließt eine der Garagen auf.

»Es ist nicht uralt«, sagt er. »Mein Vater hat es vor einigen Jahren selbst noch gefahren.«

Margherita lächelt, bis er das Licht einschaltet.

»Was habe ich dir gesagt? Sieh dir den Sitz an, er ist ein wahres Wunderwerk.«

Das Mofa ist in der Tat ein Schmuckstück auf Rädern: blitzblanke Karosserie, funktionierender Kippständer, hier und da ein Aufkleber mit einem Marvel-Helden.

Margherita macht einen Schritt nach vorn, schlägt mit der Hand auf den Sitz.

»Savarese hatte behauptet, es sei rot.«

Er blickt überrascht drein.

»Von mir hat er das aber nicht. Ich kann mich nicht erinnern, dass wir über die Farbe gesprochen haben.«

Er wirft mir einen flehenden Blick zu. Ich kann ihm nicht helfen.

»So aber nützt es mir gar nichts.« Margherita verlässt die Garage, und ich folge ihr auf den Fersen.

»Man kann es ja neu lackieren.«

»Nein, kann man nicht«, erwidert sie, ohne sich umzudrehen.

»Auf einen Schwachkopf sollte man sich nie verlassen«, sagt sie nach einer Weile zu mir.

Die Villa dei Pini ist ein großes Gebäude aus den sechziger Jahren. Treppe, Fassade und Dach sind ein einziger Alptraum in verschiedenen Grautönen.

»Schreib einfach nur: *Alles Gute zum Geburtstag.*«

Margherita hält das Paket so, dass die Glückwunschkarte darauf ruht.

Ich schreibe. Dann verharre ich einen Moment mit dem Filzstift in der Hand.

»*Elisa*«, ruft mir Margherita ins Gedächtnis. »Mach schon.«

Ich tue, wie mir geheißen: Grußlos und ohne sonstige Zuneigungsbekundungen schreibe ich hastig *Elisa* darunter.

»Perfekt. Warte hier auf mich.«

Blitzartig verschwinden Paket und Glückwunschkarte mit ihr im Innern des Gebäudes. Ich habe mich soeben für eine dreißigjährige Ehefrau und Mutter ausgegeben, welche vor mehr als zehn Jahren mit wenigen Altersgenossinnen die schwierige Aufgabe teilte, die einzigen Mädchen in einer Jungsklasse zu sein. Elisa war weder die Hübscheste noch die Intelligenteste der Schule, was Vito jedoch nicht interessierte. Es handelte sich bei ihnen um eine klassische Liebesgeschichte. Mehr oder weniger.

Der Junge machte dem Mädchen den Hof, das Mädchen tat so, als wollte es davon nichts wissen. Der Junge hielt mit allen ihm zu Gebote stehenden Waffen an seinem Vorhaben fest: mit Moped, Gel, Männlichkeitsbeweisen auf dem Fußballplatz. Das Mädchen gab nach.

Dann kam der Unfall, das Koma. Dem Mädchen wurde gesagt, dass er an allen möglichen Schläuchen hinge und einen dicken Kopfverband trage (»Um das zu retten, was von seinem Gehirn noch übrig ist«), aber sie besuchte ihn nie und erfuhr somit auch nie, ob dies der Wahrheit entsprach. Sofort jedoch erfuhr sie vom fast strangulierten Erzieher und der Krankenschwester mit den gebrochenen Armen; vom Schicksal des Sozialarbeiters las sie in der Zeitung.

Nachdem etliche Monate vergangen waren, kehrte der junge Mann zurück. Die junge Frau hatte sich inzwischen mit einem anderen verlobt, weil er ihr gefiel und weil sie Angst hatte, dass ihr früherer Freund wieder von vorne anfangen wollte.

Jahre später, um genau zu sein: in der vergangenen Woche, kam es bei einem Klassentreffen zu einem Wiedersehen. Er drückte die Fotos ihrer Kinder zwischen den Händen zusammen und sagte, er freue sich sehr, dass sie nicht hässlich oder krank seien, und er sich glücklich schätzen würde, hin und wieder eine Nachricht von ihr zu erhalten. Und vielleicht eine Glückwunschkarte zum Geburtstag.

Sie versprach es ihm, ja, natürlich.

Samstagmorgen kam Margherita zur Arbeit und fand Rita, Marcello und Federico, die anderen Dauerbewohner der therapeutischen Wohngemeinschaft, auf dem Treppenabsatz versammelt.

»Vito redet so komisch daher«, erklärte ihr Federico, wild gestikulierend. Margherita schickte die drei nach oben zu den halbtags arbeitenden Volontärinnen.

Dann ging sie in die Wohnung und rief Vitos Namen, bekam aber keine Antwort. Sie lief durch den Flur, schnappte sich das schnurlose Telefon und trat in sein Zimmer: Er war nicht da. Da hörte sie in der Dusche das Wasser laufen. Die Badezimmertür war nur angelehnt.

»Vito, bist du da drin?«

Hinter der Duschkabine sah man keine Schatten. Zur Sicherheit klopfte Margherita dagegen, schob dann das Glaspaneel zur Seite und stellte mit Erleichterung fest, dass kein nackter, blutender Vito dahinter lag.

Sie drehte den Wasserhahn zu und kehrte wieder um. Im Finstern durchquerte sie den Flur, hielt dabei den Finger auf Taste zwei des schnurlosen Telefons gedrückt, den Notruf.

»Vito?«

Er war da. Saß am Küchentisch und hatte eine Unmenge von Puzzleteilen vor sich ausgebreitet.

»Wie fühlst du dich?«

Vito nahm ein Teilchen, sah es sich genau an, legte es wieder hin.

Margherita setzte sich neben ihn.

»Hast du heute Morgen deine Medikamente genommen?«

Sie drehte sich zur Arbeitsplatte um und zählte die im Messerblock steckenden Griffe. Er zog eine Hand unter dem Tisch hervor und ergriff mit der anderen ein blaues Puzzlestück.

»Und die, wo hast du die her?«

Vito ignorierte sie, hielt sich das Stück aus leichtem Karton vor die Augen und schnitt es mit der Schere entzwei.

»Weißt du, wie viele Teile dieses Puzzle hat? Rate mal.«

»Viele, kann ich mir vorstellen.«

»Fünfhundert«, sagte er. »Margherita, ich bin nicht schwachsinnig, bloß ein bisschen sonderbar.«

»Aber nein, Vito.« Margherita strich ihm leicht über die Hand. »Manchmal machst du was Verrücktes, das ist alles.«

»Ich bin nicht dumm, verdammt noch mal!«

Margherita öffnete den Mund, aber Vito murmelte zuerst irgendetwas Unverständliches und schrie dann los. »Nein, und zweimal nein! Siehst du die da?« Er nahm eine Handvoll Puzzlestücke, verschloss sie in der Faust. »Das sind fünfhundert, eine ganze Menge. Aber ich hab's geschafft, verstanden? Ich hab dieses Scheißpuzzle fertig gemacht.«

»Beruhige dich, Vito. Ich habe ja gesehen, wie du es geschafft hast.«

»Weil es einfach war! Was denkst du dir eigentlich? Was denkt ihr euch alle?« Er brüllte und schlug sich nun gegen die Stirn.

»Ganz ruhig, Vito. Bitte, beruhige dich.«

Als einzige Reaktion packte er die Schere und knallte sie auf den Tisch: Dann ließ er sich in den Stuhl zurückfallen.

Das machte sich Margherita zunutze, um aufzustehen und zum Apothekerschränkchen zu gehen. Während sie die Pillen abzählte, achtete sie darauf, ihm nicht den Rücken zuzukehren: Vito nahm ein beliebiges Puzzlestück und schnitt es durch.

»Auch aus tausend Teilen krieg ich es zusammen. Dieses verfluchte Puzzle.«

Sie schwiegen, während das Wasser kochte. Dann goss sie den Tee auf und stellte ihn auf den Tisch. Sie holte auch die Tabletten und legte sie vor ihn hin.

»Für später. Wenn du willst.«

Da erzählte ihr Vito von dem Fest, von Elisa.

»Es war für heute, weißt du. Heute ist nämlich mein Geburtstag.«

»Wirklich? Herzlichen Glückwunsch.«

»Danke«, sagte er und fing wieder an zu schnippeln.

»Weißt du«, begann Margherita mit gesenkter Stimme, »manchmal verspricht man etwas, aber dann ...«

»Aber dann tut man es nicht«, beendete er den Satz und schnippelte weiter. »Die Leute sind zum Kotzen.«

Er ist kein schöner Mann. Die breiten kräftigen Schultern und der Stiernacken erdrücken die Gesichtszüge, lassen ihn wie einen Muskelberg erscheinen, der auf ein krummes Skelett gepackt wurde. Allerdings hat er schöne Augen und schöne Hände. Er sollte mehr Wert auf sein Äußeres legen, aufrecht gehen, sich die Haare schneiden lassen, keine Beruhigungsmittel mehr nehmen, die ihn anschwellen lassen wie einen Luftballon. Er sollte normal sein. Dann wäre er ein ganz passabler Mann.

»Wo sind denn die anderen alle?«

»Oben. Du hast ihnen Angst gemacht.«

Er lächelte ein bisschen.

»Das ist nicht lustig, Vito. Sie haben Angst vor dir. Besonders Federico.«

Da lachte er los.

»Ich bin es, der nicht mit Federico zusammenleben kann«, sagte er. »Hast du nicht gesehen? Er hat das Wasser in der Dusche aufgedreht, dieser Dummkopf.«

Damit war das Problem erledigt. Oder beinahe.

Wir haben es jetzt erledigt, Margherita und ich, indem wir einen Pullover einpackten, damit Vito glaubt, dass die Leute nicht zum Kotzen sind.

Während ich auf sie warte, habe ich Zeit, die E-Mail hervorzuholen und zu lesen, schnell, als ginge es nicht darum, sie zu verstehen, sondern die Wörter bis zum Ende des Blattes aneinanderzureihen. Dann konzentriere ich mich auf die Fassade des Hauses auf der anderen Straßenseite. Ein Riss verläuft dort oberhalb der Fenster des ersten Stocks bis hinauf zum zweiten und verschwindet dann hinter einer verrosteten Rohrleitung. Sie ist lang und dick: Der Riss könnte sich also bis zum Dach hochziehen, ein unsichtbarer Defekt, der täglich größer wird und den wir nicht bemerken. Eine Kleinigkeit würde genügen, um das Haus zum Einsturz zu bringen.

Wenn ich zum Beispiel die E-Mail hervorziehen und sie in unmittelbarer Umgebung eines so einsturzgefährdeten Gebäudes noch einmal lesen würde, würde ich eindeutig unverantwortlich, ja geradezu boshaft, handeln. Die Tragweite dieser wenigen Worte, eines Heers von Punkten, Vokalen und Imperativen, von fern abgeschossen wie Pfeile, würde ausreichen, alles schlagartig zum Einsturz zu bringen. Nach so vielen Jahren der Stabilität und kommunaler Kontrollen, der Anstriche, Treppenreinigung, Rattenbekämpfung, bräuchte ich das, was mir Gianni in einem hysterischen Satzbau vor Kummer und Wut geschrieben hat, nur anders zu lesen, und das Haus stünde nicht mehr.

»In Ordnung«, sagt Margherita hinter mir. »Wir können gehen.« Sie eilt an mir vorbei und berührt mich am Arm, erschreckt mich, merkt es aber nicht.

Wie es scheint, ist die Mission abgeschlossen: Vito trainiert im Fitnessraum; Emilio, der andere Sozialarbeiter, wird ihm mitteilen, dass heute Morgen ein Paket für ihn angekommen ist, mit offenkundiger Verspätung.

»Aber wenn Elisa nun doch noch von sich hören lässt?«, frage ich. »Er würde außer sich geraten, dass nicht sie ihm den Pullover geschickt hat.«

»Verlass dich drauf«, sagt Margherita, »diese Gefahr besteht nicht.«

6

Ich hasse Türen, bei denen ich anklopfen muss.

»Herein.«

Santojannis Zimmer hat als einziges keine Nummer an der Tür. Das ist auch nicht notwendig.

Bevor es zu seinem Aufenthaltsort wurde, muss es ein Klassenzimmer gewesen sein, ein kleiner lichtloser Raum für eine aufgrund der vielen Durchgefallenen geschrumpfte fünfte Klasse. Ein paar unter das Fenster geschobene Bänke, einige Stühle, ein Kalender, ein mit mehreren Vorhängeschlössern behangenes Schränkchen, ein Kleiderständer mit zwei Haken.

Alles Übrige wurde von irgendjemandem weggefegt, der die Poster von den Wänden gerissen und diese weiß und schutzlos zurückgelassen hat, die Tafel hat er in eine Ecke verbannt und sie mit einem Tuch verhängt, ein staubiges Gespenst. Unterwegs hat er überall seine misslungenen Bastelarbeiten verstreut: einen Schmetterling ohne Flügel, einen zerquetschten Katzenkopf, Masken ohne Münder.

»Nimm Platz.«

Die Belcari sitzt an einem kleinen Tisch, vor sich das aufgeschlagene Klassenbuch, eine Brille auf der Nase.

Ich hatte keine Zeit, denke ich.

Sie sucht nach einem Anknüpfungspunkt und findet ihn.

»Es tut mir leid, dass die Klassenkonferenz so gelaufen ist.«

Sie blättert in den vor ihr liegenden Akten, ohne hineinzuschauen.

»Natürlich macht dir niemand einen Vorwurf: Riccardi und Santojanni sind die Fälle, die uns hier in der Schule am meisten beanspruchen. De Lucia wird das hinkriegen.«

Die Lehne ihres Stuhles ist auf einer Seite demoliert, ein Türflügel des kleinen Schrankes schiebt sich über den anderen, der untere Teil des Kalenders fehlt. Ein Tischbein, das kürzer als die anderen ist, gibt im Zimmer den Ton an, lässt alles schief und krumm erscheinen. Die Ordnung der Dinge ist erschüttert: In den fünf Jahren hat Santojanni Besitz von ihnen ergriffen, sie verschlissen.

»Für dich habe ich an etwas anderes gedacht.«

Angesichts ihres aufmunternden Lächelns und der Erinnerung an meinen Auftritt in der Klasse rechne ich damit, dass sie mir eine Pflanze oder etwas dergleichen anvertrauen wird. Stattdessen reicht sie mir ein blaues Flugblatt.

»Hast du schon mal vom Inklusionsprojekt gehört?«

Ich nehme das Flugblatt und lese: *Der Andersartige bist du.*

»Für die Schule werden harte Zeiten anbrechen. Eigentlich haben sie bereits begonnen. Wir haben es nur noch nicht gemerkt und nicht rechtzeitig gehandelt. Die Lehrerstellen wurden dezimiert. Dieses Jahr trifft es die Mittelschulen und Gymnasien: Stunden, Stellen, Mittel werden gestrichen, und nun sind wir an der Reihe«, heißt es auf dem Flugblatt, »bei der Kommune und der Provinzregierung um Hilfe zu betteln.«

Wir haben es nicht gemerkt. Wie hätten wir da handeln sollen?

»Zwei Monate lang mussten wir Telefonate führen und Formulare ausfüllen, und das Ergebnis sind ein paar Arbeitsräume, ein Kurs in therapeutischem Reiten. Und Erzieher, natürlich. Sie werden die Stunden bestreiten müssen, für die sich die Schule keine Lehrer mehr leisten kann.«

Therapeutisches Reiten.

Dabei kommt mir Neapel in den Sinn und Tommaso, der den ganzen Tag allein auf der Treppe des ersten Stocks saß und ganz verzaubert die geometrischen Figuren der Bodenfliesen betrachtete.

»Erzieher?«

»In den problematischsten Situationen habe ich sie bereits mit einbezogen.«

»Riccardi«, sage ich.

»Santojanni, um ehrlich zu sein.« Die Belcari räuspert sich. »Er braucht immer einen doppelten Schutz.«

Sonst sagt sie nichts mehr, erzählt mir nicht, was es mit diesem Jungen auf sich hat, wovor wir Angst haben müssen. Es ist, als wäre etwas von Santojanni in die Wände eingedrungen und zu Augen und Ohren geworden, die nur darauf warten, einen Verrat zu entdecken.

»Kurz und gut, wir werden schon irgendwie klarkommen«, meint sie und fegt mit einer flüchtigen Handbewegung das ganze Schuljahr hinweg. »Ich dachte, ich weise dir einen anderen Fall zu, der sich zweifellos leichter in den Griff kriegen lässt als Riccardi.«

Die Bandbreite der Möglichkeiten ist riesig: Sie reicht von der Birkenfeige bis zum tollwütigen Wolfsrudel.

 »Ich möchte, dass du dich um Mattia kümmerst. Er ist etwas zurückgeblieben, aber ein auf seine Weise durchaus intelligenter Junge, würde ich sagen.«

Sie händigt mir eine Funktionsdiagnose aus: keine Halluzinationen, keine Anfälle, kein Psycho.

»Es geht jetzt darum, einen vereinfachten Lehrplan zusammenzustellen. Wenn Mattia die Minimalanforderungen bewältigt, werden wir versuchen, seine Versetzung zu erreichen.«

Das geht in Ordnung. Das kriege ich hin.

»Ich sage dir aber gleich, dass seine Familiensituation nicht gerade rosig ist: Die Mutter ist drogenabhängig, der Vater hat psychische Probleme.«

Ich atme tief durch. Das kriege ich hin.

»Ansonsten wird alles sehr ruhig verlaufen.«

Irgendetwas bewegt sich hinter ihrem Rücken. Dumpfe Schläge prallen auf einer metallenen Oberfläche zurück, erheischen Aufmerksamkeit.

Die Belcari dreht sich zum Fensterbrett um, das zu einer Ablage geworden ist für Bilderbücher, Farbkästen, Gläschen mit Siegellack, die Tasche des Schreibgerätes und einen mit einem dunklen Tuch zugedeckten Kasten, der sich bewegt.

Wir stehen auf. Vorsichtig nimmt sie das Tuch und zieht es weg: Es ist ein Käfig.

»Ich präsentiere: Santojannis Ziel für den Schulabschluss.«

Der ziemlich verwirrte Distelfink neigt das Köpfchen zur Seite, reißt sein großes starres Auge auf. Tiere in der Schule zu halten ist nicht erlaubt, aber das ist jetzt wohl nebensächlich.

»Noch etwas«, sagt die Belcari und klopft mit den Fingern gegen die Gitterstäbe. »Um deine Stunden zu vervollständigen, wirst du im Förderbüro De Lucia mit Riccardi helfen.«

Meine Beine werden schwer wie Blei.

»Du musst nur beobachten. Ich verlange nicht von dir, dass du dich einmischst.«

Bevor ich gehe, lege ich ihr das Flugblatt aufs Pult. Es ist vollkommen zerknittert.

Ich wende ihm weiter den Rücken zu, während ich im Förderbüro die Jalousien hochziehe. Kaum fällt ihm das Licht ins Gesicht, zieht Riccardis Teufel eine missgünstige Grimasse. Ich beachte ihn nicht.

Mattia, ein abgemagerter Junge mit kastanienbraunem, stark gegeltem Haarschopf nimmt die Hände nicht aus den Hosentaschen und schaut sich schweigend um: Jetzt, wo wir allein sind, liegt das, was wir sagen oder nicht sagen, in unserem Ermessen, und wie es scheint, halten wir lieber an uns, bevor wir Schaden anrichten.

»Also, wie war denn die Schule bisher so?«

Mit langsamen Schritten durchquert er das Klassenzimmer und geht zum Fenster.

»Schön. Glaube ich.«

Auf einem Teil des Tisches türmen sich Masken, die von den Schülern modelliert wurden. Ich bemühe mich, keine zu beschädigen, während ich mich gegen die Tischkante lehne.

»Warst du schon mal hier?«

Er antwortet nicht. Nach ein paar Sekunden räuspert

 er sich. »Mit Alex. Am Freitag.« Ich treffe nicht den richtigen Ton.

»Alex ist dein Betreuer, ja?«

Er nickt. Es ist ein vertrautes Wort, man sieht, wie er sich daran festklammert.

Er geht zur Bank beim Fenster: Ich frage mich, ob er eine eigene Schachtel hat wie die anderen verhaltensgestörten Schüler.

»Was ist das?«

Zwischen zusammengeknülltem, auf der Bank gestapeltem Karton erhebt das von Riccardi und De Lucia gestaltete Drahtgebilde sein sonderbares Haupt. Aus dem Gerüst ragen Beine und ein Schwanz hervor, beides länger, als ich es in Erinnerung hatte.

»Keine Ahnung. Vielleicht eine Eidechse.«

Mattia streckt eine Hand nach dem Schwanz aus, betastet ihn.

»Nicht berühren.«

Er wird sofort rot, die Hände verschwinden wieder in den Hosentaschen.

Ich habe versagt, denke ich. Jetzt schon.

»Willst du jetzt mein Heft sehen?«, fragt er.

»Ja«, sage ich. »Zeig mir dein Heft.«

Behindertenpädadogik hieß es früher. Jetzt spricht man von Sonderpädagogik.

Die Hälfte der Köpfe senkte sich gleichzeitig, um mitzuschreiben, etwas, das man in der Mittelstufe lernt und, bis du Lehrerin bist, nie wieder sein lässt.

Biagini sprach hastig. Er führte uns vor Augen, wie es

sein würde, wenn wir in lärmenden Klassen neben spastischen, blinden, autistischen Kindern und solchen mit Down-Syndrom sitzen. Es kam vor, dass er in Wallung geriet, auf und ab lief, Gesetze aufzählte, die wir hätten auswendig hersagen können sollen.

»Ich schaffe es einfach nicht, alles mitzuschreiben«, klagte Anna während der Kaffeepause.

Zwei Jahre Referendariat in Latein hatten uns jegliche Kraft geraubt. Und doch schien es uns, als wären wir die letzten examinierten Lehramtsanwärter in einem Land, das beschlossen hatte, keine Lehrer mehr zu rekrutieren. Wir hatten die winzige Chance erhalten, einen Beruf auszuüben, den wir, so dachten wir, liebten, einen guten Kompromiss zwischen dem, was wir wollten, und dem, wozu wir befähigt waren.

»Er ist zu schnell, setzt zu viel als bekannt voraus.«

»Stimmt«, schloss sich ein anderer an und blätterte die mit Notizen vollgeschriebenen Seiten durch. »Was meint ihr, wird das alles im Examen drankommen?«

Es fehlte uns nicht nur an Begeisterung. Wir konnten die Handbücher, die Vorlesungstexte, die Berichte von Tagungen lesen, die Bibliotheken nach den neuesten Erkenntnissen über zerebrale Lähmung durchforsten, Kinderneuropschychiater über Spasmen bei Neugeborenen und Missbildungen des mittleren Gehirnbalkens interviewen. Wir konnten in medizinischen Online-Wörterbüchern die schwierigsten Begriffe nachschlagen, von zufälligen Speiseröhrenokklusionen unserer ungeborenen Kinder, von Wirbelsäulenverletzungen, von sich unter der Haut auflösenden Knochen träumen.

 Wir konnten fleißig sein, die besten Pädagogen, die Italien seit Einführung der Spezialisierungskurse ausgebildet hatte. Und doch brauchte man nur in die Gesichter der anderen zu blicken, um eine Art von Unbeteiligtheit zu entdecken, die weniger schuldbewusst war, weil alle sie teilten.

Ob die angehenden Lehrer und Lehrerinnen nun Chemie, Physik, Englisch, Kunst oder Politik studiert hatten, zweifelten sie doch alle an dem Sinn eines solchen Aufbaustudiums. Sie fragten sich, ob sie, nachdem sie über algebraischen Formeln oder toten Sprachen Blut und Wasser geschwitzt hatten, in der Lage wären, neben einem sabbernden Kind zu sitzen, das nicht einmal imstande ist, seinen Namen zu schreiben.

Biagini mochte so oft in der Klasse auf und ab gehen, wie er wollte, sich heiser reden, Hunderte von Seiten zum Auswendiglernen aufgeben: Sein Unterricht prallte gegen eine Mauer.

Nein, danke. Ich will unterrichten.

Wir fangen mit der Division an. Der Rest kommt später.

Mattia kann Zahlen addieren, subtrahieren, multiplizieren, die vierte Grundrechnungsart jedoch existiert für ihn nicht. Er ist in der Lage zu begreifen, dass du mehr bekommen kannst, als du hast, und man es dir jeden Moment wegnehmen kann. Vage erfasst er die Möglichkeit, dass eine Frau auf dem Markt drei Kilo Obst für jedes ihrer Kinder kauft.

An das Dividieren allerdings glaubt er nicht. Das Prinzip, demgemäß Dinge zwischen verschiedenen Personen aufgeteilt werden können, erkennt er nicht an.

»Das ist eine Subtraktion«, sagt er.

Wenn wir uns diese Bonbons teilen, Mattia, ist das keine Subtraktion.

Er verzieht den Mund, überlegt. Auch ich denke nach: Wenn wir sie uns teilen, verliert er die Hälfte davon. Es ist eine Subtraktion.

Ich nehme ein anderes Blatt Papier.

»Warte, wir fangen noch mal von vorne an.«

Manchmal ist im Kühlschrank alles da: Salat, Käse, Gemüse, der Vorratsschrank mit Saucen, Reis und Nudeln bestückt, das Gewürzregal quillt über.

Dennoch gehen wir essen.

Es ist stärker als wir: zwei junge Frauen, deren Mütter sie im selben Jahr zur Welt brachten, sie aufzogen, für die täglichen Mahlzeiten, die häusliche Sauberkeit, die Abfallbeseitigung sorgten, sich um einen ganzen Haushalt mitsamt Ehemann und anderen Kindern kümmerten, und das Tag für Tag, jahraus, jahrein. Diese beiden Frauen, Töchter jener Mütter, treffen sich an ihrem freien Tag oder nach der Arbeit in der Küche und kommen zu dem Schluss, dass der Genuss eines bestimmten Gerichts den Aufwand nicht lohnt, es selbst zuzubereiten.

»Aladdin?«, fragt Margherita dann gewöhnlich.

»Aladdin«, sage ich, und wir begeben uns zur Porta Palazzo in ein arabisches Restaurant, wo die Couscousgerichte riesig und die Preise erschwinglich sind. Für den Besitzer ist heute ein ganz besonderer Tag: Zum ersten Mal ist er in Italien Vater geworden, deshalb gehen für die italienischen Gäste Dessert und Kaffee aufs Haus. Während wir warten, holt Margherita die Kamera aus der Tasche und sieht sich prüfend die Fotos an, die sie vor Kurzem auf dem Markt gemacht hat.

»Das hier ist schön.«

Aufgereihte Obststände, eine Afrikanerin, die mit zwei auf den Rücken gebundenen Säuglingen vorübergeht, ein arabischer Händler, der sich vorbeugt, um das Wechselgeld entgegenzunehmen und gleich vornüberzufallen droht.

»Schön, ja.«

Ich gebe ihr die Kamera zurück; ich könnte etwas dazu sagen, wie sie das Licht eingefangen hat, wie gut ihr die Einstellung gelungen ist, könnte ihr ein Kompliment machen, irgendeins. Doch alles, was mir über die Lippen kommt, kreist um mich selbst.

»Es erinnert mich an Neapel. Ich habe das Gefühl, als würde ich auf der Pignasecca einkaufen gehen.«

Margherita hebt kurz den Blick, wendet sich dann wieder den Fotos zu.

»Die Leute scherzen mit dir, wenn du vorübergehst. Sie rufen dir zu, wollen, dass du stehen bleibst. Gemüse und Obst kostet dort wenig. Es macht Spaß.« Ich falte meine Serviette zusammen, schiebe sie unter mein Glas.

Die Stammgäste im Aladdin sind allesamt Araber, bärtige Männer, verschleierte Frauen. Sie essen schweigend oder unterhalten sich leise. Die Musik, eine schnulzige arabische Litanei, ist auf angenehme Lautstärke gestellt. An den Wänden wenige, nüchterne Gemälde: Der Alte hat Geschmack.

»Verdammte Scheiße.«

Margherita schließt das Objektiv und legt die Kamera auf den Tisch.

»Was ist denn los?«

»Das ist eine lange Geschichte«, sagt sie. Als eine Tasse Kaffee vor ihr auftaucht, erhellt sich ihr Gesicht.

»Kann ich dich was fragen?«

Aladdin macht eine kleine Verbeugung.

»Alles.«

»Kennst du Barouni? Der den Stand bei der Haltestelle hat.«

»Ja, Signora.«

»Er war heute nicht da.«

»Nein, Signora. Er ist nach Casablanca zurückgekehrt.«

»So plötzlich?«

Aladdin schüttelt den Kopf.

»Nach Casablanca«, wiederholt er. »Ich weiß nichts. Er ist weg. Er ist nicht mehr da«, antwortet der Mann, bevor er verschwindet.

»Das glaub ich jetzt nicht. Konnte er nicht noch eine Woche warten, um sich einsperren zu lassen?«

Vergangene Woche hatte sie Barouni auf dem Markt kennengelernt. Als sie nach dem Einkaufen an seinem Kastenwagen vorbeiging, verlangsamte sie ihren Schritt, um einen unangebrachten Annäherungsversuch von ihm abzuwehren, da fiel ihr das an der geöffneten Fahrertür klebende Foto der Garelli ins Auge. Barouni guckte verblüfft, entschuldigte sich sogleich, und hörte gar nicht mehr damit auf. Margherita fragte ihn nach dem Moped, ob es ihm gehöre, ob sie es sich leihen könne. Er sagte ja, natürlich. Es war für heute ausgemacht.

»Vito hat auf einer Garelli einen Unfall verursacht.«

Ich trinke meinen Kaffee, höre ihr zu.

»In einer der ersten Nächte, die ich in der Villa arbeitete, habe ich ihn ertappt, als er weinte. Ich dachte, er würde mich umbringen, um keine Zeugen zurückzulassen, stattdessen lief er ins Badezimmer und schloss sich drei Stunden lang darin ein. Er kam erst wieder heraus, als ich so tat, als ob ich auch weinte.«

»Was hat das mit dem Moped zu tun?«

»Er hatte dasselbe Modell im Internet gesucht und gefunden. Ich sagte ihm, dass wir es machen könnten wie die Indianer: Ein solches Moped fotografieren, das Foto verbrennen, den bösen Geist exorzieren.« Margherita trinkt den Kaffee und schneidet eine Grimasse. Bitter. »Ich sagte zwar nicht exorzieren, aber wir haben einander verstanden.«

»Ich kann auch die Augen offenhalten, wenn du willst.«

Sie zuckt mit den Schultern.

»Es muss allerdings rot sein.«

Ich verspreche, aufmerksam zu sein, und wir treten auf die Straße, begleitet von den Segnungen Aladdins.

»Hast du morgen Psycho?«, fragt mich Margherita. Die Kamera hat sie wieder umgehängt.

Ich denke kurz nach.

»Nein, sie haben mir den Fall entzogen.«

»Warum?«

Weil ich eine Versagerin bin, denke ich.

»Weil ich nicht imstande bin, ihn zu betreuen.«

Margherita bleibt stehen.

»Wer sagt das?«

»Die Schulleiterin. Alle.«

»Was wissen die schon? Die müssen es dich doch versuchen lassen.«

Sie läuft weiter, wartet nicht, dass ich sage, ja, du hast Recht. Ja, ich hatte Angst.

Ich versuche, nicht daran zu denken. Jetzt gibt es Mattia. Ich kann den Lehrplan für ihn zurechtstutzen, ihn seinen Fähigkeiten anpassen, wie man es mit einem Kleid machen würde, das nicht gut fällt. Eine Schule nach Maß.

Die Lastwagen der städtischen Müllabfuhr beseitigen bereits die Überreste des Marktvormittags, säubern den Platz von faulem Obst, von zurückgelassenen Kisten, von Abfällen.

Ich lasse mich über die Giardini Reali führen, und für eine Weile begnügen wir uns mit den Geräuschen, die andere machen.

»Wir könnten heute Abend nach San Salvario gehen, zum Straßenfest.«

»In Ordnung«, sage ich, aber es klingt wohl nicht sehr begeistert, denn Margherita dreht sich um und sieht mich an.

»Verbietet dir etwa deine Religion, ein geselliges Leben zu führen?«

»Nein«, entgegne ich.

»Dann komm mit. Der Großteil der Männer, die ich dir vorstellen werde, wird dich nach einer halben Stunde schon langweilen, aber wir können ja auf den ein oder anderen Freund von Freunden hoffen.«

Ich lächle ihr zu.

Vor einem Schaufenster mit Damenmode bleiben wir

stehen. Unser Spiegelbild bewegt sich etwas unpassend zwischen den eleganten Kleiderpuppen hin und her.

»Hast du einen Freund?«, fragt Margheritas Spiegelbild.

»Es gäbe da schon einen«, antwortet das meine nach einer Weile.

»Wie soll ich das verstehen: Es gäbe da schon einen?«

Mein verschwommenes Spiegelbild folgt mir bis an den rechten Rand des Schaufensters, verzichtet dann, lässt mich los.

»*Es gäbe* heißt gar nichts. Entweder gibt es einen oder nicht«, sagt Margherita.

»Na, dann eben keinen.«

Sie nickt. Besser so.

Seit zwei Monaten arbeiten wir jetzt schon miteinander, Mattia und ich. Ich setze mich im Unterricht neben ihn oder bringe ihn in Klassenzimmer 9, wenn es frei ist.

In diesen zwei Monaten haben wir Athen und Rom durchgenommen sowie das Parlament, die Regierung, die Gleichberechtigung, die Verfassung und den Streik. Außerdem das Akkusativobjekt, das Genitivobjekt und das Attribut.

Während der Pause entdeckt mich Andrea manchmal im überfüllten Flur. Dann nimmt er Anlauf, holt mich ein und versetzt mir einen harten Stoß mit der Schulter. Ich zwinge mich, regungslos stehen zu bleiben, bis er sich triumphierend entfernt, das Pausenbrot wie eine Trophäe fest in der Hand.

Auch heute war es wieder so.

»Sehr gut, Mattia«, sage ich und reiche ihm die Hausaufgabe zur Satzanalyse. Er hält sie in den Händen, wendet sie hin und her: Die acht der Kollegin ist ein Zeichen, dass wir gute Fortschritte machen.

»Versuchen wir es nun mit dem Dividieren.«

Das lässt ihn aufstöhnen. Er hat ja Recht: Dividieren mag kein Mensch.

»Achtundvierzig geteilt durch sechs.« Mattia schreibt die Zahlen hin, macht sich an die Arbeit, hält dann inne, als er die Tür aufgehen hört.

»Entschuldigung. Ich wollte nur das Buch hier zurückgeben.«

Das hübsche Mädchen der 1A taucht in der Türöffnung auf, hält sich die Kufija vor den Mund und presst ein Handbuch über Malerei gegen die Brust, sucht nach De Lucias Schrank.

Ich drehe mich zu Mattia um. Sein Stuhl ist leer. Er ist aufgestanden und zum Fenster gegangen.

»Schneit es?«

»Nein«, antwortet er und lehnt sich aus dem geöffneten Fenster, als ob der Schnee von dort unten käme.

»Danke«, sagt das Mädchen und geht zur Tür.

»Ich habe vergessen, wie du heißt.«

»Meriem«, entgegnet sie, bleibt stehen, eine Hand auf der Klinke. Die Haare fallen ihr bis über die Schultern.

»Kommen Sie nicht mehr zu uns in die Klasse?«

Sie fixiert mich mit diesen großen, erst seit Kurzem geschminkten Augen. Sie weiß schon, wer sie ist, denke ich.

»Ich glaube eigentlich nicht.«

Meriem seufzt. Sie wartet einige Sekunden, sagt lediglich »Wiedersehen« und haucht, bevor sie die Tür hinter sich schließt, Mattia ein »Tschüss« zu, der immer noch stocksteif dasteht.

»Was ist, willst du ihr nicht Auf Wiedersehen sagen?«, frage ich.

»Hab ich doch gesagt«, entgegnet er. »Sie hat mich bloß nicht gehört.«

Ich bin wirklich müde, schließe sekundenlang die Augen, lehne den Kopf gegen das Fenster des Busses. Als ich sie wieder öffne, haben sich die Fahrgäste vervielfacht und drängeln im Gang, um sich Platz zu schaffen. Greise und Greisinnen kämpfen bissig um ein paar Zentimeter mehr.

»Bitte schön.« Ich trete meinen Sitzplatz ab und dringe in den Dschungel aus Armen, Beinen, Einkaufstüten, Hunden und Kindern vor.

Wir schleppen uns im Schneckentempo dahin. Irgendetwas funktioniert nicht.

»Verdammte Bande«, flucht die Dame neben mir, aber ich höre sie kaum. Die Türen öffnen sich, der Busfahrer schaltet den Motor aus und fordert die Fahrgäste, die nicht warten wollen, bis der Demonstrationszug vorüber ist, zum Aussteigen auf. Weiter als bis hierher kommen wir nicht.

Ich muss drängeln, um mich aus dem Menschengewirr zu befreien, um etwas Luft zu kriegen, weil sie mir aus Lungen, Kehle, Nase entwichen ist. Ich hab keine mehr. Ich kann nicht mehr atmen.

»Ich will aussteigen«, sage ich.

»Ich will aussteigen, Massimiliano, halt an.«

Wir hatten gerade eine Raststätte passiert, die nächste war noch zu weit weg. Massimiliano fuhr eine Nothaltebucht an und beobachtete, wie ich mich an der Beifahrertür abmühte, sie mit zitternden Händen öffnete, sie wie einen Stock benutzte, um mich auf den Beinen zu halten. Er stieg aus, lief ums Auto herum zu mir.

»Ich hab dich nicht richtig verstanden, was hast du gesagt?«

»Lass uns umkehren, hab ich gesagt. Bring mich zurück.«

Auf dem Bürgersteig kriege ich zwischen einer Schulter und der nächsten, zwischen den Armen und Körpern der Menschen, die um mich herum sind, etwas mehr Luft. Ich bahne mir einen Weg in Richtung Wohnung, aber ausgerechnet dorthin bewegt sich auch der Demonstrationszug. Wahrscheinlich eine Demo der Uni, kann ich mir vorstellen.

Menschen und Spruchbänder versperren die Straße, rücken vor wie ein einziges schreiendes Etwas. Ich versuche, mich auf dem Bürgersteig vorbeizuschlängeln, aber wegen der Leute, die gaffend herumstehen, wird es zum Hindernislauf, ich werde nervös.

Vorwärts, einfach durch.

Wenn es mir gelingt, auf die andere Straßenseite zu kommen, werde ich sie alle hinter mir lassen und endlich nach Hause kommen. Ich werde mich hinlegen können. Lasst mich durch.

Ich kämpfe mich vorwärts, indem ich so tue, als suchte

ich jemanden, schwimme mit nach vorn gestreckten Armen zwischen den Demonstranten hindurch. Doch sie sind in der Überzahl und stärker als ich. Sie zerren mich die Straße entlang, schleppen mich ein Stück mit sich. Der Luftzug tut gut, denke ich unpassenderweise.

Hinter dem Spruchband der Uni meine ich Fabio zu entdecken, aber ich verliere ihn sofort wieder aus den Augen. Weiter vor ihm, in der Gruppe der Lehrer, erkenne ich ein paar Kollegen.

Die Tasche ist mir zu schwer, die Hand, mit der ich mir den Brustkorb massiere, bringt keine Erleichterung: Sie streichelt den Schmerz nur, liebkost ihn.

»Ist das jetzt eine längere Geschichte?«, fragte mich Massimiliano.

Ich antwortete nicht darauf. Es tat immer noch weh.

Er zog das Päckchen Tabak hervor, wie stets, wenn es galt, sich in Geduld zu üben.

»Als du mir erzählt hast, dass du mit Gianni zusammenleben willst, hielt ich das für ausgemachten Schwachsinn. Ich dachte, dass du es dir nicht reiflich überlegt hattest und es bereuen würdest«, sagte er, nachdem er eine Weile schweigend geraucht hatte. »Nach nicht einmal drei Monaten hast du mich dann gefragt, ob ich dir helfen könnte, wieder zu deinen Eltern zu ziehen, zumindest für eine Weile. Auch das hielt und halte ich immer noch für ausgemachten Schwachsinn. Und ich glaubte, dass du es bereuen würdest, sofern du das nicht schon getan hattest.«

Er hatte Recht, aber das sagte ich ihm nicht. Ich ließ ihn ausreden.

»Aber diese Sache mit Turin ist in meinen Augen der größte Schwachsinn, der ultimative, endgültige, der Inbegriff von Schwachsinn«, er rauchte seine Zigarette zu Ende, drückte sie aus. »Allerdings bin ich jetzt nicht so sicher, dass du es bereuen wirst.«

Sein Gesicht konnte ich nicht sehen, nur seine Stimme war ganz nah und seine Hand, mit der er auf die Motorhaube schlug.

»Im Gegenteil. Ich bin überzeugt, dass diese Sache mit Turin eine Chance ist – eine Chance, glücklich zu werden. Und ich denke, du bist von allen Personen, die ich kenne, die einzige, die fähig ist, alles hinter sich zu lassen, nur um glücklich zu werden.«

»Da bist du ja!«

Margherita fasst mich am Arm und lächelt, als hätte sie mich stundenlang in der Menge gesucht.

»Komm, gehen wir zur Spitze des Zuges«, sagt sie. »Ich mache gerade ganz tolle Fotos.«

Sie haben dich nicht angerufen? Nicht einmal die Schule vom letzten Jahr?

Nein.

Noch nicht.

Oder nicht mehr. Jetzt rufen sie nicht mehr an.

Anna …

Nein, ganz bestimmt nicht. Diese Scheißreform hat irgendwann angefangen, auch wenn es niemand gemerkt hat. Aber ein Ende ist nicht in Sicht.

Heute Morgen schneit es. Mehr noch: Eine Art Schneesturm hat sich von den Bergen herab auf die Stadt gestürzt. Seit Tagen überzieht eine weiße Schicht die Gipfel der Alpen, dehnt sich nun aus und bedeckt den Boden, die Bäume, die Autos und die Häuser.

Kaum habe ich die Schule betreten, gibt mir die Wärme meine Lebensgeister zurück, und meine Hände beginnen zu schmerzen. Ich bringe Mattia in Klassenzimmer 9 und schaue ihm, gegen den Heizkörper gelehnt, beim Schreiben zu. Er macht sich über mich lustig, weil ich friere, obwohl man es hier doch gut aushalten kann.

Es gibt immer noch die Uni.

Nein, die gibt es nicht.

Hin und wieder peitscht Schneeregen gegen die Fensterscheiben, und Mattia hebt die Augen vom Blatt. Wir reden kein Wort, es ist nicht nötig. Beide wissen wir, dass wir eingeschlossen sind, dass die Schule von einem eisigen Wind belagert wird, einem Sturm, der unter den Türen, durch Ritzen und schlecht verschweißte Einfassungen dringt.

Mattia würde nicht begreifen, wenn ich ihm sagte, dass dieser Wind von Rom ausging und zuerst den Süden, meine Heimat, erfasste. Er fror die Gelder ein, begrub die Gebäude unter sich, übertönte die Stimmen der entlassenen Grundschullehrer. Er trieb uns nach Norden und dann verfolgte er uns. Er hat uns gefunden.

»Ok, das reicht.«

Mattia händigt mir seine Arbeit aus, und ich schicke ihn in die Klasse. Für heute sind wir fertig. Ich räume meine Sachen in den Schrank, und als die Pausenglocke ertönt, trete ich auf den Flur hinaus.

Erzähl mir lieber von dir. Wie läuft es mit Riccardi?

Bestens.

Toll, ich freue mich für dich. Es war schon richtig, dass du von hier weggegangen bist: Zeig ihnen, wer du bist.

Die Bäume im Schulhof mühen sich vergebens, dem Wind standzuhalten, das Haupt zu erheben. Sie haben keine Möglichkeit, sich zu entziehen. Ich suche nach dem nächstbesten Heizkörper, wärme mich auf und sehe sie leiden. Ich habe Glück.

7

Ich hatte nicht die richtigen Schuhe an, um in die Senke hinabzusteigen, wo das Sträßchen in einen Schotterweg überging und das Unkraut spross, eine natürliche Grenze zwischen Weinberg und Olivenhain. Ich hätte welche mit Schnürsenkeln gebraucht, Tennis- oder Turnschuhe mit einer kräftigen Sohle, durch die meine Füße vor den Unebenheiten des Bodens geschützt worden wären.

Stattdessen trug ich dünne Sandaletten aus hartem Kunststoff. Sie saßen nicht gut, weil die Riemchen locker waren, und jeder Schritt kam mir wie der Versuch vor, noch einmal laufen zu lernen.

»Du bist zu langsam«, sagte mein Vater, der zwei Meter vorausging, dann stehen blieb und auf mich wartete. »Was ist denn heute mit dir los?«

Ich traute mich nicht, auf die Schuhe zu deuten, die ich ja selbst ausgesucht hatte.

»Komm jetzt, wir sind gleich da.«

Mit Mama zusammen zu sein war anders. Sie war auf ganz natürliche, selbstverständliche Weise einfach da. Ihre Gegenwart erfüllte die Zimmer und nahm sie ein, wie der Backofen in der Küche, wie die Waschmaschine im Badezimmer, wie die Bettvorleger im Schlafzimmer.

Papa war nie zu Hause. Die Woche bedeutete Arbeit, der Sonntag Gärtnern. Wenn wir zur Großmutter zum Mittagessen gingen, schauten wir bei ihm vorbei, kamen ihm beim Gießen der Pflanzen ins Gehege. Mein Bruder war hinter den Raupen auf den Baumstämmen her, zerquetschte sie in den Händen, bis sich seine Finger grün färbten und Mama sie ihm unter der Pumpe abwaschen musste.

Mein Vater unterhielt sich mit ihr und kümmerte sich nicht um uns. Nichts von mir ging ihn etwas an, abgesehen von der bizarren Form, die seine Gene auf dem Weg durch das Blut angenommen hatten. Und er war völlig eins mit dem Erdreich, den Pflanzen, ein Geruch aus Obst, Holz und Schweiß, der auf der Haut trocknet. Nachdem er vierzig Jahre lang so gelebt hatte, war er zu einem Ackertier geworden, und selbst zu Hause glichen seine Geräusche denen von Blättern, Nagetieren, Vögeln.

»Nun? Was sagst du dazu?«

Seitlich der kleinen Straße, wo ein alter, knorriger Olivenbaum den längsten Schatten auf die schmale Allee warf, hatte Papa das Unkraut ausgerissen. Um den höchsten Ast des Baumes war ein leuchtendes Gummiseil gewunden, zwischen dessen Enden ein Brettchen aus ungehobeltem Holz befestigt war. Eine Schaukel.

»Sie ist toll.«

Das war sie. Ich trat näher heran, als ob ich mich hätte vergewissern müssen, wie man sie benutzt, damit er nicht enttäuscht war.

»Siehst du, wie steil es hoch geht? Wenn du dich von dort hinten abstößt, dann pass auf, dass du nicht in den Weinberg fliegst.«

Ich nahm so viel Anlauf wie möglich. Mein Vater schaute über seine Schulter zurück, als hätte ihn jemand gerufen.

 Ich stellte mich auf die Zehenspitzen und schloss die Augen, eine Trapezkünstlerin ohne Netz und ohne Publikum. Bereits damals hielt ich es für selbstverständlich, dass bestimmte Dinge von allein geschehen.

Das erste Hinausschwingen verschlug mir den Atem: Ich hatte das Gefühl, zu fallen und im letzten Moment von einer größeren Kraft festgehalten zu werden.

Das Schwindelgefühl verdoppelte sich bei jedem Zurückschwingen: Mein gesamter Körper wurde hinausgeschleudert und festgehalten, entglitt meiner Kontrolle. Währenddessen entfernte sich Papas Hemdrücken, wurde zu einem weiteren Weinstock mit einem um den Stamm gewickelten Stück Stoffs, um die Vögel fernzuhalten.

Um an ihn heranzukommen, musste ich instinktiv die Beine ausstrecken.

Es funktionierte. Ich schaukelte immer höher und fühlte mich immer leichter. Mit einem Schwung näherte ich mich meinem Vater, mit dem nächsten, größeren und entgegengesetzten, entfernte ich mich von ihm, weil er es nicht verdient hatte.

Als ich mit den Füßen in die Luft trat, verlor ich plötzlich die rechte Sandale: Ich sah zu, wie sie, einem verletzten Vogel gleich, eine Parabel beschrieb, von einer Hecke zurückprallte und zu Boden fiel. Anfangs störte mich die Luft um den nackten Fuß, die Asymmetrie der Wahrnehmung. Dann dachte ich nicht mehr daran.

Ich schaukelte weiter und beugte mich nach vorn. Da sah ich, wie sich auch die andere Sandale zu lösen begann und um die Ferse herumschlotterte. Ich spürte, wie sie sich an die Zehen klammerte, die sie festzuhalten versuchten, bis sie sie loslassen mussten, und es war, als wäre sie nie dort gewesen. Der dumpfe Schlag, mit dem sie auf das Sträßchen fiel, klang wie das Geräusch von etwas Totem, Nutzlosem.

Mir war schwindelig, und doch fühlte ich mich pudelwohl: mit nackten Füßen auf einer eigens für mich gebauten Schaukel.

Deshalb war das, was dann geschah, so ungerecht.

Zunächst sah ich sie nicht, hörte sie nur: ein Zischen, das über den Brustkorb hoch bis zu den Ohren kletterte. Ich senkte den Blick, suchte sie.

Da.

Es war eine scheußliche Schlange. Sie kroch nach und nach hinter dem Baumstamm hervor, schnellte vorwärts, erreichte meine Sandale, wand sich um den Riemen, schüttelte den Kopf von einer Seite auf die andere.

Jedes Nachuntenschwingen der Schaukel forderte sie heraus, mich am Fuß zu packen, an allen beiden, sofern sie dazu in der Lage wäre. Und das war sie. Sie krümmte sich, nahm Anlauf, erwartete mich.

Da entfuhr mir zum ersten Mal jener Schrei: Er stieg von irgendwo tief unten in der Magengrube empor, durchstieß die Lungen, bahnte sich einen Weg nach oben, indem er den ganzen Oberkörper aushöhlte, nahm die Kehle in Beschlag, ließ die Zunge erbeben und vibrierte in der Luft mit einem schiefen, unterdrückten, verletzten Gleichnis, das verzweifelt versuchte, Papa zu erreichen, und es nicht schaffte.

Es ist ein unsinniger Schrei, den Zeit und Gewohnheit inzwischen gezähmt haben. Daher brauche ich mich nur aufzusetzen und das Licht einzuschalten. Daher weiß ich, dass alles in Ordnung ist, ich nicht auf der Stelle sterben werde und mich nicht schämen muss. Niemand hat etwas gehört.

»Hallo.«

Einige endlose Sekunden verharre ich regungslos auf der Schwelle zur Küche, ohne zu wissen, was ich dem Kerl erwidern soll, der mich, in Boxershorts und Unterhemd an der Kühlschranktür lehnend, auf diese Weise begrüßt. Glücklicherweise lächelt er, das wird uns aus der Verlegenheit retten.

»Hattest du einen Alptraum?«

Idiot.

Ich versuche, nicht laut zu denken, während ich die Arme verschränke und an mich presse.

»Savarese«, erklärt er. »Eigentlich Francesco, aber alle nennen mich beim Nachnamen, wenn du mich also Francesco nennst, könnte es sein, dass ich mich nicht angesprochen fühle.«

Ich nehme die Information zur Kenntnis und murmele meinen Namen. Trotz des Schmerzes in der Brust erkenne ich meine Stimme wieder und freue mich darüber.

Er steckt den Kopf in den Kühlschrank, holt eine Tüte Milch heraus, wendet sie hin und her, um eine Ewigkeit nach dem Verfallsdatum zu suchen. Eigentlich würde ich mich am liebsten wieder in mein Zimmer zurückziehen, aber mir zittern noch immer die Beine, also setze ich mich.

Ich schaue zu, wie er mit den Tassen herumhantiert, bis er eine gefunden hat, die ihm gefällt. Meine.

Es ist drei Uhr nachts. Wenn mir das in Neapel passierte, stand ich auf und lief im Flur umher. Ich ging in die Küche, legte mich dann auf die Couch, schaltete den Fernseher ein und zappte von einem Kanal zum anderen, ohne etwas anderes wahrzunehmen als ein Durcheinander von Farben und Tönen. Nach einer Weile kam auch Gianni, nahm mich in die Arme und schlief ein.

»Du hast mich nicht geweckt. Keine Sorge«, sagt der Eindringling. Er gießt sich eine gehörige Menge Milch ein und setzt sich. Wie ich sehe, hat er sich Kekse besorgt, und die beginnt er nun zu misshandeln, indem er zwei auf einmal in der Tasse ertränkt.

Er ist nicht hässlich. Wie sehr er auch seine Züge beim Kauen zu entstellen vermag, so sind sie doch keineswegs unattraktiv. Und seine in die Luft stehenden Haare haben lediglich eine bewegte Nacht hinter sich.

»Vielleicht findest du, dass ich unverschämt bin«, fängt er wieder an und verwandelt dabei die Kekse in einen zuckrigen Brei, »aber ich hatte schon Sex mit Mitbewohnerinnen. Ich weiß, wie das geht.«

Ich sage nichts. Offensichtlich wurde auch er im Internet aufgegabelt.

»Das heißt, ich habe nicht mit allen Frauen einer WG geschlafen. Außer ein einziges Mal. Ich will damit sagen, dass ich weiß, wie das in diesen Fällen funktioniert: Der Kerl bleibt zum Schlafen da, die andere weiß das, er läuft in Unterhosen herum, da gibt es kein Problem. Das sage ich auch für dich«, er richtet den tropfenden Kaffeelöffel auf mich, »wenn du mal zufällig in Slip oder Unterhöschen oder sonstwie rumlaufen solltest, so fühl dich durch meine Anwesenheit nicht eingeengt.«

»Danke.«

»Das wär ja noch schöner!«

Er bietet mir den breiigen Inhalt seiner Tasse an.

»Ich habe keinen Hunger.«

Wie sehr ich auch zur Tür blicke, es fällt mir schwer, Margherita Gestalt annehmen zu lassen. Ich versuche es trotzdem: Ich stehe auf und nehme die kleine Espressomaschine, passe auf, nirgendwo anzustoßen und keinen Lärm zu machen.

»Ich mache Kaffee. Willst du auch eine Tasse?«

»Mit ganz viel Zucker. Danke.«

Der Schmerz in der Brust verlagert sich in den linken Arm. Irgendwann passiert es. Es ist wie bei einem Herzinfarkt, nur dass er nicht eintritt.

Der Kaffeelöffel zittert in meiner Hand, ein Schleier von Kaffeepulver breitet sich auf der Spüle aus.

Hör auf damit, denke ich. Es ist nur in deinem Kopf.

»Also, was hast du geträumt?«

Ich konzentriere mich auf die blaue Gasflamme, die auf dem kleinen Herd immer zu niedrig brennt.

»Es war ein ganz schöner Schrei. Elender Mist. Komm schon, lass hören: Was hast du geträumt?«

»Nichts von Bedeutung. Seit wann kennst du Margherita?«

»Seit einigen Monaten. Aber heißt das, dass du dich nicht erinnerst oder dass es dir irgendwie peinlich ist und du nicht darüber reden willst?«

Ich sehe ihn an. Er wartet tatsächlich auf eine Antwort.

»Schlangen«, höre ich mich sagen.

Auf etwas lächerliche Weise hebt er die Augenbrauen,

dennoch scheint es ihm nicht zum Lachen zumute zu sein. Sein Blick wirkt schlau, der Blick eines Menschen, der alles verstanden hat.

»Schlangen sind ein Klassiker.«

»Ach ja?«

Ich reiche ihm die Espressotasse. Mit einer Extraportion Zucker.

»Was machst du beruflich, Savarese?«

»Rechtsberatung«, sagt er und nimmt einen Schluck.

Ich setze mich und rühre mit dem Löffelchen in meinem Kaffee.

»Und du kennst dich mit Träumen aus?«

»Mit Schlangen. Und Reptilien im Allgemeinen. Ich arbeite in einer sehr bedeutenden Kanzlei.«

»Witze über Rechtsanwälte sind schon ein wenig überholt, Savarese.«

Er leert seine Tasse und schnalzt mit der Zunge.

»Und die über die Klienten? Die Kategorie Schlangen ist parteiübergreifend, musst du wissen.«

Ich werfe einen Blick auf die Uhr: Es ist Viertel nach drei. Ich suche nach dem Schmerz in der Brust und entdecke nur ein stechendes Unwohlsein auf der linken Seite. Ich muss zurück ins Bett, Schlaf finden.

»Verfolgen dich deine schrecklichen Reptilien auch, wenn du wach bist?«

»Nur eins.«

Savarese wirft mir wieder diesen listigen Blick zu. Er nimmt den Löffel und trommelt sich damit auf die Hand.

»Na, dann erzähl mal«, sagt er.

Als mich Riccardi zum ersten Mal in Klassenzimmer 9 sah, verzog er den Mund und stampfte mit dem Fuß auf.

»Nein! Nein!«

Als er anfing, gegen die Tischbeine zu treten, rollten Kugelschreiber und Buntstifte auf den Boden, erzeugten dumpfe Laute, wie Billardkugeln.

De Lucia ließ ihn ein Weilchen gewähren, dann gebot er ihm, sich hinzusetzen. Leise redete er auf ihn ein und legte ihm die Hand auf den Arm, um sich Gehör zu verschaffen.

Riccardi trat weiter um sich, ohne mich aus den Augen zu lassen.

»Andrea?«

Keine Fußtritte mehr. Nur ein genervtes Wehklagen.

»Wir sind hier, um zu lernen«, fuhr De Lucia fort. »Was sollte man auch sonst in der Schule machen?«

Andrea schaute zu mir hoch, aber ich hatte nicht den Mut, seinen Blick zu erwidern.

»Warte mal, verstehe ich das richtig: Dieser Junge ist nicht ganz richtig im Kopf. Und warum? Hört er Stimmen?«

Ich zucke mit den Schultern.

»Das wissen wir nicht. Seine Diagnose ist noch nicht abgeschlossen.«

»Du hast gesagt, dass er autistisch ist, stimmt's?«

»Mehr oder weniger.«

»So wie *Rain Man*? Telefonbücher auswendig lernen, Zahnstocher …«

»Nein, das ist Unsinn.«

Savarese fragt sich, ob ich ihn auf den Arm nehme. Aber in dieser Hinsicht ist mir Hollywood zuvorgekommen.

»Genies sind selten. Ausgesprochen selten. Die meisten Autisten sind geistig zurückgeblieben. Manchmal leicht, manchmal sehr stark.«

Savarese hört auf, mit dem Löffel herumzuspielen, und sucht nun auf dessen glänzender Oberfläche sein verkleinertes, verzerrtes Spiegelbild. Einen Moment lang erzeugt er in mir Schuldgefühle, als hätte ich schlecht über einen schutzlosen Jungen geredet.

»Es ist eine schlimme Krankheit«, sage ich. »Wahrscheinlich die schlimmste.«

»O ja, der arme Teufel«, stimmt Savarese zu, ohne die Augen vom Kaffeelöffel zu heben. »Aber er geht dir wahrscheinlich auch furchtbar auf die Nerven, oder?«

An den letzten fünf Mittwochen bestand meine Aufgabe darin, in Klassenzimmer 9 am Tisch mit dem aufgeschlagenen Klassenbuch zu sitzen und auf De Lucia und Riccardi zu warten.

De Lucia begrüßte mich jedes Mal, wenn er hereinkam. Riccardi schrie, versteckte sich hinter seinem Rücken und stieß mit dem Finger nach mir.

Ohne den Blick von mir zu wenden, trat er jedes Mal gegen den Tisch und zwar so, dass er indirekt mich traf.

De Lucia wies ihn jedes Mal zurecht, brachte ihn dazu, sich hinzusetzen und begann mit dem Unterricht.

»Lies«, sagte er eines Tages und setzte sich die Brille auf, die ihn älter aussehen ließ.

Riccardi beugte sich über das Blatt. Seine krächzende Stimme buchstabierte ein paarmal, ehe sie verstummte.

»Mach weiter, Andrea. Wenn du willst, dann können wir später am Computer arbeiten.«

Riccardi wandte sich wieder dem Blatt zu. Einen Moment lang jedoch hob er den Kopf, ertappte mich dabei, wie ich ihn anstarrte.

»Nein! Nein!«, brüllte er, sprang auf, fasste sich von hinten an die Ohren, um sie zusammenzupressen, sie sich abzureißen.

»Alles in Ordnung, Andrea?«

Riccardi blieb stehen, den Mund geöffnet, keuchte.

»Nicht schreien!«

»Hier schreit niemand«, sagte De Lucia, ganz ruhig.

O doch, dachte ich. In Riccardis Kopf schreit jemand. Ihn nicht hören zu können ist, als ob man taub sei.

»Ok. Weißt du, was wir machen? Wir lesen jetzt. Einer liest, und die anderen sind mucksmäuschenstill.«

Riccardi ließ die Hände sinken, blieb noch eine Weile regungslos stehen, lauschte. Dann kehrte er an seinen Platz zurück. Mit über das Blatt gebeugtem Rücken begann er zu lesen, während er immer wieder zu mir ganz hinten am Tisch hinschielte.

»Was machst du denn um diese Uhrzeit in der Küche?«

Margherita ist noch ziemlich verschlafen, daher kann sie den Kerl, mit dem sie derzeit ins Bett geht, und ihre Mitbewohnerin, die sich um halb vier Uhr morgens am Küchentisch unterhalten, nicht sofort einordnen.

»Und vor allen Dingen: Was hast *du* hier in der Küche zu suchen? Ich dachte, du wärst längst weg.«

Er neigt das Haupt, legt die Hand aufs Herz.

»Wie hätte ich das tun können?«

Margherita verdreht die Augen und beginnt, im Küchenschrank herumzukramen. Es ist an der Zeit, die beiden allein zu lassen, wieder rüberzugehen. Ich bin jedoch kein bisschen müde.

»Hast du sämtliche Kekse verputzt?« Sie schüttelt die Verpackung, die Savarese wieder an ihren Platz gelegt hat – leer.

Er zuckt mit den Schultern. »Sie waren ja nichts Besonderes.«

Ich verspüre einen heftigen Lachreiz, beherrsche mich aber, weil Margherita sich auf einen Stuhl fallen lässt und mich flehentlich ansieht.

»Ist der Kaffee auch alle?«

»Ich mach dir frischen.«

»Für mich auch«, mischt sich Savarese ein, und während ich mich umdrehe, um die Espressokanne auszuspülen, sagt er:

»Wir unterhalten uns gerade über Psycho.«

Ich erstarre, halte die Kaffeedose in den Händen und weiß nicht mehr, warum ich sie eigentlich geöffnet habe. Plötzlich steht Riccardi neben der Spüle, fletscht die Zähne, klammert sich an der Arbeitsplatte fest und beginnt, hin und her zu schwanken.

»Hast du ihn gerade Psycho genannt?«

Savarese runzelt die Stirn.

»Ja.«

Andrea hört auf zu schwanken und fixiert mich mit zusammengezogenen Augenbrauen. Ich fülle Kaffee in die Espressokanne. Immer gebe ich zu viel rein, es quillt über. Als ich hochblicke, ist Riccardi verschwunden: Ich kann das Gas aufdrehen, entzünden, mir die Hände waschen, mich gegen den Küchenschrank lehnen.

»Ja, nicht schlecht«, meint Margherita. »Aber auf der Psycho-Skala ist Vito der ungeschlagene Spitzenreiter. An manchen Tagen komme ich zur Arbeit, und er zählt die Spielkarten. Er ist überzeugt, dass jedes Mal, wenn Marcello sie anfasst, irgendeine davon verschwindet.«

Margherita verzerrt ihre Stimme, indem sie einen ausgeprägt piemontesischen Dialekt nachahmt.

»Und dann kann man nicht spielen. Wenn eine fehlt, wie soll ich da bitteschön spielen?«

Savarese lacht. »Da hat er nicht Unrecht.«

»Nein, nie«, bestätigt Margherita. Und sie meint es ernst. »Vito hat nie Unrecht. Er ist nur überbesorgt. Übergenau. Übersensibel. Er ist alles im Übermaß.«

Der Kaffee kocht über und spritzt über die Herdplatte.

»Warum hast du nicht den Deckel geschlossen?«, fragt ein kräftiger Mann mit auf der Stirn klebenden Haaren und einem kakifarbenen Pullover. Die Gestalt, die Vito jedes Mal für mich annimmt, wenn Margherita von ihm spricht.

»Du hättest den Deckel schließen müssen. Ich mache das immer«, fährt er fort und setzt sich neben sie, betrachtet sie mit demselben Blick wie Savarese.

Durchs Fenster dringt die erstickte Melodie eines Handys, das jemand gnadenlos klingeln lässt. Das geht eine ganze Weile so weiter, während wir uns, ohne es zu wollen, darauf einstellen und uns fragen, warum sie uns vertraut vorkommt, wo wir sie schon gehört oder danach getanzt haben, mit wem wir zusammen waren, als sie im Hintergrund erklang.

»Er könnte doch mal drangehen«, sage ich.

»Warum sollte er?« Margheritas Stimme duldet keine Widerrede.

Vito ist verschwunden. Ich setze mich auf seinen Platz.

»Da habt ihr es also mit einer Reihe von Bekloppten zu tun«, sagt Savarese. »Vito, Psycho, der Nachbar.«

»Du«, fügt sie noch hinzu. »In der Reihenfolge ihrer Gemeingefährlichkeit.«

»Mir scheint, dass du hier drin immer noch die gefährlichste Person bist«, erwidert er und wirft ihr jenen spitzbübischen Blick zu, den er offenbar für unwiderstehlich hält. »Man sollte dich festbinden.«

»Oder einsperren«, entgegnet Margherita.

Das Telefon verstummt. Manchmal kapituliert auch der Anrufer, der Nachbar jedenfalls ist nicht rangegangen.

»Ich denke, es ist seine Ex-Frau«, sagt Savarese.

»Ich denke, es ist seine Sache«, sagt Margherita.

Er geht nicht auf sie ein.

»Es müsste ein Gesetz geben gegen Frauen, die dich belästigen, wenn du sie hast fallen lassen, weil sie zu fett oder zu alt geworden sind, um mit ihnen auszugehen.«

Waffenstillstand. Sie schweigen.

»In der Schule sperren sie einen Jungen ein«, sage ich.

Als die Tür aufflog, versteckte ich mich weiter hinter meinen Notizen. De Lucia legte Riccardi eine Hand auf den Arm und bat ihn, sitzen zu bleiben.

Andrea drehte sich zu Maria um, der Hausmeisterin. Die beiden maßen sich mit Blicken, wobei sie ein klein wenig das Kinn hob. Was auch immer zwischen ihnen am Schuljahresanfang vorgefallen sein mochte, es ließ ihr keine Ruhe, ging ihr nicht mehr aus dem Sinn.

»Signore De Lucia«, sagte sie und blieb in der Tür stehen. »Sie werden oben gebraucht, sofort. Es geht um Santojanni.«

De Lucia nahm die Brille ab, sprang auf.

»Was ist passiert?«

»Kommen Sie lieber gleich mit.«

Er beugte sich zu Riccardi. »Ich muss zu Davide. Du bleibst bei der Kollegin hier. Und sei brav.«

Verdammt, dachte ich. Das geht so doch nicht.

Riccardi trommelte mit den Fäusten auf den Tisch.

Ich sah sie hinauseilen, hörte, wie sie sich auf dem Gang entfernten, die Treppe hinaufgingen, bis ich nichts mehr vernahm.

Riccardi zog ein Blatt hervor und fing an zu zeichnen.

Das ist deine Chance, sagte Biagini. *Los.*

Nach und nach kroch mir die übliche Angst vom Magen in die Brust hoch.

»Zeichnest du?«

Riccardi hob den Kopf, eine Kobra.

»Nicht zuschauen!«

Ich senkte den Blick. Das genügte jedoch nicht: Er stürzte sich auf das Blatt, zerriss es. Was für ein grausames Leben, dachte ich. Meines, seines. Riccardi schaukelte ein wenig hin und her, dann setzte er sich an den Computer. Da sich die Fenster auf dem Bildschirm für seinen Geschmack nicht schnell genug öffneten, versetzte er dem Gerät ein paar Schläge.

»Scheißcomputer.«

Er tippte etwas bei Google ein und landete auf der Webseite von National Geographic. Dort sah er sich Tierfotos an, musterte sie.

Er ist doch nur ein kleiner Junge, sagte ich mir. Warum zitterst du?

»Was suchst du denn?«, fragte ich.

»Schnauze!«, brüllte er.

Ich wich ein paar Schritte zurück, starrte auf diese zuckenden, kranken Schultern.

Weißt du was, Riccardi? Ich bin müde. Du willst nicht mit mir arbeiten? Ok, macht nichts. Das hier ist keine Klasse, und du bist nicht mein Schüler. Du bist nur meine Strafe, die grässliche Alternative: diese Arbeit oder überhaupt keine Arbeit. Ich muss nur dieses eine Jahr durchhalten. Ich werde durchhalten. Und im nächsten Jahr wird dich jemand anders bemitleiden.

Plötzlich sprang Riccardi vom Stuhl hoch.

Entschuldige, dachte ich. Verzeih mir.

»Was ist los?«

Er drehte sich nicht um. Mit zitternder Hand zwang er die Maus, den Drucker in Gang zu setzen. Ich ließ ihn einfach machen.

Dann ging ich im Klassenzimmer umher. Auf dem mittleren Bücherregal, aufgestapelt zu einem schiefen Stoß, schienen ein paar alte Handbücher nach oben klettern zu wollen. Mittendrin steckte, wie eine seltsame Genmutation, ein *Dylan Dog*-Heft.

Vor zehn Jahren, als ich mal wieder vor meinem Bücherschrank stand, beschloss ich, ihn von den Comics zu befreien, um Platz zu machen für die Bücher, die ich an der Uni brauchte. Eine Serie von *Dylan Dog*-Heften beobachtete mich und wartete darauf, geopfert zu werden. Es waren die ersten, die in der Garage landeten.

Mit dem Comic-Heft in der Hand kehrte ich zum Tisch zurück. Mana Cerace, das Ungeheuer der Nacht, wird drei oder vier Leute niedermetzeln, ehe ihm Dylan Dog den Garaus macht. Vorausgesetzt, er hat es wirklich getan, was, wie ich mich zu erinnern meinte, nicht der Fall war. Ich blätterte in dem Comic-Heftchen, um mich zu vergewissern: Auch die Geschichte von Mana Cerace hielt sich an die Unsitte des offenen Schlusses.

Vom Stockwerk über uns waren jetzt wieder Santojannis ruhelose Schritte zu hören. An manchen Tagen übertönen sie alles andere, aber sie erzeugen immerhin ein vertrautes Geräusch: ein unentwegtes Hin und Her ohne Sinn und ohne Ziel, lediglich ein beständiger, unaufhörlicher Rhythmus.

Was immer auch geschehen sein mochte, plötzlich trat Stille ein. De Lucia würde herunterkommen, alles wieder normal sein.

Oder beinahe.

Riccardi fixierte mich. Ohne mich aus den Augen zu lassen, kroch er auf seinen Platz, strich sich die Haare aus der Stirn und deutete auf meine Hände.

»Das da?« Ich hob das Heft hoch, um ihm den Einband zu zeigen. »Es ist ein Comic. Mit Zeichnungen. Nur schwarzweiß allerdings.«

Ich ließ *Dylan Dog* auf den Tisch gleiten. Riccardi fuhr ein paarmal von seinem Stuhl hoch, dann packte er das Heft und zog es zu sich heran.

»Darin gibt es einen Detektiv. Und es gibt Monster.«

Er knallte es auf den Tisch, schlug es auf. Mit dem Finger tippte er auf das Gesicht von Dylan Dog, fuhr an den

Umrissen entlang und blätterte die Seite um. Als er auf Mana Ceraces Fratze stieß, begann er zu schaukeln.

»Er muss gegen sie kämpfen, das ist die Geschichte. Dylan Dog tötet die Monster, so können sie niemandem mehr etwas tun.«

Riccardi blätterte das Heftchen durch, immer zwei Seiten auf einmal, als könne er das Ende nicht erwarten. Als er durch war, schnitt er eine frustrierte Grimasse.

Mir wurde nun klar, dass mein beengendes Gefühl in der Brust mit dieser Grimasse zusammenhing. Und mit allen Gebärden Riccardis. Seinen gewalttätigen Gebärden. Mit seinem Geschrei. Also tat ich so, als sei er nicht im Zimmer, als spräche ich mit mir selbst.

»Da ist dieses Monster, das im Dunkeln lebt. Es existiert nicht wirklich, es ist nur eine Geschichte. Aber dieses erfundene Monster ist wirklich grauenhaft.«

Riccardi murmelte: »Quatsch nicht so viel.«

Ich redete trotzdem weiter.

»Man muss sehr mutig sein, um gegen Monster zu kämpfen. Aber das ist Dylan Dog zum Glück.«

Schweigen.

»Mana Cerace zum Beispiel ist das Monster der Finsternis. Ihn zu besiegen ist ungeheuer schwer, aber Dylan Dog schafft es schließlich doch. Und weißt du, wie?«

Riccardi ließ das Comic-Heft zufallen. Er fing wieder zu schaukeln an, langsam.

»Wie?«

Margherita steht auf, stellt die Kaffeetasse in die Spüle.

»Und was ist mit dem eingesperrten Jungen passiert?«, fragt sie gähnend.

Ich stelle mir die Szene vor, wie De Lucia sie mir geschildert hat: Blutspritzer an der Wand, Santojanni, der die Hand zur Faust ballt, ohne sie zu öffnen. Der Vogelkäfig auf dem Boden, offen.

»Ich weiß es nicht genau. Es ist aber nicht das erste Mal. Es gab einen Vorfall in seinem ersten Jahr an der Schule, deshalb wird Santojanni mit einem Kleinbus bis vor den Eingang der Schule gebracht, und dann von meinen Kollegen direkt in den obersten Stock geführt.«

Wir verharren in Schweigen und stellen uns Türme vor, noch höher als mittelalterliche Burgen, mit rostigen Vorhängeschlössern verriegelte Zimmer, verrückte, von den Ehemännern getrennte Ehefrauen in einem unzugänglichen Raum im finstersten Teil des Hauses.

»Vielleicht fing er nur an zu onanieren«, sagt Margherita.

Savarese und ich blicken sie an.

»Was ist schon dabei? Seine Kameraden machen es ständig. Bloß nicht in der Öffentlichkeit.«

»Wenn ich mich recht erinnere«, pflichtet Savarese ihr bei, »hätten sie mich mit einem Gewehr niederschießen müssen, um mich davon abzuhalten.«

»Und jetzt möchte ich schlafen gehen«, beendet Margherita das Gespräch.

Sie wünscht uns eine gute Nacht und tritt in den dunklen Schlund des Flurs, ohne Licht zu machen.

Savarese erhebt sich und rückt den Stuhl zurecht.

»Wir sehen uns morgen«, sagt er.

Mein Zimmer ist so, wie ich es vor einer Stunde verlassen habe: fremd und kalt. Der Wecker auf dem Nachttisch zeigt halb fünf. Die Nacht ist gelaufen.

Ich höre die Stimme, dann spüre ich die Hand auf meiner Schulter. Einen Moment lang verschlägt es mir den Atem, aber ich fasse mich sofort wieder: Das kann nur er sein.

»Hey.«

In Unterhosen steht er dicht vor mir, und ich finde, dass er Recht hatte: Er ist wirklich unverschämt.

»Du hast mir noch nicht gesagt«, flüstert er, »was das für ein furchterregendes Reptil ist?«

Wieder sehe ich Riccardis Gesicht vor mir, wie er das Draht-Monster aus dem Schrank holt und in den Armen wiegt. Ganz verzückt stellt er es auf den Tisch, streichelt das nur ansatzweise zu erkennende Maul in diesem dreieckigen Kopf, der eine Anomalie zu sein scheint, wie auch der Schwanz, der degenerierte Fortsatz eines krummen Körpers, in den mit Gewalt vier knorrige Pranken gesteckt wurden. Ohne das Foto von National Geographic wäre ich nie darauf gekommen.

»Es ist ein Leguan«, sage ich.

Savarese schneidet eine Grimasse und geht in den Flur zurück.

»Na, dann kannst du ja ruhig schlafen.«

Ich schließe die Tür hinter ihm und schlüpfe ins Bett, suche nach einer Ruhepause zwischen diesem Tag und all den anderen, die noch bleiben.

8

Während ich mich allmählich der angegebenen Adresse näherte, tauchten auf der Straße die Lehrer auf. Mit Umhängetaschen, zu wuchtigen Brillen und den Händen in den Hosentaschen, trieben sie sich in der Nähe der Schule herum, wo man sie zur Stellenvergabe einbestellt hatte. Sofern sie einen Kaffee trinken gegangen waren, kehrten sie jetzt paarweise zurück, ohne miteinander zu reden. Wenn sie fürchteten, zu spät zu kommen, beschleunigten sie den Schritt, das Handy am Ohr, um irgendwelchen Leuten zu sagen, dass sie nicht mehr anrufen sollten, dass sie ihnen Bescheid geben würden, sobald alles vorbei, das Spiel aus und so oder so gelaufen sei.

Auf dem Bürgersteig stand ein großer, kahlköpfiger Typ mit einem Stapel Flugblätter. Er drückte jedem Lehrer ein Exemplar in die Hand und deutete auf etwas Gedrucktes oben auf dem Blatt, eine Adresse, eine Telefonnummer. Nach und nach waren die Leute näher gekommen. Einige machten einen weiten Bogen um ihn. Wollten nichts hören.

Sie werden euch alle in die Aula setzen, hatte Anna gesagt. *Dann wird die Kommission antreten und der Schulleiter einen nach dem anderen von der ständigen Rangliste aufrufen, gemäß der Punktezahl.*

Zur festgesetzten Stunde stürmten wir wie eine lärmende Viehherde unter den gleichgültigen Blicken der Hausmeister in die Flure des Schulgebäudes. Auf der Schwelle zur Aula wurden wir zu einem Schwarm, der sich mit gesträubtem Gefieder auf die freien Äste niederließ. Als der Schulleiter eintrat, ging das Geplapper in ein anhaltendes Gemurmel über, um dann zu verstummen.

Wir sahen ihm zu, wie er die Unterlagen in Ordnung brachte, mit den Mitarbeitern des Schulamts tuschelte, den Gewerkschaftsvertretern zuwinkte. Er richtete die Augen auf uns, und unsere Blicke umkreisten ihn wie ausgehungerte Wölfe.

Lass uns unterrichten, wir sind zu allem bereit. Wir werden uns jeglichen Vorschriften beugen. Wir werden Verträge akzeptieren, die uns benachteiligen, und wir werden keinen einzigen Tag streiken. Wenn es nötig ist, werden wir Grundsatzfragen in den Vordergrund schieben, um unser Unwissen zu verbergen. Sag uns nur, dass wir dieses Jahr arbeiten werden: Wir stehen zu Diensten.

Der Schulleiter vergewisserte sich, dass das Mikrofon funktionierte.

Dich natürlich nicht. Dich wird er nicht aufrufen: Zuerst muss er die Rangliste der in Turin eingeschriebenen Lehrer ausschöpfen. Erst sie und dann wir.

Als ich das Lehrerzimmer betrete, heben Nicolini und Miranda in der Ecke, in die sie sich verkrochen haben, kaum den Kopf. Loredana lächelt mir zu, macht mir ein Zeichen, zu ihr und den anderen Kollegen zu kommen.

»Neuigkeiten?«

Es scheint so. Offenbar steht für die 1A ein Besuch des Ägyptischen Museums auf dem Programm.

»Das geht natürlich nicht«, sagt Giglio. »Die Schulleiterin wird unsere besondere Situation berücksichtigen.«

 Es sind nur noch zehn Tage bis Weihnachten. Acht Tage bis zu den Ferien. Bis zur Heimreise. Bis ich zu Hause bin.

»Dennoch finde ich es nicht gerecht«, entgegnet Loredana. »Da die anderen ersten Klassen hingehen, werden sich unsere Schüler benachteiligt fühlen.«

»*Besondere erzieherische Notwendigkeiten*«, zitiert Nicolini, gegen das Fenster gelehnt. »Es ist eine besondere Klasse: Hier gelten Sonderregelungen.«

»Trotzdem«, beginnt Loredana, verzichtet jedoch sofort auf weiteren Widerspruch. Es gibt kein *trotzdem*, kein *aber*, kein Wort, das in der Lage wäre, die Wirklichkeit zu ändern, die ihnen Angst einjagt und Nicolini veranlasst, einen Schritt vorzutreten und den Finger auf die Kollegin zu richten: »Bringst du ihn hin?«

»Wenn De Lucia mit dabei ist …?«

Loredanas Stimme ist ein Flüstern, eine leise Hoffnung.

»De Lucia kommt nicht mit«, fährt ihr Miranda sofort über den Mund.

»Warum nicht?«

Sie drehen sich zu mir um. Es ist also meine Schuld.

»Frag ihn doch«, antwortet Miranda.

Genau das werde ich tun, denke ich, bevor irgendjemandem einfällt, dass der Spaziergang des psychotischen Elefanten im Porzellanladen mein Problem sein könnte.

Silvia schüttelt den Kopf. »Sie werden sich benachteiligt fühlen und Andrea die Schuld geben.«

»Wem sollten sich auch sonst die Schuld geben?«, fragt Nicolini.

Niemand antwortet ihm.

»Darf ich?«

De Lucia sitzt in Klassenzimmer 9 am Computer.

»Ich informiere mich gerade darüber, wo wir landen werden, wenn wir so weitermachen«, sagt er. Ich werfe einen Blick auf den Bildschirm: Die ganze Homepage von *La Repubblica* ist dem Problem »Schule und Reform« gewidmet.

Ich nicke zustimmend, habe keine Zeit.

»Du begleitest Riccardi also nicht bei dem Museumsbesuch?«

Er sieht mich an. So hatte ich es eigentlich nicht sagen wollen, aber es ist zu spät, um es zurückzunehmen.

»Nein, ich glaube nicht.« Er fährt sich mit der Hand durch die Haare, legt sie dann über seine Augen. »Das ist alles solch ein Schlamassel.«

»Was?«, frage ich. Heute treffe ich immer den falschen Ton.

De Lucias Stirn überzieht sich mit Falten.

»Bist du in der Gewerkschaft?«

»Was hat das denn damit zu tun?«

»Es hat was damit zu tun.«

Er steht auf, wird überraschend größer als ich.

»Die einzige Möglichkeit, die wir haben, um uns der Reform zu widersetzen, ist Streik. Wir dürfen keine Überstunden machen und uns nicht gegeneinander ausspielen lassen. Folglich keine Gehaltszulagen, keine Zusatzstunden auf Kosten der entlassenen Kollegen und keine Schulausflüge.«

Er macht mich mundtot. Jetzt steht eine große Frage im Raum, und wenn ich nicht aufpasse, wird sie mich erdrücken.

»Wenn du sie nicht begleitest, werden sie nicht ins Museum gehen«, sage ich, alle Betonung auf das *du* legend.

»Tut mir leid.«

Wir hören ein hastiges Klopfen, anmaßend, und gleich darauf betritt Meriem das Zimmer, schließt die Tür hinter sich.

»Können wir reden?«

Sie geht geradewegs zu ihm, aber sauer ist sie auf uns beide.

»Das ist nicht fair. Alle Klassen machen einen Ausflug, nur wir nicht. Wird das die nächsten fünf Jahre so weitergehen?«

De Lucia antwortet nicht sofort, weil Meriem ins Schwarze getroffen hat.

Es ist die Inklusion, Kinder: entweder alle oder keiner.

»Wir befinden uns im Streik«, sagt er. »Es ist kompliziert.«

Und wie.

Liebe Meriem, die Inklusion ist eine Chance, eine Bereicherung. Auch.

Die ganze Wahrheit liegt in diesem Wörtchen: *auch.*

Riccardi ist eure Chance, mit jemandem in Kontakt zu kommen, der andere Bedürfnisse hat, eine andere Sichtweise auf die Dinge. Die Inklusion wird euch lehren, weniger intolerant zu sein, weniger egoistisch. In diesem Sinn wird sie euch zu besseren Menschen machen. Aber es kann *auch* vorkommen, dass sie euch auf die Nerven geht, gelegentlich. Denn diese Inklusion ist nun einmal eine ambivalente Sache.

»Und können Sie uns nicht begleiten?«

Ich seufze erschöpft, während ich nach einer Antwort suche, die mich retten könnte.

»Es ist ein besonderes Jahr für die Schule«, lüge ich.

Meriem beißt sich auf die Unterlippe. Eine so kindliche Geste lässt sie weiblicher wirken. Sie tut, als wolle sie es dabei bewenden lassen, dann platzt es aus ihr heraus.

»Martinas Mutter sagt, dass wir auch ohne ihn gehen können, wenn ihn seine Eltern nicht aus dem Haus lassen.«

Ich spüre, wie sich Martinas Mutter mit ihren Zähnen einen Weg durch meinen Magen bahnt. Es ist das, was mich erwartet, weil ich mich zwischen sie und Riccardis Mutter gestellt habe.

»Wir sagen ja nicht, dass wir das tun«, fährt Meriem fort. »Wir wollen einfach nur den Schulausflug machen.«

Die Stimme des Kommissionsvorsitzenden schallte bis in die letzte Reihe und schallte wieder zurück.

»Scagliarini Ottavia. Hundertsechsundvierzig Punkte.«

Wenn man aufgerufen wird, tritt man vor die Kommission und sucht sich eine der Stellen aus. Danach hat man vierundzwanzig Stunden Zeit, um zur Unterzeichnung des Vertrags in der neuen Schule zu erscheinen.

Nach jeder Namensnennung ging jemand zum Tisch der Kommission, um das Dokument vorzuzeigen, den Lehrauftrag anzunehmen. Der Kandidat oder die Kandidatin hatte einige Sekunden Zeit, um zu antworten: Wenn sich keiner meldete, hob der Vorsitzende einen Moment lang die Augen, ehe er sie wieder auf die Liste senkte.

Du musst nicht selbst erscheinen, hatte mir Anna erklärt. *Mit einer Vollmacht kannst du jede beliebige verfügbare Stelle akzeptieren.*

Als wir um uns blickten, die aufgerufenen und die übrig gebliebenen Kollegen zählten und sie mit der Anzahl der noch zu vergebenen Stellen verglichen, machten wir uns weiterhin Illusionen: Dutzende, vielleicht an die hundert unsichtbare Kandidaten füllten den Raum und warteten darauf, an uns vorbeizuziehen, glücklich, sich einen Arbeitsvertrag bis Juni gesichert, es trotz allem auch dieses Jahr geschafft zu haben.

»Signora, Sie müssten für die nächsten beiden Stunden in die 1B gehen.«

Signora Maria reicht mir den heutigen Lehrplan in Form eines Zettelchens.

Ich hole Luft: Keine Überstunden, hat De Lucia gesagt, keine Vertretungsstunden, in denen andere arbeitslose Kollegen arbeiten und bezahlt werden könnten.

»Wer fällt aus?«

Die Hausmeisterin zuckt mit den Schultern, als ob sich hinter der Frage eine Unterstellung verberge, die sie kränkt.

»Die Mattazzi. Sie ist mit der 1A unterwegs.«

Ich nehme den Zettel und stecke ihn in meine Umhängetasche.

»Na dann. Danke, dass Sie mir Bescheid gegeben haben.«

Ich konzentriere mich und gehe in Richtung 1B. Bei jedem Schritt im Gang treten meine niedrigen Absätze fest auf, hinterlassen ein schallendes Geräusch, das von den Wänden widerhallt. Ich bereite meine Stimme darauf vor, sicher zu klingen.

Ich betrete das Klassenzimmer der 1B und brauche nur ein paar Sekunden, um mir eine Vorstellung von der Klasse zu machen: Einige erheben sich, andere haben ihren iPod im Ohr und den Kopf auf den Tisch gestützt, außerdem gibt es die Nervensäge, die versuchen wird, mich in den nächsten zwei Stunden um den Verstand zu bringen.

»Entweder alle oder keiner«, erkläre ich mit Blick auf die fünf oder sechs Schüler, die aufgestanden sind, und die restlichen, die auf ihren Tischen herumlümmeln.

Letztere lächeln, erheben sich langsam von ihren Stühlen. Ich lächle ebenfalls und lasse sie wieder Platz nehmen. Rasch unterschreibe ich im Klassenbuch, ohne sie aus den Augen zu lassen. Ich denke, dass die 1B wie die 1A ist. Und beide sind wie die 1F vor zwei Jahren. Und alle sind wie die 1E von damals, als ich im Gymnasium war. Der einzige wirkliche Unterschied ist Riccardi. Aber ich vermute, dass auch die Riccardis untereinander gleich sind.

»Kann mir jemand ein Italienischbuch geben?«

»Wir lesen doch nur«, sagt die Nervensäge, die ich dank der Eintragungen im Klassenbuch sofort als Pierluigi Dente identifiziere.

Ich strecke die Hand aus.

»Noch besser.«

Dann also Unterricht. Wir rufen uns noch einmal die Vorgeschichte der *Ilias* ins Gedächtnis und lesen die wichtigsten Passagen, die sie bereits frei wiedergeben können. Unter dem Panzer ihrer Trägheit und des mangelnden Interesses für das Fach, entdecke ich die Arbeit, die Silvia geleistet hat, die unternommenen Anstrengungen, um diese jugendliche Abwehr zu durchbrechen, in diese kaum benutzten Gehirne das zu säen, was irgendwie möglich ist.

Dann stelle ich ihnen Fragen. Ich spiele mit der homerischen Frage, indem ich sie als ein Rätsel darstelle, das wir lösen können. Ich versuche, die Geschichte in die Mythologie einfließen zu lassen, ohne eine von beiden zu entstellen.

Nach und nach entspannen wir uns. Einige Finger fahren hoch. Pierluigi fragt nicht mehr, ob er rausgehen darf. Ich sehe keine eingeschalteten iPods, und auch die Handys sind wieder in den Taschen verschwunden.

»Wir mussten bis heute einen Aufsatz über Hektor und Andromache schreiben«, gesteht die Blondine in der ersten Bankreihe.

»Dann lass hören.«

Sie haben die Stelle gelesen, in der sich der Held von Frau und Sohn verabschiedet, bevor er in den Kampf zieht. Und das, obwohl er weiß, dass er bald sterben muss, und trotz Andromaches wiederholter Versuche, ihn zum Bleiben zu bewegen. Wer hat Recht?

»Die Frau«, antwortet Pierluigi wie aus der Pistole geschossen. »Weil die Familie Vorrang hat.«

Fast alle sind seiner Meinung. So ziemlich alle.

Egal, ob sie sich die Haare grün färben, Tattoos oder Emo-Ponys tragen, wenn sie den Mund aufmachen, geben sie die Wertvorstellungen wieder, die sie von ihren Eltern, den scheinheiligen Romanen, den Fernsehfilmen übernommen haben.

»Aber wenn Falcone und Borsellino so gedacht hätten, wie ginge es uns dann heute?«, frage ich.

»Noch schlechter als jetzt«, antwortet Pierluigi und bringt uns damit alle zum Lächeln.

Mein süditalienischer Akzent weckt ihre Neugier, obwohl er den meisten von ihnen nicht ganz fremd sein dürfte. Sie versuchen, meine Herkunft zu erraten, und schaffen es nicht. Viele ihrer Eltern sind schon seit einer Ewigkeit hier in Turin, und das, was vorher war, einschließlich des Dialekts, haben sie verdrängt. Andere hingegen sind im Herzen Sizilianer, Puglieser, Kalabresen, Kampaner geblieben, und der Turiner Akzent ihrer Kinder kommt ihnen wie ein Verrat vor, mit dem sie nicht gerechnet hatten.

Ich merke, dass ich über ein fremdes Land spreche: Von diesem fernen, leicht exotischen Italien wissen die Schüler der 1B nicht viel. Beim Gedanken an das in der Nachttischschublade sicher verwahrte Flugticket wird mir wohler. Es ist fast geschafft.

»Sie haben also das Gymnasium besucht?«, fragt das blonde Mädchen.

»Ja, ein humanistisches.«

Aus dem Hintergrund ertönt höhnisches Gelächter. Natürlich.

»Und wie ist es da gewesen?« Sie lässt nicht locker. Wahrscheinlich hat sie das Gefühl, die falsche Schule gewählt zu haben.

»Wieso fragst du denn so viel?«, fährt Pierluigi sie an. »Sie ist Lehrerin: Sie wird bestimmt eine Streberin gewesen sein. Nichts für ungut.«

Ich bin nicht beleidigt, sondern stehe auf und schreibe einen Satz von Thukydides an die Tafel, auf Griechisch. Einige Sekunden lang verharren alle mucksmäuschenstill vor der geheimnisvollen Form der etwas krumm geschriebenen Schriftzeichen.

»Die Geschichte ist ein ewiger Besitz«, lese ich.

Ich weiß nicht, warum ich das getan habe. Gewiss nicht, um zu beweisen, dass ich keine Streberin bin.

»Das gilt auch für andere Dinge, was weiß ich, Freundschaft, Liebe. Die Schule.«

Pierluigi schneidet eine Grimasse.

»Die Schule ist ein ewiger Besitz?«

Die wahre Schule, denke ich. Ja.

»Sicher«, sage ich. »Wenn du nicht aufhörst, ständig durchzufallen.«

Alle grinsen, er auch. Die Pausenglocke ertönt und befreit sie von meiner Gegenwart.

Mit einer unangenehmen Unruhe in den Beinen komme ich in Klassenzimmer 9. Ich stelle mich vors Fenster und betrachte mein Spiegelbild.

Ein bisschen Griechisch, schief auf die Tafel geschrieben, hat gereicht. Im Geiste gehe ich noch einmal den Satz durch und stelle fest, dass ich die Akzente durcheinandergebracht habe. Meine Fächer drohen mir zu entgleiten.

»Ich bin immer noch Lehrerin«, sage ich laut. Zu laut.

Die Belcari, die soeben das Zimmer betreten hat und nun Tasche und Klassenbücher auf den Tisch legt, muss es gehört haben.

Um es ungeschehen zu machen, erzähle ich ihr lange von Mattia. Ich will, dass sie mir mein Versagen bei Riccardi verzeiht.

Sie lässt mich eine Weile reden, dann hebt sie die Hand. Das reicht jetzt.

»Wir haben momentan Probleme, Santojannis Förderung zu finanzieren. Die Schule zahlt nicht, und die vom Ministerium haben uns zu verstehen gegeben, dass wir sehen müssen, wie wir klarkommen.«

»Aber was gibt es denn für eine Alternative?«

Sie sieht mich nicht an, blättert im Notizbuch und ersetzt einen Stundenplan durch einen soeben ausgedruckten.

»Für mich keine. Ihrer Meinung nach sollen wir die Zahl der schwereren Fälle verringern. Oder sie behalten, aber ohne Inklusionslehrer.«

Sie haben beschlossen, haben gesagt, getan. Als wären sie ein außerirdisches Wesen, etwas, das von hoch oben herabgefallen ist und uns seine eigenen Gesetze diktiert.

Die neuen »Besucher«: sie.

Die Belcari hält die Augen gesenkt, trommelt mit dem Finger auf das Notizbuch.

»Ich muss wieder zu Santojanni. Mir bleibt keine andere Wahl.«

De Lucia unterbricht uns, als er freudestrahlend hereinkommt.

»Gesund und munter zurück. Das Museum ist wirklich eine tolle Sache. Andrea war überaus brav, sie haben viel Spaß gehabt.«

Aus seiner Jackentasche zieht er eine kleine digitale Videokamera.

»Er hat sogar ein Video gemacht, von sich aus: Ich speichere es auf dem Computer ab, so geht es uns nicht verloren.« Das gezwungene Lächeln der Belcari nimmt er nicht wahr und auch nicht, wie sie ihre Hände gegeneinander reibt, als ob sie etwas loswerden wolle, das auf der Haut brennt.

Fünfzigtausend Arbeitsplätze gestrichen.

Während der Kommissionsvorsitzende uns aufrief, gleichzeitig Hoffnung verbreitend und zunichte machend, beobachtete ich meine Kollegen und erkannte viele wieder. Da war der Lehrer, der aus dem Süden kam. Wenn er gekonnt hätte, wäre er an der Uni geblieben. Da war die junge Mutter mit dem Kind im Arm. Bei einer Jahresvertretung hätte sie es nach Norditalien mitgenommen, und die beiden anderen zu Hause bei ihrem Mann zurückgelassen. Da waren die examinierten Kollegen und Kolleginnen, die schon vor zehn Jahren an dem Auswahlverfahren teilgenommen hatten, da waren die an den pädagogischen Hochschulen Ausgebildeten. Da gab es den einen oder anderen, der seit vielen Jahren in befristeten, nicht verlängerbaren Verträgen unterrichtete. Da war so mancher, der viel gezahlt und wenig studiert hatte. Da war einer, der sich immer mit irgendwelchen Jobs über Wasser halten würde. Da war ich. Alle waren da.

Und wie in jedem Jahr würden sich die Lehrer, die sich in einer anderen Stadt beworben hatten, auf ebendiese Weise zusammenfinden und darauf warten, von einem Kommissionspräsidenten aufgerufen zu werden, der dem unseren aufs Haar glich. Darunter stellte ich mir vor: Horden von Zeitarbeitern, zusammengekarrt in einer imaginären riesigen italienischen Aula, wo man stundenlang auf den Ausgang der Einberufung warten musste.

Ich beobachtete, wie der Präsident seine Bewerbungslisten beiseitelegte, die Brille abnahm, sich mit bedauernder Miene dem Mikrofon näherte: »Es sind nun keine Stellen mehr zu vergeben.«

Ich hörte Anna, ihre trockene Stimme.

Nur, dass sie uns wieder nicht aufrufen werden. Dieses Jahr werden sie uns nicht aufrufen.

Für den letzten Tag vor den Weihnachtsferien hat die Schule keinen regulären Unterricht vorgesehen. Andere Inhalte stehen auf dem Programm. Mattias Klasse ist mit einem Film über den Holocaust dran.

»Aber warum haben sie die Juden getötet? Was haben sie denn getan?«

»Absolut nichts, Mattia. Auch die Zigeuner und die Homosexuellen wurden in die Konzentrationslager gebracht, nur weil Hitler sie hasste.« Meine Stimme ist schwer, ein Felsblock.

»Es gibt nichts Schlimmeres auf der Welt als Hass«, sage ich. Das hätte auch Jim Morrison gesagt.

Mattia blickt nachdenklich drein.

»Stimmt es, dass sie sogar die Behinderten umgebracht haben?«

Lass dir Zeit, empfiehlt Biagini.

»Wer hat dir das erzählt?«

»Die anderen.«

Ok.

»Du musst wissen, Mattia, das Wort ›behindert‹ gebrauchen nur Leute, die keine Ahnung haben. Deshalb verwendet man es schon seit Langem nicht mehr, verstehst du? Schau, eine Behinderung bedeutet eine Schwierigkeit, und irgendwelche Schwierigkeiten haben wir alle. Aber das ist nicht der springende Punkt: Ein Mensch besteht nicht nur aus seiner Schwierigkeit. Er ist alles Mögliche, und unter anderem jemand, der eine Schwierigkeit *hat*. Für dieses oder jenes ist er nicht geeignet, für andere Tätigkeiten aber sehr wohl. Verstanden?«

»Ja.«

Ich habe ihn überzeugt.

»Haben sie also auch die Behinderten in den Konzentrationslagern umgebracht?«

Ich habe Mühe, zwischen den Grüppchen von Schülern hindurchzukommen, die den Flur bevölkern, zum Ausgang drängen.

Ich gehe in den ersten Stock hinunter, biege um die Ecke, und da sehe ich ihn auch schon vor mir, wie er sich gegen den Getränkeautomaten lehnt. Die Schultern schwanken hin und her, der Kopf wippt auf und ab, und auch die Arme halten nicht still: Riccardi ist glücklich, zufrieden oder irgendetwas dergleichen.

Ich beschleunige den Schritt.

»Hey«, murmele ich, ohne mich umzudrehen.

Er hebt den Kopf.

»Hey«, sagt er.

Ich gehe langsamer, spüre, wie sich etwas in meiner Brust zusammenrollt.

»Wir sehen uns im Januar«, sage ich, wende mich kaum um.

Riccardi folgt mir.

»Nein«, brüllt er. Dann läuft er neben mir her.

»Wann sehen wir uns?«, fragt er.

»Im Januar«, wiederhole ich, husche in Klassenzimmer 9, ziehe die Tür hinter mir zu und lasse ihn draußen stehen.

Drinnen überrasche ich Grazia und De Lucia, die verstummen, als ich die Tür öffne.

Auf dem großen Tisch in der Mitte des Zimmers türmen sich Plakate, Verlängerungskabel, und Pappkartons mit der Aufschrift SANTOJANNI.

»Macht's gut, ich muss weg«, sage ich und in vielerlei Hinsicht denke ich das auch.

»Bleib noch einen Moment«, entgegnet Grazia. »Wir müssen etwas besprechen.«

Das Händewaschen nach dem Nachhausekommen hat etwas Zwanghaftes, Gestörtes, was ich mir nie angewöhnen wollte.

Aber die Schule ist schmutzig.

Während jeder in der Klasse verbrachten Stunde überziehen Millionen von Keimen die Bänke und Klassenbücher, pflanzen sich fort und wandern von einer Hand zur anderen, indem sie sich an jeden geliehenen Kugelschreiber klammern. Sie umzingeln mich. Wenn ich mir die

 Hände wasche, fühle ich mich erleichtert bei dem Gedanken, dass sich die Krankheit im Waschbecken notgedrungen verflüssigen muss.

Seit gestern ist der Koffer gepackt. Ich bin schon so gut wie unterwegs.

Margherita sitzt auf dem Sofa. Der Fernseher läuft, ist aber ganz leise gestellt. Ich setze mich neben sie.

»Das übliche Scheißweihnachten.«

Ich kann es ihr nicht verdenken.

»Hast du mit Savarese gestritten?«

Sie verdreht die Augen.

»Wer ist das?«

Ich hebe die Hände. Ich weiß auch nicht, wie ich darauf gekommen bin.

»Sie sagen, sie hätten entschieden, dass es für alle das Beste sei, den Vertrag am Ende des Monats nicht zu verlängern.«

Scheiße.

Margherita schaltet auf ein anderes Programm um.

»Das tut mir leid.«

»Ich bitte dich! Irgendwas werde ich schon finden.«

Mir ist klar, dass weiter darüber zu sprechen so wäre, als wollte ich sie unbedingt nackt sehen.

»Fliegst du morgen?«

Beim Gedanken an die Heimreise habe ich mich nicht mehr unter Kontrolle, lächle und fühle mich sofort schuldig.

»Fährst du auch nach Hause?«

Margherita macht mit dem Arm eine ausladende Gebärde und richtet die Fernbedienung auf die Wände.

»Ich bin zu Hause.«

Ich nehme mir vor, nichts mehr zu sagen. Meinetwegen können wir einfach nur fernsehen.

Margherita springt vom Sofa auf. Ich höre sie in die Küche schlurfen und in der Schublade nach dem Korkenzieher suchen, der vor ein paar Wochen zwischen den Tellern gelandet war, die wir zum Abtropfen in die Spüle gestellt hatten, und dort ist er liegen geblieben.

»Weißt du, was mir leidtut?« Sie hantiert an einer Flasche Barbera herum, wartet, bis sie den Korken gezogen hat, bevor sie fortfährt: »Das Moped für Vito habe ich nicht mehr aufgetrieben.«

Sie gießt eine großzügige Menge Wein in zwei Gläser, die aus dem Nichts aufgetaucht sind. Wenn ich mich jetzt betrinke, schaffe ich es dann trotzdem noch, morgen früh das Flugzeug zu kriegen?

»Es ist nicht leicht. Diese Mopeds bekommt man nicht mehr«, sagt sie. Dann seufzt sie und verschwindet in ihrem Zimmer. Ich trinke weiter, nur um mir das Warten zu verkürzen.

Margherita kommt mit einem uralten Fotoalbum zurück. Schnell blättert sie die Seiten durch, gibt es mir dann. Was ich sehe, ist das verblasste Bild eines bärtigen Mannes in einem Siebziger-Jahre-T-Shirt, der eine Garelli umarmt, während ihn eine auf dem Gehsteig daneben sitzende junge Frau mit Zigarette in der Hand von unten herauf anschaut.

»Das ist genau das gleiche wie das von Vito.«

»Haben sie es denn nicht mehr?«

Sie zuckt mit den Schultern.

Ohne sie um Erlaubnis zu bitten, beginne ich, das Album durchzublättern. Margherita zögert einen Moment, ehe sie wieder anfängt zu trinken. Vier Seiten mit Fotos zeigen dieselbe Szene: einen Leichenzug.

Rasch blättere ich weiter: Der Vater trägt keinen Bart mehr, ein kleines Mädchen verwandelt sich in die blutjunge Margherita mit langen Haaren über den geschminkten Augen, neue Gesichter tauchen auf und verschwinden im Verlauf von wenigen Seiten. Ich klappe das Album zu und lege es auf den Couchtisch.

Nach einer Weile greift sie danach, öffnet es auf ihren Knien.

»Ich«, sagt sie und zeigt auf das kleine Mädchen. »Meine Mutter«, fährt sie auf der nächsten Seite fort. Ich erkenne das Foto wieder, das ich vor Monaten in ihrem Kleiderschrank entdeckt hatte.

»Mein Vater.« Sie deutet auf den bärtigen Mann, der ein kleines Mädchen um die Hüften fasst, das über eine von acht Kerzchen durchbohrte Sacher-Torte pustet.

»Meine Mutter«, sagt sie und verweilt bei der Seite mit dem Begräbnis. Mit dem Finger zeichnet sie das Profil einer Schramme auf der Plastikfolie nach, die die Fotos umhüllt und schützt.

»Die hier habe ich gemacht.«

»Du fotografierst wirklich sehr gut.« Mehr fällt mir in diesem Moment nicht ein. Margherita nimmt es mir nicht übel. Sie schließt das Album und legt es weg. Amen.

»Eine Sacher als Geburtstagstorte?«, frage ich.

»Einer der wenigen Kompromisse, auf die sich meine Eltern verständigen konnten: Schokolade und Marmelade.«

Acht kleine Kerzen. Es ist zwanzig Jahre her.

»Stoßen wir an.«

»Ich bin sauer.« Wir schenken uns nach.

»Auf Psycho, der ab Januar in die Klasse zurückkehrt.«

»Halleluja«, sagt sie und hebt ihr Glas.

»Auf mich.«

Ich reagiere auf ihren ungläubigen Blick mit einem langsamen Kopfnicken. Nun ja.

»Es gibt keine andere Wahl: Für Lehrer fehlt das Geld. De Lucia und die Belcari ziehen mit Santojanni in Klassenzimmer 9 um. Und ich bleibe mit Riccardi in der Klasse.«

Schweigend trinken wir den restlichen Wein.

»Machst du dir Sorgen?«, frage ich nach einer Weile.

Margherita überlegt, sagt aber nichts: Ich habe den Eindruck, dass sie sich das noch nie gefragt hat.

9

Ich habe zu Hause gesagt, dass du nicht mehr zurückkehrst. Luigi hat mich gefragt: Und du, was hast du gemacht? Ich habe zu ihm gesagt: Nichts. Er hat gesagt: Du hast einen Fehler gemacht. Deshalb schreibe ich dir, um etwas zu tun und eine bessere Antwort parat zu haben, wenn wir das nächste Mal von dir sprechen.

Auf dem Parkplatz des Flughafens ziehe ich zuallererst meinen Mantel aus. Gegen ihr Auto gelehnt, betrachtet Anna meinen dicken Pullover, meine Stiefel: Zeugen einer kalten, nicht gastfreundlichen Stadt.

»Schau doch mal nach oben und versuch, aufzutanken«, sagt sie und setzt sich hinters Lenkrad.

»Ob du es glaubst oder nicht, auch im Norden scheint die Sonne.«

Sie schüttelt den Kopf.

»Reine Propaganda.«

Wir nehmen die Umgehungsstraße und fädeln uns in den Weihnachtsverkehr ein, der die Stadt in Beschlag nimmt. Der nervenaufreibende Ansturm von Automobilen und Motorrädern hält während der gesamten Fahrt in die Innenstadt an, bis wir zu der Straße gelangen, die von Capodimonte hinunter ins Zentrum führt.

So leicht, wie dich ein Fahrfehler das Leben kosten kann, wird er auch verziehen. In Neapel lebt man so, wie man Auto fährt.

»Ich muss meinen Wohnsitz jetzt in Turin anmelden«, sage ich. »Ganz klar.«

Anna wirft mir einen wütenden Blick zu und lächelt dann. Da sie sich so sehr über meine Rückkehr freut, dauert es einen Moment, bis sie merkt, dass die dumme Bemerkung von eben eine Tür geöffnet hat, die zumindest heute verschlossen bleiben und uns nicht weiter kümmern sollte.

»Hast du was von Gianni gehört?«

Ich verneine. Die Tür schließt sich wieder, wir atmen auf und stürzen uns gierig darauf, über die gemeinsamen Freundinnen zu reden, über den Typen, den sie gerade trifft, über die Familie, über jedes beliebige Thema, das uns beweisen wird, dass sich nichts verändert hat.

Ich höre mich von Riccardi erzählen: Mit jedem Wort wird das Gymnasium zu einer beängstigenden Höhle, in der ein Monster, halb Schüler, halb Krankheit, sein Unwesen treibt.

»Er hasst mich, es ist nichts zu machen.«

Anna fährt schweigend weiter. Als wir an einer Ampel halten, schaltet sie in den ersten Gang und legt mir die Hand auf den Arm.

»Ich hätte da auch geweint. Aber es hat bestimmt niemand gemerkt.«

Ich wende den Blick nicht vom Seitenfenster. Es ist schließlich nur ein Job, denke ich. Apropos.

»Und du?«

Anna zuckt mit den Schultern und antwortet nicht.

Während ich von den Stunden in Klassenzimmer 9 und den Klassenkonferenzen aufgesogen wurde, beteiligte sie sich an Kundgebungen und verfasste Beschwerdeschreiben. Sie hat die Bestimmungen studiert. Sie erduldet.

»Sie nennen es Schutz für Angestellte im öffentlichen Dienst mit befristeten Arbeitsverträgen. Es ist ein Beschluss, der weitere Ranglisten aufstellt, die den Schulleitern als Grundlage dienen sollen, um neue Lehrvertretungen zu vergeben.«

»Und das ist gut?«

»Miserabel: Wenn du im vergangenen Jahr nicht gearbeitet hast, wirst du mit Sicherheit auch dieses Jahr nicht arbeiten, nicht einmal, wenn du an erster Stelle der offiziellen Rangliste stehst.«

»Und gibt es Aussicht auf Verbesserung?«

»Nein.«

Mit sicherem, geübtem Einschlagen des Lenkrads manövriert Anna das Fahrzeug zwischen zwei schlecht eingeparkte Autos.

»Und was jetzt?«

Sie legt den Rückwärtsgang ein, stützt die Hand auf die Rückenlehne meines Sitzes und stellt dann den Motor ab.

»Wir machen jetzt Repetitorien. *Repetita iuvant.*«

Du hast immer von Neapel gesprochen: der Innenstadt, der Piazza del Gesù, dem Meer und all dem andern Scheiß. Du hast gesagt, dass es dir leidtäte, fortzugehen und alles zurückzulassen. Ich dachte, du wolltest zurückkehren, damit wir zusammen leben können, dass es vielleicht auch damit zu tun hatte. Ich habe dir aber trotzdem gesagt, dass Neapel es nicht wert sei, hierzubleiben. Und du blöde Kuh hast mir Recht gegeben.

Wir gehen zusammen zu meiner Haustür. Anna lacht, macht sich über mich und meinen schweren Koffer lustig.

Ich habe das Gefühl, rechtzeitig weggezogen zu sein und dabei zugelassen zu haben, dass sie statt mir bestraft wurde. Es ist ein intensives Gefühl, unangenehm und fremd. Ich kenne es gar nicht an mir.

Nach und nach wurde uns eingeimpft, dass wir auf Kosten anderer arbeiten. Dass die Leute von Stadt zu Stadt ziehen, um anderen die Arbeit wegzunehmen. Dass selbst diejenigen, die eine Arbeit haben, die sie ankotzt, sich nicht beklagen dürfen, weil es Menschen gibt, die keine haben.

»Woran denkst du?«

Ich denke an Margherita: Der Kuchen, den wir uns teilen, ist nicht zu klein, er ist giftig.

»An nichts. Was hast du gesagt?«

»Nicht wichtig. Aber ich muss dir was erzählen: Es ist doch Hoffnung in Sicht. Es scheint jedenfalls so.«

Ich sehe sie lächeln, als ob sie etwas Verbotenes getan hätte und es nicht erwarten könnte, davon zu erzählen.

»Ich weiß es noch nicht sicher. Aber sobald ich es weiß, erfährst du es als Erste.«

In Ordnung, ich werde warten: Diese Hoffnung mildert mein Schuldgefühl ein wenig.

Wir verabschieden uns, und ich stehe allein vor dem Haus, in dem meine Eltern wohnen. Das Holz der Haustür ist ganz abgesplittert. Die weißen Schrammen ziehen sich von unten nach oben und verdichten sich entlang der Türöffnung, als habe sich ein Raubtier mit seinen Krallen genau auf diese Stelle gestürzt.

Als ich auf dem Treppenabsatz ankomme, hat meine Mutter bereits die Tür geöffnet.

»Wie lange hast du gebraucht?«, fragt sie.

Vier Monate sind wie im Flug vergangen. Ich habe meinen Chef gebeten, einige Dienstreisen machen zu dürfen, und er hat mich jede Woche woanders hingeschickt. Einmal war ich sogar in Istanbul, um noch am selben Tag zurückzufliegen. Ich bin zwar ständig todmüde, aber unterwegs sein ist es wert. In der Wohnung fällt mir die Decke auf den Kopf. Du hast nichts dagelassen, sei unbesorgt. Es ist nur der verdammte Küchentisch, der bei mir Übelkeit hervorruft. Nicht einmal das Bett. Der Küchentisch. Du rechnest schließlich nicht damit, dass dir ein Tisch Messerstiche versetzen kann. Aber unserer tut es.

Papa räumt das Schiffsmodell, an dem er derzeit bastelt, von meinem alten Bett. Er hat die Einzelteile auf einem tragbaren Brett verteilt, um nachmittags hier daran zu arbeiten oder im Wohnzimmer, wenn sein Krimi beginnt.

»Du kannst es auf den Schreibtisch stellen.«

Er hört mir nicht zu, dreht sich um, sucht nach einer Stelle, wo er es abstellen kann, findet keine.

»Warte, ich mach dir Platz.«

Ich nehme die Wörterbücher, Hefte, Schulbücher meines Bruders vom Schreibtisch und staple sie auf dem Boden. Das Nähkästchen meiner Mutter lasse ich in einer Schublade verschwinden. Geschafft.

Vorsichtig setzt er das Brett auf dem Schreibtisch ab.

Sobald Pietro die Wohnung betritt, ruft mein Vater nach ihm.

»Räum dein Zeug woanders hin.«

Mein Bruder umarmt mich, verspricht, es später zu tun.

Nachdem ich mich einigermaßen eingerichtet habe, dusche ich, ziehe mich an und gehe zu meiner Mutter in die Küche: Sie näht gerade den Saum eines Rockes fest, den sie, wie ich schon weiß, nicht anziehen wird, weil sie ihn im letzten Moment doch für zu kurz und zu bunt hält. Ich setze mich ans andere Ende des Tisches, blättere in der Fernsehzeitschrift.

»Hast du Hunger?«

»Nein, danke«, sage ich.

Sie sucht einen bestimmten Punkt auf dem Stoff und stößt mit der Nadel darauf. Ich weiß nicht mehr, auf welche Frage ich gerade geantwortet habe.

Die Feiertage verzerren alles. Gekünstelt sind der Fischkauf, das Essen am Heiligen Abend, und die Krippe ist ein unwirkliches Gebilde, das bis zum Dreikönigsfest eine Ecke des Wohnzimmers in Beschlag nimmt. Drei Tage lang wird alles aufgeschoben: Diskussionen über Gegenwart und Zukunft, bürokratische Angelegenheiten, persönliche Ängste.

Dann ist plötzlich der siebenundzwanzigste Dezember da, und wir sitzen bei Tisch, um über Turin und die Möglichkeiten, dort zu bleiben, zu sprechen.

»Für immer, meinst du das ernst?«

Mein Vater sieht mich an, während er den Suppenlöffel zum Mund führt.

»Ich weiß es nicht.«

Pietro nutzt die kurze Stille, um den Fernseher lauter zu stellen. Meine Mutter schaltet ihn aus.

»Wer soll es dann wissen?«, fragt Papa.

»Sind wir fertig?«

Meine Mutter mischt sich ein, filtert, vermittelt. Ohne sie hätten wir nichts miteinander gemein.

»Ich weiß es nicht«, wiederhole ich. »Das hängt von der Arbeit ab. Von verschiedenen Dingen.«

Papa neigt den Kopf, dann wendet er sich wieder seinem Teller zu. Vor dreißig Jahren zog er mit einer Frau zusammen, die er gerade geheiratet hatte. Er siedelte von seinem Heimatdorf in Kalabrien nach Neapel über, zahlte Monat für Monat die Wohnung ab, und jetzt gehört sie ihm. Er hat eine Anstellung beim Staat. Alles, was er je gemacht hat, war solide, ertragreich, entschieden. Sein Leben verlief nach Plan: Er versteht mich nicht.

Meine Mutter steht auf, um Kaffee zu kochen. Der Fernseher läuft wieder; mein Vater hört resigniert zu, während ich merke, dass mir die Litanei der mit der Camorra zusammenhängenden Unglücksfälle zum ersten Mal nichts sagt.

»Ich habe euch schon Zucker reingetan«, sagt Mama und stellt die dampfende Mokkatasse vor mich hin.

Gianni ist das Wort, das keiner ausgesprochen hat. Noch nicht.

»Ich muss noch mal kurz weg.«

»Jetzt noch?«

»Ja.«

»Komm nicht zu spät nach Hause.«

»Es ist schon spät.«

»Dann komm nicht allzu spät.«

»Warum?«

»Was soll das heißen, warum?«

»Warum kann ich nicht selbst entscheiden, ob es spät wird?«

»Du bist noch nicht mal weg, und hast schon beschlossen, dass es spät wird?«

Das Alter interessiert nicht, wenn man nach Hause zurückkehrt: Sobald man die Türschwelle betreten hat, ist man wieder das Kind und sie sind die Eltern. Nur ab und zu, wenn wir uns in die Küche oder in unser Zimmer zurückziehen, weil wir beleidigt sind wegen irgendeiner tadelnden Bemerkung oder uns nicht zu einer Entschuldigung für ein grundlos geäußertes verletzendes Wort durchringen können, beschleicht uns der Verdacht, dass wir keine Eltern und Kinder mehr sind, dass jene Zeit hinter uns liegt, dass wir zu einem anderen Verhältnis finden sollten, dass wir dieses Theater nur deshalb jedes Mal aufführen, weil wir nicht wissen, wie wir uns sonst verhalten sollen.

Die Straßen sind voller Menschen. Ich lasse die Menge, die sich in der Innenstadt zusammendrängt, für mich entscheiden und folge ihr durch die Gassen. Die hohen Gebäude rechts und links des Spaccanapoli verschlucken mich.

Ich laufe durch die Querstraße von Tommasos Schule, lasse sie links liegen, ohne mich umzudrehen: Ich bin absolut sicher, dass der gewaltige Bau mit der abgebröckelten Fassade und den verrammelten Fenstern die letzten sechs Monate nicht überstanden hat. Es muss einen Einsturz gegeben haben, der ihn in sich selbst zusammenfallen und im Erdboden versinken ließ. Es ist sinnlos, daran vorbeizugehen, ich würde nichts mehr vorfinden.

Stattdessen gehe ich auf die Piazza Bellini. Dort sind sie alle.

Verabredet haben wir uns in der Bar an der Ecke, aber Massimiliano schlendert mit dem Handy am Ohr auf der anderen Straßenseite auf und ab. Er hat mich noch nicht gesehen, ich kann ihn ausgiebig beobachten und versuchen zu erraten, mit wem er telefoniert.

Es gelingt mir jedoch nicht: Wenige Monate, und schon habe ich den Anschluss verloren.

Schließlich dreht er sich um, sieht mich. Er klappt das Handy zu, kommt zu mir rüber und umarmt mich.

»Und was ist das?«

Ich streiche ihm mit der Hand über den borstigen Bart.

»Gefällt er dir?«

Ich bejahe, weil ich ihm eine Freude machen will, dann gehen wir in die Bar und setzen uns zu den anderen. Ich habe sie auf Umwegen kennengelernt, über die Uni, die Arbeit, auf Partys, und es lässt sich schwer rekonstruieren, wer eigentlich ursprünglich mit wem befreundet war.

»Auf die Heimkehrer«, sagt Massimiliano und erhebt sein Bier. Ich drehe mich zu Angelo und Ilaria um, die wie jedes Jahr zu Weihnachten aus Florenz nach Hause gekommen sind. Er nähert seine Bierflasche der meinen, schaut mir in die Augen. Wir stoßen an.

Wir verlieren uns in dem üblichen Klatsch, spielen die festgelegten Rollen. Wer die Stadt hasste, hasst sie noch immer, wer gestresst ist, jammert über seine Arbeit und beschwert sich bei denen, die sich abmühen, eine zu finden, und diejenigen, die sich täglich sehen, haben ihre ganz eigene Sprache.

Es ist elf, einige gehen. Massimiliano und ich bleiben an unserem Tisch sitzen, vertraut mit einer Sache, die alt und neu zugleich ist.

»An Weihnachten mache ich immer das Gleiche: ich treffe Freunde, die nach Neapel zurückkehren und schlecht über Neapel reden. Es gehört nicht viel dazu, Mailänder zu werden.«

Ich zucke mit den Schultern. Ich höre ihm zu, will mich aber nicht von den Leuten um uns herum ablenken lassen. Ich muss die Tür im Auge behalten, sehen, wer hereinkommt. Und mit wem.

»Du brauchst nur wegzugehen, und schon bist du geliefert. Sie sagen dir, dass es den Norden und den Süden gibt und dass ein Umzug innerhalb ein und desselben Landes gleichbedeutend mit Auswanderung ist. Anfangs regst du dich darüber auf, dann triffst du nach ein paar Jahren deine Freunde und bist der Erste, der diesen Scheiß von sich gibt.«

Einige verlassen das Lokal, andere kommen herein. Ich kann hier nicht sitzen bleiben, um zu warten, es reicht. Massimiliano fixiert mich.

»Wenn du Mailänderin wirst, werden sie dich für immer verstoßen.«

Ich erhebe mich, verspreche, dass das nicht geschehen wird.

»Du weißt doch, dass ich in Turin bin.«

»Das ist fast noch schlimmer.«

Ich drücke ihm einen Kuss auf die Wange. »Ich muss ein bisschen Schlaf nachholen.«

Er hält mich zurück und umarmt mich.

»Mit wem hast du gesprochen?«

»Hm?«

»Vorhin am Handy.«

»Du kennst sie nicht.«

Ich entschlüpfe seiner Umarmung, und er kneift die Augen zusammen, bleibt stehen, bis ich das Lokal verlassen habe. Er weiß ganz genau, dass ich gelogen habe, dass ich mich nicht auf den Heimweg mache, sondern durch die Innenstadt laufen und wieder eine bestimmte Straße entlanggehen werde, wie ich es bis zum Sommer gewohnt gewesen war. Als ich am Ziel angelangt bin, ist mein Antrieb weg, und ich bleibe vor der Haustür stehen. Sie ist aus Eisen, und auch das ganze Gebäude scheint aus Eisen zu sein mit den hinter den Fenstern eingeschlossenen Menschen, die in den Zimmern schlafen, die nach hinten hinausgehen, auf den Innenhof, wo sich die Wäscheleine hoch über die geparkten Autos spannt.

Jeden Moment könnte einer der Nachbarn auftauchen, mich fragen, was ich hier mache. Trotzdem bleibe ich, wo ich bin, um dieser Tür, die mich nicht einlassen will, die Stirn zu bieten.

Wie einschüchternd das ganze Eisen auch wirken mag, verbergen kann es mir nichts. Denn alles, was sich dahinter befindet, habe ich noch genau in Erinnerung. Ich weiß, wie die Türen und Fenster aussehen, wo die Pflanzen im Hof stehen, dass die Treppen grau sind. Monatelang bin ich sie, mit Einkaufstüten und Büchern bepackt, hochgestiegen. Im Juni schleppte ich den letzten Koffer hinunter.

»Entschuldigung.«

Mit einer schnellen Handbewegung trockne ich mir die Augen. Unschlüssig bleibt die junge Frau stehen, geht dann an mir vorbei und steckt den Schlüssel ins Schloss. Sie dreht ihn um, drückt einmal, zweimal gegen die Tür, ohne Erfolg. Sie stöhnt, versucht es wieder, nichts.

»Warte.«

Ich stecke den Schlüssel hinein und ziehe, bevor ich ihn herumdrehe, den Türgriff heran.

»Danke.«

»Ich habe hier gewohnt«, sage ich zu ihr, aber sie ist schon im Haus und hat die Tür hinter sich geschlossen.

Es ist nicht deine Schuld. Schuld daran sind ich und diese widerwärtige Stadt, die mich allmählich krank macht. Unterwegs komme ich mir wie ein tollwütiger Hund vor, du solltest mich sehen. Du hast mich gesehen. Vielleicht hätten wir in Turin nicht wegen jeder Kleinigkeit gestritten, vielleicht wären wir in Turin noch zusammen, ich weiß es nicht. Vielleicht ist dir in Turin weniger bewusst, dass dieses Italien ein beschissenes Land ist.

Meine Mutter betraut mich mit der getrockneten Wäsche und schließt die Balkontür. Heute Nacht wird es in der Stadt heiß hergehen, es ist besser, den Platz vor dem Fenster frei zu machen für mögliche Feuerwerkskörper, die dort landen könnten.

 Ich gehorche, während sie zu meinen Tanten in die Küche geht. Ich höre sie über irgendetwas lachen. Zu meiner Überraschung denke ich an nichts anderes als an die Handgriffe, die ich gerade vollführe: Ich falte zusammen, ordne, räume ein.

Immer wieder haben Riccardi, die Belcari und De Lucia versucht, mich bis nach Hause zu verfolgen, aber ich war so geschickt, sie nicht reinzulassen.

Es ist erst acht Uhr, aber ein paar Leute unten auf der Straße haben bereits angefangen zu böllern.

Anscheinend finden einige Geschmack daran, einen Teil der Stadt in die Luft zu jagen. Was sie das ganze Jahr über machen, tun sie an Sylvester mit den Knallfröschen.

Ich fühle mich von Giannis Stimme hinters Licht geführt. So geschickt bin ich letztendlich dann doch nicht.

Ich lege meinem Bruder eine Hose und ein Sweatshirt aufs Bett. Er schaut kurz von der Gitarre auf, spielt mir einen falsch klingenden Akkord vor.

Zwei Handtücher sind übrig geblieben, also gehe ich zum Badezimmerschränkchen, ziehe die untere Schublade auf.

Es ist die falsche: Große und kleine Handtücher sind verschwunden, um Wattestäbchen und Medikamenten Platz zu machen.

Ich durchforste die anderen Schubladen, finde Duschgel und Bodylotion und anstelle der Schuhcreme Kleiderbürsten. Der Schuhschrank steht noch an seinem Platz, aber auf dem Regal daneben liegt jetzt der Fön: Die Dinge sind von einem Fach ins andere gewandert.

Die Handtücher hängen an meinem Arm, unordentlich.

»Wohin kommen die?«

Die Tanten, die gerade mit Frittieren und Würzen beschäftigt sind, unterbrechen ihre Arbeit nicht. Nur Mama hebt kurz den Kopf von der Schüssel, in der sie gerade Eier und Mehl verrührt.

»Na zu den Handtüchern.«

Mit dem Rücken der noch sauberen Hand wischt sie sich etwas Weiß von der Wange.

»Ins Schlafzimmer. In die Kommode.«

Ich nicke und mache kehrt.

»Gleich spricht der Präsident!«, schreit mein Vater.

»Diese Scheißpolitiker«, antwortet Pietro aus seinem Zimmer.

Ich jedoch gehe ins Wohnzimmer, setze mich neben ihn aufs Sofa. Schweigend sitzen wir vor der Werbung. Dann greift er plötzlich in die Brusttasche seines Hemds, sucht nach etwas und gießt sich, als er es gefunden hat, aus der vor ihm stehenden Flasche Wasser in ein Glas. Mit einem Handgriff löst er zwei Tabletten aus dem Blister. Ich sehe, wie er sie sich in den Mund steckt und mit Wasser hinunterspült. Vermutlich ist es eine Gewohnheit.

»Und, wie läuft es in Turin?«

»Gut.«

Eine Schlange ist unter dem Sessel hervorgekrochen, auf die Kissen gesprungen, windet sich im kalten Licht des Fernsehers.

»Die Arbeit?«

»Gut.«

Er zuckt mit den Schultern und starrt weiter auf den Bildschirm.

»Ich frage mich: Warum gibt es eigentlich Förderlehrer?«

Ich spüre, wie sich die Schlange zusammenrollt, als ob ihr kalt wäre.

»Es geht los«, sagt mein Vater und greift nach der Fernbedienung.

Der Präsident begrüßt die Nation, und ich gehe in mein altes Zimmer, wo der Computer nicht mehr funktioniert, Mamas Näharbeiten den Schreibtisch belagern und neben dem Bett ein Heimtrainer geparkt ist. Ich suche mein Handy, finde es, gebe seine Nummer ein, ohne das Adressbuch zu bemühen.

Ich schließe die Augen.

Anstatt Gianni antwortet eine metallische Stimme vom Band, die ich mir bis zum Ende der Ansage anhöre. Als sie mich auffordert, eine Nachricht zu hinterlassen, beende ich das Gespräch und lege mich aufs Bett. Dieses Jahr will einfach nicht zu Ende gehen.

»Essen ist fertig!«

Die Stimme der Tante unterbricht die Ansprache des Präsidenten. Papa und Pietro wandern in die Küche, ich komme nach.

»O nein«, stöhnt meine Mutter, als sie ein Handy klingeln hört. Es ist meins.

Ich eile davon, und die geballte Missbilligung der Familie folgt mir.

»Hallo.«

»Hey.«

Einen Augenblick lang stehe ich regungslos da mit dem Handy am Ohr. Dann begreife ich, wer es ist.

»Savarese.«

»Wie geht's?«

Das ist nicht fair.

»Woher hast du meine Nummer?«, frage ich. Patzig.

»Aus deiner Wohnung«, erwidert er, als sei das ganz selbstverständlich und völlig legal. »Hör mal: Wie geht es Margherita?«

Am Fenster tauchen die ersten Feuerwerkskörper auf.

»Keine Ahnung. Ich habe seit Weihnachten nichts mehr von ihr gehört.«

»Ich auch nicht«, sagt er.

»Tut mir leid, Savarese. Nur muss ich jetzt wirklich weg.«

»Ok. Wir sehen uns, wenn du zurück bist.«

Das bezweifele ich, verneine jedoch nicht.

»Bis dann«, sagt er.

Vom Stockwerk über uns fällt ein Regen aus Feuersternen, die erlöschen, ehe sie die Straße berühren.

»Ist noch was?«

»Frohes Neues.«

Eines habe ich in den letzten Monaten begriffen, das will ich dir sagen, auch wenn es nichts bringt.

Es kommt immer häufiger vor, dass ich mich dem selbsternannten Parkwächter der Camorra geschlagen gebe. Sie haben gewonnen. An der Uni verprügelten sie mich, als ich auf die Straße ging, jetzt machen sie mich wegen meines Arbeitsplatzes fertig.

Wie all die Male, von denen du weißt, gehe ich dagegen an, so gut ich kann, auch ohne darüber nachzudenken. Sie tragen den

 Sieg davon, aber ich verteidige mich: Ich habe eine Arbeit, eine Wohnung, ein Auto. Meine Familie muss sich nicht mehr um mich kümmern. Das Gegenteil ist der Fall.

Tja, in diesen Monaten habe ich begriffen, dass ich all diese Dinge Stück für Stück vom ersten bis zum letzten verlieren und immer noch dieselbe Person bleiben kann. All diese Dinge zählen jetzt nicht mehr.

Der Koffer auf dem Fußboden quillt über. Nach einigen Versuchen habe ich ihn mit halb geöffnetem Scharnier dort liegen lassen. Meine Mutter sitzt auf dem Bett und betrachtet ihn mit abschätzigem Blick. Ich bin zu sehr mit dem Durchforsten meines alten Bücherregals beschäftigt, um darauf zu achten.

»Wann geht dein Flug?«

»Um acht.«

Kritisch mustere ich das Regal mit den Italienisch-, Literaturwissenschafts- und Geschichtsbüchern. Die transparenten Plastikhüllen meines Vaters haben sie vor dem Verstauben geschützt.

»Komm bloß nicht zu spät zum Flughafen.«

Unmöglich: Anna hat es versprochen. Wir gönnen uns die ganze Nacht, um die Zeit aufzuholen, die wir in diesen Weihnachtsferien unseren Angehörigen geopfert haben, und morgen früh um sieben Uhr setzt sie mich mit schweizerischer Pünktlichkeit am Flughafen ab.

»Hat Gianni dich angerufen?«

Tja.

»Nicht einmal, um dir ein frohes neues Jahr zu wünschen?«

Ein plötzlicher Anfall von Heimweh nach Turin erfasst mich in der Magengegend, lässt mich nicht mehr los. Turin fehlt mir, die Möglichkeit, ein anonymes Leben zu führen.

»Er wird zu tun gehabt haben.«

Ich nehme ein Buch zur Hand, blättere darin. Ich habe zu tun, siehst du das nicht?

»Vielleicht hat er eine neue Freundin«, fährt sie fort.

»Vielleicht.«

Ich höre, wie sie aufsteht und das Zimmer verlässt. Der Schmerz, den die eine der anderen zufügt, ist unerträglich, weil wir jedes Mal beide darunter leiden: Wir können nicht grausam sein, ohne uns gleichzeitig verletzt zu fühlen.

Ich muss mich zwingen, mit der Entzifferung der Buchtitel fortzufahren, gehe ein Regalbrett nach dem anderen durch. Das Buch, das ich suche, ist nicht da.

»Was machst du denn da auf dem Boden?«

Ich tue ihr einen Gefallen und stehe auf.

»Hier«, sagt meine Mutter und streckt mir Geld hin.

»Mama, das ist nicht nötig.«

»Doch«, sagt sie und umarmt mich.

Die Stimme aus der Sprechanlage ist wie eine Ohrfeige.

»Geh schon, lass sie nicht warten.«

Ich renne zu meinem Bruder, um mich zu verabschieden, und als ich zurückkehre, ist der Koffer geschlossen. Papa trägt ihn mir runter, hievt ihn in Annas Kofferraum.

»Wenn du etwas brauchst …«, sagt er, ohne den Satz zu beenden. Mama schaut vom Balkon herab. Teile des

 Putzes sind abgeblättert und haben dunkle Flecken und Risse hinterlassen, tief wie Schnitte.

Das Auto holpert über den Asphalt; wir tasten uns im Feierabendverkehr voran.

Ich lasse das Fenster herunter, um durch die frische Luft zur Ruhe zu kommen.

»Was ist los?«, fragt Anna.

Ich massiere mir den Brustkorb, gebe ihr eine Richtung an.

»Können wir bitte hier hochfahren?«

Ich brauche es nicht zu wiederholen. Anna reißt gefährlich abrupt das Lenkrad herum und fährt in die Innenstadt hinein. Als wir da sind, hält sie an, lässt aber den Motor laufen.

»Ich fahre nach Hause«, sagt sie. »Ruf mich an, wann immer du willst.«

Ich steige aus und gehe zur eisernen Haustür. Sie ist offen.

Stufe für Stufe steige ich die Treppe hoch. Auf der dritten bleibe ich stehen. Ein starkes, immer wieder unterbrochenes Zischen dringt von ganz oben an mein Ohr, kriecht mir um die Fesseln, hält mich auf. Die Hand auf dem Geländer zittert.

Anna geht beim ersten Klingeln ran.

»Ich bin kurz davor, Mist zu bauen.«

»Dann tu es«, sagt sie und legt auf.

Ohne weiter nachzudenken, lege ich die restlichen Stufen bis zur Wohnungstür zurück. Ich klopfe an, einmal, zweimal. Warte.

Ich stecke einen Finger ins Schloss, als ob er der Schlüssel wäre. Kurz darauf weicht das dunkle Holz zurück, und auf der Schwelle steht Gianni mit zerzausten Haaren. Er legt sich eine Hand auf die Augen und reibt sie erbarmungslos.

»Emma«, sagt er.

Du aber zählst, Emma. Durch deine Gegenwart oder deine Abwesenheit verändert sich alles, und das ist nicht fair. Es ist nicht fair, welche Macht du über mich hast.

In den letzten drei Jahren habe ich Freud und Leid mit dir geteilt. Natürlich hatte das auch was mit Liebe zu tun, mit dem Bedürfnis nach Nähe, aber diese Dinge kann man mehr oder weniger auch mit anderen Personen erleben.

Während dieser fürchterlichen Tage habe ich begriffen, dass du mir mehr bedeutest als das, was ich für dich empfinde. Es ist die Person, die du bist, von der ich nicht loskomme.

Klar, ich kann mich neu verlieben, heiraten, glücklich sein. Ich fürchte bloß, dass das nicht echt und aufrichtig sein wird, weil du mir nie aus dem Kopf gehen wirst. Es gibt nämlich etwas, das dich von allen anderen Frauen unterscheidet. Und, was das betrifft, auch von allen Männern. Die Leute verstehen nicht, du aber schon.

Es ist fast fünf Uhr morgens, es ist spät. Gianni schläft, hat das Gesicht im Kopfkissen vergraben. Er ist mager geworden, die Haare hängen ihm tiefer in die Augen und länger über die Ohren als früher.

Er ist wieder der Junge, der vor drei Jahren auf einer Wiese in den Tuilerien lag und las. Ich lief damals den

Weg entlang und ging dann langsamer, um die Mädchen zu beobachten, die in seiner Nähe saßen und durch Gekicher und Annäherungsversuche seine Aufmerksamkeit auf sich lenken wollten. Er war in ein Buch vertieft, an dessen Titel ich mich nicht mehr erinnere und das er zuklappte, als ich zu ihm trat.

Ich stehe auf, bringe die Kleidungsstücke ins Badezimmer. Das Mädchen im Spiegel hat die Augenringe einer durchwachten Nacht und mustert mich mit einem Lächeln um die Lippen.

Lass das, bitte.

Sie wäscht sich das Gesicht, putzt sich die Zähne, schminkt sich ein wenig die Augen. Ich weiß nicht, was sie denkt.

Als ich fertig bin, gehe ich wieder hinüber. Ich habe keine Angst, mich im Finstern zu bewegen, vertraue mich ganz selbstverständlich meinen Beinen an, um das Sofa zu umrunden, ohne zu stolpern oder gegen den Couchtisch zu stoßen. Alles ist ruhig und behaglich, weicht, wenn nötig, zur Seite, macht mir Platz.

Es ist alles in Ordnung, sage ich mir. Es gibt mich noch. Nichts hat sich verändert oder ist verloren gegangen. Nichts Neues konnte zwischen uns treten, sich einschleichen, sich einnisten, etwas säen, das mit der Zeit aufkeimt wie andere Gewohnheiten, Redensarten, Liebkosungen, die sich von unseren so unterscheiden, dass nur eine andere Frau dahinterstecken kann, die Art und Weise, wie diese andere oder diese anderen mit ihm schliefen. Ich war sehr aufmerksam, ob er sich irgendwie anders verhielt, aber es war wie immer: Bei allem, was Gianni heute Nacht tat, waren wir beide allein.

Ich trete ans Bett, um ihn zu wecken: Es ist spät. Neben dem Nachttisch auf der Seite, die immer meine gewesen war, steht ein Karton. Meinen mit rotem Filzstift draufgekritzelten Namen kann man kaum lesen. Da sind sie also, meine illustrierten Ausgaben der *Ilias*, der *Odyssee*, der *Ritter der Tafelrunde*, dicht an dicht, versandbereit.

Doch jetzt reicht es.

Ich glaube nicht mehr, dass du es dir anders überlegen wirst. Tag für Tag, morgens und abends, habe ich mir gesagt: Sie kommt nicht zurück. Nun glaube ich daran.

Es ist noch zu früh, um dir alles Gute zu wünschen und dass du mit einem anderen glücklich werden mögest. Ich schaffe es nicht, dennoch finde ich, dass es richtig wäre, daher sage ich es dir trotzdem, ohne es eigentlich zu wollen. Eines Tages werde ich die Kraft haben, es dir von Herzen zu wünschen, dem Menschen ins Gesicht zu blicken, mit dem du lebst, und mich geschlagen zu geben.

Das wird passieren, ich weiß es. Das Leben geht weiter, sagst du.

10

Als die Trojaner die Schiffe der Achaier in See stechen sahen, strömten sie durch die Tore der Stadtmauer nach draußen. Das hölzerne Pferd sah aus wie ein riesiges Spielzeug, das am Strand vergessen worden war, die schnelle Huldigung irgendeiner Gottheit, damit diese die Heimkehr erleichtern würde.

Im Bauch des hölzernen Ungetüms atmete schweigend eine Handvoll Krieger. Sie pressten die Schilde gegen die Brust, als wären es wundertätige Gegenstände, die sie vor dem Feuer zu schützen vermochten. In der Dunkelheit konnten sie nur mit Mühe ihre Füße erkennen, aber sie blickten dennoch auf sie hinab. Von dort unten nämlich stiegen die wilden Schreie der Trojaner und die Glut ihrer Fackeln empor. Und beides zusammen drang unheilvoll zwischen die Bretter, ließ sie erglühen.

So, dachten die Griechen. Uns steht ein unrühmlicher Tod bevor, während sie hinters Licht geführt wurden.

Am heftigsten brannte die alte Stimme des Priesters Laokoons. Kurz darauf durchbohrte seine Lanze das Holz, stocherte nach einem Bein oder einem Arm, nach Feindesfleisch.

O nein, dachten die Achaier, schwitzend und zitternd, vor Angst verrückt geworden im Inneren des Pferds. Sie machten sich darauf gefasst zu sterben.

Doch nein: Nach und nach sorgte Sinon mit seinen Lügen dafür, dass die brennenden Fackeln erloschen, und überredete die Trojaner, das Pferd in die Stadt zu ziehen, ja sogar die Mauern einzureißen, damit es hindurchpasse. Das hörten die Achaier, und noch etwas anderes vernahmen sie: ein verblüfftes Erstummen, dann einen Aufschrei aus tausend Kehlen und schließlich die hektischen Schritte einer Menschenmenge, die die Flucht ergreift, strauchelt, sich wieder aufrafft und davonrennt

Ein Gott offenbarte sich.

Aus dem tiefen, ruhigen Meer schwammen, die Oberfläche kräuselnd, dicht nebeneinander zwei Schlangen heran. Mit schlagenden Schwänzen und hochgereckten Köpfen auf den gekrümmten Rücken strebten sie dem Strand zu.

Am Ufer versuchte währenddessen Laokoon, durch die Opferung eines Stiers das bittere Schicksal von der Stadt abzuwenden.

Da hörte man ein Tosen und Brausen. Aus dem Schaum der Wellen tauchten zuerst die blutroten Kämme auf, dann die glühenden Augen und die Mäuler mit den vor und zurück zuckenden Zungen. Die Schlangen stürzten sich auf seine noch halbwüchsigen Söhne und erdrückten sie mit ihren enormen Körpern. Laokoon lief herbei. Richtig: Sie kamen seinetwegen.

Glückselig schlängelten sie sich um ihn, umschlossen ihn in der Mitte, drückten ihm Brust und Arme zusammen und die Kehle zu. Der Alte schrie wie der Stier, den er soeben hingeschlachtet hatte. Vergebens versuchte er, die Knoten zu lösen, während sein Genick brach und seine Augen wegen des giftigen Geifers der Schlangen anschwollen, bis sein Herz zu Brei geworden und aus dem

 Mund gespien worden war, die schwarzen Zähne den Rest erledigten.

Nichts von alledem sahen die Griechen. Sie hörten die Schreie und das Zischen, die eine blutige Spur bis zum Tempel der Athene zogen, die an alles dachte. Sie ahnten, dass Laokoon tot war: Er hatte sich dem grausamen Schicksal widersetzt und war von den Schlangen verschlungen worden.

Das Schwierigste ist, die Schwelle zur Klasse zu überwinden. Wieder von vorne anzufangen.

»Guten Morgen.«

Silvia müht sich mit dem Klassenbuch ab. Ich mache ihr ein Zeichen, sich nicht stören zu lassen, gehe zum Fenster und stelle meine Tasche aufs Fensterbrett.

Einige Minuten tuscheln die Schüler über mich, dann treten andere Dinge in den Vordergrund.

»Also gut«, sagt Silvia mit lauter Stimme und beginnt mit dem Aufrufen der Namen.

Ich tue so, als ob ich zuhören würde, und mache mich wieder mit den zu engen vier Wänden vertraut.

»Es geht schrittweise«, hat die Belcari gesagt, »nur zwei Stunden, zumindest am ersten Tag.«

Von ihrer Bank aus erklärt Meriem, sie sei anwesend. Ich versuche, sie zu meiden, und konzentriere mich auf den Rest der Klasse. Man soll den Blick nicht auf den Baum richten, sondern auf den Wald, denke ich. Oder es ist genau umgekehrt, und ich habe es einfach vergessen.

Das Aufrufen geht weiter, geht zu Ende. Als sie Riccardi aufrief, machte Silvia eine Geste, wie um zu sagen, er komme schon noch.

Und er wird kommen, sofern er nicht krank ist. Fieber,
Bauchweh, irgendetwas Harmloses ohne Folgen. Schön wärs.

Silvia bittet Lorenzo, ihr das Heft zu bringen, in dem die Fehlzeiten der Schüler verzeichnet sind. Sie hat jetzt kurze Haare, als sei die frühere Frisur ein Veränderungsversuch gewesen, der nicht die erhofften Früchte getragen hat.

»Einen Moment.«

Er wühlt in seinem Rucksack herum, bis er es findet. Kaum ist er aufgestanden, dröhnt es dumpf vom Gang her. Jemand schlägt auf den Fußboden ein, als wolle er ihn bestrafen, dann ist die Wand dran, das Dröhen kommt näher.

Lorenzo steht neben dem Pult. Silvia blättert das Heft durch, lässt sich selbst dann nicht beirren, als Riccardi das Klassenzimmer betritt.

Die Haare hängen ihm über die Augen, die Windjacke ist ihm von den Schultern gerutscht, darunter ein offenes Hemd über einem Spiderman-T-Shirt.

Die Klasse empfängt ihn mit verkrampften Händen und steifen Nacken.

»Guten Morgen, Andrea.«

Riccardi stürzt sich auf Lorenzo, packt ihn am Arm, schüttelt ihn. Lorenzo weicht einen Schritt zurück.

»Willkommen in der Klasse«, fährt Silvia fort.

Andrea lässt seinen Mitschüler los, klammert sich an den Rucksack, brüllt.

Er hat mich gesehen.

»Warum setzen wir uns jetzt nicht alle?« Sie macht Lorenzo ein Zeichen, wieder an seinen Platz zu gehen.

Riccardi blickt um sich, entdeckt den freien Platz ganz hinten im Klassenzimmer. Silvia und ich halten den Atem an, während er durch zwei Bankreihen taumelt und dabei an allen Heften und Federmäppchen entlangschrammt.

Ich atme auf, zu früh jedoch, denn anstatt sich hinzusetzen, bleibt er vor der Wand stehen, geht in die Knie, springt und schlägt mit den Händflächen dagegen.

»Scheiße!«, schreit er, reißt die Arme hoch und schüttelt die Hände, um den Schmerz zu vertreiben.

Irgendjemand lacht. Es ist nur ein kurzes Auflachen, im Keim erstickt, und dennoch steht es im Raum. Riccardi hat es gehört und sucht nun mit irrem Blick und vorgestreckten Fäusten die ganze Klasse ab. Wenn er den Lacher findet, bringt er ihn um.

»Andrea«, sage ich.

»Schnauze!«, brüllt er, fasst sich an die Ohren und reißt an ihnen.

Tu was, sagt Biagini.

De Lucia ist nicht da.

»Andrea«, wiederhole ich.

»Sei still! Sei still!«

Nun hagelt es Fußtritte gegen die Bänke in der ersten Reihe. Die Schüler fliehen nach hinten, Federmäppchen, Bleistifte, Hefte fallen herunter, werden zertrampelt.

Dann ist das Pult an der Reihe: Andrea hebt es hoch und schleudert es auf den Boden. Doch das genügt nicht, er muss es wiederholen. Und noch einmal.

Die anderen Schüler weichen zurück, drängen sich an den Wänden zusammen, um ihn herum wird es leer, Silvia ist schon an der Tür.

Der ganze Oberkörper tut mir weh. Und die Zunge, der Magen, die Beine. Meine Stimme klettert hoch, versucht, sich in der engen Kehle Platz zu machen.

»Das reicht. Ruhe jetzt.«

Andrea hört auf, lässt vom Pult ab.

»Ruhe«, wiederhole ich. »Wir sind jetzt ein Weilchen still. Ruhig, alle.«

Silvia will gerade die Tür öffnen, aber ich schüttele verneinend den Kopf.

Los, Psycho. Bitteschön.

»Alle still«, sage ich. »Alle ruhig.«

Riccardi drückt noch ein wenig am Rand des Pultes herum, dann gibt er ihm einen leichten Schubs und geht an seinen Platz. Er schaukelt auf dem Stuhl, pfeift bis zum Ende der Stunde vor sich hin.

Meine Aufzeichnungen in Sonderschuldidaktik beginnen mit einem Datum und einem Gesetz: Nr. 517 von 1977.

Vor diesem Datum, so erklärte uns Biagini, hatte man keine Ahnung von der Inklusion behinderter Schüler. Es gab kein didaktisches Eingreifen, keine Schule, abgesehen von Sonderklassen, in denen alle, egal, ob geistig oder körperlich behindert oder verhaltensgestört, zusammen unterrichtet wurden.

Der Inklusionslehrer sollte als Brücke zwischen den Erfordernissen der Klasse und denen des behinderten Schülers fungieren. Das würde es ihm ermöglichen, eine ganz normale Schule zu besuchen.

»Oh, hör mal.«

Die nachfolgenden Gesetzesinitiativen stammen aus

den neunziger Jahren. Man wurde sich bewusst, dass es nicht *den* Behinderten, sondern *die* Behinderten gab. Dass man die Unterstützung auf die jeweilige Krankheit und den Grad der Zurückgebliebenheit abstimmen musste.

»Hörst du mir zu?«

Es wurde eine Zusammenarbeit zwischen gesetzlicher Krankenkasse und Schule beschlossen. Man sollte für jeden in Frage kommenden Schüler einen Bewertungsbogen erstellen, eine *Diagnose*, aufgrund deren sich seine Kompetenzen und Möglichkeiten bestimmen ließen.

»O nein!«

»Was ist los?«

Anna beugte sich zu einem Kommilitonen hinüber.

»Wann ist das Examen, am 15. oder am 18.?«

»Am 15.«

»Sicher?«

»Ich schaue gleich mal nach. Lass mich jetzt mitschreiben.«

Er wandte sich zu mir.

»Weißt du es?«

Raffaele Correnti, Physiklehrer. Zum Unterricht brachte er immer nur seine Brille und sein Handy mit. Er setzte sich so, dass er die Beine möglichst in voller Länge ausstrecken konnte. Die Hände hatte er entweder in den Hosentaschen oder ließ sie hinter der Rückenlehne baumeln.

Einmal trafen wir ihn zufällig am Ausgang des Kinos.

»Reine Zeitverschwendung, dieses Inklusionsprogramm. Reine Formsache.«

Er zündete sich eine Zigarette an und bot und uns seine zwei letzten an.

»Sobald ich fertig bin, bewerbe ich mich in Padua oder Vercelli. Dort wird sich schon eine Stelle finden. Biagini und das Inklusionsprogramm können mich mal!«

Anna würdigte ihn keines Blickes.

»Und warum machst du es dann überhaupt?«

»Man kann ja nie wissen«, sagte er und mimte ein Auto, das nach dem Überholvorgang wieder einschert.

»Es gibt einen Schulwettbewerb«, verkündet De Lucia. Er strahlt. »Gemälde, Skulpturen. Was immer uns in den Sinn kommt, können wir vorschlagen: Das Thema steht uns frei.«

Er breitet die Arme über das ganze Klassenzimmer 9 aus. »Ich würde sagen, das ist für uns kein Problem.«

»Und von wem sprichst du jetzt eigentlich?«, frage ich.

»Von Andrea«, antwortet er, als sei das ganz selbstverständlich. Er zeigt auf die Fensterbank.

Ach ja. Der Leguan.

Ich gebe ihm die Ausschreibung zum Wettbewerb zurück. Für ihn ist alles so einfach.

»Ich kriege ihn nicht mal dazu, dass er ruhig sitzen bleibt.«

De Lucia lächelt.

»Noch nicht.«

Er pinnt das Schreiben an unser Schwarzes Brett. Er hat keine Angst, dem Teufel an der Wand den Rücken zuzukehren. Er ist stärker als die Krankheit und die Stimmen, die in Riccardis Kopf herumschreien.

»Willst du, dass ich dir im Werkraum behilflich bin?« Er deutet auf die Decke, Santojannis Zimmer, das jetzt für zwei Stunden in der Woche auch das meine sein wird.

»Danke.«

Ich lasse ihn den Hausherrn spielen, und er geht voraus und schließt zum letzten Mal mit seinem Schlüssel die Tür auf.

»Nach dem, was passiert ist, hat man einiges verändert. Und jetzt bewahren wir Santojannis Zeug selbstverständlich in Klassenzimmer 9 auf.«

Ohne die Tonskulpturen und die hier und da aufgehängten Zeichnungen wirken die Wände noch kahler. Der Computer wurde weggeschafft, und der Tisch, nunmehr leer, scheint einen Krieg gewonnen zu haben.

»Wir haben die Stühle auf einer Seite gestapelt«, erklärt De Lucia. »Ich weiß nicht genau, wie viele Schüler am Werkunterricht teilnehmen werden.«

So aufeinandergestapelt, scheinen sich die Stühle zu umarmen. Sie haben nicht die Absicht, mitzuarbeiten.

»Hast du Lust, mir zu helfen? Es ist besser, wenn die Schüler alles schon an Ort und Stelle vorfinden.«

Wir reißen die Stühle gnadenlos auseinander, stellen sie um den Tisch herum, schieben einige Kartons zur Seite, nehmen den gesamten Raum in Beschlag.

»Ich finde, so ist es gut.«

»Noch nicht.«

Die Bücher fehlen.

Ich durchsuche den Schrank nach etwas Brauchbarem. De Lucias Arm streift mich an der Schulter.

»Entschuldige, ich muss das schnell erledigen, bevor du anfängst, Ordnung zu schaffen.«

Er nimmt einen Joghurtbecher vom Regalbrett.

»Wenn der verloren geht, bringt Santojanni uns um.«

»Was ist denn damit?«

De Lucia zieht die Klarsichtfolie ab, die den Becher verschließt: Hunderte von winzigen weißen Plastikschnipseln kullern in seine Hand.

»Ein Joghurt für jede Nachmittagsmahlzeit. Dann schneiden wir ein Stückchen aus dem Becher heraus und bewahren es hier drin auf. Er zählt sie täglich nach. Man kann ihn nicht täuschen.«

Er wirft sie wieder hinein, passt auf, dass ihm keines runterfällt, und steckt dann den Becher in seine Tasche.

»Warum?«

Er zuckt mit den Schultern.

»Weil es ihm gefällt«, antwortet er und hilft mir, die Bücher aufs Fensterbrett zu stellen. Es ist der geeignetste Platz: leer, geräumig, allen zugänglich. Und den Vogelkäfig gibt es ja nicht mehr.

»Du kannst auch ein paar Plakate an die Wände hängen«, sagt De Lucia.

Er sieht die Schlange nicht, die neben dem Fenster herumkriecht.

Ich fasse mir ein Herz und ordne die Bücher in dem Bereich, in den sie noch nicht vorgedrungen ist. Die Schlange schlägt mit dem Schwanz, versucht schneller zu kriechen, fällt beinahe vom Fensterbrett, bevor sie auf dem falschen Marmor ihr Gleichgewicht wieder erlangt.

»Wir sind fertig«, sage ich. »Wir können gehen.«

Er klopft mit dem Schlüssel auf den Tisch. Macht mich nervös.

»Sie haben hier drin gute Arbeit geleistet.«

Ich tue so, als sähe ich mir die Wände genau an, als

 suchte ich dort einen kürzlich entstandenen Riss, das schlecht verputzte Loch eines Nagels.

Ja, sie haben gute Arbeit geleistet: Es dürfte einige Stunden gedauert haben, die Blutspritzer zu übertünchen.

»Wer weiß, was dabei in seinem Kopf vorgegangen ist«, murmelt De Lucia.

Wer weiß, denke ich.

Wie soll man wissen, was im Kopf eines Menschen vorgeht?

De Lucia untersucht die Wand an den Stellen, auf die die Malerwalze stärker aufgedrückt, mehrmals hin und her gerollt worden war, damit der Säuregehalt der Wandfarbe selbst die Geruchsspur eines winzigen Todes überdecken und zersetzen konnte.

»Bin ich ein Mädchen, wenn ich dir sage, dass es mich bei dem Gedanken daran immer noch eiskalt überläuft?«

Die Schlange ist bei den Büchern angelangt, kriecht darüber. Aus dem offenen Maul ragt der verstümmelte Körper eines Zeisigs ohne Kopf.

»Sei nicht sexistisch«, erwidere ich. »Ich bin ein Mädchen.«

Nach dem Abendessen gehe ich aus dem Haus. Soweit möglich, laufe ich am Fluss entlang, biege dann in die Straßen der Innenstadt ein, flüchte mich unter die Arkaden der Via Po. Egal, wie sehr ich gestern Abend unter der Kälte gelitten habe: Heute Abend friere ich noch mehr. Ich habe begriffen, dass die Leute hier seit jeher damit leben, die Kälte ihnen ganz normal erscheint und sie sich anpassen. So wird es auch mir gehen. Man übersteht alles.

Ich finde es zwar nicht immer auf Anhieb, aber allzu lange brauche ich nie: Das Bounty ist eines jener Lokale für Leute, die nicht gerne tanzen, sondern bloß etwas trinken und Musik hören wollen, zu der man sich unterhalten kann. Wenn ein Barhocker frei ist, gehe ich schnurstracks zum Tresen.

Margherita stellt mir eine Cola mit Rum hin, steht mir gegenüber und nimmt das Spülbecken mit dem Berg schmutziger Gläser in Angriff.

»Neuigkeiten?«

Ich weiß nicht, ob sie auf Riccardi oder Gianni anspielt. Ich weiß nur, dass es keine gibt. Also rede ich schließlich über etwas, das ich in der Zeitung gelesen habe. Oft erzähle ich ihr von Neapel, von dem, was wir dort unternommen haben, als wären es keine Erinnerungen, sondern aus dem Augenblick heraus erfundene Geschichten, Episoden aus dem Leben einer Person, die von einem Ort weggegangen, aber nie an einem anderen angekommen, sondern irgendwo unterwegs verschollen ist.

Heute Abend sind nur wenige Leute da.

»Sie haben Vito ins Quadrifoglio verlegt. Es ist eine schöne Einrichtung mit ein paar Bewohnern und einem Sozialarbeiter. So wird er ein wenig unabhängiger sein, und ruhiger.« Margherita lächelt, ohne sich dessen bewusst zu sein.

»Vorausgesetzt, sie kaufen kein tiefgekühltes Zeug. Vito hasst Tiefkühlkost. Man kann ihn nicht mit Leuten zusammenleben lassen, die so etwas essen. Das ist sein Kryptonit.«

Tja, lieber Vito, der Außenseiter bist du: Du solltest dich anpassen.

 »Ich soll jetzt mit der Literaturwerkstatt für die behinderten Jugendlichen beginnen.«

»Hurra.«

Ich hebe meine Rum-Cola. Margherita stößt mit einem Glas Seifenlauge an, tut so, als würde sie davon trinken und es ganz passabel finden. Wann hat das angefangen? Wann haben sie entschieden, dass die Welt unserer Eltern am Ende ist und wir uns nun um den traurigen Rest raufen müssen?

»Hat Gianni dich angerufen?«

Es muss die Musik sein, die die Gäste heute Abend fernhält. Zu altes Zeug.

»Nein. Er lässt mir Zeit.«

Margherita wischt kurz mit dem Geschirrtuch über den Tresen.

»Das ist ja ein netter Typ.«

Ich denke an das erste Mal, als ich Gianni sah, auf dem Platz vor der Uni. Ich saß auf dem Brunnenrand und las. Er ging mit Luigi vorbei, der an ihm dranklebte. Seine aufdringliche Stimme zwang mich, meine Lektüre zu unterbrechen. Ein Zigeunermädchen war ihnen nachgelaufen, rief ihn beim Namen. Gianni stülpte seine Hosentaschen nach außen, fand nichts, also streckte er ihr die Hand hin und vertröstete sie auf den nächsten Tag. Das Mädchen ergriff sie mit ernstem Gesicht.

»Ja, ein netter Typ.«

Margherita entfernt sich, um zwei Gäste zu bedienen, ein Paar. »Netter Typ« sagt sie nicht zum ersten Mal, und ich habe den Eindruck, dass sie mir, wenn sie so redet, das Eingeständnis abringen will, dass Gianni im derzeitigen Panorama potenzieller Partner heraussticht. Wenn ich den Barhocker ein bisschen drehe, habe ich sie alle vor mir, meine Altersgenossen.

»Was sagst du zu dem da?«, fragt Gianni, der soeben auf dem Hocker neben mir Gestalt angenommen hat.

Ich schüttele den Kopf.

»Er gestikuliert wie ein Idiot.«

»Das ist ja keine Todsünde.«

»Doch, wenn du nicht rechtzeitig damit aufhörst.«

Gianni lacht.

»Und der da?«

Er deutet auf einen Typen mit Bart, der schweigend am Ende des längsten Tisches sitzt.

»Die Seele des Festes?«

Er schneidet eine missbilligende Grimasse.

»Na schön, ok. Er inspiriert mich nicht.«

»Er inspiriert dich nicht.«

»Nein.«

Ich bitte ihn, aufzuhören, doch er blickt sich weiter um, beobachtet die Leute, wie sie sich bewegen, was sie sagen, welche Schuhe sie tragen, sucht vergebens nach einem, der zu mir passen könnte.

»Der da.«

Ich kann den Blick nicht von seinem Profil wenden: der Anflug eines Zweitagebarts, die Form des linken Auges, der Ohrring.

»Schau doch mal.«

Ich folge der Richtung seines ausgestreckten Fingers bis zu der Säule mitten im Lokal.

»Wer? Emanuele Filiberto?«

 Ein Mann um die dreißig, großgewachsen und geschniegelt, unterhält ein paar hübsche junge Frauen mit einem detaillierten Bericht über seinen Skiurlaub im Aostatal.

»Er verdient es nicht, Kinder mit mir zu haben.«

»Nein, nicht der, der andere.«

Jenseits der Säule verfolgt eine Gruppe junger Leute ein Fußballspiel auf dem an der Wand befestigten Bildschirm ohne Ton. Einer von ihnen versucht sich als Sportreporter, er stellt eine Verbindung her zwischen dem, was die Fußballer auf dem Spielfeld bieten und im Bett leisten, und hat damit die Lacher auf seiner Seite. Zwischen denen, die lachen, sitzt einer mit offenem Hemd über schwarzem T-Shirt, der desinteressiert auf den Bildschirm blickt, sein Bier trinkt, am Henkel des Krugs herumfingert, einen Stift hervorzieht, irgendetwas auf die Serviette kritzelt, sie dann zusammenrollt, unter den Krug schiebt. Sein Nebenmann redet auf ihn ein, er hört ihm zu und kneift dabei die Augen zusammen. Er ist ein zweiter Gianni.

»Was hältst du von dem?«

Ich klammere mich mit den Händen am Tresen fest, zwinge mich, dem übrigen Lokal wieder den Rücken zuzuwenden.

»Verschwinde«, sage ich. Und er verschwindet.

Dies ist mein Arbeitsplatz.

Das wurde mir heute Morgen klar, als ich mich ans Pult setzte. Das aufgeschlagene Klassenbuch vor mir, die Schiefertafel links hinter mir. Das Licht fällt durch die Fenster auf die ersten drei leeren Bankreihen.

In der Stille des Klassenzimmers, der Schule – denn es ist erst halb acht und außer der Hausmeisterin unten im ersten Stock noch niemand da – konnte ich sogar das Kratzen meiner Feder auf dem Papier des Klassenbuchs hören. So ging es eine Weile weiter, dann glitt etwas von der Bank herab, begann, über den grauen Fußboden zu kriechen.

Jede Handlung muss auf den Schüler abgestimmt sein. Dein Schüler ist Riccardi. Was wirst du tun?

Ich werde kapitulieren. Ich bin dieser Aufgabe nicht gewachsen. Doch ich werde Mattia helfen, die Literaturwerkstatt organisieren und alles andere erledigen, ich schwöre es.

Riccardi ist die erste Angst, die im Zimmer herumkriecht. Aber es gibt noch eine andere, größere, mit schmutzigen Zähnen und flachem Kopf.

Dieses Jahr hat es geklappt, aber im nächsten Jahr wird es nicht klappen. Lehrer braucht man nicht. Niemanden braucht man eigentlich.

An all dem trage ich keine Schuld. Ich habe alles Erforderliche getan: Von der Schule gute Noten nach Hause gebracht, selten Drogen genommen und wenn, dann immer nur leichte, eine Prüfung nach der anderen absolviert, rechtzeitig mein Examen gemacht, das Referendariat durchgezogen, die Spezialisierung mit Bestnote abgeschlossen, eine vernünftige Wahl getroffen, Neapel verlassen, den Willen gehabt, den Mut, das Herz, den langen Atem. Stunden, Tage, Monate, Jahre an Zeit eingesetzt für eine gute Ausbildung. Für eine anständige Arbeit. Für die Gewissheit einer bezahlbaren Miete und eines reinen Gewissens am Monatsende.

Die erste Angst ist die vor einer Krankheit. Die zweite Angst ist die, keine Arbeit zu haben. Die dritte Angst ist die, einen Fehler zu machen.

Ich habe aufgehört zu schreiben, habe dem Zischen und den dumpfen Schlägen der weißen Schlangen gelauscht, die sich durchs Zimmer schlängeln. Angeschaut habe ich sie nicht, sondern zitternd im Klassenbuch zurückgeblättert bis zu den ersten Seiten vom Oktober: so viele leere Kästchen, Zeilen, die noch ausgefüllt werden wollen.

Die erste ist die vor einer Krankheit. Die zweite ist die, keine Arbeit zu haben. Die dritte ist die, einen Fehler zu machen. Der Fehler heißt Gianni.

Die drei Schlangen haben sich schleppend durchs Klassenzimmer bewegt, die Köpfe hin und her schwenkend, mit in der Luft zitternden Zungen. Sie sind meinetwegen gekommen.

Jetzt ist alles klarer geworden.

Als die Pausenglocke ertönte, füllte sich das Klassenzimmer mit schwatzenden Schülern. Wie jeden Montag begann Loredana mit dem Unterricht. Riccardis Schritte näherten sich auf dem Gang, verharrten ab und zu, waren durch die Wand zu hören. Dann kam er herein und stürzte sich auf seinen Platz.

Loredana erklärte an der Tafel die Konstruktion der Dreiecke, die Schüler machten sich Notizen. Riccardi fing an zu kritzeln.

Ohne mich vom Pult zu entfernen, nahm ich mein Buch über griechische Mythologie aus der Tasche und blätterte darin. Auf dem Einband bekriegen sich Hektor und Achill in ihren roten und blauen Rüstungen, geloben einander ewigen Hass und Tod.

Jetzt schaut Riccardi zu mir her.

Ich tue so, als ob nichts wäre, lese weiter, bis sein Finger auf mich zeigt, unbewaffnet und beharrlich. Er stößt nicht nach mir, deutet nur.

Ich klappe das Buch zu, hebe es hoch.

Das hier?

Er nickt mit dem Kopf.

Nach kurzem Zögern gehe ich quer durch die Klasse zu seiner Bank. Ich lege es vor ihn hin, er packt es, öffnet es, deckt die Bilder der Krieger mit dem Finger zu, zieht ihr Profil nach, als zeichne er sie gerade mit dem Fingernagel.

»Es ist die *Ilias*. Wir werden uns in diesem Schuljahr mit der *Ilias* beschäftigen.«

Er hört mir nicht zu, blättert hastig die Seiten um, bis er zum Labyrinth von Knossos kommt: Eine grausame Kreatur, halb Tier, halb Mensch, schüttelt den durch die Nase getriebenen Stierring, erhebt das monströse Haupt auf den mächtigen Schultern, während Theseus, der bei diesem Anblick zu den Waffen greift, etwas zu fehlen scheint.

»Das ist der Minotaurus: Theseus ging nach Kreta, um ihn zu töten.«

Andrea berührt das geifernde Maul des Ungeheuers.

»Und der Leguan?«, fragt er.

»Der Leguan hat damit nichts zu tun. Das ist eine griechische Geschichte.«

Er klappt das Buch zu, gibt es mir zurück.

»Jetzt zeichnen wir das Dreieck von der Tafel ab«, sagt Loredana.

 Riccardi schaukelt. Ich bleibe, wo ich bin, neben ihm. Von drei verschiedenen Wänden des Zimmers kommt ein vertrautes Zischen, umzingelt mich. Ich öffne den Mund, um Loredanas Anweisung zu wiederholen.

Warte.

Biaginis Stimme hat etwas unnatürlich Gebieterisches, sie lähmt mich.

Er hat dir zugehört. Warte.

Andrea schaukelt immer noch, doch dann hält er plötzlich inne und nimmt ein Blatt aus seiner Mappe. In der Klasse regt sich nichts. Die Schüler haben ihre Bleistifte auf die Bänke gelegt und sich nach hinten gedreht, als hätten sich die Koordinaten des Klassenzimmers verkehrt, und als wären Riccardi und ich der Kalender, das Pult, der Unterricht.

»Los, beeilt euch, an die Arbeit«, sage ich.

Die Schlangen haben sich in die Ecken des Zimmers verkrochen und dabei die weißen Köpfe unter ihren Windungen vergraben: Sie versuchten, mich zu verschlingen, es ist ihnen nicht gelungen.

11

Da gibt es einen Mann und eine Frau, die dachten, dass ein kleiner Junge und ein kleines Mädchen genau das Richtige wären. Damit die Natur und ihre eigenen Wünsche auf ihre Kosten kämen.

Sie bekamen aber zwei Jungen und beschlossen, sich damit zufriedenzugeben, obwohl sich der Mutter angesichts der Ähnlichkeit der beiden ein sonderbares Déjà-vu-Gefühl aufdrängt, wann immer sie den Kleineren an sich drückt. Sie sagt sich jedoch, dass das nur ein Gefühl sei und mit den Jahren vergehen werde, wenn sich die Stimmen, Charaktere und Vorlieben der beiden herausbilden würden.

Nach und nach macht sie sich in einem roten Tagebuch Notizen über die Fortschritte des jüngeren Söhnchens, wie sie es bei seinem Bruder in einem ebensolchen Heft mit blauem Einband getan hat.

Mit eineinhalb Jahren konnte der Ältere »Mama«, »Papa«, »Happa«, »Pipi«, »Aa« sagen. Er stellte sich in seinem Bettchen auf und probierte einige schwankende Schritte. Auch ließ er sich von Papas Fingern die Nase drehen und schüttelte sich dabei jedes Mal vor Lachen. Er steckte sich Bauklötzchen in den Mund, man musste aufpassen.

Auch den Kleinen beobachtet die Mama und macht sich Notizen. Wenn die beiden erwachsen sein werden, wird sie jedem sein Exemplar schenken: Damit würden sie alle Erinnerungen vom ersten Tag an vollständig beisammen haben.

 Jeden Abend schreibt sie etwas auf: Kleinigkeiten, Vermerke, die mit dem Abstillen, den Zähnchen, dem Wachstum des Zweitgeborenen zu tun haben.

Dann wochenlang nichts. Sie bewahrt die Tagebücher in ihrem Nachttisch auf, und jedes Mal, wenn sie das blaue herausnimmt, ohne das rote anzurühren, hat sie ein schlechtes Gewissen wie in ihrer Schulzeit, wenn sie die Hausaufgaben für den nächsten Tag nicht gemacht hatte.

Es muss also am Alter liegen, denn der ältere Sohn fragt ihr Löcher in den Bauch. Überall steckt er die Finger hinein, kaut die Speisen ordentlich. Daher ist es normal, dass die Launen des Kleinen die Nachmittage beherrschen.

»Es ist halt sein Charakter«, sagt der Papa. »Mir mussten sie als Kind drohen, damit ich brav war.«

Aber Drohungen nützen nichts, und Schläge auf den Hintern ebenso wenig. Der Kleine schreit, klettert auf Möbel, hört nicht auf seine Eltern.

Sie beschließen, einen Arzt zu konsultieren, gehen mit dem Kind in die Klinik und lassen es untersuchen. Nicht nur an den Ohren, auch an den Beinen, am Kopf, man weiß ja nie. Der Kleine hat im Auto einen Turm aus Legosteinen gebaut, den bringt er mit und nimmt jetzt zwei Steinchen von der Spitze, behält sie in der Hand. Er kauert sich auf dem Arm des Papas zusammen, steckt die andere Hand in den Mund, schaukelt hin und her.

Nach einer Weile kommt die Mama in Begleitung des Arztes zurück.

Es ist alles in Ordnung: Das Geschrei und das hektische Gerenne haben keine pathologische Ursache.

Das habe ich dir doch gesagt, liegt es dem Ehemann auf der Zunge, aber vor dem Arzt wäre das unpassend. Es rutscht ihm trotzdem heraus, macht nichts, ja, er findet sogar Gefallen daran.

Sie schütteln einander die Hände, verabschieden sich. Der Kleine lässt sich in den Gang zerren, die Knie schleifen auf dem Boden, der Rücken krümmt und streckt sich wie eine Stahlfeder. Der Arzt hebt den am Boden liegenden Turm aus Legosteinen auf.

»Warten Sie«, sagt er.

Als sie an diesem Abend nach Hause kommen, stürzt sich die Mama sogleich ins Schlafzimmer, öffnet die Schublade und zieht das rote Tagebuch heraus. Sie setzt sich aufs Bett und blättert darin.

Ein himmelhoher Turm aus Legosteinen, alle gelb.

Wir haben uns Pinocchio angesehen. Und dann noch einmal. Du hast Recht, Liebling, er ist gar zu schön.

Ein, zwei, drei Teller Suppe heute. Ich musste dir den Löffel wegnehmen, sonst hättest du weitergegessen.

Soeben hast du »Mama« gesagt. Papa meint, dass es nur ein »aaa« war, aber ich bin mir sicher.

Zwei Zwillingstürme aus gelben Legosteinen. Du hängst sehr daran, wir dürfen sie nicht anfassen. Du beißt.

Kreise faszinieren dich. Du zeichnest einen nach dem anderen, sogar auf die Wände (du Bengel!). Versuchst du, die Sonne zu malen? Ist das deine Antwort auf den Kubismus?

Sag »Mama«. Nur ein einziges Mal. Papa wird nichts davon erfahren, es bleibt unser Geheimnis.

Es reicht jetzt, ich bitte dich. Wir haben den Pinocchio satt, mein Kleiner. Wir können nicht mehr.

Die Frau schließt das Tagebuch. Sie ahnt, dass sie von nun an nichts mehr selbst entscheiden werden. Wenn dies ein Film wäre, käme jetzt der Ehemann zu ihr und nähme sie in den Arm. Aber er sitzt drüben und schält dem älteren Sohn einen Apfel. Sie denkt, dass er ihm ähnlich, dass er ganz sein Vater ist.

»Warum müssen wir das lesen?«

Mattia bummelt durchs Zimmer, die Hände in den Hosentaschen.

»Weil es eine schöne Geschichte ist. Bist du nicht gespannt?«

Für die Literaturwerkstatt habe ich *Zanna Bianca* ausgewählt. Soweit ich mich erinnere, wird Zanna Bianca von den Hunden des Indianerdorfes, in dem er lebt, gemieden und ausgegrenzt, nur weil er ein Wolf ist. Sie können seine Natur nicht ändern, können ihn nicht daran hindern, das zu sein, was er ist, oder ihn sich gleich machen. Sie können nur grausam sein, und das sind sie.

»Hast du gewusst, dass sie da oben einen kleinen Vogel gehalten haben?«

Mattia fuchtelt mit den Händen herum, formt einen unsichtbaren Käfig, der auf dem Fensterbrett steht. »Und hast du gewusst, dass hier ein Junge war, der eine Lehrerin getötet hat?«

Er hat die Stimme gesenkt, als sei jemand ganz in der Nähe, der mithört.

»Aha?«

»Ja. Im ersten Jahr, als er hierher kam. Vor drei Jahren. Oder länger. So genau erinnere ich mich nicht.«

»Und woher weißt du das?«

Mattia blickt auf seine Schuhe, überlegt, ob es sich um einen Vorwurf handelt, und weswegen ich wütend bin. Warum darf er es nicht wissen oder sagen?

»Sie haben es mir erzählt.«

Die Pausenglocke ertönt: Nun beginnt die Literaturwerkstatt offiziell. Ich gehe zur Tür und sehe sie kommen: Wie eine langsame, humpelnde Armee rücken die behinderten Jugendlichen der ersten beiden Gymnasialklassen heran, teils auf krummen Beinen, teils in Rollstühlen, die von ihren Lehrerinnen geschoben werden.

»Das kann nicht stimmen. Bist du dir sicher, Mattia?«

Er nimmt das Buch vom Tisch, legt es dann wieder zurück.

»Warum nicht?«

Als sie hereinkommen, steht Mattia augenblicklich auf und verzieht sich vors Fenster.

»Prima«, sage ich sofort. »Machen wir Platz.«

Es sind drei Jungen und zwei Mädchen. Zwei Kolleginnen, die ich nicht kenne, helfen ihnen, sich hinzusetzen: Man muss den Rollstuhl im richtigen Abstand von den Tischbeinen fixieren, den einen Schüler überzeugen, dass sich der Stuhl nicht von selbst nach hinten schieben wird, einem anderen Papiertaschentücher in die Hand drücken, damit er sich den Speichel abwischen kann, der ihm aus dem Mund läuft.

Da sind sie also, denke ich: Parco, Sid, Rita, Dip, Idra.

»Glotzt sie nicht an, als ob ihr eine Eintrittskarte bezahlt hättet. Es kann durchaus sein, dass sie langgezogene oder plattgedrückte Gesichter haben, dass ein Auge herunterhängt.« Biagini ging im Seminarraum auf und ab, griff sich mit den Händen an die Schläfen, zog sich die Augen auseinander, bis er ganz entstellt aussah.

»Wer hat noch nie jemanden mit Down-Syndrom gesehen? Sie können zu Fettleibigkeit neigen, kleinwüchsig sein, aber das ist ganz unterschiedlich. Das Syndrom erkennt ihr hier, in den Augen.«

Dutzende Füllfederhalter bewegten sich im Einklang, fassten zusammen und notierten *D.-Synd.* in die Hefte.

»Geistige Zurückgebliebenheit, hyperaktive Störung: Einige müssen sich anstrengen, Schritt zu halten, andere können sich nicht konzentrieren, nehmen Reißaus.«

Rita: hyperaktives D.-Syndrom.

»Aber so weit, so gut.« Er setzte sich hin, machte einen Katzenbuckel und schaukelte vor und zurück. »Da gibt es den Autismus. Und das hier ist nur eine Variante.«

Er nannte das Asperger-Syndrom, eine nicht weiter spezifierte Störung.

Alle notierten: *Aut. Asp., unsp.*

Er nannte den infantilen Autismus.

Wir notierten: *Aut. infant.* Ich schielte zu Annas Heft hinüber: Sie hatte *Tommaso* hingeschrieben.

Inzwischen hatte Biagini aufgehört zu schaukeln.

»Es gibt die Gehirnwassersucht. Die Gehirnlähmungen.«

Hyd., Parc.

»Schreibt sie euch alle auf: Hemiplegie des Kindesalters, Diplegie …« Er unterbrach sich: Correnti hatte die Hand gehoben.

»Auf meiner Uhr ist es zehn nach sieben. Ich glaube, ich habe jetzt das Recht zu gehen.«

»Ich glaube, ich habe jetzt das Recht, Sie rauszuschmeißen.«

Correnti zog seine Jacke an und verließ den Raum. Einige in den letzten Reihen standen auf und schlossen sich ihm an.

Biagini griff nicht ein.

»Herr Professor.«

Einer aus der Literatur-Gruppe erhob sich, rückte sich die Brille auf der Nase zurecht. Inmitten des Stühlerückens war seine Stimme kaum zu hören.

»Während des Referendariats betreute ich einen kleinen Jungen mit einer spastischen Tetraplegie.«

»Was ist denn das?«, fragte die Kommilitonin nebenan.

Biagini blieb sitzen. Er wartete, bis alle, die gehen wollten, den Seminarraum verlassen hatten. Einige von ihnen blieben jedoch an der Tür stehen.

»Hebt die Hände hoch und lasst sie zittern. Oder bleibt eine Stunde lang regungslos sitzen. Setzt euch auf den Stuhl, so: Beine ausgestreckt, Arme verdreht. Wenn ihr den Ellenbogen beugt, beugt sich auch das Knie. Ihr habt keine Wirbelsäule, nur einen kerzengeraden Stock im Rücken. Und wenn er sich bewegt, bewegt sich alles.«

Er begann, sich auf dem Stuhl zu verdrehen. Wir ließen die Stifte fallen: Man konnte das unmöglich beschreiben.

»Ihr habt nichts unter Kontrolle. Ab und zu schlagt ihr euch ins Gesicht.«

Das tat er nun, er schlug sich ins Gesicht. Zitterte dabei weiter.

»Und dann sprecht ihr so.«

Er imitierte die Stimme des Hirngeschädigten, der aus den Witzen.

»Weil die Leute es nicht wissen, aber ihr macht es, indem ihr einatmet. In dem, was ihr sagt, ist kein Atemzug, und der Mund macht, was er will.«

Hinterher sollten wir uns alle darin versuchen, abwechselnd fast zu ersticken.

Er beugte den Rücken, streckte die Arme nach vorn, faltete die Hände, verzog den Mund, verdrehte die Augen nach oben.

»Sabbert, sabbert, sabbert.«

Atemlos schauten wir ihm zu.

Eine zittrige Stimme. Eine Frau im Hintergrund.

»Wie kommt es dazu?«

Biagini richtete den Rücken gerade. Augenblicklich war er geheilt.

»Schlagt hin und wieder eure Bücher auf: Es gibt genetische Anomalien, Infektionen, die sich auf den Fötus übertragen.«

Er streckte den Kopf vor, um die Frau auszumachen, die da gesprochen hatte. Sie trat zwischen den anderen, die an der Tür standen, hervor. Sie war schwanger.

Biagini starrte sie an.

»Und schließlich gibt es im Kreißsaal bescheuerte Ärzte«, sagte er. »Jede Menge.«

Ich versuche, dem Jungen mit dem Down-Syndrom das Buch zu geben. Er gibt es mir gleich wieder zurück. Die Kollegin schüttelt den Kopf: Sid kann nicht sprechen.

Idra übersehe ich geflissentlich, vertraue es dann Rita an. Sie hat dicke Brillengläser und zieht andauernd einen Schmollmund. Stotternd beginnt sie zu lesen. Sie überspringt die Zeilen, gerät bei den Satzzeichen durcheinander, weicht ihnen deshalb aus und verwandelt somit alles in ein einziges Geleier.

»Ok, danke, jetzt bist du dran.«

Ich reiche *Zanna Bianca* an Dip weiter, der auf dem Stuhl hin und her rutscht. Es ist kein Vorlesen, sondern ein Wettlauf, bei dem die Wörter die Hürden sind: Wenn er an einem Punkt angelangt ist, holt er Luft, stürzt sich jedoch sofort in den nächsten Abschnitt und in den übernächsten, lässt uns hinter sich, und wir schaffen es nicht, ihn einzuholen.

Als er mit dem Kapitel fertig ist, söhnt uns meine Erläuterung wieder mit der Geschichte aus. Ich merke, dass ich in den einfältigen Ton der Großmutter verfalle, die Gutenachtgeschichten erzählt, und ich frage mich, ob er mir in der Kehle kleben bleiben wird. Während ich rede, streckt Parco eine Hand aus: Er will das Buch haben. Er liest Silbe für Silbe, mühsam, legt ab und zu eine Pause ein, um sich mit dem Taschentuch übers Kinn zu fahren und einen Speichelfaden wegzuwischen.

Ich lächle ihm aufmunternd zu. Idra beginnt zu stöhnen und im Rollstuhl unruhig zu werden: ein leises anhaltendes Wehklagen, das aussetzt, wenn sie sich die Hand in den Mund steckt und darauf herumbeißt. Dann fängt es wieder an.

»Ok, danke, das reicht«, sage ich. »Mattia, jetzt bist du an der Reihe.«

»Ich habe keine Lust.«

Er nimmt die Hände aus den Hosentaschen, klammert sich am Fensterbrett fest, als ob er es mit Gewalt herausreißen wollte.

»Aber du musst«, insistiere ich. »Los, mach schon.«

Es dauert noch einen Moment, dann setzt er sich neben mich. Er nimmt das Buch, zieht den Ärmel seines Sweatshirts über den Handballen und säubert die Seite von den Speichelspritzern.

Ein kurzes Anklopfen, das nicht um Erlaubnis bittet, sondern selbstbewusst, gebieterisch Einlass begehrt.

»Herein«, rufe ich.

Mirandas Stimme ist barsch und herrisch. Ich glaube, sie kennt weder Konjunktiv noch Konditional, kein grammatikalisches Tempus, das etwas mit Zweifel zu tun hat.

Tatsächlich taucht, ohne eine Sekunde zu zögern, ein Junge in der Tür auf. Er trägt verschlissene Jeans, ein Sweatshirt mit Kapuze, das ihm bis zu den Knien reicht, und hat zerzauste rote Haare, die ihm in die Augen hängen.

»So, jetzt bist du bei diesen Wasserköpfen.«

Ich stehe auf und gehe den beiden entgegen. Miranda müsste doch eigentlich gemerkt haben, dass keiner von den Behinderten hier taub ist.

»Was gibt es?«

»Das hier ist Kierloy, hyperaktiver Down. Er gehört nun zu euch.«

»Inwiefern?«

»Insofern, als er hier bleibt, weil er in der Klasse nicht bleiben kann: Die Alternative ist, dass er in der Schule rumrennt wie die sprichwörtliche wandelnde Gefahr. Mit einem Messer, wenn ich richtig unterrichtet bin.«

Miranda hält uns offenbar für eine Karawanserei, die gar nicht zahlreich genug sein kann.

»Ich bin nicht sicher.«

Sie verschränkt die Arme. Ich werde mir gleich eine Notiz machen.

»Das heißt«, fahre ich mit gesenkter Stimme fort und bete zum Himmel, dass sie begreift, »ich bin nicht sicher, ob wir den Eindruck vermitteln sollten, dass jemand, der etwas anstellt, zur Strafe hier landet«, ich fuchtele mit dem Arm herum, deute auf das Zimmer und die darin versammelten Jugendlichen. »Ich will nicht, dass *das hier* zu einer Bestrafung wird.«

»Nein, es ist eine Lesestunde!«, schreit Dip hinter mir.

»Genau: Hier wird gelesen«, sage ich. »Es gefällt mir nicht, dass das jetzt als Strafe betrachtet wird.«

»Ich werde mit Grazia darüber sprechen. Währenddessen bleibt er hier. Nicht zur Strafe, um Gottes Willen, nur damit man ihm hilft, unter die Arme greift, sagen wir mal. Und wer ist dazu besser geeignet als du?«

Mit diesen Worten entschwindet sie in den Flur. Kierloy hält den Kopf gesenkt und den Mund geschlossen. Ein kluger Kerl.

»Wie heißt du?«

Die Antwort kommt flüsternd. Um sie zu verstehen, muss ich mich zu ihm runterbeugen.

»Petar«, wiederhole ich für alle. Ich mache ihm ein Zeichen, den Rucksack abzunehmen und mir zum Tisch zu folgen.

Er rührt sich nicht von der Stelle, mustert einen nach dem anderen. Sein Nervensystem funktioniert, seine Chromosomen sind in Ordnung, seine Lungen haben immer geatmet, die Synapsen geben Bilder, Wörter und Zahlen exakt wieder. Er ist der Wolf inmitten der Hunde.

Als er sich alle rundherum angesehen hat, heftet er den Blick auf Mattia, geht zu ihm hin und setzt sich neben ihn.

Loredana erklärt mir, dass sie nicht mit gefährlichen Gegenständen arbeiten: weder Hammer noch Meißel, die Schüler lernen gerade, wie man Ton modelliert.

Ich schlendere zwischen den Entwürfen herum. Andrea keucht, stürzt sich auf den Tonklumpen, würgt ihn, steckt zwei Finger in den weichen Bauch und zieht ihn zu sich heran. Kleine schlammige Tropfen fallen auf den Boden. Während er sich bückt, um sie einzusammeln, stößt er mit dem Rücken gegen den Hocker.

»Scheiße!«, schreit er, tritt mit dem Fuß dagegen.

»Andrea.«

Ich bleibe auf Distanz. Er beginnt, die hölzerne Sitzfläche zu ohrfeigen. Jeden Schlag scheint der Angreifer zurückzubekommen, daher macht er weiter: Er wird so lange auf den Hocker einschlagen, bis der nicht mehr zurückschlägt.

Was wir tun, ist völlig sinnlos, denke ich. Die Realität sieht ganz anders aus.

Meriem lässt die Vase, an der sie arbeitet, stehen und kommt zu mir.

»Müssen wir Angst vor ihm haben?«

»Nein, mach dir keine Gedanken.«

Kaum habe ich das gesagt, reißt Riccardi den Hocker hoch und knallt ihn auf den Boden. Meriem flüchtet sich hinter meinen Rücken, ich bewege mich mit vorgestreckten Händen auf ihn zu.

»Es reicht, Andrea!«

Er tritt auf den Hocker ein. Mit einem letzten Fußtritt lässt er ihn gegen die Wand rollen. Er streckt ihm den Finger entgegen, ballt die Fäuste, verfolgt ihn aber nicht weiter: Er hat gesiegt. Dann kehrt er zu seinem Arbeitsplatz zurück, krempelt die Ärmel hoch und beginnt wieder zu kneten.

Im nächsten Moment kommt Meriem hereingerannt, gefolgt von De Lucia. Sie scheint überrascht, dass wir alle noch am Leben sind.

»Wer hat dir erlaubt, das Zimmer zu verlassen?«, frage ich und erkenne meine Stimme nicht wieder.

Meriem wird rot, geht zu ihrem Platz und versteckt den Kopf hinter dem Tonklumpen. Loredana geht zu ihr, zeigt ihr, wo sie etwas falsch macht. Plötzlich überflüssig geworden, schaut sich De Lucia verlegen um.

Das reicht jetzt, denke ich.

Draußen im Flur schneide ich ihm das Wort ab.

»Beruhige dich«, sage ich, »es war nur eine Art Freistilringen mit dem Hocker: nichts Außergewöhnliches. Wenn er das nächste Mal ausflippt, rufe ich dich. Innerhalb von fünf Minuten, mehr oder weniger.«

»Hör zu.«

»Nein, hör du zu.«

Ich packe ihn am Arm, ziehe ihn von der Tür weg. Von überallher höre ich es zischen, aber das macht nichts, ich habe mich daran gewöhnt.

»Ich weiß, was ihr denkt, du und Grazia. Es ist sinnlos: Er ist verrückt, und ich kriege es nicht auf die Reihe.«

De Lucia öffnet den Mund, ich lasse ihn nicht zu Wort kommen.

»Ich habe es versucht, ich bemühe mich, es ist zwecklos.«

Aus den geöffneten Türen der Klassenzimmer kriechen kleine schwarze Schlangen, gleiten in Windeseile bis zu unseren Füßen, den Fesseln.

»Und dann, wollen wir die Sache beim Namen nennen? Diese Jugendlichen sind wandelnde Krankheiten, und nichts wird daran etwas ändern können.«

Wie eine schwarze Flut winden sich die Schlangen um De Lucias Beine, klettern mit aufgerissenen Mäulern an ihnen hoch.

»Ich bin müde, ich kann nicht mehr. Einfach nur zu unterrichten ist etwas anderes.«

Er antwortet nicht. Eine der Schlangen umklammert seinen Oberschenkel. De Lucia drückt ihr behutsam das Maul zu, löst sie dann von seinem Bein und hält sie am Kopf, am Schwanz fest.

»Du bist bloß wütend«, sagt er.

Ich schlafe nicht mehr. Ständig habe ich Schmerzen in der Brust. Ich bin wütend, klar. De Lucia schüttelt den Kopf, als hätte er es gehört.

»Du bist wütend auf ihn.«

»Auf wen?«, frage ich, obwohl ich genau weiß, wen er meint. »Das stimmt nicht«, sage ich. Auf Riccardi kann ich nicht wütend sein: Er ist krank. Aggressiv, starrköpfig, aber eben krank.

»Ich bin nicht wütend auf ihn. Er macht mir nur Angst.«

»Das ist vollkommen normal«, erwidert De Lucia. »Es gibt nichts Beängstigenderes als diese Jugendlichen. Sie sind unsere Spiegelbilder.«

Die Schlange zuckt zwischen seinen Händen, gleitet davon.

De Lucia begreift nicht: Es sind nicht die zuckenden, rastlosen Arme oder Schultern. Es ist dieser Schrei, den Riccardi immer wieder ausstößt, der nichts mit seiner Krankheit zu tun, sondern mit mir, der meine Schuld ist.

»Ich bin unfähig«, gestehe ich. »Ich schaffe es nicht.«

Es tut mir leid, ich schäme mich, aber ich habe so viel studiert, und es hat nicht gereicht. Es reicht nicht.

De Lucia lächelt, berührt mich an der Schulter.

»Hör auf, Angst zu haben, Emma, und sei endlich nachsichtiger mit dir. Versuch es einfach und schlimmstenfalls machst du einen Fehler: Wir alle machen Fehler.«

Als er sich im Gang entfernt, sind sämtliche Schlangen verschwunden.

»Weißt du, ich lese gerade ein Buch: *Zanna Bianca.* Er ist ein halber Wolf, ein wildes Tier.«

Riccardi hält den Kopf gesenkt, unzufrieden mit dem, was seine Hände aus dem Ton gemacht haben.

»Er ist außerdem sehr wütend«, sage ich. »Weil sich die anderen Hunde über ihn lustig machen.«

Ich erzähle weiter, auch wenn ich mich an das Buch nicht mehr genau erinnern kann. Im Gedächtnis geblieben sind mir der Schnee, die Schlittenfahren im Yukon-Tal, die Vorderpfoten des Hundes, die zu einer Obsession werden, die Einsamkeit, die Ungerechtigkeit, die Wut, die Revanche. Der Frieden. Alles Übrige zählt nicht, ich erfinde es einfach: Es ist meine Geschichte.

»Ein unglaublich starker Wolf«, sage ich zum Schluss ganz außer Atem. »Ein außergewöhnlicher Wolf.«

Der Tonklumpen hat die Form eines Fahrradsattels angenommen. Andrea wendet ihn in den Händen hin und her.

Ich habe verstanden, lasse es sein, nähere mich dem Sockel, auf dem zwei Reptilienschwänze aus Ton liegen, glatt und spitz zulaufend.

»Ich mag keine Wölfe.«

Ich drehe mich um: Das kann ich mir nicht eingebildet haben.

Ich wende mich ihm zu, räuspere mich.

»Ach nein?«

Riccardi sieht mich nicht an.

»Was machst du da?«

»Den Minotaurus«, antwortet er und drückt in die Schnauze des Untiers eine Öffnung, die den Rachen darstellen soll.

»Schön.«

Nur nicht zittern, denke ich.

»Das sind also die Hörner und das hier ist der Kopf, richtig?«

Riccardi erstarrt zur Salzsäule.

»Komm mir nicht zu nahe«, sagt er.

»In Ordnung.«

Ich gehe einen Schritt zurück, schaue ihm bei der Arbeit zu. Ich warte darauf, dass die gebogene Form der Augen hervortritt, dann erzähle ich ihm die Sage von Theseus und dem monströsen Sohn des Minos.

Als die Pausenglocke ertönt, drängen die Klassen wieder auf den Flur. Der Kleinbus für die behinderten Schüler steht schon bereit, um sie abzuholen: Die Schule besteht momentan aus Schülern mit mittleren Intelligenzquotienten.

Bis auf Mattia.

»Tschüss.«

»Was machst du hier?«

»Mama holt mich ab. Vielleicht.«

»Gut. Dann bis morgen.«

»Sag mal . . .«

»Was ist?«

»Der Junge, der heute hier war.«

»Ja.«

»Kommt er ab jetzt immer mit uns ins Leselabor?«

»Warum fragst du?«

»Nur so.«

Ich schlage den Mantelkragen hoch, damit dieses Gespräch unter freiem Himmel im Januar etwas erträglicher wird. Mattia spielt mit den Wassertropfen auf dem Geländer. Er lässt sie bis zum Ende darübergleiten, dann auf den Boden regnen.

»Vielleicht«, sage ich. »Vielleicht kommt er noch mal.«

Aus einer kleinen Runde durch die Innenstadt wird ein stundenlanger Spaziergang, ein Kinobesuch ohne jemanden, mit dem man hinterher über den Film reden könnte. Danach legt man sich schlafen, steht morgens auf, fängt wieder von vorne an.

Zuvor aber erlebt man manchmal eine Überraschung vor der Haustür: Savarese trotzt der feuchten Kälte auf den Straßen mit Daunenjacke und einem nachlässig um den Hals geschlungenen Schal.

»Margherita ist nicht da.«

»Würde das einen Unterschied machen?«

Ich erbarme mich, nehme ihn mit in den Hof des Gebäudes, und wir flüchten uns auf die überdachte Treppe. Er hat sich die Haare schneiden lassen, und die Feuchtigkeit kräuselt sie ihm an den Ohren. Auch der Dreitagebart ist neu, lässt ihn reifer wirken, obwohl ich den begründeten Verdacht hege, dass das zu einem ausgeklügelten Plan gehört, Eindruck zu schinden.

Ich steige ein paar Stufen hoch, bleibe auf halber Höhe stehen. Dort ziehe ich die Schlüssel aus der Tasche, lasse sie von einer Hand in die andere gleiten.

»Ich glaube nicht, dass ich dich reinlassen darf.«

»Mach dir keine Gedanken.«

Er knöpft seine Jacke auf und setzt sich auf eine Stufe weiter unten. Da sind wir nun und wundern uns, warum der Regen, der auf das Kopfsteinpflaster im Hof prasselt, hier nicht eindringen kann. Egal, woher der Wind weht oder wie sehr der Sturm wütet: Hier sind wir im Trockenen.

»Wie läuft es denn mit dem Leguan?«

Ich klimpere mit den Schlüsseln herum. »Gut. Besser.«

Er sieht mich an.

»Beißt er nicht mehr?«

Das Geländer ist ganz verrostet. Die Feuchtigkeit hat es nach und nach zerfressen, und wenn man es berührt, bröckelt der Rost ab und hinterlässt auf der Handfläche schwache Spuren roten Staubs.

»Manchmal.«

Savarese schaut wieder zum Tor. Wartet.

Ich gehe die vier Stufen hinunter, die uns trennen, und setze mich neben ihn. Ein banges Gefühl im Magen sagt mir, dass mir das als Verrat ausgelegt werden könnte. Aber Margherita macht nie vor Mitternacht Feierabend. Es ist noch Zeit.

»Dafür hat Santojanni einen Zeisig massakriert.«

Savarese schaut mich an, als hätte ich gesagt, was ich gerade gesagt habe.

»Der Lehrer hat ihm ein paar Minuten den Rücken zugekehrt, und da hat er ihn aus dem Käfig genommen und ihm den Kopf abgerissen.«

»Warum?«

»Um damit an die Wand zu schreiben. Wie mit einem Füller.«

»Ein sehr exklusiver«, kommentiert er.

»Eigentlich ein Beschiss: wenig Tinte und keine Nachfüllmöglichkeit.«

Savarese lächelt.

Ich stelle mir vor, wie Santojanni den Körper des Vögelchens auf der Wand reibt, unbefriedigt angesichts des immer dünner werdenden Strichs; dann packt er es mit beiden Händen, um es besser auspressen zu können, und als auch der letzte Blutstropfen versiegt, blickt er um sich und sucht nach dem Kopf.

»Deshalb bist du also an Weihnachten nach Neapel geflogen.«

Savarese kratzt sich den Bart, eine Unannehmlichkeit neuesten Datums. Ich nicke.

»Und, ist es noch da?«

Wenn er mich nicht ansähe, würde ich nicht verstehen, was er meint.

»Fast alles.«

Ich bin mir ziemlich sicher, das Fenster in meinem Zimmer offen gelassen zu haben: Ich sollte gehen. Als jedoch das Telefon des Nachbarn zu klingeln beginnt, bleibe ich sitzen, um darauf zu warten, dass er den Anruf entgegennimmt, was er sicher nicht tun wird.

»Sie kommt bestimmt spät nach Hause: Sie hat einen neuen Job.«

»Ich weiß. Ich warte.«

Als das Telefon verstummt, entschließe ich mich, aufzustehen und in die Wohnung zu gehen.

»Nimm es dir nicht zu sehr zu Herzen.«

Savarese fährt sich mit der Hand übers Gesicht, seufzt hörbar.

»Ich weiß, was du sagen willst. Aber es gibt eine Binsenweisheit, die du gerade vergisst.«

»Welche?«

Er deutet auf den Hof, dann legt er eine Hand auf die Brust.

»Es kann nicht ewig regnen.«

»Und wer sagt das?«

»Jim Morrison.«

Du Ärmster, denke ich.

Ich steige die Treppe hoch und kann nicht widerstehen: Auf dem zweiten Treppenabsatz trete ich ans Geländer, sodass er mich sehen kann.

»Savarese? Ich glaube, es waren *The Raven*.«

Er hebt den Kopf.

»Dann hat er wohl von denen abgeschrieben.«

Ich betrete die Wohnung. Das Fenster ist geschlossen.

Ich beschließe, Margherita eine SMS schicken, um sie zu informieren, dass sie auf eine Belagerung gefasst sein muss.

Das Display des Telefons leuchtet auf: Es zeigt an, dass Gianni vor einer halben Stunde angerufen hat und niemand abnahm.

12

»Lass es einfach klingeln.«

Ich reiße ruckartig die Hand hoch, als würde das Telefon mich stechen.

Margherita löst weiter ihr Kreuzworträtsel.

»Wenn er an einem Tag mehr als achtmal anruft, begeht er eine Straftat. Irgendjemand sollte ihn warnen«, sagt sie.

Ich setze mich wieder vor das deprimierende Weiß meines Word-Dokuments.

»Eigentlich«, fährt sie fort und verbeißt sich in eine falsche Definition, »hat es für mich schon etwas Manisches, wenn jemand mehr als zweimal am Tag anruft.«

»Auch wenn du mit dieser Person zusammen bist?«

»Gerade, wenn du mit dieser Person in einer Beziehung lebst.«

Beleidigt hört das Telefon auf zu klingeln.

Ich sollte mich lieber um meinen eigenen Kram kümmern: Es wird mich den ganzen Nachmittag kosten, die richtigen Worte zu finden, das Projekt »Behinderung« zu beschreiben, ihm eine Chance zu geben, gelesen und gutgeheißen zu werden. Und dennoch.

»Ich finde Savarese ganz sympathisch.«

Margherita lässt ihr Rätselheft sinken.

»Na ja, als Mensch, meine ich. Nicht als Mann. Nicht für mich. Für dich.«

Sie seufzt, blättert die Zeitschrift durch. Immer wenn

ich meine, dass das Gespräch jetzt beendet ist, fängt sie wieder an.

»Ich kann mir nicht vorstellen, dass ich mich auf einen wie ihn verlassen könnte.«

»Warum nicht?«

Margherita lässt die Zeitschrift auf dem Sofa liegen und lächelt mich an. Ich bin ihre jüngere Schwester: Sie spricht langsam, um sich deutlich genug auszudrücken.

»Weil er ein kleiner Junge ist. Er weiß nicht, was er will.«

»Den Eindruck habe ich nicht.«

»Den hat er auch nicht.«

Sie steht auf und läuft durchs Zimmer, schnappt sich die Zigaretten, das Feuerzeug, setzt sich wieder hin.

Ich konzentriere mich wieder auf den Bildschirm des Laptops. Im Kopf habe ich ein Idealprojekt mit ganz vielen Zielvorstellungen, Methoden und Instrumenten zu seiner Durchsetzung. Es verträgt sich nicht mit der Wirklichkeit, aber in meinem Kopf existiert es.

»Wir haben uns ein wenig unterhalten: Er scheint mir überzeugt.«

Margherita zündet sich eine Zigarette an, macht ein amüsiertes Gesicht.

»Ich weiß, ich kann's mir vorstellen. Aber Emma«, sie beugt sich zu mir rüber, um an den Aschenbecher ranzukommen, »die Leute sind gut im Reden. Sie tun nichts anderes.«

»Aber wer tut schon, was er sagt?«

Margheritas Handy fängt an zu klingeln.

»Und neunmal«, kommentiert sie und drückt ihre Zigarette aus.

Ich gebe nicht auf. Irgendwo erwartet Savarese, das Telefon am Ohr, dass ich es tue: Ich schnappe mir das Handy und gebe es ihr. »Das ist doch schon mal was.«

»Eine strafbare Handlung«, antwortet sie und geht nicht ran. Dann schaltet sie das Handy aus und deutet genervt auf den Computer. »Mach, dass du fertig wirst. Ich brauche deine Hilfe: Ich muss mir einen neuen Job suchen.«

Die Belcari liest das Projekt von der ersten bis zur letzten Zeile. Ich hatte gehofft, sie würde es in die Tasche stecken und es mir später zurückgeben, anstatt mich hier warten zu lassen, bis sie fertig ist.

»Traust du dir das wirklich zu?«

»Sicher.«

Wie gewöhnlich tritt die Falte auf ihre Stirn, wiederholt die Frage.

»Ich denke, Petar wäre für die Lektüregruppe sehr hilfreich. Und ebenso auch andere Mitschüler Riccardis. Sie müssen sich aneinander gewöhnen.«

Grazia blickt wieder auf mein Exposé. Schaut nach, ob »sich gewöhnen« tatsächlich drinsteht.

»Der Gedanke ist der, eine Gruppe aus Behinderten und Nichtbehinderten auf die Beine zu stellen. Geben wir doch dieser Sache eine Stunde pro Woche, bringen wir die Schüler dazu, sich aufeinander einzustellen, miteinander zu interagieren. Für den Anfang eignet sich das Buch ganz gut, danach gehen wir in die Kunstwerkstatt.«

»Ja, hab ich gelesen.«

»Es wäre gut, wenn sie ein wenig Zeit miteinander verbringen könnten.«

Ich bemühe mich, überzeugend zu klingen. Begeistert.

»Ich weiß nicht«, sagt Grazia. »Das würde bedeuten, die normalen Unterrichtsstunden zu kürzen.«

»Nur die Religionsstunde.«

Sie sieht mich an.

»Ach komm, Grazia, am Religionsunterricht nimmt doch sowieso nur die halbe Klasse teil. Und eine alternative Unterrichtsstunde gibt es nicht, weil wir niemanden bezahlen können, der sie hält.«

Weiter sage ich nichts mehr, sondern lasse ihr Zeit, sich die Gruppen der Schüler bildlich vorzustellen, die unbeaufsichtigt in der Bibliothek herumlärmen.

»Wir haben bereits ein Projekt. Therapeutisches Reiten.«

»Ich weiß«, sage ich. »Eine sehr gute Sache. Aber nur für Behinderte.«

Meine Stimme klingt müde, sie merkt es. Ich bleibe hartnäckig.

Wird auch Petar in die Werkstatt kommen?

Tut mir leid, Mattia. Du bist der einzige Außenseiter.

»Ich weiß nicht«, wiederholt Grazia. »Es könnte der üblen Angewohnheit von Leuten Nahrung geben, die dir bei der ersten Unannehmlichkeit einen armen Teufel ins Förderbüro schicken.«

Ich zucke mit den Schultern. Du hast gewonnen: Es war ja nur eine Idee.

»Verstehe«, sage ich. »Du hast Recht, es war ja nur eine Idee.«

Ich lasse das Exposé auf dem Pult liegen und stehe auf, weil ich in die Klasse muss. Ich zähle bis drei, dann sage ich betont langsam: »Sie haben Angst vor Andrea. Ihn besser kennenzulernen ist eine Möglichkeit, diese Angst zu verlieren.«

Sie seufzt.

Ich zähle erneut bis drei.

Es steht fest: Auf den letzten zwanzig Seiten ist Zanna Bianca zu einem blutrünstigen Raubtier geworden. Da er um sein Leben kämpfen muss, erledigt er einen Hund nach dem anderen, angestachelt von den wütenden Schreien der Wettenden.

Meine Kollegen schauen mich groß an und versuchen, hinter den erzieherischen Wert der Geschichte zu kommen. Auch ich frage mich, worin er besteht, und die einzige plausible Antwort ist, dass ich *Zanna Bianca* gegen *Ruf der Wildnis* getauscht habe.

Rita schnappt nach Luft.

»Aber ist Zanna Bianca denn böse?«

»Nein, natürlich nicht«, erkläre ich ihr. »Denken wir an die Hunde, die er getötet hat: Was haben sie ihn durchmachen lassen?«

Dip schüttelt den Kopf, die Hände.

»Sie haben ihn kaputtgemacht. Und dann hat er sich eben auf sie gestürzt. Ich hätte das auch getan.«

Den Kopf über die Bank gebeugt, kritzelt Mattia auf einem Blatt Papier herum.

»Das meinte ich aber nicht. Ich wollte Folgendes sagen: Wenn wir in einer feindlichen Umgebung leben würden, wo uns alle schlecht behandeln und wir nicht einmal was zu essen haben, könnte es sein, dass auch wir einen schlechten Charakter hätten. Oder es uns einfiele, schlimme Dinge zu tun. Um zu überleben. Daher ist jemand, der uns verletzt oder uns Böses antut, möglicherweise gar nicht böse. Er ist traurig. Er ist einsam. Wie Zanna Bianca.«

»Ich hau ihm eine runter«, sagt Dip. »Wenn mich jemand beleidigt oder mir was antut, hau ich ihm eine runter.«

Genau zum richtigen Zeitpunkt klopft Petar an die Tür.

»Setz dich«, sage ich. »Wir lesen das Kapitel zu Ende und dann kommen wir zu deinen Hausaufgaben.«

Er gehorcht. Mattias Augen folgen ihm von einer Seite des Zimmers zur anderen.

»Mattia?«

Ich reiche ihm das Buch, aber er nimmt es nicht.

»Aber waren die Nazis denn traurig?«, fragt er.

Im Zimmer gibt es einen Aufstand: »Die Nazis waren böse.«

»Ungeheuer böse.«

»In einem gewissen Sinn«, sage ich. Es ist klar, dass es kein einfaches Wort für *Inflation* gibt. Oder für *Rezession*. »Die Deutschen kamen sich armselig vor, weil sie den Ersten Weltkrieg verloren hatten. Wahrscheinlich sind sie deshalb böse geworden.«

Die Kollegen wechseln einen schnellen Blick.

»Die Deutschen waren stark«, sagt Mattia. »Sie töteten alle Juden. Das haben wir im Film gesehen.«

Die anderen pflichten ihm bei. »Ja, ja, im Film sind alle Juden umgekommen!«

»Nicht alle.« Meine Stimme klingt unsicher: Völkermorde lassen sich schwer herunterspielen.

 »Doch, alle!«, schreit Dip. »Sie zogen ihnen Schlafanzüge mit Streifen an. Und dann haben sie sie mit dem Gas getötet.«

»Sogar die Kinder«, erklärt mir Rita und berührt mich am Arm. »Da war so ein kleiner Junge im Film, den haben sie auch getötet.«

Mattia beobachtet Petar, lächelt.

»Und die Behinderten«, sagt er. »Auch die.«

Nun starren ihn alle an. Plötzlich schwebt über dem Zimmer eine alte Gefahr. Sie gilt ihnen.

»Sie haben sie gehasst«, fährt Mattia fort. »Sie haben sie alle umgebracht.«

Wir lesen das Kapitel zu Ende. In den Kämpfen, in denen er sich schlagen muss, trifft Zanna Bianca schließlich auf einen Bluthund, der ihn schlimm zurichtet und halbtot auf dem Boden liegen lässt.

Diesmal frage ich sie, bevor ich wieder Schaden anrichte.

»Ist es dein Vater, der ständig aus Pavia anruft?«

Margherita schaut nicht von ihrem Computer auf.

»Ja. Nimm den Anruf einfach nicht an, wenn es dir unangenehm ist.«

»Nein, ich bitte dich.«

Ich wende mich wieder meinem Buch zu: Ich will wissen, wie dieser böse Wolf endet.

Das Telefon klingelt noch zweimal, dann verstummt es. Es hinterlässt eine Stille im Zimmer, die mich trotzdem ablenkt, also kann ich sie auch gleich fragen.

»Willst du denn nicht wissen, was er will?«

»Nein.«

Margherita notiert sich etwas auf ihren Schreibblock. Sie sieht seltsam aus mit der Brille, und man merkt, dass sie nicht daran gewöhnt ist, eine zu tragen, weil sie sie ständig zurechtrückt, wie jemand, der eine Maske trägt.

Dann gibt sie mir ein Zeichen: Ich soll herkommen.

»Was hältst du von der hier?«

Rasch lese ich die Anzeige. Sie suchen Erzieher für eine neue Einrichtung: wiederum Behinderte.

»›Maximal achtundzwanzig Jahre‹? Warum?«

Sie zuckt mit den Schultern, speichert den Link der Seite, verschiebt die Entscheidung auf später.

»Kaffee?«, frage ich.

Ich konzentriere mich darauf, alles richtig zu machen: Wasser, Kaffee, Aufkochen, Zucker. Es ist zwecklos. Ich kriege es einfach nicht hin.

Margherita trinkt ihn trotzdem, gewöhnt sich allmählich daran.

»Also, was hältst du davon?«

Ich weiß nicht, was ich darauf antworten soll, aber ihre Frage ist ohnehin rhetorisch. Sie hat bereits darüber nachgedacht: Sie wird ihren Lebenslauf hinschicken. Dies ist nicht der geeignete Moment, die Wählerische zu spielen.

Als sie ihren Kaffee ausgetrunken hat, nimmt sie das Handy, löscht die entgangenen Anrufe.

»Mit vierzehn bin ich von zu Hause weggegangen«, erzählt sie mir. »Seit einem Jahr ruft er an: Macht insgesamt dreizehn Jahre, in denen er auf meine Anrufe hätte reagieren können.«

Als ich aufhöre zu diktieren, beginnt Petar mit seiner Grammatikübung. Seit einem Monat geht das so: Er besucht die Lektürewerkstatt, ich helfe ihm, seine schulischen Mängel auszugleichen. Mittlerweile hat er es auf eine fünfeinhalb geschafft. Ein enormer Sprung.

Sein Problem sind die Aufsätze. Er lebt erst seit zwei Jahren in Italien: Die italienische Sprache fällt ihm schwer, zumindest, wenn er sich schriftlich ausdrücken muss.

»Auf Rumänisch fällt mir mehr ein. Auf Italienisch gar nichts.«

Ich erkläre ihm, dass beide Sprachen eng miteinander verwandt sind. Mir fällt nichts anderes ein.

Beschreibe dich selbst, beschreibe deine Familie, beschreibe dein Zuhause.

Petar führt die Aufgabe gehorsam aus: Über sich schreibt er nicht viel, von der eigenen Familie ist nur ein Bruder übrig geblieben, über das Zuhause spricht er lediglich im Futur.

»Hast du ein Messer?«, frage ich unvermittelt.

»Ich habe es fast nie mit«, sagt er.

»Lass das ›fast‹ weg.«

»Ich habe es nie mit.«

»Nein, du sollst nicht bloß nachbeten. Ich will, dass du es nie mitnimmst. Auch nicht draußen.«

Er schweigt.

»Wozu brauchst du das Messer?«

Er wendet das Blatt zwischen den Händen hin und her. Wenn er das Messer nicht bräuchte, würde er es nicht mit sich herumtragen.

Keine von uns beiden hat Lust, aufzustehen: Der Film hat gerade angefangen.

Ich schnappe mir die Fernbedienung und drücke auf Pause. Damit habe ich meinen Beitrag geleistet, finde ich.

Margherita gibt auf und geht in den Flur, als gerade das Telefon aufhört zu klingeln. Sie braucht zwei Sekunden, um aufs Sofa zurückzukehren.

»Was soll eigentlich ein schnurloses Telefon, wenn wir es benutzen, als wäre es an der Wand befestigt?«

Sie beugt sich über den Computer, um den Film neu zu starten, und sagt nicht einmal, auf wessen Anruf ich heute Abend nicht antworten soll.

»Ich heiße Petar Kierloy. Ich beschreibe jetzt meine Schule, das Künstlerische Gymnasium. Es ist eine schöne Schule, auch wenn es mir in Rumänien besser gefiel. Sie war in der Nähe von zu Hause, und ich fuhr mit meinem Bruder auf dem Fahrrad hin. Die italienische Schule ist außerdem schmutziger, und es gibt dort mehr Lehrer.«

»Ist das schlecht?«

Petar hört auf vorzulesen.

»Ich weiß nicht.«

»Lies weiter.«

»Meine erste Schule war das Technische Gymnasium, aber sie haben mich rausgeschmissen, und ich bin hierher gekommen. Ich weiß nicht, ob ich darüber froh bin, mir scheinen beide gleich, bis auf die Personen. Ich muss lernen, um versetzt zu werden, auch wenn ich nicht viel im Kopf habe.«

»Was willst du damit sagen?«

»Wie?«

»Dass du nicht viel im Kopf hast.«

»Dass ich nichts kann.«

»Ja, aber weil du dich nicht anstrengst oder weil du meinst, nichts zu können?«

»Ich weiß nicht.«

»Lies weiter.«

»Das wars, ich bin fertig.«

»Soll das ein Witz sein? Zeig her.«

Ich lasse mir das Blatt geben.

»Die anderen Fragen, die ich dir gestellt habe, hast du nicht beantwortet: Warum es deiner Meinung nach wichtig ist, etwas zu lernen, was du einmal werden willst, wenn du groß bist.«

Er öffnet den Mund.

»Sag jetzt nicht wieder: ›Ich weiß nicht.‹«

Er zuckt mit den Schultern.

»Ich weiß nicht«, sagt er, verbessert sich aber sofort. »Ich fühle mich nicht als Erwachsener.«

Ich trage ihm auf, darüber nachzudenken. Nur das. Anstatt über das Dativobjekt zu brüten, soll er sich den ganzen Nachmittag lang vorstellen, erwachsen zu sein.

»Was machst du?«

Aufmerksam überprüfe ich den Stapel von Kartons, die sich jetzt, einer auf dem anderen, neben dem Schrank türmen, um Platz zu sparen. Eine beträchtliche Verbesserung, die Margherita weder wahrnimmt noch, wie es scheint, zu würdigen weiß.

»Gehen wir?«

Sie hat schon den Mantel an, und das Geklimper mit den Schlüsseln ist ihre Art, mir zu verstehen zu geben, dass sie nicht warten wird, bis ich meine gefunden habe.

Als wir auf dem Treppenabsatz stehen, klingelt das Telefon.

»Es könnte wegen der Arbeit sein.«

Das sage ich so dahin, weil mir dieser Gedanke gerade gekommen ist. Sie jedoch dreht sich ruckartig um, öffnet die Tür und stürzt in die Wohnung. Damit hatte ich nicht gerechnet.

Auch ich gehe wieder rein, denn draußen erfriert man. Sie nimmt das schnurlose Telefon, schaut, wie gewöhnlich, zuerst aufs Display.

»Die Villa. Vito.«

Sie meldet sich.

Emilio ist der Erzieher, der sie in die therapeutische Wohngemeinschaft aufgenommen hat, ihr als Tutor zur Seite stand. Margherita verehrt ihn.

»Geht es dir gut?«

Er ist groß, klapperdürr, kahlgeschoren und trägt eine kleine, randlose Brille.

»Jetzt ja.«

Er hat uns in der Küche des Quadrifoglio Platz nehmen lassen.

»Ich weiß nicht, was ich sagen soll, wir haben immer ein gutes Verhältnis gehabt. Ich kenne Vito seit drei Jahren: Nie gab es Probleme.«

Er hat die verbundene Hand auf den Tisch gelegt, streichelt sie mit der anderen.

»Ich habe mich zwei Wochen krankschreiben lassen. Anfangs wollte ich nicht, aber dann habe ich gedacht, Teufel noch mal.« Er stimmt ein hysterisches Lachen an, steht auf, durchsucht die Anrichte nach Kaffee. Margherita starrt ihm auf den Rücken.

Ich stelle mir diese Küche in zehn Jahren vor mit Mattia, der ihm zur Hand geht. Emilio weist ihn darauf hin, dass er mit dem Abwasch dran ist, sie haben es auf die Schiefertafel am Eingang geschrieben. Mattia sagt, er erinnere sich. Er fragt ihn, ob sie Karten spielen könnten, wo er doch er alles abgetrocknet hat.

Ich gehe zum Treppenabsatz hinaus, trete dabei auf die halbrunde Schleifspur, wo der Türflügel den Fußboden beschädigt hat, weil er durch jahrelanges Öffnen und Schließen darüber streifte. Emilio bleibt drin, lehnt sich gegen die Tür.

»Danke, dass du gekommen bist. Ich dachte, du solltest das wissen: Du fehlst hier überall.«

»Es war mir ein Vergnügen.«

Ich gehe zum Aufzug.

»Ich konnte es nicht fassen, dass sie dich entlassen haben.«

»Wie geht es Elena?«

»Sie hat einen Teilzeitjob angenommen.«

»Warum machst du so ein Gesicht?«

»Du weißt, warum: Es ist praktisch eine Vollzeitbeschäftigung für sechshundert Euro im Monat.«

»Aber sie hat sich damit zufriedengegeben.«

»Damit kann niemand zufrieden sein.«

»Sie hat angenommen, oder nicht?«

»Von Annehmen kann keine Rede sein: Es ist reine Resignation.«

»Das klingt nach Jim Morrison.«

»Gott hab ihn selig.«

Der Aufzug ist da.

»Mach's gut«, sagt Margherita und lässt ihn an der Tür stehen.

13

Seine Pranken haben etwas Monströses. Nicht die hinteren, die sind ganz in Ordnung: kleiner, abgewinkelt, eingerammt um den Ast aus Pappmaschee. Monströs sind die vorderen Pranken.

Wenn ich in Klassenzimmer 9 unterrichte, kann es passieren, dass ich die Augen hebe, nach dem Leguan suche und ihn auf dem Fensterbrett oder auf dem Bücherregal finde. Sofern er dort nicht ist, brauche ich nur im obersten Fach des Schranks nachzusehen. Er wächst von Tag zu Tag.

In den letzten Monaten hat Riccardi die Krallen modelliert und bei jedem Misserfolg geflucht. Stück für Stück hat er sie angeklebt und den überschüssigen Leim mit dem Ärmel seines Hemds weggewischt. Er hat sie gekrümmt, um der Pranke, die sich nach vorn streckt, eine Richtung zu geben und der, die auf dem Baumstamm ruht, einen Halt.

Die Pranken sind jedoch etwas danebengegangen: Die eine hat fünf Zehen, die andere nur vier.

Mit De Lucia haben wir darüber gelacht. Wir zählen sie nicht mehr, nehmen es hin, dass sie sich jedes Mal, wenn wir die Skulptur verrücken, in unseren Pulloverärmeln verfangen, dass sie ein paar Wollfasern ausreißen, uns die Arme zerkratzen.

Seit einer Woche arbeitet Riccardi nun am Kopf des Leguans. Zuerst zerstörte er seinen ersten Versuch, dann höhlte er einen schiefen Schlund aus, den er mit Draht verstärkte, damit er offen blieb.

Jetzt kann der Leguan beißen, brüllen, sich satt fressen.

Ich betrete das Klassenzimmer, lege die Tasche ab, warte darauf, seine Schritte im Flur zu hören. Der Morgen läuft nach einem Drehbuch ab, das gemäß dem Vortag improvisiert werden muss.

»Hallo, Andrea.«

Ich lasse ihn zu seinem Platz rennen, das Heft und das Federmäppchen herausholen, ein wenig schaukeln. Der Unterricht beginnt mit Italienisch. Wir auch. Ich nähere mich mit meinen Büchern, den Begleitbögen zu Literatur und Geschichte, die ich für ihn vorbereitet habe.

Ich zeige mit dem Finger auf die leeren Stellen des Testbogens. Mit jedem Tippen auf das Blatt erteile ich einen Befehl, ohne den Mund zu öffnen. Andrea reagiert: Er schreibt Vornamen, Nachnamen, Datum, Klasse hin. Als ob seine fürchterliche Klaue nicht schon Unterschrift genug wäre. Als ob sein Test mit dem eines anderen verwechselt werden könnte.

»Gut«, sage ich am Ende der Stunde. »Heute warst du wirklich gut.«

»Barellieri.«

»Hier.«

»Coppola.«

»Hier.«

Wir haben das Kunstgeschichtsbuch aufgeschlagen vor uns liegen. Leise wiederhole ich die Definition des Kapitells. Andrea hat sich eine Hand in den Mund gesteckt, schaukelt vor und zurück.

Nicolinis Anwesenheitsabfrage geht weiter, gelegentlich unterbrochen vom Schweigen der Abwesenden.

»Nimm die Hand aus dem Mund: Sie ist schmutzig.«

Andrea kümmert sich nicht darum: Er schaukelt vor und zurück und flucht dabei halblaut vor sich hin. »Du holst dir eine Krankheit«, insistiere ich, ohne ihn anzusehen. Noch immer verwechsele ich den dorischen Stil mit dem ionischen.

»Marini, Nevio, Nocella.«

Zwei Seiten über die ionische Säule, nichts über die beiden anderen. Ich blättere das Buch bis zu den Etruskern, zu den Römern durch, dann wieder zurück.

»Riccardi, Riccardi«, wiederholt Andrea.

Wenn ich nicht irre, besteht der Unterschied im Kapitell.

»Pautasso, Piscini, Scinica und Zarrari.«

Nicolini klappt das Klassenbuch zu und nimmt die Brille ab.

»Riccardi!«, brüllt Andrea. Er hebt den Arm, wobei er mich knapp verfehlt, und hält ihn hoch, den Finger in die Luft gestreckt. Er stützt ihn mit dem anderen Arm, um sich mehr Zeit lassen zu können.

Nicolini lässt sich ein Buch geben.

»Riccardi!«

Man hört Papier rascheln, die Schüler bereiten sich darauf vor, gleich mitzuschreiben. Nicolini stützt sich auf die Stuhllehne, beginnt zu diktieren.

»Riccardi!«

»Es reicht, Andrea. Der Lehrer weiß, dass du da bist. Er hat dich gesehen.«

Ich versuche, seinen Arm zu fassen zu kriegen, ihn herunterzuziehen, aber er ist stärker.

»Ich habe dich gesehen«, bestätigt Nicolini.

Andrea verharrt regungslos, sein Finger ist schon zu lange hochgestreckt und fängt an zu zittern.

»Riccardi«, knurrt er.

Nicolini schaut mich drohend an. Gleich wird er uns rauswerfen.

»Es reicht jetzt, Andrea«, sage ich. »Komm, nimm den Bleistift.«

Er gibt nach, lässt den Arm auf die Bank fallen.

»Arschloch!«

Nicolini überhört es, erklärt den Unterschied zwischen den Kapitellen griechischer Säulen.

Die Tür quietscht.

Meriem kommt herein, ohne die Klinke loszulassen. Furchtsam tauchen hinter ihrem Rücken zwei Mitschüler auf.

»Worauf wartet ihr?«

Andrea modelliert so konzentriert am tönernen Rumpf seines Minotaurus herum, dass er nicht einmal den Kopf hebt.

De Lucia behält ihn im Auge, während er am Computer versucht, auf vier Seiten zusammenzufassen, warum der Staat weiterhin für Santojannis Betreuung aufkommen sollte.

»Wo können wir uns hinsetzen?«

»Wohin ihr wollt.«

Lorenzos nachwachsender Irokesenkamm beweist, dass die Jugendlichen nicht in der Lage sind, das für sie Beste zu wählen. Der andere Junge kommt direkt aus der letzten Reihe: Sich im Förderzimmer für das Inklusionsprojekt zu melden, ist das Einzige, wofür er sich seit Anfang des Schuljahres freiwillig gemeldet hat. Meriem habe ich selbst ausgesucht.

An einem kleinen Tisch in der Ecke sitzt Petar und müht sich mit seinem Naturkundetest ab. Meriem hebt die Hand, um ihn zu grüßen, lächelt und setzt sich vor ihren Test über perspektivische Darstellung. Der andere Junge schiebt die Pinsel zur Seite. Lorenzo bleibt an der Tür stehen.

»Davon ausgehend, dass es keinen Vogelmord gab, wie können wir die Sache dann erklären, ohne sie wie einen Hilfeschrei klingen zu lassen?«

Ich mache ihm ein Zeichen, dass er kurz warten soll. De Lucia klopft wieder mit dem Bleistift auf den Rand der Tastatur, hofft auf eine Erleuchtung.

»Komm her, Lorenzo. Neben Andrea ist noch Platz.«

Riccardi dreht sich um.

Lorenzo rührt sich nicht von der Stelle.

»›Gewalttätige Impulse, die gegenüber kleinen Tieren zum Ausbruch kommen‹? Geht das so? Aber eigentlich wollte er ja nur etwas an die Wand schreiben. ›Gewalttätige Impulse, ausgerichtet auf einen didaktischen Zweck‹?«

De Lucia lächelt, aber ich kann nicht genau sagen, ob er Witze macht.

»Hast du gesehen, wer gekommen ist, Andrea? Deine

Klassenkameraden, wir müssen ein bisschen zusammenrücken.«

Ein paar Minuten lang ist Riccardi zwischen Lorenzo und dem Minotaurus hin und her gerissen, dann rennt er, ohne das Ungeheuer loszulassen, zu Lorenzo, packt ihn am Arm.

»He«, sagt er und zieht ihn am Ärmel. »He.«

»Zeig ihm, was du gemacht hast.« Meine Stimme klingt unbeschwert, ruhig. Ich gehe zu Petar und beuge mich über ihn, tue so, als überprüfe ich seine Arbeit, ohne jedoch ein Wort davon zu lesen.

Währenddessen hebt Riccardi die Büste des Ungeheuers hoch: Die ausgeprägten Brust- und Bauchmuskeln sind das erstaunliche Resultat unermüdlich modellierender Hände; die gebogenen Hörner, die glühenden Augen, der mächtige Körper stellen die perfekte Synthese sämtlicher im Internet aufspürbarer Minotaurus-Bilder dar.

Lorenzo befreit sich aus der Umklammerung und beginnt, an seinem Tonklumpen zu arbeiten. Riccardi schwirrt ein Weilchen um ihn herum, steuert dann auf Meriem zu, nähert sich ihr. Sie nimmt den Bleistift vom Blatt, hält ihn vor sich hin.

»Du kommst gut voran, Petar«, sage ich. »Es ist alles richtig.«

Das stimmt zwar nicht, aber er hat beschlossen, mir zu helfen: Aufmerksam beobachten wir Andrea, bereit, sofort einzugreifen. Wir sehen, wie er eine Hand nach Meriem ausstreckt, sie an der Schulter berührt.

»Schau«, sagt er und richtet den schlammigen Blick des Minotaurus auf sie. Meriem bleibt regungslos sitzen, wie versteinert.

 Andrea fuchtelt ihr mit dem Ungeheuer an der Nase herum.

Ach bitte, jetzt schau doch mal.

»Er ist toll«, sagt plötzlich jemand. Es ist Petar. Er steht auf, überreicht mir den fertigen Naturkundetest und nimmt dann Andrea ganz vorsichtig den Kopf mit dem Torso aus den Händen. »Wirklich toll. Glückwunsch.«

»Zum Teufel!« De Lucia zerreißt die Seite, die er soeben ausgedruckt hat. »Sie sollen uns diese Erzieher schicken, und fertig: Dies *ist* ein Hilferuf.«

»So ist es, Clara. Zuerst haben sie einen einzigen Lehrer in der Grundschule gehabt und jetzt wollen sie sogar die Studienräte an den Gymnasien wegkürzen.«

»Ja, ich weiß. Auch Augusto, Dalias Enkel, hatte im vergangenen Jahr Latein. Und dieses Jahr nicht mehr.«

»Aber doch nur, weil sie ihn in eine andere Schule gesteckt haben, nachdem er in der öffentlichen zweimal durchgefallen ist.«

Die beiden beugen sich über ihre Taschen, um den Lärm der Straßenbahn zu übertönen.

»Jeden Tag was Neues«, sagt die eine und blickt aus dem Fenster.

»Wie auch immer, wir sind alle Schüler einer einzigen Lehrerin und sind damit sehr weit gekommen«, erwidert die andere. Clara späht nach dem Namen der Haltestelle, dann erinnert sie sich daran, ihrer Freundin beizupflichten.

Ich kann es schaffen, sage ich mir. Der kleine Platz vor der Schule ist wie ausgestorben, was mich entmutigt: Offenbar bin ich heute die Einzige, die zu spät kommt.

Zum Glück bilde ich mir das nur ein, denn ich sehe den Rücken von Petar, der hinter einer Parkbank hervorkommt. Er schaut sich um, läuft zwischen den Wippen hindurch, schlüpft unter die Rutschbahn, verschwindet in der Holzhütte und taucht dann mit der weißen Plastikmappe wieder auf.

Ich warte am Tor auf ihn.

»Alles in Ordnung?«

Ich lasse ihn kurz zu Atem kommen, packe ihn dann am Arm und ziehe ihn hinter mir her.

»Gehen wir, heute ist die Werkstatt dran. Wir kommen zu spät.«

»Nein. Heute komme ich nicht.«

»Wie? Warum nicht?«

Er blickt auf seine Schuhe.

»Ich muss eine Hausaufgabe abgeben«, lügt er. Ich beschließe, es mir nicht anmerken zu lassen.

»Ja, am Ende des Kurses: über *Zanna Bianca*.«

Jetzt kommen wir in jedem Fall zu spät.

»Wie willst du das machen, wenn wir die Geschichte nicht weiterlesen?«

»Ich habe sie allein zu Ende gelesen. Die Hausaufgabe habe ich mitgebracht.«

»Na schön. Dann geh.«

Er nickt, überholt mich und betritt die Bibliothek, wo einige seiner Mitschüler die Freistunde verbringen. Als ich an der Tür vorbeigehe, höre ich, wie sie lachen und einen spastischen Petar nachäffen, der nicht mehr weiß, wo er die Mappe gelassen hat.

Der Naturkundetest ist sehr gut ausgefallen, wir haben uns eine gute sieben verdient. Ich schreibe sie mit Bleistift an den oberen Rand, und als Petar eintritt, stehe ich auf, um sie ihm zu zeigen.

Er streckt die Hand danach aus.

»Nein, mein Lieber«, entgegne ich und lege das Blatt weg. »Die Naturkundelehrerin wird ihn dir in der Klasse geben. Tu so, als wärst du überrascht.«

»Ok.«

»Hast du mir den Aufsatz über Italien mitgebracht?«

Vor vier Jahren bist du nach Italien gekommen: Erzähle einem Freund in Rumänien, wie man hier lebt, und erkläre bei jeder Eigenart, die du beschreibst, ob sie dir gefällt und warum.

Die Tür öffnet sich, Mattia steckt den Kopf herein, sieht uns und kommt herein. Obwohl nun die Pause beginnt, bleiben wir drei in Klassenzimmer 9.

»Hallo«, grüßt Mattia.

Petar kehrt ihm den Rücken zu.

»Drehen wir eine Runde?«

Ich hebe den Blick nicht von Petars Aufsatz. Am äußersten Rand meines Gesichtsfelds verlagert Petar nervös sein Gewicht von einem Bein aufs andere, klammert sich an seinen Rucksack.

»Nein«, antwortet er.

Rasch überfliege ich den Aufsatz, während er im Bücherregal herumstöbert und Mattia ihm quasselnd folgt.

»Nimm es, wenn es dir gefällt«, sage ich nach einer Weile.

Petar zuckt mit den Schultern und blättert weiter in *Dylan Dog*. Mattia weicht nicht von seiner Seite, versteckt sich aber sofort hinter ihm, als Meriem das Zimmer betritt.

Sie kommt zu mir ans Fenster.

»Wir müssen mit Ihnen reden wegen der gemischten Werkstätten. Wir wollen nicht mehr mitmachen.«

Gemischt. Genial!

Ich heuchle Überraschung. »Warum?«

Sie starrt mich mit ihren riesigen dunklen Augen an und beißt sich auf die Unterlippe.

»Es ist vor allem wegen Andrea. Er ist nicht normal. Er macht mir Angst. Er macht allen Angst, und sie wollen nicht mehr in Klassenzimmer 9 kommen.«

Petar hat Mattia den *Dylan Dog* gegeben, um sie nicht aus den Augen zu lassen. Auch du, Petar, denke ich.

»Das ist ungerecht«, sage ich. »Wollt ihr ihm keine Chance geben, weil ihr zu egoistisch seid oder weil ihr Angst davor habt, was die anderen sagen?«

Ich suche Petar über Mattias Kopf hinweg.

»Es passt euch nicht, mit einem behinderten Menschen zusammen zu sein. Ihr schämt euch«, sage ich.

Meriem lehnt sich ans Fensterbrett. »Manchmal kommt er ganz nah heran, als ob er mich gleich packen will. Ich weiß dann nicht, was ich tun soll, ich kriege Angst.«

Ich sollte jetzt eine Antwort parat haben, sie beruhigen können. Stattdessen meldet sich Mattia zu Wort. »Um wen geht es eigentlich? Um Andrea? Na, der ist ja verrückt. Total verrückt.«

Er hebt die Augenbrauen: Hat eine Idee.

»Können wir die Werkstatt nicht alleine machen, ohne die?«

Kaum hat er den Satz beendet, sieht Petar ihn einen Augenblick lang an: »Eigentlich gibt es doch gar kein Problem. Das ist nur einmal in der Woche, das ist doch gar nichts.«

»Wir müssen es versuchen, Meriem«, füge ich hinzu. »Die Schule soll uns lehren, miteinander zu leben: Dazu ist sie schließlich da.« Petar werfe ich einen Blick zu. Danke.

Sie seufzt.

»Ok.« Sie dreht sich zum Fenster und schneidet eine Grimasse.

Lupus in fabula. Wenn man vom Teufel spricht.

»Was machen die denn da unten?«

Im Schulhof stehen sich Riccardi und De Lucia gegenüber, schauen sich in die Augen. Der Lehrer breitet die Arme über dem Kopf aus, senkt sie dann langsam. Andrea tut das Gleiche mit geradem Rücken, ausgestreckten Armen, geschlossenen Fäusten, die Mittelfinger erhoben.

»Gymnastik«, sage ich. »Sie machen Gymnastik.«

Am Morgen sind die Busse voller Schüler, die mit ihren Rucksäcken den Durchgang versperren und sich über die Sitze hinweg unterhalten. Sie stören mich bei meiner morgendlichen Zeitungslektüre.

»Am Ende ist Papa dann hingegangen, um mit Viglione zu reden.«

»Woah.«

»Ja, wirklich.«

»Und was hat er ihm gesagt?«

Da neue Fahrgäste hereindrängen, geht die Antwort unter. Aber das Geschnatter wird bis zur Haltestelle des Technischen Gymnasiums hier in der Nähe weitergehen.

»Ist mir doch egal. Du weißt ja, dass mein Vater alle für sich einnimmt.«

»O ja, er ist eine Persönlichkeit.«

»Ja, in der Tat. Viglione erzählte, wie er bei einer Art italienischer NASA als Ingenieur arbeitete. Sie gaben ihm einen Haufen Geld.«

»Wem, Viglione? Und was ist dann passiert?«

»Passiert ist, dass er plötzlich Lehrer werden wollte. Er hat gekündigt, sagt er, um diesen Beruf auszuüben, obwohl er beschissen bezahlt wird. Verstehst du das?«

Sie kichern, die Köpfe auf den Rucksäcken.

»Aus Leidenschaft, hat er gesagt. Ach du Scheiße, der kann einem wirklich leidtun.«

Als ich zum Frühstück in die Küche komme, mustert mich Margherita von Kopf bis Fuß.

Ich nippe an ihrem Kaffee, um nicht den im Kännchen zurückgebliebenen Rest trinken zu müssen.

»Willst du so aus dem Haus?«

»Ist das ein unverzeihlicher Fehler?«

Sie lächelt.

»Nein, steht dir gut. Ich bin nur nicht daran gewöhnt.«

»Gewöhn dich nicht daran.«

Noch während ich die Wohnungstür schließe, dringt ihre Stimme zu mir.

»Erklärst du es mir heute Abend?«

Ich komme in die Klasse und brauche ein wenig, um sie hervorzuziehen. Mattia brummt verschlafen: Der Freitagmorgen ist fast so anstrengend wie der Montag. Zwei Schritte vor der Werkstatt fällt es ihm auf.

»Du hast ja eine Brille?«

Er ist überrascht und etwas fassungslos: Mir scheint, dass ich ihm ohne Brille besser gefallen habe.

»Erinnerst du dich? Wir haben schon mal darüber gesprochen. Jeder von uns hat irgendein Problem und lässt sich helfen. Die einen brauchen mehr Hilfe, die anderen weniger oder andere Hilfe. Ich brauche eine Brille.«

»Aber du hast sie nie auf!«

»Ich trage Kontaktlinsen. Das ändert nichts an meinem Problem.«

Jim.

Mattia lächelt, boshaft.

»So siehst du aber wie eine Streberin aus.«

Was für eine schöne Lebensweisheit, flüstert Biagini, *wir sind alle verschieden, alle ein wenig behindert, unsere Schwierigkeiten machen uns zu etwas Besonderem.*

»Nun, hat euch *Zanna Bianca* gefallen?«

Ich weiß nicht, wie es dir geht, aber für mich ist das beste an einer Behinderung, wenn ich sie am Morgen, bevor ich aus dem Haus gehe, überwinde, indem ich eine Brille aufsetze.

»Da heute der letzte Tag in der Werkstatt ist, können wir die Geschichte auf ein großes Blatt zeichnen, was haltet ihr davon?«

Idra beugt sich nach vorn, lässt die Stirn auf die Bank sinken und schläft ein.

»Das ist das neue Medikament«, erklärt mir die Kollegin und setzt das Mädchen wieder im Rollstuhl zurecht.

Alle Menschen sind verschieden, Brillenschlange. Aber einige sind verschiedener als andere.

Es kommen noch an die zehn Haltestellen, bis ich aussteigen muss. Der Bus hält an, nimmt neue Fahrgäste auf, fährt wieder los. Für den Fahrer eine sich täglich wiederholende Routine.

Ich nehme die Brille ab. Die Personen um mich herum verlieren ihre Gesichtszüge, werden zu verwachsenen Ungeheuern. Sie können einem Angst machen.

Ich setze die Brille wieder auf und erkenne Raffaele Correnti, den Physiklehrer aus dem Spezialisierungsseminar, auf dem Bürgersteig. Er ist dick geworden und hat etliche Haare verloren. Er trägt einen kleinen Koffer, hebt und senkt das Handgelenk, um auf seine Armbanduhr zu schauen, heftet den Blick auf den gelben Fahrplan.

Am Montag müssen wir mit der *Odyssee* beginnen.

»Guten Morgen«, sagt Meriem.

Durch einen Blick auf die Mädchen wird mir klar, dass eine Art Versammlung stattgefunden hat, es gab ein Vertrauensvotum.

Silvia gibt das Startzeichen für das morgendliche Prozedere mit dem Versprechen, nicht abzufragen. Der Frühling steht vor der Tür, und wir erwarten uns davon etwas Gutes, auch wenn es bis jetzt noch nicht zu sehen ist.

Die Schritte im Flur kündigen Andreas Ankunft an. Ich hole die illustrierte Ausgabe der *Odyssee* hervor, stecke die Begleitbögen hinein, warte auf ihn.

»Beginnen wir mit der Vorrede«, sagt Silvia. Lorenzo

liest die Anrufung der Muse vor, und wir hören ihm zu, bis er zum Ende kommt, die Missgeschicke des Odysseus aufzählt, darunter den Fluch, der über seine gottlosen Gefährten hereinbrach, die unheilvolle Heimkehr nach Ithaka.

Die Tür ist noch immer geschlossen, vom Flur kein Laut mehr zu vernehmen.

Ich nehme meine Tasche und gehe hinaus, verscheuche alle Vorahnungen.

Das Erste, was ich sehe, ist Riccardis Rucksack, der auf dem Fußboden liegt. Den Kopf gesenkt, steht Andrea vor der Wand und betastet sie mit der rechten Hand, als wolle er testen, wie kompakt, stark und unbeweglich sie ist.

Ganz langsam gehe ich ihm entgegen. Er hebt die andere Hand, führt sie auf Höhe der rechten. Dann springt er hoch, kommt mit den Fingerspitzen noch ein Stückchen höher und fällt auf den Boden zurück.

»Scheiße!«, brüllt er und versetzt der Wand einen Tritt.

»Hey«, begrüße ich ihn.

Im selben Moment taucht plötzlich Signora Maria am Ende des Flurs auf.

»Hey«, stößt er hervor, sucht seine Hände nach etwas ab, das er nicht findet. Er hebt den Fuß und presst die Schuhsohle gegen die Mauer, lässt sie bis zum Boden gleiten.

»Gehen wir in die Klasse? Wir haben heute noch Großes vor.«

Er folgt mir, stürzt sich auf seine Jacke und den Rucksack und reißt beides hoch.

»Was hast du denn da gemacht?«

Andrea antwortet nicht, erreicht die Tür, stößt sie mit beiden Händen auf, bleibt kurz stehen.

»Spiderman«, sagt er und rennt dann zu seinem Platz.

Ich drehe mich um und werfe der Hausmeisterin einen Blick zu. Sie ist noch da, die einzige Zeugin meines soeben erhaltenen Vertrauensbeweises.

14

Es muss eine Art American Diner sein. Den musikalischen Hintergrund bilden aktuelle Hits, die zu einem einzigen Stück zusammengeflickt wurden.

Ganz hinten sitzt Gianni allein an einem von diesen roten Plastiktischchen, die zum Sonntagsausflug in den Pinienwald mitgenommen werden. Er ist hier, weil ich ihn angerufen habe.

Ich muss ihn nur erreichen, und wir werden gemeinsam zurückkehren. Ich werde mich zu ihm setzen, seine Hand nehmen, ihn bitten, noch einmal von vorn anzufangen. Ich werde ihm von dem anderen erzählen.

Es wird unangenehm und peinlich sein, ich werde ihn fest an mich drücken müssen, damit er nicht weggeht. Er wird bleiben, weil er nachsichtig ist: Er wird mir Zeit lassen, damit ich meine restlichen Verpflichtungen erledigen kann, ehe wir zusammen nach Hause zurückkehren.

Ich bahne mir einen Weg zwischen den Leuten hindurch, die im Lokal umhergehen oder regungslos um die Tischchen herumstehen, sie umzingeln.

Gianni lächelt mir zu, und ich setze mich. Ich sage ihm nichts.

Nach einer endlosen Zeit kommt der andere und legt mir eine Hand auf die Schulter: Wir müssen gehen. Zu dritt steigen wir ins Auto, ich nehme auf dem Beifahrersitz Platz, der andere setzt sich ans Steuer. Gianni gefällt es nicht, dass er hinten sitzen muss.

Wir fahren los, und die Häuser huschen am Seitenfenster vorbei, stürzen eines nach dem anderen ein, werden zu einer Häusermarmelade, lösen sich auf. Die Autobahn ist nur ein formloses Grau.

Der andere fährt schnell und selbstsicher. Gianni sucht mich im Rückspiegel. »Wann steigen wir aus?«, fragt er.

Mein Glas Rum-Cola ist wieder randvoll. Befriedigt kommt Margherita vorbei, um ein paar Spritz für Tisch 5 vorzubereiten.

»Kinder ja, Alte nein: Es endet immer damit, dass sie dich betatschen.«

Im Geiste streiche ich den Stichpunkt *Altenhilfe* auf ihrem Lebenslauf durch, der sich zur Überarbeitung auf dem Desktop meines Laptops befindet.

»Ich könnte als Verkäuferin arbeiten.«

»Das ist anstrengend«, sage ich. Nicht, dass ich Erfahrung damit hätte.

»Ich weiß«, sagt sie.

Sie trägt die Getränke zum Tisch, scherzt ein wenig mit den Gästen, kehrt dann zum Tresen zurück, zu den Gläsern, die gespült und abgetrocknet werden müssen.

»Verkäuferin, Kellnerin, Sekretärin: In Pavia habe ich das alles gemacht.«

Sie stellt eine Ladung Biergläser in eine Reihe.

»Friseurin?«

»Für Hunde. Auch in Pavia«, sie zieht eine Grimasse. »Eine Scheiße. Hast du je mit einem Hund zu tun gehabt, der sich für was Besseres hält?«

Margherita übergibt das Tablett an Mauro, den zwanzigjährigen Kellner. Er ist neu, und jedes Mal, wenn er etwas zu tun hat, vergewissert er sich zuerst, dass Margherita in der Nähe ist. Jetzt überprüft sie die Anordnung der Gläser: Sie will keine Überraschungen erleben.

»Geh ruhig, du machst das sehr gut: Du hast noch keins zerbrochen.«

Er stößt einen Seufzer aus.

»Letzten Samstag hattest du um diese Zeit schon drei kaputtgemacht: Du hast dich schon erheblich verbessert.«

Mauro lächelt und entfernt sich durch die Menge, die freie Hand vorgestreckt, um das Tablett zu schützen.

»Keine Antwort vom Borgo?«

Sie schüttelt den Kopf. »Nichts, nicht mal von Filo d'Erba oder der Rete.«

Ich schaue zu, wie sie eine neue Flasche Rum öffnet.

»Vielleicht sollte ich eine eigene Einrichtung gründen.«

»Behinderte? Drogenabhängige?«

»Alkoholiker«, antwortet sie und erhöht abermals den Alkoholgehalt meines Cocktails.

Als ich ihr gerade großzügige Finanzmittel versprechen will, merke ich, wie sich ihr Gesichtsausdruck verändert.

Inmitten einer Gruppe von Personen, die plaudernd an der Tür stehen und darauf warten, dass ein Tisch frei wird, blickt Savarese zu uns herüber und hebt die Hand, wie um uns zu etwas Geduld zu ermahnen, er komme ja gleich.

»Guten Abend, die Damen.« Den Gentleman mimend, zieht er einen imaginären Hut, erklimmt sodann den Barhocker und konzentriert sich auf Margherita.

»Bewunderst du nicht mein außerordentliches Geschick, dich ausfindig zu machen?«

»Nein«, sagt sie, während sie Gin in ein paar Gläser gießt. »Wenn du mich gefunden hast, heißt das wohl, dass ich auf Google Maps verzeichnet bin?«

Savarese steckt es mit einem Lächeln weg und verzichtet auf eine Erwiderung.

»Außerdem musst du aufstehen, dieser Platz ist besetzt.«

»Ach ja?« Er dreht sich zu mir um, ohne die geringste Absicht, aufzustehen. »Bist du mit jemandem da?«

»Nein.«

»Doch«, sagt Margherita. »Es kommt noch irgendein Hübscher, mit dem man einen angenehmen Abend verbringen kann und womöglich eine noch angenehmere Nacht. Was jedoch nicht passieren wird, wenn du diesen Jemand davon abhältst, sich zu uns zu setzen.«

»Und dich beschleicht nicht vielleicht der Verdacht«, erwidert er mit gesenkter Stimme, »dass dies soeben passiert ist?«

Margherita macht ein verzweifeltes Gesicht. Sie nimmt das Tablett und winkt zum Tisch hinüber als Zeichen, dass sie gleich da ist.

»Schrei, wenn du Hilfe brauchst«, sagt sie zu mir und geht.

Savarese bemächtigt sich meiner Rum-Cola.

»Also, Mitbewohnerin, was gibt's Neues?«

Kaum hatte ich das Klassenzimmer betreten, merkte ich, dass irgendwas nicht stimmte.

»Guten Morgen, Andrea.«

Er antwortete nicht.

»Alles in Ordnung, Riccardi?«, fragte Miranda vom Pult her.

Er raufte sich die Haare.

»Mund halten!«

Die Mitschüler erstarrten: die Münder geschlossen, die Hände auf den Bänken.

»Ok«, sagte ich. »Komm, setz dich.«

Riccardi zuckte mit den Schultern, warf sich dann auf den Stuhl, stützte die Ellenbogen auf die Bank, presste sich die Fäuste an die Ohren.

Wie einen Glücksbringer zog ich sogleich das Lesebuch aus der Tasche.

»Andrea, das hier wird dir gefallen: Es ist die Geschichte von einem Monster, einem Riesen.«

Er hörte mir nicht zu, ballte die Fäuste noch fester zusammen.

Ich trat einen Schritt zurück, damit er genug Platz hatte.

Miranda hörte auf, an die Tafel zu schreiben, erwartete von mir, dass ich mich beeilte.

»Komm, Andrea. Lass uns mal kurz rausgehen.«

Er tastete nach meiner Hand, drückte sie.

»Und der Leguan?«

Hinter mir hörte ich Miranda stöhnen.

»Komm, wir gehen raus.«

Andrea ließ meine Hand los, versuchte, mich wegzustoßen.

»Der Leguan?«

»Der Leguan ist drüben. Warum?«

Er stand auf und rannte zur Tür.

»Warte, Riccardi, warte!«

Ich rechnete damit, dass er sich ins Förderbüro stürzen würde, aber er stand vor der Tür zu den Toiletten, drückte die Handflächen dagegen. Wie üblich versuchte er, an der Wand hochzuklettern, fiel zurück auf den Boden.

»Verdammt!«, schrie er.

Ich hatte ihn eingeholt.

»Andrea.«

Riccardi bückte sich, breitete die Arme an der Wand aus, ließ den Kopf hängen.

Ich streckte eine Hand aus, legte sie neben seine.

»Es ist nicht deine Schuld. Das schafft niemand. Es liegt an der Mauer. Siehst du? Sie ist glatt.«

Er schwieg.

Allmählich spürte ich meinen erhobenen Arm schwer werden, die Wand wurde von Minute zu Minute glatter, um sich zu rächen. Spiderman ist schuld daran, Andrea. Du siehst ihn zwischen den Hochhäusern herumturnen und meinst, das sei ganz leicht, ganz normal. Aber er hat seine Spinnennetze, deshalb gelingt ihm das. Wir aber haben nichts.

Einige Kollegen tauchten im Gang auf, sahen uns so stehen: Zwei Verrückte, die eine Wand stützen, sie am Einstürzen hindern wollen oder versuchen, sie einzureißen, und es nicht schaffen.

»Eigentlich nichts. Und bei dir?«

Savarese zuckt mit den Schultern.

»Das Übliche: Arbeit, Frauen. Vor allem Frauen.«

»Verstehe.«

Jedes Mal, wenn er lächelt, entstehen um seinen Mund

 herum ganz feine Linien. Selbst wenn er mal auf die sechzig zugeht, wird er immer noch gut aussehen.

»Ich jedenfalls habe dir nicht gesagt, dass sie hier arbeitet.«

Nun ergreift er endgültig von meinem Glas Besitz.

»Das war auch nicht nötig: Ich kann schließlich Gedanken lesen«, erwidert er mit prüfendem Blick auf das, was von meinem Getränk noch übrig geblieben ist. »Und ich kam hier zufällig mit ein paar Leuten vorbei.«

Er zeigt mir die Gruppe, die gerade an dem Tisch im hinteren Bereich des Lokals Platz genommen hat. Dann schaut er mich an, als wolle er von mir eine Röntgenaufnahme machen.

»Hast du einen festen Freund?«

Seit drei Jahren.

»Nein.«

Seit drei Jahren, beharrt Biagini.

Diese Sache mit dem Mentor entgleitet mir allmählich.

»Was ist aus ihm geworden?«

»Aus wem? Gianni?«

»Sieh mal an, es gibt also doch jemanden«, grinst Savarese. »Er heißt Gianni.«

Er hat dich reingelegt, sagt Biagini. *Du musst nicht den Schlaumeier spielen.*

»Und besteht irgendeine Möglichkeit, dass dieser Gianni plötzlich hier auftaucht, um mich zu verprügeln und den Barhocker für sich zu reklamieren?«

Ich denke wieder an das rote Tischchen, an die Plastikstühle.

»Nein.«

»Gut«, sagt er. »Denn jetzt genehmigen wir uns noch einen leicht verdünnten Hochprozentigen und setzen uns zu den anderen. Eine halbe Stunde, und einer meiner Reptilienfreunde wird versuchen, dich in seine Wohnung mitzunehmen.«

Er steht auf, fängt Marco ab und bestellt bei ihm zwei Rum-Cola.

»Um ihm zu gefallen, solltest du aussehen, als würdest du ihn sofort ranlassen. Wenn ich also über dich herfalle, lass mich nur machen: Dadurch wirst du für ihn unwiderstehlich.«

»Danke für die Aufmerksamkeit, aber ich bin eigentlich schon am Gehen.« Ich suche Marco in der Menge. Er ist verschwunden.

Savarese bezahlt, bevor ich ihn daran hindern kann. Er nimmt meine Hand, führt mich durch die Menge, die sich öffnet, um uns durchzulassen, und sich hinter uns wieder schließt.

»Meine Herren, ich habe ein neues Opfer mitgebracht.«

Um den Tisch herum sitzen etwa zehn Personen. Die meisten über dreißig. Männer mit gepflegtem Voll- oder Spitzbart, sportlichen Jacken, teuren Schuhen. Einige tragen Brillen, schwarze, mit dicken Fassungen im Vintage-Stil.

Savareses Hand findet genau die richtige Stelle auf meinem Rücken und bleibt dort liegen.

»Zu deiner Linken Livio, der Zahnarzt, Sohn von … Er wartet auf den Tod des Vaters, um eine seit zwanzig Jahren existierende Praxis Konkurs gehen zu lassen.«

Livio erhebt sein Glas. Er regt sich nicht darüber auf.

»Vor dir Manuel, der Blonde. Was macht Manuel genau? Was machst du eigentlich, Manuel?«

Die anderen lachen.

»Leck mich am Arsch«, sagt Manuel lächelnd.

Seine Hand liegt immer noch unverändert da.

»Ok, sagen wir also, Manuel studiert. Noch ungefähr zehn Jahre und promoviert dann irgendwann mal.«

Der Blonde bewegt kaum die Lippen, um sich zu wiederholen.

»Marco und Gabriele hingegen haben mit mir das Studium abgeschlossen. Sie haben einen Pakt geschlossen: Am Ende des Referendariats soll derjenige, der übernommen wird, den anderen umbringen, ohne ihn leiden zu lassen.« Er nähert sich meinem Ohr, meiner Wange. »Aber ich wette, das Gegenteil wird der Fall sein.«

Savareses Freunde rücken auf der Sitzbank zusammen, um uns Platz zu machen.

»Und die Damen dort hinten sind Angela, Tina und Daniela, die uns im Lauf der Jahre zum Opfer gefallen sind. Im Allgemeinen braucht man sich ihnen nur zu nähern, während sie allein und schutzlos am Tresen eines Pubs sitzen, und sie an unseren Tisch zu bitten, das war's dann. Wir machen keine Gefangenen.«

Die jungen Frauen nicken mir zu und lächeln ihn an. Ich bin eine von ihnen.

»Vorwärts, auch die Lehrerin.«

Nicht mal im Traum!

Ich hatte meine Aufgaben bereits erledigt: Ich war vor Dienstbeginn da, hatte das Klassenbuch unterschrieben, die Schüler aufgerufen.

Dip und Rita. Anwesend.

Sid. Verschlafen und gelangweilt. Anwesend.

Mattia, verärgert, die Hände in den Hosentaschen vergraben. Anwesend.

Alle standen wir startklar vor dem Kleinbus und warteten nur noch auf Riccardi und die Belcari.

»Wir können losfahren«, sagte sie und setzte sich nach vorn.

Andrea vertrieb sich die Hälfte der Fahrtzeit damit, gegen die Wagentür zu trommeln.

Der Kleinbus brachte uns die Hügel hinauf, bahnte sich auf dem unbefestigten, vom jüngsten Regen matschigen Pfad einen Weg durch das Wäldchen. Vor sechzig Jahren waren über dieses Stückchen Erde zwanzigjährige Partisanen gekrochen, die unter Hunger und Kälte gelitten und versucht hatten zu töten, ohne selbst getötet zu werden, in der Hoffnung, etwas zu bewirken.

»Ist es das da?«, fragte Mattia.

Der Bretterzaun umgrenzte ein Rechteck, das von den Ställen bis zu einer kleinen Hütte mit Eisentür reichte.

»Ja, das ist es.«

Einer nach dem anderen stieg aus, passte seinen durch eine Behinderung beinträchtigten oder einfach nur unbeholfenen Gang den Unebenheiten der Straße an.

Andrea klammerte sich mit aller Kraft an den Armlehnen des Sitzes fest.

Die Belcari gab mir ein Zeichen, mit den anderen vorauszugehen.

»Wir holen euch schon ein.«

Am Eingang der Reitbahn tauchte ein Mann mit graumelierten Haaren in Gummistiefeln auf, dem eine Zigarette im Mundwinkel hing.

»Wir sind die Gruppe vom Bernini-Gymnasium.«

»Gaglio«, stellte er sich vor und warf die Zigarette weg.

Er hielt uns das Gatter auf, führte uns zu den Ställen.

»Lorenzo! Hol die Herrschaften raus!«

Ein junger Mann mit Bürstenhaarschnitt trat hervor und zog ein Pferd mit einem riesigen grauen Kopf hinter sich her.

»Also«, sagte Gaglio, »wer will jetzt unsere Pferde füttern?«

»Ich! Ich!«

Auf Nahrungssuche die feuchten Mäuler vorstreckend, fanden Principessa und ihre Gefährten die Handflächen der Kinder, leckten darüber und klauten sich dabei das entzweigebrochene Johannisbrot, das sie sogleich mit den Zähnen zermahlten.

Mattia fütterte Lloyd und Newton. Er verteilte Johannisbrot an die Mitschüler, zeigte ihnen, wie man die geöffnete Hand unter das Maul des Pferdes hielt.

Die Hügel ringsumher schlossen uns ein und schützten uns. Am Ende der Straße, etwas höher gelegen, beobachtete uns eine gelbe Villa, ohne dass wir es merkten.

»Vorwärts, jetzt auch die Lehrerin«, sagte Gaglio.

»Ja!«, riefen die Kinder.

Principessa öffnete das Maul, um das Johannisbrot auf Ritas ausgestreckter Hand mit den Zähnen zu packen, und ließ die dicke Zunge darübergleiten.

»Nein, danke. Macht ihr nur mal weiter.«

»Es ist nichts mehr da«, sagte Mattia und schüttelte den Futtersack.

»Entschuldigt, Leute, ich muss jetzt gehen. Morgen ist Schule.«

Savarese hält meine Hand auf dem Tisch fest.

»Bleib«, sagt er. »Ich habe ja gerade erst angefangen.«

»Deswegen geht sie ja«, mischt sich Manuel ein.

Savarese beachtet ihn nicht.

»Und außerdem, was soll denn diese Ausrede? ›Morgen ist Schule‹ war schon mit achtzehn keine Entschuldigung mehr.«

Ich will meine Hand wegziehen, tue es dann aber doch nicht.

»Für mich gilt das nach wie vor. Es gilt immer.«

Das ist nicht gesagt, murmelt Biagini. *Dieses Jahr hat es geklappt. Nächstes Jahr, wer weiß.*

»Du bist Lehrerin?«, fragt Manuel.

»Gymnasiallehrerin«, antwortet Savarese. »Besser, du bringst sie nicht auf die Palme.«

»Was unterrichtest du?«

Ich denke kurz nach.

»Italienisch und Latein.«

»Meine Lateinlehrerin war schon bei der Einigung Italiens dabei«, sagt Livio. »Wir hatten wirklich Angst, dass sie irgendwann in der Klasse tot umfällt.«

Savarese macht den hinter ihm vorbeigehenden Mauro auf sich aufmerksam und bestellt noch mal zwei Cocktails.

»Gut möglich, dass ihr das auch demnächst passiert«, sagt er. »Sie hat nämlich einen durchgeknallten Schüler.«

Alle starren mich an. Ich bemühe mich zu lächeln.

»Dieses Jahr arbeite ich vertretungsweise als Inklusionslehrerin. Ich habe einen sehr schwierigen Fall.«

Die Tischgesellschaft gerät kurz ins Schleudern. Ich kneife die Augen zusammen, und alles ist wieder an Ort und Stelle: Nasen, Augen, Münder.

»In meiner Klasse in der Mittelstufe gab es auch einen komischen Typen«, sagt Marco oder Gabriele, einer der beiden. Marco. »Er aß Fliegen. Aber er belästigte niemanden.«

»Und du ihn?«, fragt Savarese.

Marco blickt ihn abschätzig an.

»Auch ich würde gerne als Lehrerin arbeiten«, sagt eine der jungen Frauen. »Mit kleinen Kindern vor allem.«

Savarese bezahlt auch mein drittes Glas. Ich bitte ihn, das sein zu lassen. »Ich habe immer davon geträumt, Lehrer zu werden«, antwortet er mir.

Jetzt fallen die Freunde mit Spott und Hohn über ihn her.

»Im Ernst. Rechtswissenschaft. Pädagogische Hochschule. Letztes Studienjahr.«

»Diese Hochschulen gibt es gar nicht mehr. Und ich bin mir nicht sicher, ob am Pädagogischen Gymnasium Rechtswissenschaft gelehrt wird.«

Savarese hält mir die Hand vor den Mund.

»Wie alt sind Sie eigentlich? Aber Sie wissen doch, dass Sie ein gutaussehender Mann sind? Sind Sie wirklich sicher, dass wir am Ende des Jahres nicht doch auf eine sechs kommen?«

Ich warte, bis die anderen aufhören zu kichern.

»Mir scheint, du ahmst unheimlich gern Frauenstimmen nach, Savarese.«

»Das ist meine einzige Leidenschaft«, gibt er zu, ohne mit der Wimper zu zucken.

Es ist schon Mitternacht. Mein Glas ist halb leer.

Ich hole Luft und schöpfe Mut. Wenn ich die Augen schließe, schwingt das Dunkel unablässig hin und her.

»Bleib«, kommt mir Savarese zuvor und legt wieder die Hand auf meinen Arm.

»Aber sind Sie sicher?«

Gaglio brach in Gelächter aus.

»Glauben Sie mir, die stehen alle mit einem Bein im Grab. Sie sind gar nicht imstande, jemandem etwas zuleide zu tun.«

Er gab einem der Tiere einen Klaps auf den Rücken. Die Pferde scharrten ein wenig mit den Hufen und schwenkten die verschmutzten Schweife.

»Wer will zuerst?«

Dip rannte herbei, um sich den schwarzen Reithelm aufzusetzen, wobei er ihn erst zweimal hin und her drehen musste, bevor er richtig saß. Rita überließ es Lorenzo, dafür zu sorgen.

Sid hielt sich am Pfosten des Gatters fest. Gaglio ging, den Helm in den Händen, zu ihm hin.

»Sie tun dir nichts, komm.«

Sid umklammerte den Pfosten mit den Fingern, würgte ihn und ließ flehende Blicke umherwandern.

»Lassen Sie ihn in Ruhe«, sagte ich. Ich nahm ihm den Helm weg, entwaffnete ihn.

»Mattia, komm, steig du auf.«

Von der morschen Holzbank aus beäugte Mattia den alten Lloyd. Ich reichte ihm den Helm und schaute zu, wie er sich dem Trittsteig näherte, Lorenzos Hilfe ablehnte, sich breitbeinig auf den Rücken des Pferdes setzte und, die Hände fest um die Zügel geklammert, mit den Füßen die Steigbügel suchte.

»Alle bereit?«

Gaglio schwang sich auf ein Pferd und gab das Startzeichen zum Rundritt. »Spürt ihr die Muskeln der Pferde? Probiert mal, die Zügel anzuheben, und ihr werdet sehen, dass sie stehen bleiben.«

Eine ganze Runde, die zweite, dann die dritte: Gaglio ließ die Zügel sinken.

Herrenlos, richtungslos, verweilten Ross und Reiter unbeweglich in der Mitte der Koppel. Lloyd machte einige Schritte, bevor Mattia sich des freien Raums zwischen sich und den Palisaden bewusst wurde.

»Reite, wohin du willst«, sagte Gaglio. »Du bist frei.«

Beim ersten Klingeln des Handys springt Savarese vom Stuhl hoch. Wir werden ihn nicht wiedersehen, das weiß ich.

»Lehrerin also«, sagt Livio. Seine Stimme ist leise, verliert sich zwischen all den anderen, und ich habe Mühe, sie aus dem Gewirr herauszuhören, zu entschlüsseln, was er von mir will.

Er redet und glaubt, dass ich zuhöre, nur weil ich den Kopf im Rhythmus seiner Lippen bewege. Savarese ist hinten bei Margherita, ist in Sicherheit.

»Meine Ex hat Kunst unterrichtet. Bei den Salesianern.«

Er spricht nicht weiter. Jetzt bin ich dran.

»Die Salesianer können einem ganz schön auf den Sack gehen.« Ich bin es, die das sagt, weil er es bestimmt nicht gesagt hat. Ich entsinne mich, dass die Salesianer Priester sind. Kirche. Gott.

»Entschuldige«, stelle ich richtig, »aber die privaten Schulen nerven mich wirklich.«

Livio hat im Moment zwei Köpfe und schüttelt sie alle beide. Ich trinke, um zumindest einen davon zu löschen.

»Die Schule ist öffentlich, bekenntnisneutral, selbstständig …«

Ich versuche mich zu erinnern und schaffe es nicht. Wie war die Schule noch gleich?

Er schaut mich an, als wäre ich auf Kanal 5, um von meiner Vergewaltigung zu erzählen.

»Ist nicht wichtig«, sage ich.

Unabhängig, flüstert mir Biagini ein, aber ich höre nicht auf ihn.

Eine Stimme am Ende der Tafelrunde versucht, zu mir durchzudringen.

»Also bist du deshalb nach Turin gezogen? Wegen der Schule?«

Weswegen sonst?, denke ich. Warum sollte jemand sonst nach Turin ziehen?

»Eigentlich habe ich mich nur an die Tradition gehalten: weggehen, um zu arbeiten.«

Livio lächelt mir gegenüber und verschränkt die Arme.

»Sag bloß. Mit dem berühmten Koffer aus Pappe?«

»Und der Schnur«, entgegne ich. »Kilometerweise Schnur. Es war ein sehr großer Koffer.«

Er lacht.

»Groß genug für die Hühner, den Schinken, den Mozzarella.«

Ich nicke mit dem Kopf.

»Und den wattierten Mantel. Der nimmt eine Menge Platz weg.«

»Klar«, pflichtet er mir bei. »Ich hoffe, du hast den Kalpak nicht vergessen.«

»Du machst wohl Witze. Wir sind zwei Schritte von Russland entfernt: Der Kalpak ist unverzichtbar.«

Die anderen sind nun mucksmäuschenstill, um uns zuzuhören.

»Kalpak? Darf man wissen, wovon ihr redet?«

»Von einer Invasion«, antwortet Livio, bevor ich antworten kann.

»Angefangen haben die Piemonteser, wenn ich mich nicht irre«, bemerke ich. Alle außer ihm lachen.

»Und ihr tut uns den Gefallen nun schon seit einhundertfünfzig Jahren. Seit der Einheit ist der Norden ein wahres Eroberungsgebiet.« Er überlässt es mir, seinen ernsten Tonfall zu deuten, den Blick, der mit erhobener Augenbraue über meiner Schulter in der Luft hängt, wie um mich aufzufordern, nun antworte doch.

»In meiner Examensarbeit ging es um die neuen Migrationsströme.«

Das sagt Tina. Oder Angela. Oder die andere, wer weiß.

»Mit den letzten EU-Beitritten ist es zu einer beängstigenden Einwanderung von Leuten aus dem Osten gekommen. Sogar Turin ist nicht mehr das, was es vor zehn Jahren war. Es hat sich verändert. Es ist multikulturell.« Sie ist überzeugt, etwas gesagt zu haben, was mich betrifft. Und was mich rechtfertigt.

»Diese Immigranten interessieren uns nicht«, tut Livio

sie ab. »Gefährlich sind die Landräuber aus dem Süden: Sie haben es auf unsere Arbeitsplätze abgesehen.«

»Und auf eure Frauen?«, kichere ich hämisch. Ich stelle mir eine Invasion von Totò und Peppino vor. Das waren nicht nur zwei: Sie bildeten nur die Vorhut.

Livio lehnt sich zurück. Er umfasst sein Glas mit beiden Händen, als wäre es der Hals einer Person.

»Welche Aussicht hat denn ein gebildeter Immigrant, in Italien einen Job zu finden, der seiner Ausbildung entspricht? Kaum eine. Keine.«

Er schüttelt den Kopf: Er hat Recht, es ist schrecklich.

»Und dann nimm einen aus dem Süden, der einen Hochschulabschluss oder irgendeine Qualifikation hat und nach Turin geht. Egal, wie ignorant oder unfähig er ist, er wird an eine Schule kommen oder einen Posten in der Wirtschaft finden und somit de facto diejenigen bescheißen, die hier schon ihr Leben lang arbeiten.«

»Natürlich ohne irgendeine Qualifikation«, sage ich.

Livio hört gar nicht zu.

»Es kann so nicht weitergehen: Wir müssen uns wehren.« Er hebt beschwichtigend die Hand in meine Richtung.

»Sei jetzt bloß nicht beleidigt. Ich rede ja nicht von dir, aber hier kommen die unfähigsten Leute an. Wir wissen alle, wie es bei euch zugeht.«

Er macht eine ausladende Handbewegung, die mich und alle Leute, die ich kenne und liebe, einschließt.

»Glaub mir, man muss schon ein gewisses Niveau erreichen, um als zivilisiert zu gelten. Und der Süden erreicht das sicher nicht.«

Er hält sich die flache Hand an die Gurgel und lässt sie dort schweben, sodass ich darauf starren muss. Ohne es zu wissen, deutet er damit eigentlich den Wasserstand an. Unter seiner Hand ertrinken meine Eltern, mein Bruder, Gianni, Anna, alle, die südlich der Poebene geboren wurden und aufgewachsen sind. In dem Land, das die Römer Italien nannten.

»Ich nehme zurück, was ich an Weihnachten gesagt habe«, flüstert mir Massimiliano zu, indem er sich vom Nebentisch herüberbeugt. »Wir sind anthropologisch verschieden. Du hättest dich nie über Rom hinauswagen sollen: Im Norden bist du zur Einsamkeit verurteilt.«

»Nicht alle sind so«, erwidere ich mit gesenkter Stimme, damit Livio und auch sonst niemand mich hört.

»Wer nicht, dieser Savarese etwa? Willst du mich auf den Arm nehmen?«

Ich schweige, weil es ja nur meine Vorstellung ist. Und außerdem sitzt er, neunhundert Kilometer entfernt, vor einer Live-Übertragung des Spiels von SC Neapel: Ich muss ihm wirklich nicht antworten.

»Ok, lass mich das verstehen: Wie kommt es, dass wir beide nie miteinander gevögelt haben, wohingegen du es dir mit dem da vorstellen könntest?«

»Sei still.«

Es ist typisch für Massimiliano, Dinge durcheinanderzubringen, die nichts miteinander zu tun haben, vor allem, wenn ich es bin, die ihn zum Reden bringt.

Ich reibe mir die Augen. Sie sind geschminkt. Macht nichts.

Livio lacht über etwas, das sie zu ihm gesagt haben, dann zwinkert er einem der Mädchen zu.

»Wir sollten die da bei lebendigem Leibe verspeisen«, sagt Massimiliano. Jetzt würde ich ihn gern umarmen. Zu wissen, was er sagen würde, genügt nicht: Mir fehlt der Körperkontakt.

»Was ist los? Bist du jetzt beleidigt?«

Ich spüre Livios Hand auf der meinen, ein leichtes Streicheln, bevor sie sich zurückzieht.

Warum ist dieser Stuhl leer? Wo ist Gianni hingegangen?«

»Ich habe nachgedacht«, sage ich.

»Worüber?« Während er auf eine Antwort wartet, führt er sein Glas zum Mund, trinkt, ohne zu ertrinken.

»Öffentlich, bekenntnisneutral, unabhängig, kostenlos und gewaltfrei«, rezitiere ich. »Ansonsten ist es keine Schule.« Ich lächle: Noch habe ich es nicht vergessen.

»Habt ihr mich vermisst?« Savarese nimmt sich Giannis Stuhl. Es ist so ungerecht.

Der Fahrer stand unter einem Baum, rauchte eine Zigarette. Gegen die Motorhaube gelehnt, wandte Grazia in enger Winterjacke dem Kleinbus den Rücken zu.

»Er will nicht aussteigen«, sagte sie einfach nur, als sie mich sah. Sie kam mir blasser vor als sonst, statt der Stirnfalte zogen sich viele kleine Krähenfüße um ihre Augen.

»Geht's dir gut?«

Sie gab mir keine Antwort.

Ich suchte in der Tasche nach dem Buch. Jetzt schleppe ich es ständig mit mir herum.

»Andrea.« Ich hielt ihm die *Odyssee* an die Fensterscheibe. Das stürmische Meer bedroht das Schiff des Odysseus: Die Männer an Bord rufen zur Insel hinüber, die zu erreichen ein Gott sie hindert, sie sind verflucht; Odysseus schickt sich an zu schwimmen.

Riccardi wollte nach dem Buch greifen, trommelte mit den Händen gegen die Scheibe, ließ sie dann sinken.

Ich trat einen Schritt zurück.

»Nein, mein Lieber, du musst schon aussteigen.«

Er brüllte, öffnete die Wagentür und kam heraus, um mir das Buch aus der Hand zu reißen. Er suchte eine bestimmte Seite, fand sie, hielt sie mir unter die Augen.

»Polyphem, ja. Das ist er.«

»Er ist ein Riese, oder?«

»Ein Zyklop.«

Andrea blätterte weiter, dann wieder zurück, aus Lust daran, ihn vor der Grotte auftauchen zu sehen.

»Ein Zyklop.«

Als er fertig war, nahm ich ihm das Buch wieder ab.

»Gehen wir, komm. Hier in der Nähe gibt es riesige Pferde, die du sehen musst.«

»Riesen?«

Alles fing an, außer Rand und Band zu geraten: die Arme, die Schultern, der Kopf.

»Lauf.«

Wir gingen durch den Matsch der Reitbahn. Nach einer Weile kam Grazia uns nach.

»Du bist betrunken«, sagt Savarese. »Das wurde aber auch Zeit.«

In meinem Glas ist noch etwas Cola. Der Rum hingegen, scheint mir, hat sich verflüchtigt.

»Das stimmt nicht.«

»Na warte, das haben wir gleich.«

Er hebt die Hand, um Mauro zu rufen, ich sehe mich gezwungen, seinen Arm herunterzuziehen und ihn auf dem Tisch festzuhalten.

»Hör auf damit: Ich bin betrunken.«

»Das sehe ich. Du kannst einem wirklich leidtun. Was ist deine Grenze? Zwei Mon Chéri?«

Ich verpasse ihm einen Schlag, er fängt meine Hand ab, drückt sie.

»Nur gut, dass ich noch klar im Kopf bin und über deine Unschuld wachen kann.«

Diesmal mache ich mich sofort von ihm los.

»Erzähl doch keinen Mist! Ich habe dich noch nie klar im Kopf erlebt.«

Ich merke, dass Livio uns beobachtet: Solche Szenen kennt er bereits.

»Dein Freund da ist für die Lega Nord«, sage ich.

Livio schneidet mir eine Grimasse.

»Aber nein.«

Das lässt sich Savarese nicht entgehen.

»Für die Lega? Heißt das, dass du dich gemäßigt hast?« Er streckt einen Arm auf der Rückenlehne meines Stuhls aus. »Vorsicht, um eins geht er zum Angriff über.«

»Geh mir nicht auf den Sack, Savarese. Ich hab immer ...«

»Links gewählt, ich weiß. Und schlecht daran getan.« Nun ist der Arm von der Lehne geglitten und liegt auf meinen Schultern. »Wir öffnen die Grenzen, und das kommt dabei heraus.«

»Es gibt doch keine Grenze zwischen dem Norden und dem Süden.«

»Und ob. Zu entscheiden ist nur noch, auf welcher Höhe sie verläuft.«

Alles scheint sich um mich zu drehen. Nur dieser Tisch rührt sich nicht von der Stelle, ist der Fixpunkt des Lokals, der Stadt, der Erde. Es muss so sein. Es ist nicht die Zeit, die sich nach vorne bewegt, Dinge und Menschen mit sich reißt und verschleißt, es ist der Raum. Sich im Raum zu bewegen heißt fallen, altern, sterben.

Ich halte mich am Rand des Tisches fest.

Savarese lässt eine Hand über meinen Rücken gleiten.

»Woran denkst du gerade?«

Andrea klammerte sich an die Palisadenwand und schrie jedes Mal, wenn die Pferde an ihm vorbeitrotteten. Gaglio lenkte Newton zu ihm, sodass dessen Maul in Andreas Reichweite kam.

»Komm, fass es mal an.«

Andrea machte einen Satz rückwärts, streckte dann die Hand ein paarmal aus und zog sie wieder zurück, bevor er sie zwischen die kleinen Augen des Tieres legte.

Hinter ihm bewegten sich einige Grüppchen vom gelben Haus den Abhang des Hügels herunter. Eine Viertelstunde später waren sie bei uns angelangt: zumeist Männer mittleren Alters. Und dann eine Frau mit Krücken und eine andere im Rollstuhl. Zwei mit Down-Syndrom, die Grazia höflich um Erlaubnis baten, sich neben sie auf die Bank setzen zu dürfen. Sie beobachteten die Jungen auf den Pferden, riefen ihnen zu, sich gut festzuhalten.

Grazia kam zu mir.

»Lass uns aufbrechen, das Durcheinander ist zu groß.«

»Ok. Trommeln wir die Gruppe zusammen.«

Wir zählten die drei auf den Pferden, Sid, inmitten einiger Damen, die ihm die Haare streichelten. Ein geistig zurückgebliebener junger Mann ahmte Andreas Geschaukel nach. Riccardi kümmerte sich nicht darum.

Aus dem gelben Haus trafen nun die Nachzügler ein, jene Behinderte, die sich am langsamsten fortbewegten. Ab und zu drehte Gaglio sich um, schaute zu ihnen hin und winkte.

»Sie kommen alle von dort«, erklärte er mir. »Therapeutische Wohngemeinschaft und Reitbahn gehören zusammen.« Mit dem Kinn deutete er auf Lorenzo, der Principessa an der Palisadenwand festband.

Ich blickte mich um.

Gaglio, die Belcari und ich. Und damit basta.

Ich blieb noch ein Weilchen stehen, starrte auf Lorenzo, sein Gesicht, seinen Gang.

Ich hatte ihn nicht verstanden.

»Ich denke an Pferde.«

Savarese sieht mich merkwürdig an. »Denkst du oft an Pferde?«

Ich lache und antworte nicht darauf.

»Als ich klein war, bin ich geritten.«

Ich erwarte die übliche dumme Bemerkung.

»Meine Mutter hat mich immer hingebracht: eine Viertelstunde hin und eine Viertelstunde zurück und das ganze Reden zwischendurch.«

Ich denke an die Autofahrten zur Schule, mein Vater am Lenkrad und ich, die versuchte, ein Wort aus ihm herauszubekommen. Es war alles vergebens. Der Verkehr am frühen Morgen bedrängte ihn von allen Seiten. Er wurde rechts überholt, in Gegenrichtung angefahren, ständig in Atem gehalten. Ab und zu konnte er schnell etwas hinmurmeln, um mir zuzustimmen oder auch nicht. Alles Übrige nahm sich die Straße.

»Deine Mutter ist nett.«

»Ganz und gar nicht; sie ist Satan. Jener Gang zum Reitstall war die wöchentliche Umerziehungsstunde: ihr verzweifelter Plan, zu verhindern, dass ich wie mein Vater werde.«

»Und, hat es funktioniert?«

»Nein.«

Seit einer Woche habe ich meine Mutter nicht mehr angerufen. Sie könnte tot sein.

»Eines habe ich heute in der Schule gelernt.«

»Heute ist Samstag.«

Ich lege ihm die Hand auf den Mund: Man fällt einem Betrunkenen nicht ins Wort.

»Freitag. Ich habe es am Freitag gelernt.«

»Lass hören.«

Ich versuche, mich zu erinnern, aber es ist schwierig. Da waren Pferde. Und Behinderte. Alle hatten eine Behinderung, bis auf mich und einige andere. Um eins mussten wir in der Schule sein, also nahmen wir die Rucksäcke und Jacken, um wieder zum Kleinbus zu gehen.

Aber zuerst zogen diese anderen Behinderten Äpfel für die Pferde hervor, für Lloyd und zwei seiner Gefährten.

Ich habe Johannisbrot, sagte Mattia. Er holte es aus der Tasche.

Gaglio führte das Pferd herbei. Heute ist dein Glückstag, Lloyd.

Mattia jedoch drehte sich zu mir um.

Und du?

Nein, nein, ich denke nicht dran.

Doch, doch, du auch.

Mattia ergriff meine Hand, öffnete sie, so.

Es ist ganz leicht, sagte er.

»Also?« Savarese sieht mich an und bewegt sich nicht. Ich bin es, die ins Schleudern gerät.

»Sie sind überall. Sie sind mitten unter uns«, flüstere ich.

»Die Außerirdischen?«

»Die Behinderten.«

Er beginnt, höhnisch zu lachen, und ich ahme ihn nach, und daraus wird ein so lautes Gelächter, dass die anderen am Tisch vor Neugier verstummen, weil auch sie so herzlich lachen möchten und es auch könnten, wenn wir nur einen Moment lang aufhören würden, um ihnen zu erklären, wie man es macht. Aber uns ist das egal. Wir sind eben sehr schlecht erzogen.

Zehn Minuten später ziehen wir unsere Jacken an und gehen. Margherita winkt mir vom Tresen aus zu.

Als wir draußen im Kreis stehen, um die letzte Zigarette zu rauchen, frage ich mich, wie viele Namen mir nach dem Aufwachen wohl noch einfallen werden.

Savarese unterhält sich mit dem Blonden. Er rät ihm, eine bestimmte Sache ganz oder gar nicht zu tun.

Ich habe meine Zigarette fast zu Ende geraucht, da kommt einer von ihnen auf mich zu. Marco oder Gabriele.

»Latein und Italienisch also?«

»Ja.«

Marco.

»Dann das Referendariat, die Fachlehrerausbildung.«

Er wirft seine Zigarette weg, lächelt mich an.

»Diese ganze Prozedur und am Ende arbeitest du dann als Krankenpflegerin für Behinderte.«

Ich warte, bis sich das Kondensat, das ihm aus dem Mund quillt, in der Luft verflüchtigt, dann gehe ich an ihm vorbei zu Savarese, packe ihn am Arm.

»Ich will jetzt nach Hause.«

»Warte, bleib stehen.«

Ich musste ihn im Flur mit beiden Händen festhalten.

»Setz dich, deine Mutter ist gleich da.«

Andrea schwankte erst eine Weile im Kreis herum, ehe er sich auf die Bank vor dem Direktorat setzte.

»Haben dir die Pferde gefallen?«

Riccardi schaukelte immer noch vor und zurück.

»Sie machen mir Angst, die Pferde. Dreckskerle.«

»Mir auch ein bisschen«, sagte ich. Die Holzbank fing an zu ächzen.

»Ich zeig dir was.«

Ich zog das Geschichtsbuch aus der Tasche. In meiner verzerrten Darstellung ist Alexander der Große kein unversöhnlicher Krieger mehr, sondern zu einem Pferdeflüsterer geworden.

Aufmerksam betrachtete Riccardi die Abbildung, auf

der Bucefalo die Hufe hochreißt, um Alexander abzuwerfen und ihn totzutrampeln.

»Er wusste, dass er dem Pferd zuerst gut zureden musste. Er hat ihm allerlei ins Ohr geflüstert und sich dann auf seinen Rücken geschwungen.«

»Was hat er ihm ins Ohr geflüstert?«

»Das weiß niemand: Es ist ein Geheimnis zwischen ihm und Bucefalo. Das Einzige, was wir wissen, ist, dass sie danach ganz dicke Freunde wurden und Alexander keine Angst mehr vor ihm hatte.«

Andrea begann wieder, leicht zu schaukeln. Ich nahm ihm das Buch weg, um eine weitere Abbildung herauszusuchen. Er ergriff meine Hand und legte sie sich auf den Kopf.

»He, wach auf. Wir sind da.«

Savarese zerrt mich aus dem Auto. Ich würde ja gerne mitarbeiten, fühle mich aber wie erschlagen. Mit übermenschlicher Anstrengung fördere ich die Schlüssel zutage und reiche sie ihm. Komm rein.

»Schaffst du es die Treppe hoch?«

»Ich fühle mich wie gerädert.«

»Verstehe.«

Zwischen dem Geländer und seinem Arm gelingt es mir irgendwie, bis zum ersten Stock zu kommen. Wir dringen ins Dunkel der Wohnung ein.

»Pass auf die Schlangen auf.«

»Gibt es hier Schlangen?«

»Überall.«

Ich weiß nicht, warum wir flüstern.

Plötzlich fasst mich Savarese um die Taille.

»He.«

Mir dreht sich der Kopf.

»Wie gerädert«, erkläre ich ihm. »Warum bist denn du nicht so betrunken?«

»Jahrelanges hartes Training«, antwortet er, während er mich bis zu meinem Zimmer, zum Bett führt. Es ist voller Schlangen, die schlafen und nicht gestört werden wollen. Er schert sich nicht darum und sorgt dafür, dass ich mich hinlege. Sie sind nicht mehr da.

»Nicht einmal Bilder gibt es in diesem Zimmer.«

Ich spüre, wie er mir die Schuhe auszieht.

»Und dann die Kartons. Wie lange dauert dieser Umzug eigentlich noch?«

Ich nuschle etwas vor mich hin.

»Wie bitte?«

»Ich habe gesagt, dass es nur provisorisch ist: Dieses Jahr bin ich hier, keine Ahnung, was nächstes Jahr sein wird.«

»Aber vorerst bist du hier«, sagt er. Er setzt sich aufs Bett, lehnt sich mit dem Rücken an die Wand. Sein Schädel hat im Finstern eine merkwürdige Form. »Du könntest sie zumindest in den Schrank stellen.«

»Der Boden ist durchgebrochen.«

Ich muss aufpassen, dass ich die Beine nicht ausstrecke, damit ich nicht gegen ihn trete.

»Und sag mal: Geht es dir gut, abgesehen davon, dass du gerädert bist?«

Das höre ich noch, dann nichts mehr. Als ich die Augen aufmache, zerschneidet das spärliche Licht, das durchs

Fenster dringt, Savareses Gesicht in zwei Teile. Er schläft ganz am Rand, hat mir das Kopfkissen geklaut.

Ich taste nach dem Wecker auf dem Nachttisch und bin beruhigt: Es ist erst fünf Uhr.

Nach und nach zwinge ich Beine und Arme zur Mitarbeit, lasse mich auf den Fußboden gleiten und schleppe mich in die Küche. Die Zimmertür war geschlossen. Bravo, Savarese.

Ohne Lärm zu machen, um niemanden zu wecken, nehme ich mir ein Glas Wasser und setze mich. Auf dem Tisch verteilt liegen die Fotos, die wir auf der Reitbahn gemacht haben; Margherita wird sie sich angeschaut haben, ehe sie zu Bett ging.

Sid, der sich an den Pfosten klammert.

Rita und Dip hoch zu Ross.

Andrea, der sich ausstreckt, und Lloyd, der das Maul zurückzieht.

Die Belcari auf der Bank, die Hand vor den Augen.

Mattia.

Ich schnappe mir das Foto mit Andrea, stelle das leere Glas darauf. Durch die Lichtbrechung erscheint sein Gesicht länger und ums Kinn herum breiter. Ich schiebe das Glas leicht nach oben: Andreas Blick verändert sich, entspannt sich, wird normal.

15

Ein Mann und eine Frau gehen mit eineinhalb Söhnen die Straße entlang. So sehen sie es jedenfalls, auch wenn sie es nicht aussprechen, denn der Kleine wird nie ein vollwertiger Sohn sein, einer, der allein zur Schule geht, heimlich raucht, heiratet und selbst einmal einen Sohn zeugt.

Dafür kann er alles Mögliche sein: ein Holzspecht, der wie ein Perpetuum mobile unablässig rauf- und runterklettert, eine dröhnende Alarmanlage, die sich einschaltet, wenn man ihr zu nahe kommt, eine weiche, gelenkige Puppe, mit der man im Hof des Kindergartens spielen kann.

»Der Kleine ist eben so, wie er ist«, antwortet die Frau immer, wenn ihre Schwiegermutter sie am Telefon fragt, wie es den Enkeln geht.

Jetzt quengelt der Große, weil er das Laufen satt hat, weil er als Neunjähriger nur durch Tränen und kleine Katastrophen mit seiner Umwelt interagieren kann.

Der Kleine sagt nichts. Er hält die geöffnete Hand in der väterlichen Faust und lässt sich auf dem Bürgersteig dahinzerren. Wenn es nach ihm ginge, würde er immer so weiterlaufen.

»Hör jetzt sofort auf«, sagt die Stimme des Vaters zum älteren Sohn. Er ist nervös wegen des Programms, das gestern Nachmittag geplatzt ist, sodass sie heute Morgen einen zweiten Anlauf nehmen müssen.

Die Mutter bleibt stehen, um flehenden Blickes auf ihn zu warten.

Sei lieb.

Die Frau ist schuld, wenn sich dieser Urlaub als Fiasko erweist. Kurz nachdem sie in den Zug gestiegen waren, bekam sie eine leichte Migräne, die während der Fahrt immer schlimmer wurde. Sie musste den ganzen Nachmittag im Hotel bleiben. Kaum fing der Schmerz an, nachzulassen, kam der Ehemann ins Zimmer, riss sämtliche Klamotten aus der Reisetasche und warf sie auf den Boden. Ihr wurde klar, dass sie die DVDs des Kleinen zu Hause vergessen hatte, und stellte sich schlafend.

»Geht's dir wieder gut?«, fragte er sie heute Morgen. Das tat er in dem Ton, den er gegenüber seinen Praktikanten anschlägt, dem leicht ironischen Tonfall dessen, der nicht beschissen werden will. Als ob die Migräne ein Segen sei, den sie sich auf obskure Weise erschlichen hatte, nur um einen Nachmittag lang Ruhe zu haben, von allen Verpflichtungen befreit zu sein. Bloß, um ihn hereinzulegen.

»Da sind wir!«, sagt er nun vor dem Eingang des Aquariums. Die Ehefrau lächelt ihm zu. Was am Vortag geschehen ist, zählt nicht mehr.

Heute Nacht, wenn der große Sohn eingeschlafen ist und der kleine mit weit aufgerissenen Augen und ins Laken gekrallten Händen im Bett liegt, wird sie sich zu ihrem Mann legen und versuchen, mit ihm zu schlafen.

»Zwei Erwachsene, zwei Kinder«, verlangt der Ehemann von der jungen Frau hinter der Glasscheibe. Sie händigt ihm vier Eintrittskarten aus und wirft verzückte Blicke auf den Kleinen, der mit dem Rücken zu ihr an der Schulter seines Vaters hängt. Mit einer automatischen Geste zieht der Mann ihn höher, etwa so wie eine Frau ihre Schultertasche zurechtrückt. Die Ehefrau blickt auf seine Hände und schaut noch einmal hin, während sie den Kleinen schütteln, versuchen, ihn zum Weinen, zum Schreien zu bringen, und es nicht schaffen.

»Gehen wir hinein«, sagt er, aber sie müssen warten, sich hinter eine Gruppe von Fremden einreihen, die schwatzend am Eingang stehen.

»Gefällt's dir?«

Der große Sohn nickt mit dem Kopf. Die Mutter tippt ihm auf die Schulter: Es ist nicht in Ordnung, wenn er schweigt.

»Ja«, antwortet er mit lauter Stimme, lustlos. Obwohl er vorerst weder das Wort noch seine Bedeutung kennt, ahnt er allmählich, dass es sein weiteres Leben lang nicht darum gehen wird, Dinge zu *tun*, sondern darum, sie zu *kompensieren*.

»Gleich werden wir alle Fische der Welt sehen«, sagt die Mutter.

»Welche Fische?«, fragt er.

»Alle Fische.« Der Sohn rennt zur Information und schnappt sich ein Faltblatt über das Aquarium. Alle gibt es hier nicht, aber doch fast alle: tropische Fische, Teufelsfische, Haifische. Die Führerin gibt ein Zeichen, und der Rundgang beginnt.

Das Aquarium ist riesig. Die durchsichtigen Wände dienen dazu, dass man die Tiere aufmerksam beobachten kann: Ein Kratzer im Glas würde genügen, um das Wasser auslaufen zu lassen, auf einen Schlag Fische und Menschen zu töten. Deshalb muss man in der Mitte des Gangs bleiben und darf die Glasscheiben nicht berühren.

»Man kommt sich vor wie im Unterseeboot von Kapitän Nemo«, sagt der Vater. Der große Sohn zuckt mit den Schultern. Der Film war nichts Besonderes.

Die Mutter nimmt ihn bei der Hand und geht zu ihrem Mann.

»Es ist wie in einem Zeichentrickfilm von Disney, meint ihr nicht?«

Der ältere Sohn schaut zu, wie der Bruder von der Schulter genommen, von der starken Hand des Vaters über den Fußboden gezerrt wird.

»Wenn ihr an ein Aquarium denkt, fallen euch Fische ein«, sagt jetzt die Führerin. »Aber hier in Genua haben wir auch andere Gäste.«

Die Gruppe folgt ihr in einen Raum mit blauem Fußboden: wieder Glaswände, wieder Becken, diesmal mit weniger Wasser und mehr Sand.

»Hier stehen wir nun vor den Lebewesen der Erde, die mit Abstand am längsten leben«, erklärt die Führerin. Dann wendet sie sich mit anbiedernder Stimme an den großen Sohn. »Weißt du, was das bedeutet?«

Er beobachtet die Schildkröten, die sich auf dem Bauch dahinschleppen, ständig den Kopf von einer Seite zur anderen wenden, den Mund öffnen und schließen, sich sonst nicht bewegen.

»Dass sie krank sind«, sagt er.

Die Leute feixen. Höhnisch. Sofort legt ihm die Mutter die Hände auf die Schultern.

»Es bedeutet, dass sie sehr lange leben können: Jahre und Jahre und Jahre«, verbessert ihn die Führerin. Es interessiert sie nicht, dass er gar nicht zuhört.

Die Hände der Mutter schützen ihn und halten ihn fest: Er kann nicht wegrennen. Er beschließt, von jetzt an nur noch vor sich hin zu laufen und auf den Boden zu schauen, was er wohl auch durchgehalten hätte, wenn er nicht blockiert worden wäre.

Der Kleine ist stehen geblieben und geht keinen Schritt weiter. Der Vater nimmt ihn an die Hand, ohne ihn zu zwingen, und der große Sohn findet es komisch, dass sich dieser Erwachsene von einem fünfjährigen Kind aufhalten lässt. Noch dazu von einem kranken Kind.

Die übrigen Teilnehmer der Führung sind mittlerweile weitergegangen. Sie verteilen sich in den Gängen, um nach dem geeignetsten Objekt für Erinnerungsfotos zu suchen.

»Was ist los?«, fragt die Mutter.

Der Vater antwortet nicht. Er betrachtet den Kleinen wie etwas, das sich plötzlich in seiner Hand befindet, ohne dass er sich erinnern kann, woher er es hat.

Auf der anderen Seite der Glasscheibe inmitten von Felsbrocken, Gräsern, Erdreich, einem Gemisch aus Naturmaterialien und künstlichem Zeug sind dicke Eidechsen zu sehen mit Kugelaugen und dem gezackten Kamm, der sich in vielen kleinen Spitzen vom Kopf bis zum Schwanz hinabzieht.

Weiter vorne gibt es bestimmt auch Schlangen, denkt der große Sohn. Er spürt, wie sich die Umklammerung der Mutter lockert, sieht sie zum Vater hingehen. Er bleibt allein zurück.

Der Kleine steht vor der Glasscheibe, schwankt nicht mehr.

Mama und Papa halten den Atem an, während er den Kopf wendet, dem runden Auge des größten und hässlichsten Tiers begegnet, das es im Terrarium gibt: zwei Meter runzlige grüne Haut.

»Das ist ein Leguan«, sagt der Papa sanft. Er geht neben dem Kleinen in die Knie und deutet mit dem Finger darauf, der zittert. »Siehst du den Leguan?«

Der Leguan jenseits der Glasscheibe gähnt, schaukelt dann auf seinen Pranken hin und her und gleitet vom Felsen in den Sand hinab. Der Kleine lässt ihn nicht aus den Augen.

Hinter dem großen Sohn nähern sich die Schritte der Führerin, die mit leicht verlegener Stimme fragt, ob alles in Ordnung sei, weil die Mama zu schluchzen begonnen hat.

Unterdessen ist der Leguan vor dem Kleinen angekommen, hat das Maul aufgerissen, um ihn zu verschlingen. Der Kleine geht näher ran, legt die Hand auf die Glasscheibe. Sofort kneift der große Sohn die Augen zu, da er fest damit rechnet, dass ihm und allen anderen nun gleich die Glasscherben um die Ohren fliegen werden.

Heute Morgen ist das Zischen ein beharrliches Bündel, das sich in den Schlaf einschleicht, sodass ich die Augen öffnen muss, um unter dem Bett nach den Schlangen zu suchen. Ich fasse mir ein Herz, halte mich am Matratzenrand fest, wie ich es als Kind tat, und schaue nach.

Keine Schlange.

Und dennoch setzt sich das Zischen fort, während ich mich wasche (nichts in den Abflussrohren, nichts in der Dusche) und anziehe (nichts im Schrank).

Margherita hat einen Handspiegel gegen meine Schulbücher gelehnt und schminkt sich am Küchentisch.

»Das Bad ist frei«, sage ich.

Sie zuckt mit den Schultern, ohne den Kajalstift vom Augenrand zu entfernen. So beiläufig wie möglich werfe ich einen Blick unter ihren Stuhl. Ich hätte schwören können, dass das Zischen von dort kam.

»Um zehn, haben sie gesagt, das heißt um neun, und das heißt, dass ich mit dir runtergehe.«

Ich nicke, schaue nach, ob sie hinter dem Kühlschrank sind.

»Wenn sie mich angerufen haben, heißt das, dass sie suchen. Ich muss einen guten Eindruck machen. Wie findest du meine Schuhe?«

Ich sehe mir ihre Schuhe an.

»Perfekt.«

Nichts hinter dem Kühlschrank. Nichts unter dem Heizkörper. Und trotzdem wird das Zischen lauter, macht mich ganz taub.

»Vielleicht ist es wieder mal reine Zeitverschwendung, wer weiß.«

Ich frage mich, ob sie die Tür gehört hat, als Savarese neulich morgens ging. Wenn dieses Zischen endlich mal verstummen würde, könnte ich mir darüber klar werden. Ich wüsste dann, wie ich die Sache angehen muss.

Tut mir leid.

Es ist nichts passiert. Ich wollte, dass du das weißt.

Aber schließlich ist ja nichts passiert.

Nicht, dass es dich was angeht.

Oder doch?

»Heute Abend habe ich frei«, sagt sie, sammelt ihre Schminksachen ein, steckt sie Stück für Stück in ihre Reisetasche. »Feiern wir das hundertste Vorstellungsgespräch?«

Nun ist die Geräuschkulisse konstant: Ich muss mich beeilen, damit ich loskomme.

»Ok, ich bin fertig. Würdest du mich einstellen?«

»Ja, klar.«

»Und würdest du mir Kaffee machen? Aber schütt erst meinen weg.«

Die Jalousie ist immer runtergelassen, um uns die Illusion von Privatsphäre gegenüber dem Nachbarn zu geben. Ich ziehe sie hoch, um etwas Luft zu schnappen, und sehe zu seinem Balkon. Plötzlich verstummt das Zischen: Sie haben einen Fluchtweg gefunden.

»Ist er fertig?«, brüllt Margherita aus ihrem Zimmer.

»Ja!«, brülle ich zurück.

Ich nehme einen Schluck, um mich zu vergewissern, dass der Kaffee genießbar ist, entferne Margheritas Lebenslauf aus dem Radius eventueller Spritzer. Letzte Woche habe ich ihn hundertmal durchgelesen und korrigiert, doch erst jetzt fällt mir auf: Sie hat heute Geburtstag.

Es ist, als säße ich wieder auf der Schaukel, hörte die Schlange, fühlte mich von ihr verfolgt, wüsste, dass sie da ist, und sähe sie doch nicht. Ich suche sie vergebens: im Lehrerzimmer, in Klassenzimmer 9, in den Toiletten. Nichts.

Ich flüchte mich in den Flur, doch sie folgen mir, als klebten sie an meinen Schuhsohlen. Ich habe sie getreten, und das wollen sie mir heimzahlen.

»Du rennst?«, fragt Mattia, als ich an ihm vorbeilaufe. Er sitzt am Fuß der Treppe, das Handy in der Hand, um sich die Zeit zu vertreiben, während seine Klassenkameraden Religionsunterricht haben, die anderen in der Turnhalle rumhängen.

Ich bleibe stehen und kehre um.

»Hörst du nichts?«

Mattia zuckt mit den Schultern. Das Handy verschwindet in der Tasche.

»Ist jemand im Flur?«

Er beugt sich vor. Schaut nach rechts, nach links, auf seine Füße.

»Du bist im Flur«, sagt er.

»Können Sie kurz mal runterkommen? In der 1A gibt es ein Problem.«

Signora Maria, die Hand auf der Türklinke der Werkstatt, hält mich auf.

Ein Déjà-vu-Gefühl schlägt mir auf den Magen, steigt dann hoch in die Kehle.

»De Lucia ist nicht da«, stellt sie klar. Ohne Zeit zu verlieren, folge ich ihr in den Flur.

»Der Erzieher kann nicht mehr lange bleiben, er muss sich um Santojanni kümmern. Und die Belcari ist nach Hause gegangen, die Ärmste.«

Als wir vor Klassenzimmer 9 ankommen, deutet sie auf die Tür und setzt ihren Weg fort, als gehe sie das alles nichts an.

Ich atme tief durch, ehe ich die Tür öffne. Alex lässt den Stuhl kreisen und dreht sich um. Andrea, der neben ihm sitzt, streichelt den Leguan, biegt ihm eine Kralle nach der anderen zurecht.

»Entschuldigt, ich wusste nicht, dass das Klassenzimmer belegt ist.«

»Ich wollte gerade gehen«, sagt Alex und zieht seine Jacke an.

Ich gehe zum Tisch. Dem Leguan sind Zähne gewachsen.

»Was macht ihr hier?«

»Es gab ein wenig Aufregung in der Klasse während der Englischstunde.«

»Im Ernst? Und wer hat sich aufgeregt?«

»Ich«, mischt sich Andrea ein, »ich habe mich aufgeregt.«

»Ach, du also.«

Alex lächelt mir zu und lässt uns allein. Ich nehme seinen Platz vor dem Leguan ein.

»Ich habe mich nicht aufgeregt«, verbessert sich Andrea und zieht ihm das Maul auseinander. »Ich bin ausgerastet.«

Ich denke an die Belcari, die Arme.

»Das kann passieren«, sage ich.

De Lucia geht nicht an sein Handy. Grazia auch nicht, aber bei ihr probiere ich es auch nur einmal.

Ich kehre in die Klasse zurück, um die nächsten Unterrichtsstunden in Angriff zu nehmen: die Stunde in der Werkstatt, die Geographiestunde mit Mattia. Das Akkusativobjekt findet mühsam einen Weg von der Tafel zu Petars Synapsen, die damit nichts anzufangen wissen.

Die Pausenklingel kündigt das Ende des Schultages an, und das Geschrei und Gerenne im Flur, das wie ein Erdbeben das Gebäude erschüttert, dauert nur einige Minuten, dann strömen die Schüler in den Hof.

Kaum dass ich den Fuß vor die Tür setze und mich inmitten von Köpfen, Rücksäcken, Schulmappen befinde, fängt das Zischen in voller Lautstärke wieder an.

Ich gehe zwischen der Rutsche, der Wippe und der Holzhütte durch. Bis zur Haltestelle, wo Petar mit einem Comic-Heft sitzt.

Die Mitschüler marschieren an ihm vorbei und machen sich über ihn lustig: eine Prozession von nachgeäfften Buckligen, Spastikern, Behinderten. Sie zischen und verderben ihm die Laune.

Wohin gehst du?

Ich halte mir die Ohren zu, suche den Weg.

Wohin gehst du? Sie nehmen dich auf den Arm. Kehr um. Mach etwas!, brüllt Biagini.

Auch er ist eine Schlange. Was er uns gelehrt hat, nutzt überhaupt nichts.

»Lebst du noch?«

Ich spüre Margheritas Hand, die meine Kompresse berührt. Ich halte sie fest, dann nehme ich sie weg.

Ausgestreckt auf dem Bett zu liegen mit einem feuchten Taschentuch auf den Augen ist die einzige Möglichkeit, die ich kenne, um das Zischen zu dämpfen. Ich habe es nicht vertrieben, sondern nur beruhigt, als ob ein Dirigent sie dazu gebracht hätte, piano zu spielen.

»Kopfschmerzen.«

Margherita zieht sich die Schuhe aus. »Fußschmerzen«, sagt sie.

Sie macht sich auf dem Bett breit, streckt die Beine aus.

»Wie ist es gelaufen?«

»Gut, würde ich sagen. Ein äußerst ruhiges Vorstellungsgespräch: Sie haben mich praktisch gesucht. Und der Lebenslauf ist gut angekommen. Danke.«

»Nichts zu danken. Und jetzt?«

Margheritas Schuhe plumpsen auf den Fußboden.

»Für ein schlecht bezahltes Praktikum bin ich eigentlich zu alt.«

Ich lasse die Kompresse von den Augen gleiten. Das Zischen bildet ein erträgliches Hintergrundgeräusch, ich kann das Licht einschalten. Um vier muss ich in der Schule sein.

»Du bist nicht zu alt«, sage ich und richte mich auf.

Sie lächelt.

»Das meinten die dort auch.«

Die Klassenkonferenzen der 1D finden im Erdgeschoss statt. Offiziell bin ich nicht eingeladen, aber als mich die Italienischkollegin an der Tür stehen sieht, macht sie mir ein Zeichen, reinzukommen.

»Na, wie läuft es mit Petar?«

»Sag du es mir.«

»Sehr gut. Er hat gut gelernt, einen Großteil des Stoffs aufgeholt.«

»Von wem ist die Rede?«, fragt eine andere, die ich nicht kenne.

»Von Kierloy.«

Sie schneidet eine Grimasse.

»Das sind hoffnungslose Fälle.«

Welche Fälle?

»Fangen wir jetzt mit dieser Konferenz an?«, fragt Nicolini. Miranda und er sind auch in Klasse 1D zugange. Sie sind überall.

Ich muss raus, aber vorher lasse ich noch meinen Bericht auf dem Tisch zurück.

»Ich wollte euch sagen, dass Kierloy gute Fortschritte macht. Er wird vernünftiger. Er liest, nimmt an der Werkstatt teil. Auch zu Mattia, zu den anderen verhaltensgestörten Jungen, ist Kierloy immer freundlich. Das ist wichtig. Es muss wichtig sein.«

Zwei Kolleginnen im Hintergrund unterhalten sich munter weiter, und ein anderer ist mit dem Klassenbuch beschäftigt, mit den Fehlzeiten, die überprüft werden müssen.

»Können wir jetzt endlich anfangen?«, fragt Nicolini.

Biagini begleitet mich mit müdem Applaus zur Tür.

»Willst du einen Kaffee?«

Die Kollegin, die wie ich als Vertretung arbeitet, hat mich gut und gern fünf Minuten lang im Lehrerzimmer auf und ab gehen sehen. Die Konferenz der Klasse 1A beginnt in einer halben Stunde.

»Seit wann arbeitest du als Inklusionslehrerin?«

Ich nehme den Kaffeebecher aus der Maschine.

»Seit letztem Jahr.«

»Und was sind deine Fächer?«

»Latein und Italienisch.«

Lass sie in Ruhe.

»Und hast du sie auch schon mal unterrichten können?«

»Im letzten Jahr hatte ich ein paar kurze Vertretungen. Dann nichts mehr.«

Ich sehe sie wieder in der Werkstatt stehen neben Idra, die sich im Rollstuhl von einer Seite auf die andere wirft. Irgendwas kneift sie.

»Es tut mir leid wegen Andrea«, sagt sie, um mich zu trösten. »Ich hatte den Eindruck, dass es besser laufen würde.«

»Ja, er versucht es«, antworte ich. »Aber er ist krank. Das machen die sich viel zu selten bewusst.«

Wer, die? Die anderen Lehrer? Die echten Lehrer?

»Das ist oft so«, sagt sie. »Nicht immer, um Gottes willen, aber oft.«

Sie dreht sich zur Tür um; da ist niemand.

»Vor zwei Jahren habe ich mich um einen autistischen Jungen gekümmert«, fährt sie fort. »Nicht wie Riccardi, viel ruhiger. Eines Tages bittet mich die Mathematikkollegin, rauszugehen, weil ich sie störte, als ich ihm ganz leise die Rechenaufgabe diktierte.«

Ich weiß nicht, warum mir ausgerechnet jetzt Andreas Leguan in den Sinn kommt. Die neuen, spitzen Zähne.

»Und als ich sagte, dass ich lieber bleiben würde, weil er gut sei in Mathematik, ist sie mit der ganzen Klasse ins Labor gegangen.«

Ich glaube nicht, dass ich sie richtig verstanden habe, und sie merkt es.

»Sie hat uns einfach stehen lassen, mich und ihn«, erklärt sie. Dann presst sie den Pappbecher zusammen, wirft ihn in den Papierkorb.

»Und was hast du dann gemacht?«

Sie blickt mich verblüfft an.

»Was hätte ich schon machen sollen?«

Die Lehrer und Lehrerinnen der 1A sitzen um den Tisch der Bibliothek herum. In der hinteren Ecke haben als Schülervertreter Meriem und Lorenzo Platz genommen.

»Ich schlage vor, dass der Schüler Riccardi, wie von der Klassenkonferenz vorgesehen, das weitere Schuljahr in Klassenzimmer 9 verbringt, mit Erzieher, Lehrerin, was auch immer.«

Miranda spricht langsam, und Loredana schreibt mit, wobei sie mir einen traurigen Blick zuwirft.

»Damit bin ich nicht einverstanden«, sage ich.

Nicolini stöhnt.

»Dann willst du also auch vor dem zigsten Angriff die Augen verschließen«, sagt Miranda.

»Bist *du* denn von ihm angegriffen worden?«

»Grazia ist angegriffen worden.«

Sie lässt sich dieses *Grazia* auf der Zunge zergehen, zieht den Namen in die Länge. Seit Beginn des Schuljahres hat sie auf diesen Augenblick gewartet.

»Wie ist das passiert?«

»Lass es dir doch von ihr erzählen. Falls sie sich wieder erholt.«

»Es gab auch Fortschritte, die wir berücksichtigen müssen. Und die Werkstatt mit den Schülern.«

Hastig suche ich nach Argumenten. De Lucia, der

schweigend das Zimmer betritt, setzt sich neben mich, es gibt wieder Luft zum Atmen.

»Kurzum, gemessen am Anfang des Schuljahres hat sich Andrea wirklich gebessert«, beende ich mein Plädoyer.

»Das hat man ja gesehen«, sagt Nicolini.

Er ist der Riss, der hinter seinem Rücken durch die Wand geht. Schon seit Jahren zieht sich dieser Riss dort hoch, wird vom alljährlichen Anstrich übertüncht, vergessen, und wenn es dann so weit ist, tut er sich auf und die Schule stürzt über uns zusammen.

Ich warte darauf, dass De Lucia mich rettet und eingreift. Aber das tut er nicht.

»Es fällt ihm noch schwer, sich zu beherrschen«, sage ich.

Nicolini zieht ein Taschentuch hervor, wischt sich damit über die Augen.

Giglio lacht.

»Wieso rufst du ihn denn beim Vorlesen der Anwesenheitsliste nie auf?«

Er durchbohrt mich mit seinem Blick und steckt sich das Taschentuch wieder in die Hosentasche. Damit hat er nicht gerechnet.

»Wozu soll ich ihn denn aufrufen?«

Ich versuche, darauf zu bestehen, aber es gelingt mir nicht. Das Zimmer ist ein Schlangennest, ein Zusammenprall von Zischen, Kreischen, Gift: Etwas anderes kommt mir jetzt nicht über die Lippen. Also ergebe ich mich. Ich kapituliere, Andrea. Es tut mir leid.

»Entschuldigt.«

Meriem ist aufgestanden und streicht sich die Haare hinters Ohr.

»Wir finden, dass Andrea in der Klasse bleiben soll.«

Endlich hebt De Lucia den Kopf vom Terminkalender.

»Also in den letzten Monaten in der Werkstatt ... Wir haben jetzt keine Angst mehr vor ihm. Er kommt uns normaler vor.«

Miranda setzt ihre Brille auf.

»Du weißt, dass wir verantwortlich sind, wenn Riccardi jemanden von euch angreift?«

Meriem räuspert sich. Sieht mich an.

»Andrea hat heute nur versucht, mir an meine Kufija zu fassen, und Signora Belcari dachte, er wolle mir wehtun. Sie hat ihn an den Schultern gepackt und er ... Er ist wütend geworden.«

»Und trotz deines wertvollen Beitrags, Meriem«, fängt Miranda wieder an, »hatten wir schon zu Beginn des Schuljahres einen Beschluss gefasst, und an den müssen wir uns halten.«

Nun konzentriert sich das Zischen auf mich, betäubt mich. Ich muss Ruhe bewahren, die Augen schließen, warten, dass es vorbeigeht.

»Was hast du gesagt?«, fragt Miranda. Als ich ihr erstauntes Gesicht sehe, finde ich meine Sprache wieder.

»Ich habe gesagt, dass die Belcari nicht hier ist. Ohne sie können wir nicht abstimmen.«

Sobald ich den Mund schließe, ist im Raum alles wie verwandelt: Es herrscht Schweigen, ein Stummfilm läuft ab. Das Zischen ist plötzlich verschwunden.

In allen Klassen finden jetzt Konferenzen statt. Ich nehme an keiner teil, meide das Lehrerzimmer und husche direkt in Klassenzimmer 9.

Ich suche den Leguan auf dem Fensterbrett, spreche leise zu ihm.

»Hast du das gesehen? Damit haben sie nicht gerechnet.«

Ich kichere, strecke die Hand aus, um ihm den Kopf zu streicheln, lasse es dann aber sein: Er macht mächtig Eindruck mit seinem aufgerissenen Maul.

Ich lasse mich auf den Stuhl vor dem Computer fallen. Ein weißer Streifen zieht sich von der Tastatur über den Tisch um die Maus herum zum Drucker. Ein Mosaik aus weißen Schnipselchen, die sich bei meiner Berührung auf der Holzplatte ausbreiten.

Santojanni.

Sofort schiebe ich sie wieder zusammen: Der Streifen ist unversehrt, wie zuvor.

Ich habe so sehr das Gefühl, genau am richtigen Platz zu sein und das Richtige zu tun, dass ich glaube, Anna anrufen und ihr alles erzählen zu müssen. Und Margherita. Und Gianni.

Ich sollte Gianni anrufen.

Ich hole mein Handy hervor und halte es in der Hand, bereit, auf den grünen Hörer zu drücken, als wäre er der Abzug einer Pistole. Der Leguan starrt den Teufel mit drohender Miene an. Sie hassen sich.

»Hallo«, sagt Savarese.

»Hey. Hast du heute Abend Zeit?«

»Kommt darauf an: Gibt es einen triftigen Grund, mir heute Abend frei zu nehmen?«

»Einen überaus triftigen: Sie hat heute Geburtstag.«

Ich bin schon fast an der Tür, aber Nicolini steht im Türrahmen.

»Dich habe ich gesucht«, sagt er.

Ich verschränke die Arme, damit sie nicht zittern. Er betritt das Zimmer, geht zur Fensterbank mit dem Leguan, neigt den Kopf zur Seite.

»Eines möchte ich klarstellen: Es interessiert mich nicht, ob er jemanden umbringt, solange ich nicht da bin. Aber wenn er vor mir den Verrückten spielt, war's das.«

»Das entscheidet immer noch die Konferenz«, erwidere ich.

Er hört mir nicht zu. Fährt mit dem Finger über den Kopf des Leguans, als suche er nach Staub.

»Was soll das sein? Ein Drachen? Eine Eidechse?«

»Ein Leguan.«

Er zieht den Finger zurück, seufzt.

»Er ist noch nicht fertig«, informiere ich ihn.

Der Körper ist noch unvollständig, das Maul erst grob ausgearbeitet, auf dem Kopf fehlen noch einige Zacken. Und er hat noch keine Augen. Die werden morgen drankommen.

»Noch was?«

Er steckt die Hände in die Hosentaschen: Sein Interesse ist erloschen.

»Grazia kam vor zwanzig Jahren ans Bernini«, sagt er. »Wir waren im selben Kurs. Wir mussten uns mit all den Verrückten, Schwachsinnigen, Zurückgebliebenen herumschlagen, die sich an dieser Schule angemeldet hatten. Aber sie will sich mit ihnen herumschlagen, verstehst du? Ihr liegt viel daran.«

Ich spiele mit meinen Schlüsseln herum. Bin in Eile.

»Aber es ist doch auch eine gute Sache, oder?«

»Frag sie selbst, ob es eine gute Sache ist«, entgegnet er, kommt auf mich zu, bleibt an der Tür stehen. »Du weißt, was mit dieser Bestie passiert ist, wie hieß er gleich? Santojanni.«

Die Schlüssel glühen in meinen Händen.

»Dann lass es dir erzählen.«

»Warum erzählst du es mir nicht einfach?«

Er lächelt. Ein gewalttätiger Zug liegt um seinen Mund.

»Nein, besprich das mit ihr, ihr versteht euch doch so gut«, sagt er.

De Lucia erwartet mich am Schultor. »Wollen wir uns ein bisschen die Beine vertreten?«

Es ist spät und schon fast dunkel. Die Umrisse der Wippen auf dem Spielplatz sind dunkle Schatten, die uns umgeben, die Luft ist kälter geworden und versucht, durch die Mäntel zu dringen, uns krank zu machen.

Deshalb sage ich ja. Ich brauche jemanden, der mir Gesellschaft leistet in dieser Stadt, die so eisig ist, dass sie mir wie eine Strafe vorkommt.

»Man ist mit einer etwas merkwürdigen Bitte an mich herangetreten, und ich habe zugesagt, auch in deinem Namen. Ich hoffe, das war ok.«

»Welche Bitte?«

Wir sind gerade um die Ecke gebogen. Die Schule ist aus unserem Gesichtsfeld verschwunden und wir aus ihrem.

De Lucia zeigt mir das Café auf der gegenüberliegenden Straßenseite.

»Komm. Es dauert nicht lange.«

Andreas Mutter hebt die Hand, als sie uns hereinkommen sieht. Ich wette, sie hat die Tür keine Sekunde aus den Augen gelassen. Der Mann neben ihr wirkt wie ein Skelett: ausgemergelte Wangen, spärlicher Bart, den Blick auf die Teetasse zwischen seinen Händen gerichtet.

Wir setzen uns zu ihnen. Das Lokal ist der tägliche Treffpunkt einiger alter Leute, die Musik leise, quasi nicht vorhanden, die Einrichtung schlicht.

»Danke, dass Sie gekommen sind«, sagt die Frau.

»Nichts zu danken, aber es ist kein offizielles Treffen. Schulische Fragen werden in der Schule besprochen.«

Bei diesen Worten schaut De Lucia beide an. Die Frau nickt. Der Mann hält nach wie vor den Kopf gesenkt. Riccardi Senior, nehme ich an.

»Was geschehen ist, tut uns leid. Wir hoffen, der Lehrerin geht es gut.«

»Ihr geht es gut«, bestätigt De Lucia sofort. »Und wie ich Ihnen bereits gesagt habe, kann Andrea in der Klasse bleiben, vorerst zumindest.«

Ich wundere mich über seinen ruhigen Tonfall, über seine Hände, die nicht zittern.

»Es ist aber sehr wichtig, dass er lernt, sich zu beherrschen. Und dass er bis zum Ende des Schuljahres nicht noch einmal in die Luft geht.«

Der Mann macht eine bittere Bemerkung, trifft die Ehefrau genau zwischen die Augen, die sich einen Moment lang verschleiern, dann wieder trocken sind.

»Es geht ja nicht darum, ihn rauszuwerfen«, fügt De Lucia beschwichtigend hinzu. »Wir müssen uns nur vergewissern, dass er sich nichts antut. Und auch keinem anderen.«

Die Mutter nickt zustimmend, schweigt weiter. Es ist der Ehemann, der nun das Wort ergreift.

»Wie geht es denn Ihnen eigentlich?«

Nur mit Mühe verstehe ich, was er meint. »Gut. Es geht mir ganz gut.«

Andreas Vater dreht die Tasse in den Händen und richtet den Blick auf mich. Er glaubt mir nicht.

»Am Anfang war es sehr hart«, sage ich, »aber ich glaube, wenn man einen Zugang findet, um Andreas Reaktionen in den Griff zu kriegen, kommt man mit ihm zurecht.«

Der Mann richtet sich im Stuhl auf. Seine Frau sieht ihn kurz an und atmet dann erleichtert auf. »Genau darüber wollten wir mit Ihnen sprechen. Über den Zugang.«

Ein Mann und eine Frau. Wenn sie abends nach Hause kommen, finden sie dort einen kleinen Jungen und eine Puppe vor. Der kleine Junge ist lebhaft und turbulent. Das reine Erdbeben.

Der andere bewegt sich wenig, muss angeschubst werden. Er spricht sehr selten. Die Frau bestimmt, wann und wie viel er isst, trinkt, schläft. Manchmal weint er die ganze Nacht oder den ganzen Tag hindurch. Er öffnet die Schubladen, an die er rankommt, und bewacht sie dann. Er schaut sich im Fernsehen Pinocchio an. Sonst nichts. Die gelben Legosteine und die Marionetten. Sonst nichts. Weil in seiner Wahrnehmung nichts anderes existiert.

Weder der Bruder noch die Mutter noch der Vater. Weder die Kinder im Kindergarten, die vor ihm herumrennen, noch die Kindergärtnerin, die vor seinen Augen den

 Finger hin und her bewegt, überzeugt, dass er taub und blind ist.

Jahrelang existiert für ihn die Außenwelt nicht, bis er während eines Ausflugs, bei dem der Familienfrieden auf dem Spiel steht, in einem Aquarium von Genua den Leguan erblickt. Er ist grün und hässlich, ein Ungeheuer. Dennoch existiert er.

Mehr noch: Er beobachtet ihn. Und nicht nur am Tag des Besuchs, als er von seinem Felsblock glitt. Immer. Der Leguan weiß, dass es Andrea gibt, und passt auf ihn auf.

Der Mann und die Frau merken es nicht sofort. Aber am Morgen der Abreise, als der Kleine anfängt, den Koffer auszuleeren, wobei er die Handgriffe nachahmt, die er zwei Tage zuvor an seinem Vater beobachtet hat, bleibt der Mutter nichts anderes übrig, als ihn mit Tränen in den Augen hochzuheben und festzuhalten.

Es gibt keine Möglichkeit, ihn durch Zureden oder Befehle zum Aufhören zu bewegen, das weiß die Frau: Er reagiert weder auf Flehen noch auf Drohen. Deshalb bleiben sie eine Weile so stehen, er der Gefangene, sie das Gefängnis, bis etwas Unglaubliches geschieht.

»Und was ist mit dem Leguan?«

Die Mutter trocknet sich mit einer Hand die Augen und hält ihn mit der anderen fest. Da hat doch jemand gesprochen, denkt sie. Zu ihr hat er gesprochen.

»Was hast du gesagt? Sag es noch mal.«

Der Kleine versucht, ihr den Pullover vom Leib zu reißen, indem er mit der Faust am Ärmel zieht. Verschiedene Kleidungsstücke liegen auf dem Boden.

»Der Leguan?«, wiederholt er. Auch wenn er mit dem

Ärmel und den Kleidungsstücken und allem Möglichen beschäftigt ist, schaut er ihr diesmal in die Augen. Er will es wissen.

Die Mutter spürt ein Brennen im Hals.

»Der Leguan will das nicht«, sagt sie und schüttelt den Kopf.

Der Kleine befreit sich aus ihrem Griff und fällt auf den Boden. Er hat verstanden. Ohne die Pullover, die Jeans und all die Socken zu beachten, steigt er aufs Bett, um seinen Plüschhund zu holen. Der Koffer ist offen, noch zur Hälfte gefüllt. Er läuft um ihn herum, verlässt das Zimmer und geht zu seinem Bruder, der vor dem Fernseher sitzt.

Die Frau schließt die Tür und fängt an zu weinen. Währenddessen packt sie den Koffer wieder ein und wartet darauf, dass der Ehemann aus dem Bad kommt. Die Sache mit dem Leguan ist etwas Kostbares: Diese Erkenntnis wird sie erst einmal für sich behalten, bevor sie ihm davon erzählen wird.

»Was hältst du davon?«

De Lucia hüllt sich in seinen viel zu dünnen Mantel.

»Folgendes: Es ist spät geworden, und ich muss jetzt schnellstens nach Hause.«

Ich sollte ihn in Ruhe lassen.

»Warum hast du in der Konferenz nichts gesagt?«

Er geht zu seinem Auto.

»Ich habe mit Grazia gesprochen: Sie ist sehr erschüttert.«

»Hat er ihr wehgetan?«

»Nein, das ist es nicht.«

Und doch hat er ihr wehgetan. Verflucht.

»Na schön, ich rede mit ihr. Ich erkläre ihr, wie es gelaufen ist, sie wird es bestimmt einsehen.«

De Lucia spielt mit seinen Schlüsseln.

»Dir ist klar, dass das mein Probejahr ist?«

Das wusste ich nicht. Er ist ein Lehrer, der nach einer befristeten Anstellung im öffentlichen Schuldienst verbeamtet wird: eine Rarität.

»Glückwunsch.«

De Lucia lächelt, wirkt jünger.

»Seit zehn Jahren warte ich darauf. Und es passiert im ungünstigsten Augenblick meines Lebens.«

Ich weiß nicht, was ich ihm sagen soll: Für alle ist es immer der ungünstigste Augenblick. Nach einer Weile gewöhnt man sich daran.

»Hör zu. Es ist nicht leicht, alles zu tun, was in der Schule eigentlich getan werden müsste. Wir müssen uns wehren.«

Wahrscheinlich habe ich das nicht ganz verstanden. Vielleicht aber doch.

»Sitzt Miranda in der Kommission für dein Probejahr?«

Er seufzt. Ja.

»Bis morgen«, sagt er und steigt ins Auto. Ich mache ihm ein Zeichen, dass er das Seitenfenster runterlassen soll.

»Möglicherweise wird es uns helfen, wenn wir den Leguan von nun an mit einbeziehen.«

De Lucia macht eine Grimasse und startet den Motor.

Ich habe gerade noch Zeit zu duschen, mich umzuziehen,
den Tag zu vergessen: Punkt neun, während Margherita ihren ehemaligen Kolleginnen noch einen Aperitif ausgeben muss, klopft Savarese an unsere Wohnungstür.

»Guten Abend. Lieferung frei Haus. Würden Sie mir den Empfang bestätigen?«

»Du bist ein Idiot. Komm rein.«

Ich lasse mir von ihm zu meinem Sinn für Humor gratulieren.

»Es war ein anstrengender Tag, sei nicht so hart.« Ich öffne die Verpackung und achte darauf, die Torte nicht zu beschädigen.

»Was du nicht sagst! Psycho hat versucht, dich umzubringen?«

»Er heißt Andrea.«

Ich durchforste die Schubladen, ehe mir einfällt, dass die Kerzen in meinem Zimmer versteckt sind, im Schrank. Vorsichtig ziehe ich die Schachtel heraus, damit der Pulloverstapel nicht einstürzt, den ich sorgfältig auf das einzige noch heile Brett geschoben habe.

Savarese steht hinter mir.

»Wie ich sehe, gab es ein Erdbeben.«

»Solange er hält, ist alles in Ordnung«, erwidere ich und schließe sofort die Schranktüren, damit nichts herausquellen kann.

Ich lege die Torte auf den größten Teller, den ich finde, und stelle ihn auf den Tisch. Das Tischtuch ist einigermaßen sauber, der Sekt im Kühlschrank.

Durchs Fenster dringt der übliche abendliche Anruf an unsere Ohren. Der Nachbar schert sich nicht darum.

»Wenn er wenigstens mal den Klingelton ändern würde.«

Ich kann die Melodie nicht mehr hören. Sie ist eindringlich, flehend.

»Scheinbar ist er verschwunden, und ihr passt das nicht.«

Savarese streicht sich über den Bart.

»Warum sollte der Anrufer eine ›sie‹ sein?«

»Ihr seid eine Bande von Hysterikerinnen.«

Ich sehe ihn abschätzig an.

»Mit einem Elefantengedächtnis«, fügt er gespielt entschuldigend hinzu.

Als er das sagt, wird die Wohnungstür geöffnet und Margherita lässt geräuschvoll die Schlüssel auf die Konsole am Eingang fallen.

Savarese schaut mich an. »Sie bringt dich um«, sagt er mit gesenkter Stimme.

Ich wiege verneinend den Kopf, befürchte es aber auch, erhebe mich vom Stuhl, um sie stehend zu erwarten.

»Hey«, sagt sie beim Hereinkommen. Savarese bleibt sitzen, hebt eine Hand und lächelt ihr etwas dümmlich zu.

»An alle«, endet Margherita.

»Herzlichen Glückwunsch zum Geburtstag«, sage ich. Bevor sie reagieren kann, zeige ich ihr die Sacher-Torte auf dem Tisch. »Schau, was man uns frei Haus geliefert hat: Schokolade und Marmelade.«

Sie starrt kurz auf die Torte, nimmt sie dann mit beiden Händen und wirft sie in den Mülleimer.

»So, das ist schon besser«, seufzt sie. »Gehen wir ein Bier trinken.«

Bevor wir auf die Sache zu sprechen kommen, warten wir, bis wir in einer Bar um die Ecke sitzen und drei halbe Helle vor uns stehen haben.

»Ich schwöre euch, ich hatte keine Ahnung. Ich bin ja nicht bescheuert«, sagt Margherita. »Und es war eine nette Geste«, fügt sie hinzu und berührt Savarese am Arm.

Gut, denke ich. Genau deshalb habe ich ihn angerufen.

»Ich dachte wirklich, dass sie von meinem Vater ist. Du hast ja gesagt: ›geliefert‹.«

Savarese sieht mich kopfschüttelnd an.

»Wie hätte ich das wissen sollen?«

»Du hast Recht«, lächelt sie. »Danke jedenfalls; ich habe gar nicht damit gerechnet, dass du dich an meinen Geburtstag erinnerst. Ich hätte es dir heute Abend gesagt.«

Wir stoßen an und gedenken der abhandengekommenen Sacher-Torte.

»Die Madeleine der Familie De Simone«, sagt Margherita.

Zum ersten Mal erlebe ich einen schweigenden Savarese. Aber es ist ein eigenartiges Schweigen, weil es keineswegs bedeutet, dass von ihm kein Laut zu vernehmen ist: Er klopft mit den Fingern gegen das Bierglas oder er tippt auf seinem Handy herum, um die Uhrzeit oder entgangene Anrufe zu überprüfen. Mit dem Schmerz anderer kann er nicht umgehen. Und er weiß auch nicht, was eine Madeleine ist.

»Also sind es neunundzwanzig«, rate ich.

»Oder eins weniger«, erwidert Margherita.

Savarese erläutert uns seine Theorie über die tatsächliche Dauer der einzelnen Lebensjahre, die seiner Ansicht nach immer variiert.

»Mein zweiundzwanzigstes Lebensjahr war viel kürzer als dreihundertfünfundsechzig Tage. Im Laufe weniger Monate bin ich dreiundzwanzig geworden. Dafür zieht sich mein siebenundzwanzigstes bis heute hin.«

»Wenn du mich fragst, verwechselst du es mit deinem siebten«, gibt ihm Margherita zu bedenken und kommt mir damit eine Sekunde zuvor.

Während sie herumalbern, höre ich zu, sitze schweigend auf meinem Stuhl. Hinterher werden wir raus in die Kälte gehen. Ich werde entweder vor ihnen herlaufen oder ein Stückchen zurückbleiben. Wenn er auf einen Kaffee mit hochkommt, werde ich sagen, dass ich müde bin, und zu Bett gehen.

Ich bin wirklich müde.

»Entschuldigt.«

Es gibt in diesem Lokal eine Stelle, wo man fast nichts von der Musik hört: Sie befindet sich in der Nähe des Eingangs, hinter der Tür, die bei jedem Öffnen den Raum vor Kälte erstarren lässt. Giannis Telefonnummer ist seit drei Jahren dieselbe.

Ich presse das Handy ans Ohr und warte. Das Klingeln verdoppelt sich, vervielfacht sich, wird eindringlich, flehend. Mit einem Mal hört es auf: Eine Stimme teilt mir mit, dass der Teilnehmer zurzeit nicht erreichbar ist.

16

»Ich bin in Rumänien geboren, ich bin fünfzehn Jahre alt. Als ich klein war, ist Mama nach Italien gegangen, ich blieb bei meiner Großmutter. Dann bin auch ich nach Italien gekommen. Ich kann Italienisch sprechen, aber beim Schreiben mache ich noch viele Fehler. In Italien geht es mir gut. Sonst weiß ich nichts von diesem Land. Es ist alles gleich. Manchmal denke ich, dass die Leute hier viele Dinge sagen, die zwar keine Lügen sind, ich weiß nicht, wie man dazu sagt. Wenn sie sagen, dass sie etwas tun oder dass jetzt etwas passiert, und sich dann doch nichts ändert. Ich weiß nicht, wie man das nennt.« Anna faltet Petars Aufsatz zusammen.

»Das wüsste ich jetzt auch nicht.«

Ich zucke mit den Schultern.

»Dann schreibt er von anderen Dingen. Man kommt nicht dahinter, ob es für ihn eine negative oder eine positive Charaktereigenschaft ist, dieses zuerst ankündigen und es dann doch nicht tun.«

Ich nehme ihr das Blatt aus der Hand, lege es weg. Genug von der Schule.

»Mir gefällt dein Zimmer.«

Ich schaue mich um und gebe ihr nicht Recht. Dieses leere Zimmer mit den weißen Wänden, den gigantischen Bücherregalen, dem Nachttisch voller Schminkzeug, Haarbürsten, Bücher, Verlängerungskabeln, mit dem kaputten Schrank, dem Bett, dessen Matratze breiter ist als der Lattenrost, den Kartons, die aus jedem freien Winkel hervorragen, dieses gleichzeitig in Aufbau und Auflösung befindliche Zimmer ist nichts, was einem gefallen könnte.

»Es sieht nach Selbstbestimmung aus.«

»Und nach Chaos.«

»Auch.«

Ich weiß, dass sie mich auf den Arm nimmt. Dennoch gibt sie mir gleichzeitig zu verstehen, dass ich Fortschritte mache, dass jedenfalls die Voraussetzungen dafür und das Verlangen danach vorhanden sind, oder auch nicht.

»Savarese sagt, dass ich es wohnlicher machen sollte.«

»Savarese?«

»Ein Freund. Eigentlich ein spezieller Freund von Margherita.«

Mir wird bewusst, dass er weder das eine noch das andere ist. Anna fragt nicht weiter nach.

»Die Aussicht ist jedenfalls beschissen.«

Ich trete zu ihr ans Fenster: Auf dem Balkon des Nachbarn sind plötzlich Gartengeräte und schwarze Plastiksäcke aufgetaucht.

»Er ist ein komischer Typ.«

»Ich wette, er hat keinen Garten.«

»Genauso ist es.«

Mich erfasst die Angst, dass er heraustritt, um die Pflanzerde, das Saatgut und die Leichenteile einzusammeln, die er heute Nacht auf den Balkon gelegt hat, und dass er uns vielleicht sieht.

Uni-Zeugs?

Ein unbeugsamer Karton ragt unter dem Bett hervor. Bevor ich sie daran hindern kann, kniet Anna sich hin und macht ihn auf. Kopien, Vorlesungsskripte, Lehrbücher, Seminarstunden, Kaffeepausen, Klausuren, Enttäuschungen, Nervenkrisen, Ängste und Entbehrungen kommen zum Vorschein.

»Sinnlos geopferte Bäume«, sage ich, weil mich die Schatten der Vergangenheit verlegen machen. Sie übergeht meine Bemerkung.

»Da ist sie ja.«

Aus dem Papierstapel taucht meine Examensarbeit auf, kann es kaum erwarten, Luft zu schnappen. Während Anna darin blättert, denke ich an die Unstimmigkeiten, an die Streichungen, an die ausgefallenen Haare, an meinen Großvater, der nun unter der Erde liegt. *Scripta manent.* Nur Geschriebenes hat Bestand, alles andere nicht.

»Der Turm bebt und die Bank fällt um«, liest Anna.

Etwas in mir sträubt sich dagegen und beschließt, durchs Zimmer zu streifen und die Ordnung der Dinge zu verändern, ohne wirklich aufzuräumen.

»Glaubst du nicht, dass Tommaso unter diesem Panzer aus Gekichere und Geschaukel ein ganz normaler Junge war?«, fragt sie und hält dabei meine Arbeit in der Hand, als hätte diese sie zu der Frage veranlasst. »Kommt in dir nie der Verdacht auf, dass es Signale gab, wir sie aber nicht bemerkt haben?«

»Und was ändert das?«

Sie schweigt.

Zwischen dem, was wir tun sollten, und dem, was wir tun, liegt ein himmelweiter Unterschied, und ebenso zwischen dem, was wir denken, und dem, was sich als wahr erweist.

Anna macht den Karton wieder zu, aber meine Examensarbeit liegt immer noch auf ihren Beinen. Wenn sie denkt, dass ich mich verändert habe, dass ich zynisch geworden bin, mich geschlagen gebe wie viele andere Lehrerinnen, die die Schulflure bevölkern und nur auf das Gehalt am siebenundzwanzigsten des Monats warten, dann nur deshalb, weil sie die Schlange nicht sieht, die sich unter dem Heizkörper zusammengerollt hat.

»Ich muss dir was sagen.«

Mein Blick ruht auf den Ringen, die sich heben und senken. Der Kopf der Schlange ist irgendwo in der Mitte verborgen.

»Ich habe mich um eine Doktorandenstelle in New York beworben.«

Ich setze mich aufs Bett. Es gibt keine andere Möglichkeit, der Stuhl ist von ihr und der Sessel von ihrem Koffer belegt.

»Es wäre eine Stelle am kulturanthropologischen Institut. Eine Erweiterung meiner Examensarbeit unter einem anderen Aspekt.«

»Das wäre doch toll«, erwidere ich. Ich provoziere die schlafende Schlange, aufzuwachen, durchs Zimmer zu kriechen.

Als wir gerade die Wohnung verlassen wollen, ruft mich Margherita in ihr Zimmer.

Ich gehe rein, ohne die Tür ganz zu öffnen: Heute Nacht ist sie erst um vier von der Arbeit zurückgekehrt.

Ja, sie ist schon da.

Nein, sie ist das erste Mal hier.

Was würdest du uns empfehlen?

Ok, bis später.

Ich schließe die Tür und hole Anna auf dem Treppenabsatz ein.

»Sie wird dir heute Abend ›Hallo‹ sagen, sobald sie wiederhergestellt ist.«

Kaum sind wir auf der Straße, wickelt Anna sich in ihren Mantel. Ich hatte ihr geraten, sich auf das Schlimmste einzustellen.

»Ist sie nett, deine Mitbewohnerin?«

»Ich würde sagen, ja.«

Ehe es mir bewusst wird, fange ich an, von Margherita zu erzählen. Anna hört mir schweigend zu: Mit jedem Wort dringen wir in ein Gebiet vor, das mir allein gehört, das weit weg ist, das ich nicht mit ihr teilen kann, Abende mit Freunden, Plaudern bis tief in die Nacht, voller Vertraulichkeiten über Eltern und befristete Arbeitsverträge.

»Und sie ist mit Savarese zusammen«, unterbricht sie mich.

»Ja. Nein. Ich weiß es nicht.«

Wir laufen unter den Arkaden lang, suchen Zuflucht vor der eisigen Luft, die aus den Bergen kommt und wie ein Fluch über der ganzen Stadt liegt. Ich lasse Anna Zeit, sich umzusehen, die Unterschiede zu unseren Bürgersteigen, unseren Straßen, unseren Gebäuden zu registrieren. Nur manchmal schalte ich mich ein, um den Eindruck zu dämpfen, den die Buchhandlungen, die öffentlichen Verkehrsmittel, die sauberen Straßen auf sie machen könnten.

»Wohin gehen wir?«

»Das überlasse ich ganz dir: Filmmuseum oder Ägyptisches Museum?«

Ich weiß bereits, dass das bei Anna gar keine Frage ist: Antikes siegt über alles. Aber sie überrascht mich.

»Was hat Margherita empfohlen?«

Sie hasst sie. Margherita ist noch schlimmer als Turin.

»Das Filmmuseum: Wenn die Mumien schon dreitausend Jahre auf dem Buckel haben, heißt das, dass sie warten können.«

Ich nutze ihre Wahl, um ihr die Innenstadt zu zeigen. Von der Piazza Vittorio Veneto zur Piazza Castello komme ich mir ein wenig vor wie meine Mutter, die ihre gute Stube vorführt.

»Da wären wir. Da ist es.«

Während wir uns nähern, macht die Mole Antonelliana einen imposanten Eindruck. Die Plakate des Filmmuseums lassen das Gitter, das sich um das Gebäude zieht, lebendiger erscheinen und versprechen, dies auch im Inneren zu tun.

»Es gibt einen Aufzug, der einen bis nach ganz oben in die Kuppel bringt. Nach dem Rundgang im Museum können wir hochfahren, wenn du magst.«

Anna hebt die Augen zur beunruhigend hohen Spitze der Mole.

»Weißt du was? Wir fangen oben an.«

Ich war Nummer siebzehn und sie die zwölf. Wir wurden von derselben Kommission geprüft. Eine alte Lehrerin, die wir nie vergessen werden, hatte mich zu Übersetzungen von Seneca, Tacitus und Sallust befragt, sich Notizen über meine Leistungen gemacht.

»Und die Straßen?«, hatte sie plötzlich dazwischengefragt.

»Wie bitte?«

»Die Straßen und die Kommunikationswege im Cavour'schen Programm eines geeinten Italiens. Was können Sie mir darüber sagen?«

Nach der Zulassung begannen die Lehrveranstaltungen: endlose Vorlesungen über zweitrangige Dichter des 16. Jahrhunderts, philologische Wortklaubereien, dazu da, unter den bereits Ausgewählten noch weiter auszusieben, die Spreu vom Weizen zu trennen. Wir hätten uns gegenseitig umgebracht für eine Handvoll zusätzlicher Punkte, ja, schon für einen einzigen mehr.

Deshalb bedeutete jedes Examen: Ansprüche erheben, sich in eine Thematik vertiefen, lange Examensarbeiten in doppelter Ausführung abzuliefern. Sich gegenseitig um Chancen bringen. Sich bescheißen.

Am Tag der schriftlichen Prüfung in Latein ließ ich zwei Busse davonfahren, weil sie voller Schlangen waren. Beim dritten zwang ich mich, einzusteigen. Sie ringelten sich um die Pfosten.

»Fühlst du dich nicht wohl?«

Anna hatte mich inmitten der Menge, die sich an den Türen zusammendrängte, erkannt.

»Anhalten: Hier ist jemandem übel geworden!«

Der Fahrer fuhr sofort rechts ran. Ich taumelte auf den Gehsteig, suchte irgendwo Halt. Anna streckte mir den Arm hin, setzte sich neben mich auf den Boden.

 Wir riskierten, die Prüfung zu verpassen. Außer uns war an diesem Tag niemand dran.

Seit diesem Moment ist sie mein guter Geist. Wir studierten gemeinsam, korrigierten uns gegenseitig die Einschreibungsformulare, tauschten Bücher aus. Dann kamen die Kaffeepausen, die Telefonate, die Nacht im Krankenhaus am Bett ihrer Schwester, die Autofahrten, damit ich früher nach Hause kam.

Über den Pädagogikbüchern kamen uns Zweifel, ob das Gymnasium noch dasselbe war, das uns zu Schulzeiten gequält hatte.

Ich habe gesehen, wie sie während der Fahrt nach oben kurz die Augen geschlossen hat. Und tatsächlich drängt sich unweigerlich das Gefühl auf, im leeren Raum zu hängen, da der Marmor der Kuppel unendlich weit weg scheint und die Wände des Aufzugs aus Glas sind.

»Ja«, sagt Anna. »Dauert es noch lange?«

Als wir in luftiger Höhe aussteigen, lassen wir unsere Blicke bewundernd über das unter uns ausgebreitete Turin schweifen. Mithilfe der kartographischen Schilder erkenne ich die Stadtteile wieder, die ich mir in den vergangenen Monaten erlaufen habe: Ich sehe mich mit Margherita hin und her rennen, ihren Lebenslauf bei Sozialgenossenschaften, Heimen, Bekleidungsgeschäften, Tierhandlungen abgeben.

Was lässt sich nun über die Cavour'sche Verkehrsplanung sagen? Dass die Straßen schnurgerade sind. Und dass sie nirgendwohin führen.

»Wenn ihr nichts dagegen habt, lasse ich euch einige Stunden mit Tommaso allein«, hatte Tirone gesagt. »Ich muss ein paar Dinge erledigen.«

Am Tag darauf war er verschwunden, verschollen in den Tiefen der Schule.

Die Italienischlehrerin warf uns nervöse Blicke zu, während wir mit Tommaso vor dem Gerät saßen, das ihm das Schreiben erleichtern sollte.

Tommaso lachte dem Computer ins Gesicht, weigerte sich, uns sein Handgelenk zu geben, und als wir ihn schließlich dazu überredet hatten, konnten uns die Ergebnisse nicht überzeugen.

DER TURM DER TURM DER TURM

»Soll das eine Beschwörung sein?«

Wir druckten Seiten voll mit TURM, 1234, BA. Als es der Lehrerin gelang, ihm einige Sätze zu entlocken, suchte ich in Annas Augen eine Bestätigung meines Verdachts.

»Es ist sie, die schreibt, er macht gar nichts.«

»Bist du sicher?«

Anna wollte es nicht glauben. Ihr gefiel die Vorstellung, dass Tommaso trotz der Krankheit irgendwo da drin war.

Manchmal konnte von Schreiben nicht die Rede sein. Den Vormittag gestaltete er: Rannte durch den Flur, wir ihm hinterher wie gequälte Seelen, zu weit weg, um etwas anderes tun zu können, als ihm zuzurufen, endlich stehen zu bleiben, während er sich mit den Händen aufs Fensterbrett stützte, den Kopf nach vorn streckte, um ein Haar das Gleichgewicht verloren, sich aus dem Fenster gestürzt hätte.

Tommaso faszinierte uns durch seine reine Existenz. Anna nahm die Ausdrucke vom Schreibgerät mit nach Hause, fand darin unglaubliche Assoziationen, geistreiche und ungewöhnliche Sichtweisen.

An den anderen Vormittagen ging ich zur Schule, unterrichtete in der Mittelstufe, korrigierte mittelmäßige Hausarbeiten. Lobte Politos desinteressierten Blick, seine Augen, die nicht umherschweiften, die sauberen Finger, mit denen er den Stift umklammerte, sich an einer Übersetzung versuchte, scheiterte.

»Benutzt du das Schreibgerät nie?«

»Nein, das brauche ich nicht. Andrea schreibt mit dem Stift wie alle anderen. Er lädt sich aus dem Internet Fotos herunter, druckt sie aus ... Was ist?«

Anna lächelt.

»Ganz die stolze Mama!«

»Lass das.«

Ich bin nicht seine Mutter. Da würde ich verrückt werden.

»Wer weiß, wie es ist, Andrea zu sein«, sagt sie, lehnt sich ans Geländer. »Schrecklich, stelle ich mir vor.«

»Ich denke nicht, dass er sich dessen bewusst ist.«

»Nein?«

»Ich glaube nicht. Es ist eben so und fertig.«

Tommaso rennt vor meinen Augen herum, wirft sich auf die Bank, sodass sie umfällt.

»Was ist los, Tommaso?«, jammert die Lehrerin.

Während ich mitten in der Nacht auf Giannis Couch an meiner Examensarbeit bastle, klappt das Handbuch über kindliche Psychopathologie genau an der richtigen Stelle auf. In dem Kapitel wird das bei Autisten regelmäßig wiederkehrende Gefühl beschrieben, ganz oben in einem Turm eingeschlossen oder selbst der Turm zu sein.

Wieder sehe ich Tommasos zitternden Finger vor mir, wie er die Buchstaben auf der Tastatur sucht.

DER TURM BEEBT DIE BANK FELLT UM

»Wenn wir noch ins Museum wollen, müssen wir uns beeilen.«

Zusammen mit anderen Touristen steigen wir wieder in den Aufzug. Für uns, die wir von durchsichtigem Glas umgeben sind, ist der leere Raum ringsumher weit weg, unkontrollierbar. Wir können nur hoffen, dass dieses langsame Hinabgleiten, auf das wir keinen Einfluss haben, nach und nach, und ohne uns die Knochen zu brechen, die Höhe verringert, damit wir uns so schnell wie möglich wieder in Sicherheit fühlen dürfen.

Tja, denke ich, so ähnlich muss es sein.

Der Regen, der erbittert gegen die Fensterscheiben peitscht, verdirbt uns jegliche Lust, die Wohnung zu verlassen. Seltsamere Osterferien habe ich noch nie erlebt als hier in Gesellschaft von Anna und Margherita: Die Tage sind eine Abfolge von altem Klatsch und neuen Entdeckungen.

»Ist Alessandro wirklich schwul?«

»Wie Elton John. Er hat es jetzt endlich öffentlich zugegeben.«

»Das tut mir leid.«

»Warum?«, erwidert Anna und streckt sich auf dem Sessel. »Mit Sicherheit ist er jetzt glücklicher als während unserer Beziehung.«

Und du?, fällt mir ein, sie zu fragen, aber ich lasse es bleiben. Zum Abendessen schlage ich Pasta vor und informiere sie, dass auch Savarese kommen wird. Den Abend verbringe ich damit, Annas Blicken auszuweichen, die jedes Mal auf mir ruhen, wenn er den Mund aufmacht, um mich auf den Arm zu nehmen.

»Es ist, als ob man in einer Grotte leben würde, nur weniger befriedigend in ästhetischer Hinsicht.«

»Hör auf damit, Savarese. Es ist mein Zimmer, nicht deins.«

Er tut so, als habe er es nicht gehört.

»Welches Tier könnte hier leben? Nur eine Milbe mit ihren zehntausend Kindern.«

»Es reicht jetzt, Savarese«, sagt Margherita und beendet den Disput.

»Er ist nett«, flüstert Anna mir zu, während wir die Teller abwaschen.

»Er ist ein Psychopath«, antworte ich wie aus der Pistole geschossen.

Wenig später gesellt sich Margherita zu uns mit einer Flasche Barbera, die sie gerade entkorkt hat.

»Wie lange kennt ihr euch schon?«

»Vier Jahre«, sagt Anna.

Ehe ich einwerfen kann, dass es mir viel länger erscheint, kommt Margherita mir zuvor.

»Ein ganzes Leben.«

Ich weiß, sie denkt jetzt an Pavia. Und an die Arbeit, an Savarese und an all die anderen. Ihrer Erfahrung nach haben Dinge und Personen ein Verfallsdatum.

Später beende ich ein Telefonat mit De Lucia und finde die beiden leise plaudernd auf dem Sofa. Als wir ins Bett gehen, frage ich Anna, ob es ihr etwas ausmache, am nächsten Tag mit Margherita allein zu bleiben, während ich etwas erledige. Es macht ihr nichts aus.

»Vielleicht hält sie das ja wirklich für eine gute Idee«, hatte De Lucia gestern am Telefon vermutet. »Du solltest aber nicht zu lange bleiben.«

»Bis dann.«

Das Mädchen, das mir die Tür öffnet, dürfte etwa zehn Jahre alt sein: maisblonde Haare, rote Kleidung. Die Kleine sieht aus wie eine Puppe, die nur auf Zeit zum Leben erweckt wurde, um der Belcari zu helfen, und die bald wieder von einem Regal herabstarren wird.

»Ist deine Mama da?«

Ohne zu antworten, geht sie vor mir her durch die Diele zu einem abgedunkelten Wohnzimmer mit antiken Möbeln und verschwindet darin.

Vor zwanzig Jahren übertrat ich bei dem Versuch, in einem Versteckspiel zu gewinnen, die verbotene Schwelle zur guten Stube der Großmutter. Die Schritte meines Bruders und unserer Cousins dröhnten die Treppe hinauf und hinunter, während ich regungslos mitten im Zimmer stand. Ich wusste: Wenn mich die Großmutter hier erwischt, fängt sie an zu schreien. Und dennoch blieb ich stehen.

»Emma.«

Aus der dunkelsten Ecke des Zimmers dringt heiser die Stimme der Belcari zu mir.

»Entschuldige: Ich hatte dich nicht gesehen.«

Ich gehe zu ihrem Sessel. Als sie lächelt, entspannt sich die Falte auf ihrer Stirn. Ich ziehe einen Stuhl vom Tisch in der Mitte des Zimmers heran und setze mich vor sie hin: zwei Eulen, die sich auf demselben Ast zusammengekauert haben.

»Stört es dich, wenn wir kein Licht machen? Wegen meiner Migräne.«

»Nein, natürlich nicht.«

Ich verfluche De Lucia, der mich nicht begleiten wollte.

»Wie geht es dir?«

»Geht so. Es sind vor allem die Kopfschmerzen: Sie gehen einfach nicht weg.« Sie greift sich an die Schläfe, massiert sie.

Es muss doch irgendwelche Tabletten geben, denke ich. Müsste.

»Ich hab dir einen Kuchen mitgebracht.«

Sie antwortet nicht. Ich lege das Päckchen auf den Tisch, nur um etwas zu tun.

Als ich mich wieder setze, bemerke ich den Schatten hinter der Tür.

»Wir haben lange diskutiert, ob Riccardi aus der Klasse genommen werden soll.«

Grazia verzieht keine Miene.

Der Schatten hinter der Tür bewegt sich, schaukelt hin und her.

»Ich bin damit nicht einverstanden. Meiner Meinung nach fühlte er sich ohne Grund von dir bedroht, als du ihn ermahnt hast, deshalb hat er so heftig reagiert. Wir dürfen jetzt nicht alles auf den Kopf stellen, er macht doch allmählich Fortschritte. Findest du nicht?«

Grazia starrt mich schweigend an, beugt sich dann zu mir vor.

»Er ist ein Junge, der Hilfe braucht. Wie alle anderen.«

»Ja sicher, ich weiß.«

»Das Problem ist nur, dass wir ihm nicht helfen können.«

Ehe ich widersprechen kann, hebt sie die Hand, gebietet mir Einhalt. Dann seufzt sie vernehmlich.

»Wir haben angefangen, mit ihm in der Klasse zu arbeiten, obwohl sie uns gebeten hatten, es nicht zu tun«, sagt sie. »Nach der ersten Woche fing er an, Bänke auf seine Mitschüler zu werfen. Zwei brachten wir ins Krankenhaus, einen in den Sanitätsraum. Er hatte eine aufgeplatzte Augenbraue, sie hörte gar nicht mehr auf zu bluten.«

»Grazia, du irrst dich. Riccardi hat so was nicht gemacht.«

Wieder fährt die Hand hoch. Schweig.

»Dann haben wir ihn aus der Klasse genommen, in ein eigenes Zimmer im obersten Stock gesteckt.«

Es gelingt mir nicht mehr, sie zu unterbrechen. Sie hört nicht zu.

»Da waren er und ich vier Jahre lang. Ich habe ihm das Rechnen beigebracht, das Schreiben.«

»Und dann?«, frage ich, weil die Pause, die nun folgt, zu lang wird.

»Tiere sperrt man ein, Kinder nicht. Ich habe gesagt, dass er bereit sei, in die Klasse zurückzukehren. Er war dazu bereit, Emma. Ich wollte es ihnen zeigen, wollte, dass sie es sehen.«

Ich hatte dich nicht gebeten, mir das zu erzählen, denke ich. Tu es nicht. Es geht mich nichts an.

»Zwei Tage vor dem vereinbarten Termin waren wir allein im Klassenzimmer. Wir stellten gerade seine Himmelskarte fertig und suchten dafür in den Zeitungen nach geeigneten Fotos. Ich bat ihn, mir die Schere zurückzugeben. Ich war blöd.«

Der Schatten hinter der Tür ist größer und breiter als Andrea. Es ist Santojanni.

»Ich habe sie ihm abgenommen, während er sie hierhin richtete«, sagt Grazia, zeigt mit zwei Fingern auf ihre Kehle, macht eine Geste des Durchschneidens. »Ich habe ihm das Handgelenk zusammengedrückt, dann ließ er sie fallen.«

Ich versuche, wieder zu Wort zu kommen.

»Es war Santojanni, Grazia, nicht Andrea.«

Sie schüttelt den Kopf.

»Sie sind alle gleich. Du hilfst ihnen, behältst sie in der Klasse, sorgst dafür, dass sie einen Abschluss machen, dann gehen sie weg, und es kommen neue, die genauso sind. Es nimmt kein Ende.«

»Aber Andrea ist anders. Die Mitschüler akzeptieren ihn allmählich. Vor allem Meriem.«

»Andrea hat sie angegriffen. Er ist gefährlich.«

»Mag sein«, gebe ich zu und setze damit alles aufs Spiel. »Aber wir haben jetzt eine Möglichkeit, zu ihm durchzudringen, ihn zu beruhigen.«

Die Belcari schüttelt den Kopf.

»Doch«, beharre ich.

Ich setze mich so auf dem Stuhl zurecht, dass sie mich anschauen muss.

»Andrea verehrt den Leguan wie eine Gottheit. Man braucht nur zu sagen: Der Leguan will das nicht, und sofort lässt er ab von dem, was er gerade tut.«

»Der Leguan?«, fragt Grazia.

»Der Leguan«, wiederhole ich. »Du wirst sehen, er rettet uns das Schuljahr.«

Sie blickt nach draußen. Die Wolken haben eine weiße Haube gebildet, die sich auf den Glasscheiben des Fensters spiegelt, sie wie ein Schleier überzieht, der die Konturen der Gebäude verwischt.

»Also, es ist mehr oder weniger so etwas wie ein Nervenzusammenbruch«, hatte mir De Lucia erklärt. »Nur, dass er kommt und geht. Hast du schon mal was von *Burnout* gehört? Panikattacken, Beklemmungen, Depressionen: Es ist, als ob ein Teil des Gehirns ausbrennen würde. Wegen Stress, kannst du dir das vorstellen?«

»Glaubst du an so was?«

Ich brauche nicht darüber nachzudenken.

»Ja.«

»Na schön«, sagt sie. »Ich spreche morgen mit Miranda.«

Sie versteht mich. Wir sitzen in einem Boot.

»Ok, ich gehe jetzt, damit du dich weiter ausruhen kannst.«

 Das kleine Mädchen ist nirgends zu sehen: Ich verabschiede mich von Grazia und lasse sie mit Santojannis Schatten allein, der sich neben den Sessel kniet, den Kopf auf die Armlehne legt und darauf wartet, dass sie ihm mit der Hand übers Haar streicht.

Anna am Tresen in Margheritas Pub sitzen zu sehen, ist, als ob man die Möglichkeit hätte, sich selbst von außen zu betrachten.

»Wie ist es gelaufen?«

Ich habe wieder Grazia vor Augen, wie sie im Dunkeln in ihrem Sessel sitzt.

»Sehr gut: Wir werden versuchen, ihn in der Klasse zu behalten. Möge der Leguan uns helfen! Was trinkst du da?«

Ohne darauf zu warten, dass wir sie darum bitten, füllt Margherita uns ab.

»Das geht auf Rechnung des Hauses, wenn du die Abreise verschiebst.«

Anna lächelt. »Ich kann nicht.«

Morgen früh um sechs ist es so weit.

»Zahlt trotzdem das Haus«, sagt Margherita und belädt das Tablett mit Bestellungen. »Er kriegt sowieso nichts davon mit.«

Wir schauen ihr zu, wie sie von einem Tisch zum anderen geht, lächelnde Blicke und halbe Helle verteilt.

»Sie ist ein Denkmal für den Widerstand«, sagt Anna. »Und du auch.«

Ich muss lachen.

»Wenn alles gutgeht, lande ich irgendwann in einem

abgedunkelten Zimmer und führe Selbstgespräche. Wenn es nicht gutgeht«, ich überlege nur einen Moment lang, »werde ich nach Hause zurückkehren und mich von meinen Eltern aushalten lassen müssen.«

Sofort bereue ich es, aber es ist zu spät, ich habe es gesagt.

Ich sehe wieder Anna vor mir, wie sie weinend auf Giannis Sofa sitzt, nicht aufhören kann. Sie hat sich mit ihrer Mutter gestritten, hält es nicht mehr aus.

Zum Glück packt mich Savarese an der Schulter und unterbricht unser Gespräch. Ich freue mich, ihn zu sehen.

»Hey«.

Er trägt einen dunklen, eleganten Anzug. Und Krawatte.

»Hat dir deine Freundin nicht gesagt, dass dieser Bereich hier gefährliches Terrain für wehrlose Mädchen ist?«

Anna dreht den Barhocker, um ihn direkt vor sich zu haben.

»Nein, hat sie nicht.«

Er schüttelt den Kopf.

»Nicht gut, gar nicht gut.«

»Wer ist gestorben, Savarese?« Ich deute auf seine Krawatte.

»Ich dachte, ich hätte dich auf meine wichtige berufliche Funktion hingewiesen«, entgegnet er und stellt einen kleinen Lederkoffer auf den Tresen. Er reicht Anna die Hand, formvollendet wie ein Kavalier alter Schule.

»Dann sagen Sie mir doch, Herr Rechtsanwalt«, fragt sie, »Zivil- oder Strafrecht?«

»Drücken wir es mal so aus«, antwortet er und verleibt sich den Rest von meinem Bier ein. »Es kommt selten vor, dass ich an etwas Zivilem arbeite: Es ist immerhin eine Anwaltskanzlei.«

»Bist du eigentlich jemals ernsthaft?«

»Nein, nie«, erwidere ich. »Er ist unerträglich.«

Savarese grinst wie gewöhnlich. Dann ändert er den Tonfall.

»Familienrecht.«

»Wirklich?«

»Scheidungen, Kinder, Vernachlässigung, Pflegschaft. So steht es jedenfalls auf dem Schild am Eingang.«

»Das hätte ich ja niemals vermutet.«

Savarese zieht die Augenbrauen hoch, täuscht Widerspruch vor.

»Hättest du vermutet, das Clark Kent Superman ist? Oder dass Jesus, der Zimmermann, Wunder tun kann?«

»Jesus war der Sohn Gottes, wenn ich mich nicht irre.«

Er schneidet eine Grimasse. »Vitamin B mal beiseite.«

Gemeinsam treten wir den Heimweg an, weil Margherita früh Feierabend macht. Der Himmel ist weiß und prall, als bestünde er nur aus einer einzigen dicken Wolke.

»Gleich schneit es«, sagt Savarese voraus.

Ich glaube nicht daran.

»Im April?«

»Das kann auch im Juni noch vorkommen.«

Anna und ich lassen die beiden vor dem Haus zurück und gehen weiter bis zum Po, bleiben mitten auf der Brücke stehen, um uns von dort oben in den Anblick des Flusses zu versenken, dieser heidnischen Gottheit eines knausrigen, beunruhigenden Norditaliens.

»Er ist schön«, sagt sie und staunt über die Strömung, sein unermüdliches Fließen.

Erschöpft von den Mühen des Tages, lehne ich mich ans Geländer. Morgen beginnt die Schule wieder.

»Also, wegen der Doktorandenstelle, sie haben mir schon geantwortet.«

Ich hatte nicht daran gezweifelt.

»In einem Monat fliege ich.«

Sie lächelt, und mir ist klar, dass ich sie, anstatt darauf zu antworten, in die Arme schließen muss: Es geht jetzt nicht mehr um einen Sieg, sondern um ein Unentschieden.

»Ich habe viel darüber nachgedacht, ob ich bleiben soll. Du weißt ja, bei der Gewerkschaft und dem Protestkomitee an der Uni. Nur ... Ich schaffe es nicht.«

Ich verstehe, Anna. Wirklich. Wir müssen uns wehren.

»Wir versuchen alles: Irgendwas wird schon klappen.« Das sage ich, und in diesem Moment glaube ich so sehr daran, dass mich nicht einmal die Gewissheit schreckt, beim Nachhausekommen die Schlange nicht mehr unter dem Heizkörper zu finden. Sie ist aufgewacht und kriecht jetzt durch die Zimmer, um nach mir zu suchen.

Als ich zur zweiten Stunde die Schule betrete, ist alles bereits vorbei.

Meriem hat im Flur auf mich gewartet, um mich in Kenntnis zu setzen. »Gehen Sie schon, ich bitte Sie.«

Ich habe es so eilig, ins Direktorat zu kommen, dass ich ihn fast übersehe, wie er da niedergeschlagen auf der Bank gegenüber sitzt und liest.

 »Darf man erfahren, wie zum Teufel das passiert ist?«

Petar schlägt das Comic-Heftchen zu, sieht mich an.

Bevor er antworten kann, stoppe ich ihn, weil Miranda, die aus dem Büro tritt, direkt auf uns zusteuert. »Deine Mutter ist gleich da.«

Wie ich sehe, begrüßen wir uns nicht mehr.

»Was hat er getan?«

Zu spät wird mir bewusst, dass diese Annahme jeden Verteidigungsversuch hinfällig macht.

»Hast du gewusst, dass der kleine Prinz hier ein Messer hat?«

Petar blickt auf seine Schuhe.

»Natürlich nicht«, anworte ich.

Miranda deutet in Richtung Innenhof.

»Beruhige dich und denk doch mal an die Fortschritte, die Kierloy seit Anfang des Schuljahres gemacht hat. Die sind befriedigend.« Nur einen Moment lang dreht sie sich zu ihm um, wirft ihm einen Blick zu, der ihn erstarren lässt, dann verschwindet sie im Lehrerzimmer.

Ich zerre Petar zum Fenster. Zunächst erscheint mir alles so wie sonst: die entlang des Gatters gepflanzten Bäume, der halb zerrissene Basketball-Korb rechts hinten, die Reihe der Mopeds auf den vorgezeichneten Parkplätzen.

»Gib's mir, sonst kannst du was erleben«, sage ich.

»Ich hab es weggeworfen«, erwidert er.

Mopeds und Fahrräder stehen unnatürlich schief da: Irgendjemand hat seine Wut an den Reifen, Schläuchen, den knallbunten Seitenteilen ausgelassen.

»Wie viele Tage hast du dafür gebraucht?«

»Drei.«

»Aber wie bist du überhaupt auf die Idee gekommen, ein solches Gemetzel anzurichten, darf man das mal erfahren? Du hast sie alle kaputtgemacht.«

»Nicht alle. Ein paar«, antwortet er nach einer Weile. Er geht zur Bank zurück, setzt sich, das Comic-Heft taucht wieder zwischen seinen Händen auf.

Dieser Junge ist wie ein Fisch im Meer. Das sind sie alle. Wir Lehrer segeln über sie hinweg, fischen ab und zu einen heraus. Aber wir haben keine Ahnung, was sich dort unten abspielt, wie diese Fische eigentlich leben.

Ich setze mich neben ihn.

»Idioten triffst du überall. Du darfst dir von ihnen nur nicht dein Leben zerstören lassen.«

Sie sind wie Schlangen, Petar. Können nichts anderes als beißen, Gift versprühen. Er antwortet nicht.

»In einem Monat ist das Schuljahr zu Ende. Du musst durchhalten: Lerne, benimm dich anständig. Du schaffst das schon.«

Interessanter als ich ist in diesem Moment jedoch Groucho, Dylan Dogs komischer Assistent, der sich auf der Doppelseite, die Petar gerade aufgeschlagen hat, für seinen charismatischen Chef auszugeben versucht.

»Ich rede mit den anderen Lehrern. Der Schulverweis wird nicht ins Gewicht fallen.«

Petar hält die Augen gesenkt und den Mund geschlossen.

»Dein Aufsatz hat mir übrigens gefallen.«

Nach einer Weile klappt er das Comic-Heft zu.

»Eine Sache habe ich aber nicht verstanden: Wir Italiener sagen Dinge, die wir dann nicht tun. Ist das etwas Positives oder etwas Negatives?«

Er gibt keine Antwort.

»Ist das gut oder schlecht?«

Er zuckt mit den Schultern.

»Ich weiß nicht. Es ist eben so.«

Ich rase den Flur bis zur 1D hinunter, klopfe an und trete ein, bevor ich dazu aufgefordert werde. Miranda steht am Pult, durchbohrt mich mit ihrem Blick.

»Ich habe der Klasse etwas mitzuteilen. Es dauert nur eine Sekunde.«

Mehr als zwanzig Schüler heben die Augen von den Weidenkörben, die sie gerade basteln, sehen mir unruhig entgegen.

»Ich weiß, dass sich einige von euch einen Spaß daraus machen, behinderte Mitschüler nachzuäffen, sich über sie lustig machen. Also, wenn ich einen von euch das nächste Mal erwische, dass er Grimassen schneidet, bucklig oder hinkend herumläuft, um einen Mitschüler zu beleidigen, lasse ich denjenigen von der Schule werfen. Das schwöre ich euch.«

Miranda will etwas sagen, doch ich komme ihr zuvor. »Und noch etwas: Wenn sich irgend so ein Hanswurst wieder mal erdreistet, so ein Spektakel zu machen, sollte er sich vor Augen führen, dass er einfach nur Glück hat, gesund zur Welt gekommen zu sein. Und dass sich das Glück im Laufe des Lebens auch wenden kann.«

Fluchtartig verlasse ich den Raum, entziehe mich Mirandas bitterbösen Blicken. Mir zittern die Beine, die ich nicht bremsen kann, bis ich bei der Tür von Klassenzimmer 9 angekommen bin.

Irgendwas wird schon klappen, denke ich.

»Das hast du nicht wirklich gesagt.«

»Doch.«

Anna schüttelt den Kopf.

»Du bist ja verrückt.«

Sie ist stolz auf mich.

Damit uns mehr Zeit bleibt, warten wir in einem Stehcafé im Bahnhof, das dem Bahnsteig am nächsten liegt, auf die Ankunft des Zuges.

»Du kannst so viel studieren, wie du willst, es ändert nichts: Zu kapieren, was man mit den Schülern machen soll, ist schwer.«

»Manchmal höre ich Biagini in meinem Kopf«, sage ich in einem Atemzug.

Anna blickt von ihrem Kaffee auf. Wahrscheinlich rät sie mir gleich, einen Arzt aufzusuchen. Doch sie lächelt.

»So wie ich ihn kenne, wird es nicht leicht sein, ihn wieder loszuwerden«, sagt sie, schweigt dann, um mir Zeit zu lassen, ihr die Frage zu stellen, auf die sie schon seit einer Woche wartet.

»Gianni meldet sich nicht. Ich habe versucht, ihn anzurufen, aber das Telefon klingelt ins Leere.«

Sie sagt nichts. Wartet darauf, dass ich fortfahre.

»Hat er eine neue?«

Ihr Seufzer scheint alle Luft in der Nähe aufzusaugen.

»Könnte sein.«

Wir gehen den Bahnsteig entlang. Hier ist die Luft noch

 eisiger. Ohne Rücksicht auf die Jahreszeit fing es an zu schneien, als wir aus dem Haus traten.

»Ruf ihn noch mal an«, sagt sie. Der Schal, den ich ihr geschenkt habe, ist viel zu groß, sie versinkt darin. Wir umarmen uns in der Weise, in der sich auch alle anderen auf dem Bahnsteig umarmen: Ein Ritual von uns, die wir uns Freitag bis Sonntag beherbergen und uns dann für Monate oder Jahre verabschieden.

Beim letzten Aufruf weicht Anna mit erhobener Hand zurück, der Trolley folgt ihr wie ein kleines Hündchen.

»Besuch mich in Amerika«, ruft sie, während sich die Tür schließt und sie im Zug einsperrt.

Der Wind wirbelt die Flocken durch die Luft, treibt sie in alle Richtungen. Die Piazza Castello ist weiß: Auf dem Boden, auf den Statuen und den Brunnen liegt Schnee. Niemand ist unterwegs. Die Leute sind verschwunden, wie im Märchen. Die Prinzessin schläft, weil eine Hexe sie verzaubert hat, daher schläft auch das Volk und wartet darauf, erlöst zu werden.

Geh ran. Geh doch mal ran.

Ich gäbe alles dafür, dieses Freizeichen nicht mehr hören zu müssen, das mich begleitet, während ich durch die Stadt laufe, unter den Arkaden Schutz suche, bis ich zu Hause bin.

Geh ran, Gianni.

Als ich endlich vor dem Tor stehe, kapituliere ich vor der Stimme des anonymen Anrufbeantworters und dem Schweigen danach. Offenbar bin ich selbst die Hexe.

Ich wühle in meiner Tasche nach den Schlüsseln und

finde sie genau in dem Moment, als das Tor aufspringt und der Nachbar mit Schal, Regenschirm und über die Augen gerutschtem Hut herauskommt.

Ich drehe mich um, schaue ihm nach und kann mich nicht beherrschen.

»Warum gehen Sie nie ran?«

Er hört mich nicht. Anstatt sich unter die Arkaden zu flüchten, überquert er die Straße, spannt seinen Regenschirm auf und bietet dem Schneesturm die Stirn.

Die Heizkörper sind aufgedreht, die Fenster geschlossen, dennoch verfolgt mich die Kälte bis in die Wohnung, klebt mir am Körper. Ich stürze in mein Zimmer, suche etwas Warmes zum Anziehen, um sie fürs Erste zu vertreiben.

Alle Kartons sind verschwunden: keine unter dem Tisch, keine unter dem Bett, keine neben der Kommode. Ich öffne die Schranktür: Da stehen sie alle, einer neben dem anderen, auf montierten Regalbrettern.

Ein mit Tesafilm befestigtes Bild von »Kumpel Christus« fordert mich auf, den Mut nicht zu verlieren. Unterschrieben ist es mit *Savarese & Jesus (der Zimmermann).*

17

»Ich war auf dem Markt. Mit Tüten bepackt komme ich nach Hause, stelle sie auf den Tisch und rufe meine Mutter. Ich weiß, dass es absurd ist, aber ich habe ein Bündel Schlangen gekauft. Auf den Marktständen wurden sie wie Spinat feilgeboten, und ich habe eine Handvoll gekauft, in eine Schachtel gelegt, die Schachtel in eine Tüte gepackt und sie so nach Hause getragen. Mama kommt in die Küche, schaut mich an und sagt zu mir: Was hast du gemacht? Und in der Tat, denke ich, was zum Teufel ist in mich gefahren, dieses ekelhafte Zeug zu kaufen? Schmeiß sie weg, sagt sie, tu mir den Gefallen. Ich greife in die Tüte, hole die Schachtel heraus und öffne sie. Die Schlangen sind nicht mehr da. Sie sind entwischt. Meine Mutter macht ein böses Gesicht und sagt: Los, jetzt finde sie.«

Margherita umklammert ihre Tasse mit den Händen. Heute Nacht hat sie zum ersten Mal von ihrer Mutter geträumt. Ich wüsste gern, ob sie sie in dem Alter gesehen hat, das sie jetzt erreicht hätte, wenn sie nicht gestorben wäre. Mütter, die so alt sind wie ihre Töchter, gibt es ja schließlich nicht.

»Was hat das deiner Meinung nach zu bedeuten?«

»Nichts«, lüge ich und schwenke meinen Kaffee in der Tasse. »Es hat nichts zu bedeuten.«

Wenn ich etwas kann, ist es, morgens die Treppe hinabzusteigen, obwohl ich keine Lust dazu habe, die Tasche an mich zu drücken, die mir von der Schulter hängt, die Haltung zu ändern, damit der Riemen nicht herunterrutscht, einen Euro für die Zeitung bereitzuhalten, zu vergessen, wo ich ihn hingesteckt habe, vor dem wartenden Kioskbetreiber danach zu suchen und schließlich einen Fünfeuroschein aus dem Portemonnaie zu ziehen.

Mit derselben Routine gehe ich dann zur Bushaltestelle, habe nicht die geringste Ahnung, wann und wohin die Busse fahren, und fordere somit jedes Mal das Schicksal heraus. Ich verstehe es, den bohrenden Blicken der Alten auszuweichen, das Stimmengewirr auszublenden, das mich umgibt und sich zwischen mich und das, was ich lese, einschleichen möchte.

Diese Fähigkeiten wurden gestern Morgen außer Kraft gesetzt, als ein hochgewachsener schnurrbärtiger Mann – derselbe, dem ich schon ein paarmal im Stehkaffee um die Ecke über den Weg gelaufen war und den ich vor der Sprechanlage hatte stehen und auf die vergoldeten Namensschilder hatte starren sehen – mich daran hinderte, in den Bus zu steigen und noch vor Unterrichtsbeginn in der Schule zu sein, um die Zeitung lesen zu können, bevor ich das Klassenzimmer betrat.

Er packte mich an der Hand und stellte sich vor: Wir sollten miteinander reden.

Eindämmen heißt die Parole.

Eindämmungsstrategien für den Notfall.

De Lucia blickte mich aus geröteten, übermüdeten Augen an.

»Ist das verständlich?«

Schnell las ich seinen Lehrplan durch: auf der einen Seite die Ziele, auf der anderen die notwendigen Hilfsmittel und Methoden.

»Vom Leguan ist darin nicht die Rede.«

Er schüttelte den Kopf.

»Wir sind uns ja noch nicht sicher, was den Leguan angeht. Und das ist ein offizielles Dokument. Es soll den Kollegen helfen, die im nächsten Jahr unsere Stellen übernehmen.«

Unsere Stellen, sagte er, meinte aber eigentlich *deine Stelle*: Ich bin diejenige, die nur vorübergehend hier arbeitet.

Andrea beendet gerade die Geographieaufgabe, die ich ihm gegeben habe. Seine Mitschüler sehen sich einen Dokumentarfilm an, haben aber schnell gemerkt, dass die ausgedehnten Sitzungen vor dem Fernseher nichts für ihn sind.

Ohne anzuklopfen, betritt Mattia das Klassenzimmer. Andrea fährt hoch und geht ihm entgegen, tippt ihm auf die Schulter, streift dann durchs Zimmer und berührt dabei die Tonarbeiten, die Bilder, die Stifte.

Mattia fängt an zu kichern.

»Lass das«, sage ich.

Andrea läuft um den Tisch herum, geht zum Bücherschrank, kehrt zum Computer zurück, versetzt dem Bildschirm einen Schlag.

»Aber was machst du denn da?«, lacht er höhnisch.

»Nichts. Was machst du überhaupt hier?«

»Wann kommt Petar wieder?«

»Morgen. Geh jetzt bitte wieder in die Klasse.«

Ich versuche, mich vor Andrea zu stellen, aber es ist unmöglich, er läuft rastlos umher. De Lucia gelingt es ebenfalls nicht, ihn zu beruhigen.

»Nein, bitte, ich will hierbleiben: Miranda hat gesagt, dass ich bleiben kann.«

Ich versuche, ihn zur Tür zu schieben.

Riccardi hat auf dem Bücherregal den alten Joghurtbecher mit den Schnipseln entdeckt und fängt an, ihn zu schütteln, will ihn aufkriegen.

»Andrea, gib mir den Becher, er gehört dir nicht. Wenn die Schnipsel verloren gehen, wird Davide böse.«

Plötzlich rennt Mattia an mir vorbei zum Fenster.

»Andrea ist verrückt, oder?«

Andrea brüllt. Der Becher landet auf dem Boden. Er hat die Hand frei, ballt sie zur Faust, geht auf Mattias Kopf los. Weder De Lucia noch ich sind schnell genug: Andrea steht schon neben ihm, packt ihn am Kragen, schüttelt ihn hin und her.

»Es reicht, Andrea«, sage ich. »Der Leguan will das nicht.«

Andrea hört auf zu schreien, keucht mit geöffnetem Mund. Wir stehen alle wie erstarrt da.

Nach und nach lösen sich Andreas Hände, gleiten an Mattias Brust herab. Mit der anderen greift er sich an seine Wangen, tastet unter den Augen nach den Tränen, die er vor lauter Wut vergossen hat.

Mattia lacht kurz auf.

»Das ist der Verrückteste von allen«, sagt er.

Ich folge Margherita über die Straße, konzentriere mich dabei auf die Einkaufstüten, damit sie nicht wieder zerreißen.

»Was ist los?«

Margherita ist ruckartig stehen geblieben. Das Café, der Zeitungskiosk, der Blumenladen: Wir sind schon fast zu Hause. »Lass uns gehen«, sagt sie und kehrt um.

Der Mann mit dem Schnurrbart macht keine Anstalten, sich von der Haustür zu entfernen. Ich überlasse ihm die Tüten und gebe ihm zu verstehen, sich nicht von der Stelle zu bewegen, dann renne ich ihr hinterher.

»Bleibst du jetzt mal kurz stehen?«

Margherita läuft stur weiter. Ich renne noch schneller, um sie einzuholen.

Es beginnt zu regnen, das Wasser rinnt von den Balkonen und Gebäuden, dringt in die Bereiche ein, die unsere Schirme nicht zu schützen vermögen.

»Bitte«, sage ich.

Einige Passanten schauen uns hinterher, denken wohl, dass wir streiten.

Endlich bleibt Margherita stehen, geht zu einem Torbogen und stellt sich dort unter.

»Warum gehen wir nicht essen?«, fragt sie.

»Weil wir gerade einkaufen waren.«

Ströme von Wasser überfluten den Gehsteig und klatschen uns gegen die Stiefel. Meine Sohlen kann ich vergessen: Ich spüre, wie das Wasser sie langsam aushöhlt.

»Er will doch nur mit dir reden. Du musst ja nichts sagen, nur zuhören. Er schwört, dass er dann wieder nach Pavia zurückfährt.«

Sie starrt mich an.

»Ja, er hat mich darum gebeten. Du bist ja immer unterwegs, und wenn du mal da bist, lässt du ihn nicht rein.«

»Und in diesen Fällen bist du dann also zur Stelle.«

»Ich habe ihm gesagt, dass ich dir gut zureden würde, aber wie du ja gemerkt hast, habe ich das nicht getan. Jetzt ist er hier, und wenn du hören willst, was er zu sagen hat, ok, ansonsten eben nicht. Das musst du entscheiden.«

Ohne mich anzusehen, lässt Margherita die Standpauke über sich ergehen, dann spannt sie wieder ihren Regenschirm auf.

»Wo sind deine Tüten?«

Der Vater steht immer noch vor dem Haustor, mit unseren Einkaufstüten auf dem Arm.

»Emma sagt, dass ich nichts sagen, sondern dir nur zuhören brauche.«

Er schaut mich an, als hätte ich ihn verraten.

»Aber entschuldige mal, das ist unmöglich«, fährt Margherita aufgebracht fort. »Ich muss unbedingt mit dir reden: Nämlich um dir zu sagen, dass ich dir nicht zuhören will und auch nichts mehr von dir hören will.«

Ohne ihm Zeit für eine Entgegnung zu lassen, nimmt sie ihm die Einkaufstüten ab und schließt das Tor auf. Er bleibt stehen, wo er ist, lässt die Arme hängen, als wollten sie immer noch die Einkäufe der Tochter tragen. Wortlos gehe ich an ihm vorbei und beeile mich, ihr zu folgen, damit sie mich nicht auch aussperrt.

Bevor ich heute Morgen aus dem Haus ging, vergewisserte ich mich, dass niemand an den Tischen des Cafés gegenüber saß. Ich verzichtete auf die Zeitung, eilte am Kiosk vorbei, warf nur einen kurzen Blick hinein. Niemand da.

Ich konnte mich entspannen, langsamer gehen, auf den Betrieb in der Zoohandlung achten: In gebückter Haltung verteilte der Ladenbesitzer gerade einen Wurf Zwergkaninchen auf zwei Käfige. Zunächst dachte ich, er wählte ganz willkürlich aus, doch dann bemerkte ich, dass er nur die größten am Rücken packte und am Fell hochzog.

Ich musste einfach stehen bleiben.

Die Hasen bewegten die Schnäuzchen auf und ab wie Neugeborene. Vergebens strampelten sie ein paarmal mit den Pfötchen, ehe sie sich mit dem Umzug abfanden.

Der Mann setzte sie auf den Boden, schloss den Käfig und stellte ihn neben den anderen.

Die wenigen, die zurückblieben, schmiegten sich aneinander, bildeten ein flauschiges Nest, aus dem ab und zu ein Kopf, zwei Ohren, ein Schnäuzchen auftauchten.

Ich besuche Petar in der Klasse, wo er über einer Grammatikaufgabe gebeugt sitzt, während die Kollegin vier seiner Mitschüler am Pult abfragt. Er blickt hoch, nickt mir zu.

Willkommen. Alles ok?

Ja.

Einfache Aufgabe?

Na ja.

Na komm. Es ist eine einfache Aufgabe.

Nach wenigen Minuten ertönt die Pausenglocke, die Schüler stürmen auf die Gänge, Petar gibt ab.

»Er ist wirklich gut geworden«, gibt die Lehrerin zu.

»Ja«, bestätige ich. Akzente, Silbentrennung, Verben: Es ist ein ausreichend.

»Sagen Sie …?«

Ich gehe zu ihm zur Tür.

»Wenn es so weitergeht, wenn ich aufhole? Wenn Sie mit den Lehrern sprechen …« Zu viele »wenn«. »Mach weiter so. Du wirst aufholen. Ich spreche mit den Lehrern.«

Petar steckt die Hände in die Hosentaschen. Begeisterung kennt er nicht.

Ich lege ihm eine Hand auf die Schulter: Wir müssen enthusiastisch sein, Petar, und uns freuen, wenn diese Sache gut läuft, denn wir haben sie zum Laufen gebracht.

Ich will diesen Gedanken laut aussprechen, schaffe es aber nicht.

Ich sehe eine Gruppe von kleineren Jungen, die vor den offenen Fenstern steht und alte Ängste in mir auslöst. Ich sehe Tommasos Rücken auf der Fensterbank und renne zu ihm, packe ihn am T-Shirt, ziehe ihn zu mir heran: Es ist Mattia.

»Was zum Teufel machst du da? Du sollst dich nicht rausbeugen, das ist gefährlich.«

»Keine Angst«, sagt er und streicht sich das verknitterte Shirt glatt. »Ich bin ja nicht doof.«

Erst vor Kurzem ist mir aufgefallen, wie häufig ich mich nach dem Alter von Leuten erkundige, die erfolgreich sind.

Mit wie vielen Jahren hat diese Person es geschafft, eine gesellschaftlich angesehene und ökonomisch abgesicherte Position zu erreichen, indem sie das tat, was ihr Spaß machte, wo ihre Talente lagen, worauf sie sich jahrelang vorbereitete, sei es, dass sie tanzte, sang, Spülbecken reparierte oder hochkomplizierte Steuermodelle erstellte?

»Keine Ahnung«, schreit Margherita. »Mit sechsundzwanzig. Oder achtundzwanzig.«

»Absurd.«

Die Sängerin, die dort auf der Bühne ihrer Gitarre rasende Akkorde entlockt, umringt von einer Fangemeinde, könnte jünger sein als ich.

Sie ist Amerikanerin und vielleicht lesbisch. Die Musik ist so unerhört neu, dass ihre CD nur in einigen europäischen Ländern verkauft wird.

»Komm.«

Während die Menge euphorisch applaudiert, nimmt mich Margherita an der Hand; wir gehen so nah an der Sängerin vorbei, dass ich den Schriftzug auf ihrer Gitarre lesen kann: *Kingdom come*. Das Königreich komme.

Vor einigen Monaten erfuhr sie von ihrem Manager, dass sie nach Europa reisen und Paris, Amsterdam, Berlin, Barcelona und noch ein paar andere Städte besuchen würde. Jetzt spielt sie zwischen dem Schlagzeuger und dem Bassisten mit geschlossenen Augen und der Angst, Fehler zu machen, obwohl das niemand merken würde.

»Sie ist geil!«, brüllt mir Margherita ins Ohr.

Sie ist jung, denke ich.

Am Ausgang kaufen wir die CD und hören sie, kaum zu Hause angekommen, in voller Lautstärke; es ist Samstag, niemand kann sich beschweren. »Echt gut«, sagt Margherita und trinkt den Rest ihres Bieres.

»Weißt du, dass ich vor ein paar Jahren in einer Band in Pavia die Bassgitarre gespielt habe?«

Wir sollten ernsthaft darüber nachdenken, eine Band zu gründen.

»Spielst du auch ein Instrument?«

Nein, aber das ist egal. Darum geht es nicht. Die Leute fangen bei null an, machen unglaubliche Sachen: ziehen nach London, arbeiten nachts, ernähren sechs Kinder. Im Ausland gibt es tolle Leute, und sie wissen nicht einmal, dass sie toll sind.

»Du bist betrunken«, entgegnet Margherita.

»Ich muss mal jemanden anrufen«, sage ich. Margherita macht keine Anstalten, die Stereoanlage leiser zu stellen, und das kommt mir sehr gelegen. Stille kann ich nicht gebrauchen, die Musik passt ausgezeichnet, Gianni wird merken, dass mein Leben irgendwie weitergeht. Dass es mir egal ist, ob er eine neue hat, dass alles, was man verliert, irgendwann ersetzt oder vergessen wird, dass das, was uns behindert, überwunden wird, andernfalls überwindet es uns.

»Geh ran«, sage ich zu der Stimme auf dem Anrufbeantworter. »Gianni«, füge ich nach dem Signalton hinzu, »lass von dir hören.«

Eindämmen heißt die Parole.

Ich lerne abzuwarten, bevor ich die Aufforderung, die Andrea sehr wohl gehört hat, wiederhole. Ich lerne, ihn nur leicht am Arm zu berühren, wenn Nicolini ihn beim Aufrufen der Namen übergeht und er fluchend den Rücken krümmt. Ich lerne, sein Kichern, das Gebrumme, das nervöse Zucken der Hand zu deuten.

 Riccardi ist ein Topf, der auf dem Herd kocht. Er benötigt einen Deckel und die richtige Menge an Gas, um nicht überzulaufen.

Petar ist eine geladene Pistole. Ich überlasse es der Schule, sie zu handhaben, sie in alle Richtungen zu halten.

Mattia ist eine verstimmte Gitarre. Wenn er zwischen seinen Mitschülern hindurchläuft, lacht er zu viel und zu laut. Von dem, was sie sagen, versteht er nur die Hälfte, aber das stört ihn nicht. Er will einer von ihnen sein.

Normalität heißt die Parole.

Auf der Suche nach einem Englischbuch flüchten wir uns ins Förderbüro. Ich frage mich, was jemandem wie Andrea Englischkenntnisse nutzen. Um Touristinnen anzusprechen? Nach Straßennamen zu fragen? Den Lebenslauf aufzumotzen?

Dass De Lucia hereinkommt, nehme ich kaum wahr. »Hast du schon gesehen? Wir haben gewonnen.« De Lucia reicht mir ein Rundschreiben: Der Minotaurus hat den ersten Platz im Skulpturenwettbewerb belegt. Es wird eine Preisverleihung geben, und wir sind dazu eingeladen.

»Hast du gehört, Andrea?«

Riccardi blickt nicht hoch.

De Lucia will sich schon von uns verabschieden, aber ich halte ihn an der Tür fest.

»Hilf meinem Gedächtnis auf die Sprünge: War das ein Wettbewerb für *sie* oder stand er allen offen?«

»Es ist ein Zweijahreskurs der höheren Schulen«, antwortet er.

Er ist also für alle.

»Phantastisch: Freust du dich, Andrea?«

Jetzt ist Literatur dran. Wir sind mit unserem Thema noch nicht ganz durch.

»Erinnerst du dich an die Geschichte von dem Zyklopen?«

Auf den zerknitterten Seiten seines Hefts ist eine recht bescheidene *Odyssee* entstanden, unterteilt in kurze Episoden, die er nach Lust und Laune illustriert hat. Andrea blättert in seinem Heft, sucht die richtige Seite.

»Was möchtest du sein: Theseus oder der Minotaurus?«

»Theseus«, sagt er und zeichnet dem Polyphem ein weiteres Auge auf die Stirn.

Ich hatte noch nie die Stadt wechseln, noch nie von vorn anfangen müssen. In meinen siebenundzwanzig Lebensjahren war bisher alles ganz normal verlaufen, eine von der Natur, der Erziehung, diversen Begegnungen bestimmte Wegstrecke.

»Bist du bereit?«, fragte mich Massimiliano, bevor wir ins Auto stiegen.

»Nein«, antwortete ich.

»Dann eben nicht.«

Er schaltete den Motor aus, und wir blieben auf dem Parkplatz unterhalb der Wohnung stehen mit vollbepacktem Kofferraum und laufendem Radio.

Ich hätte nicht gedacht, dass Tag für Tag an einem Ort zu leben bedeutet, ihn aufzubauen. Ich hätte nicht gedacht, dass wegzugehen bedeuten würde, ihn dem Erdboden gleichzumachen.

Ich fing an zu weinen. Massimiliano schwieg, stellte das Radio lauter.

Manchmal, wenn ich an jenen Tag zurückdenke, fällt mir ein, wie wir schweigend im Auto saßen und er die ganze Zeit den Finger am Lautstärkeregler hatte, als hätte er dadurch die Intensität dessen, was ringsherum geschah, regulieren können.

An dem Tag, bevor wir losfuhren, hatten er und mein Vater bei einem eiskalten Bier den Zeitplan und die Strecke der Reise vereinbart, einen gegenseitigen Verrat bekräftigt. Mit irgendetwas waren sie gescheitert, obwohl sie es nicht zugaben.

Wenn es Gianni nicht sein konnte, hätte ich gewollt, dass du es bist.

Es hat sich nicht ergeben, es sollte nicht sein.

Es ist die richtige Entscheidung. Er wird damit klarkommen.

Es ist die falsche Entscheidung. Aber er wird damit klarkommen.

Ich schaute ihnen zu, wie sie sich die Hand gaben, sich verabschiedeten. Massimiliano kam zu mir, küsste mich auf die Wange.

»Dein Vater hat mein Buch gelesen, hast du das gewusst?«

»Ich habe es vermutet. Er überlässt dir sein Auto: Daran sieht man, dass es ihm gefallen hat.«

Er lächelte so, wie wir im Laufe der Jahre gelernt hatten, einander anzulächeln. Jetzt, nach etlichen Monaten Abstand, habe ich begriffen, dass es sinnlos ist, auch hier danach suchen zu wollen, bei Menschen, die man kaum kennt.

Es ist sinnlos, dieselbe Liebe in anderen Arten der Zuneigung zu suchen, Vertrautheit im Unbekannten, meine Stadt in dieser Stadt. In Wahrheit sind es zunächst gewisse Gebärden und Gesten, die man in anderen Gesichtern, anderen Händen wiederzuerkennen glaubt, die aber bestenfalls nur eindrucksvolle Imitationen sein können.

Diese Gesten bestehen in der Entfernung fort. Einer weiten, unüberbrückbaren Entfernung, die uns verschlingt und uns zwingt zu essen, zu arbeiten, die üblichen Dinge zu tun, ohne Wissen des anderen zu leben.

Und dennoch werden meine Bücher immer mit Anna assoziiert sein; bei meinem Bier werde ich an Massimiliano auf der Piazza denken. Beim Klingeln des Telefons an Gianni, der Feierabend macht und mich sehen will.

Ein, zwei, drei Mal, bevor ich die Augen öffne.

»Ja, hallo.«

»Hey.«

»Savarese.«

»The one and only.«

»Ich hab schon geschlafen«, sage ich und bereue es sofort. Wie spät ist es? Zehn? Savareses Schweigen ist vielsagend: Kein Mensch unter dreißig schläft um diese Zeit.

»Bist du auf die sprichwörtlichen Folgen eines solchen Verhaltens gefasst?«

»Was willst du?«

»Zieh dich an, wir gehen zu einem Fest. In einer halben Stunde warte ich vor dem Haus auf dich. Ich bin der im Auto, der den Seitenspiegel so einstellt, dass er den Passantinnen auf den Hintern gucken kann.«

Ich gebe ihm keine Antwort, weiß nicht, was ich sagen soll.

»Erinnerst du dich: *die Passantinnen*. Wie in dem Lied von De André.«

Ich schweige immer noch. Irgendwie wirkt er aufgeregt. »Bist du noch wach?«

»Tut mir leid, ich kann nicht. Ich bin wirklich ziemlich müde.«

Ich habe eine lange Reise hinter mir, Savarese. Ich bin müde.

»Ich habe dir die Ikeakonsolen montiert, junge Dame: Wenn das meine Mutter wüsste, würde sie in Tränen ausbrechen.«

»Das ist moralische Erpressung.«

»Allenfalls eine unmoralische.«

»In Ordnung. Gib mir eine halbe Stunde.«

»Zugestanden. Und wisse, dass du das erste weibliche Wesen bist, das ich bitte, sich anzuziehen: Fühl dich geehrt.«

Ich lege auf. Ich fühle mich geehrt.

Das Mädchen im Spiegel ist stärker geschminkt als sonst. Die Augenringe sind verschwunden. Die hohen Absätze lassen sie größer erscheinen. Der Pullover steht ihr gut.

Ich blicke mir ins Gesicht und frage mich, ob das ein Date ist. Ob eine andere junge Frau vor einem anderen Spiegel steht, sich schminkt, die neuen Schuhe anzieht, um größer zu wirken, wenn sie mit Gianni ausgeht. Und wie alt sie ist.

Savarese wartet im Auto, trommelt mit den Händen aufs Armaturenbrett.

»Es ist eine Balkanfete, also kannst du trinken und vergessen, dass du mit Gewalt ins Valentino gezerrt worden bist.«

»Danke.«

Savarese wartet einen Moment, ehe er losfährt.

»Gern geschehen.«

Die Bühne steht auf einem Hügelchen im Valentino-Park. Die Menge auf der Wiese schart sich um die Band oder die Getränkebuden.

Ich folge Savarese seitlich am Gedränge vorbei, und wir halten uns zunächst von der Bühne fern. Die Leute tanzen im Rhythmus eines Stücks, das, wenn es nicht von Goran Bregović selbst ist, ihm alle Rechte abtreten müsste.

»Bei dieser Musik denke ich immer sofort an Kusturica«, schreit Savarese.

Stimmt, denke ich. Bei italienischer Musik denken die Leute übrigens immer an *Der Pate* und *Die Sopranos*. Was werden Annas amerikanische Kollegen denken? Ob für Nicht-Italiener überhaupt ein Unterschied zwischen Neapel und Turin bestehen würde?

»Komm.«

Wir gehen an der anderen Seite der Bühne vorbei, überholen die Leute, die gemeinsam herumspringen und tanzen. Sie sind so alt wie ich, älter, jünger.

Plötzlich bricht die Musik ab, wie bei einem Stromausfall. Das ist zumindest mein Eindruck, ich bin es nämlich, die sie nicht mehr hört.

Die Leute tanzen weiter vor meinen Augen, legen einander die Hände auf die Schultern, drängeln, versuchen sich gegenseitig zu erdrücken, aus dem Gedränge rauszukommen, um tief durchzuatmen. Sie lachen, wissen nicht, was sie tun.

»Hey, alles in Ordnung?«

Die Musik ist schlagartig wieder da.

Ich mache einen Schritt, dann noch einen.

»Ja. Mir war nur kurz schwindelig. Es geht mir gut.«

Savarese kneift die Augen zusammen. Eine Hand hat er mir um die Hüfte gelegt, und ich habe es nicht einmal gemerkt.

»Daran sind die hohen Schuhe schuld«, sagt er. Mit der anderen Hand streichelt er meine Schulter. »Das ist typisch Frau, das weißt du, oder?«

Ich lache los und kann nicht mehr aufhören. Es ist stärker als ich, und ich kann mich einfach nicht bremsen, bis mir die Tränen die Wangen hinablaufen und es mir vorkommt, als schwimme und flimmere alles um mich herum.

Savarese schüttelt den Kopf.

»Hör auf damit.«

»Nein«, sage ich. Er begreift es nicht. Und gleich danach denke ich, dass er es nie begreifen wird, und das denke ich immer noch, als er sich zu mir herunterbeugt und mich küsst.

»Ich will eine Wohnung kaufen«, sagte Massimiliano.

Ich glaubte mich verhört zu haben: ich, in Tränen aufgelöst, weil ich Abschied nehmen musste, um irgendwo anders neu zu beginnen, mein Leben dort zu Ende war, und er sprach von Wohnungen.

Von einer Wohnung.

»Kannst du das noch mal wiederholen?«

»Mein Vater hat meinem Großvater bewiesen, dass er ein Mann ist, indem er per Interrail durch Europa reiste, während meine Mutter ihren Schulabschluss machte und mit mir schwanger war. Ich beweise, dass ich ein Mann bin, indem ich mir mit dreißig eine Wohnung kaufe.«

Übergangsrituale, dachte ich. Einen Job finden, einen unbefristeten Vertrag unterschreiben, eine Wohnung kaufen.

»Bist du dir sicher?«

»Und du, bist du dir sicher?«

Kurz zuvor hatte ich Gianni verlassen. Ich stand in der Rangordnung der Bewerber um ein Lehramt zu weit unten, um auf eine Vertretungsstelle hoffen zu können. Die Hälfte der Auftragsarbeiten, die ich für lokale Verlage gemacht hatte, war mir nicht bezahlt worden.

»Ja«, sagte ich.

Massimiliano ließ den Motor an.

Ok, jetzt verschwinde. Hau ab. Zwischen uns sollte ein kilometerweiter Abstand sein. Wenn es auf der Welt gerecht zuginge, wäre ich jetzt in Neapel bei Gianni und alles liefe so weiter, wie es immer gewesen war. Wenn alles gerecht zuginge, könnte man es sich aussuchen, mit jemandem zusammenzuleben, eine Wohnung zu kaufen, von einer Arbeit zur anderen zu wechseln. Man hätte die Wahl.

»Kannst du dich bitte mal umdrehen?«

»Nein.«

Savarese ist mir bis zum Eingang des Parks gefolgt. Die

schwarzen Statuen der Brücke starren mich an, als würden sie im nächsten Moment von ihren Sockeln herabsteigen und uns mit Füßen treten.

»Und jetzt?«

»Nein.«

Savarese stöhnt.

»Warum musst du bloß so sein?«

Ich drehe mich um.

»So nachdenklich, so schwermütig«, ergänzt er, böse.

»Und ihr, wie macht ihr das bloß, so unbeschwert zu sein?«

Mir gelingt es nicht, ich kann es nicht. Ich brauche meinen Hochschulabschluss mit Bestnote, eine Arbeit, die diesem entspricht, Gianni, der mich liebt, wie mich kein anderer liebt, Freunde, meine Stadt. Meine Mutter. Meinen harten, unangreifbaren Stein, den ich verschluckt und mit mir getragen habe: Er hat mich hart gemacht.

Ich bin so, weil ich es satt habe, Savarese. Das ist der Grund.

»Wer ihr?«

»Vergiss es.«

Savarese macht ein bedauerndes Gesicht. Er muss aufpassen: Unglückliche Menschen fahren die Krallen aus. Jetzt, wo er mich ansieht, beginnt er es zu ahnen.

»Ihr Anwälte, meinst du?«, fragt er, um mich zum Lachen zu bringen. »Denn das nennt man Diskriminierung. Nur weil wir es verdient haben, heißt das nicht, dass es gerecht ist.«

»Savarese.«

Jetzt heule ich. Ich brauche keine Angst zu haben, sage ich mir, während er näher kommt, mich in die Arme schließt. Es ist eine Art, alles rauszulassen, alles, was ich nicht wollte, und dennoch passiert ist, alles, was ich aufgegeben habe und was mich aufgegeben hat.

Verzeih mir, Gianni. Es war die Angst, die alles entschieden hat, immer. Ich habe mein Möglichstes getan, stark zu sein, mich den Herausforderungen zu stellen. Geschafft habe ich lediglich, schneller zu laufen und mich nicht schnappen zu lassen. Aber es ist ein unfairer Wettlauf: Ich mache mir keine Hoffnungen.

»Entschuldige.«

Das Handy in seiner Tasche hört nicht auf zu klingeln. Mit einigen Verrenkungen gelingt es ihm, es herauszuholen, ohne mich dabei loszulassen.

»Es ist Margherita«, sagt er.

»Geh ran.«

Ich mache mich von ihm los, wische die Tränen weg.

Später sitzen wir mit zwei Rum-Cola und einem Bier auf der Wiese und hören uns den Bericht meiner Mitbewohnerin über ihre letzte Kündigung an.

»Dann habe ich ihm gesagt, er kann mich mal, und bin gegangen.«

»Amen«, verkündet Savarese und kippt den letzten Rest Bier runter. Je mehr er sich bemüht, meinen Blick einzufangen, desto vehementer versuche ich, seinem auszuweichen.

»Und der Vertrag?«, frage ich.

»Welcher Vertrag?«, entgegnet sie.

Ich nehme mir vor, an diesem Abend nichts mehr zu sagen. Leider tut Savarese dasselbe und starrt schweigend auf den Boden seines Plastikbechers.

»Was habt ihr?«

»Nichts.«

»Die Sache mit dem Pub tut uns leid«, sagt er. Ich habe die Geistesgegenwart, ihn nicht mit Blicken zu durchbohren.

Margherita zuckt mit den Schultern. Mauro hat ihre Stelle übernommen, da er angeboten hatte, für eine geringere Bezahlung zu arbeiten: Das ließ der Chef sich nicht zweimal sagen.

»Hat es nicht vielleicht damit zu tun, dass er gemerkt hat, wie du ihn mit den Cocktails übers Ohr gehauen hast?«

Ich überschlage mal schnell im Kopf: Von zwanzig Cocktails dürfte ich allenfalls zwei bezahlt haben.

Margherita lächelt über mich.

»Nein, die sind im Lohn inbegriffen. Gewissermaßen eine Möglichkeit, ihn die Sozialbeiträge zahlen zu lassen.«

Ich beneide sie: So lebt man, denke ich, wenn man auf alles pfeift. Ich beobachte sie, wie sie ihren Plastikbecher leert, Savarese mit irgendetwas provoziert, sich im Gras ausstreckt, als könne ihr die Welt nichts anhaben: Hier oder in einer anderen Stadt wäre sie zu allem bereit, würde mit wem auch immer zusammenleben, würde niemanden vermissen. Sie würde immer unversehrt davonkommen. Unbeschwert.

»Ist dein Vater wieder weg?«

Sie schneidet eine Grimasse.

»Ich habe keine Ahnung. Holen wir uns noch was? Das da war ja zur Hälfte Wasser.«

»Du hättest zumindest mit ihm reden können: Deswegen ist er doch gekommen.«

Margherita lächelt, ist jetzt aber ernst. Sie sieht mich nicht an.

»Es war schließlich keine Weltreise. Außerdem ist das seine Sache.«

In Wirklichkeit gilt die Botschaft mir: Es ist meine Sache, will sie damit sagen. Hör endlich auf, dich einzumischen.

Vor achtundzwanzig Jahren nimmt mich mein Vater zum ersten Mal in den Arm. Er beginnt mit meiner Erziehung. Halt deine Versprechen, mach keinen Lärm, beklag dich nicht, arbeite, sag die Wahrheit, strebe nach Vertrauen, Beständigkeit, Fleiß, gib zurück, was man dir gibt, mit Ausnahme des Bösen, das erduldet man.

»Im Grunde wollte er nur mit dir sprechen: Du hast ihm nicht einmal die Möglichkeit dazu gegeben, nach so vielen Jahren, in denen er sich darum bemühte. Er wird traurig sein. Voller Reue.«

Margherita erhebt sich aus dem Gras. Savarese ist bereits aufgestanden und sieht uns wortlos an.

»Er hat eine neue Familie.«

»Ja, ok, er hat praktisch fünf Minuten nach dem Tod deiner Mutter wieder geheiratet. Na und? Ist das so unverzeihlich? Ich verstehe dich nicht: Wir bauen doch alle Mist.«

Jetzt stehe ich auch auf. Es gibt nichts Schlimmeres, als von oben herab beäugt zu werden.

»Es sind doch schon so viele Jahre vergangen. Er ist alt geworden, möglicherweise krank. Wie machst du es bloß, keine Schuldgefühle zu haben?«

Savarese versucht, sich einzumischen, aber ich höre nicht auf ihn. Ich denke nur an Gianni.

Gianni. Was habe ich dir denn bloß getan?

Margherita hält ihren Blick auf die jungen Leute gerichtet, die in Grüppchen die Wiese bevölkern. Der Plastikbecher fällt zu Boden, rollt ins Gras.

»Und da ist nichts Schlimmes dabei, richtig? Wir bauen alle Mist und allen soll verziehen werden.«

Ja, denke ich. So ist es. Das gehört zur Leidensgeschichte der Menschen: Schon von Geburt an sind wir bemitleidenswert.

»Du hättest ihn zumindest fragen können, was er will. Das meine ich jetzt ernst.«

Margherita seufzt.

»Ich weiß ja, was er will«, sagt sie, hebt ihren Becher auf und geht über die Wiese. Ohne sich noch einmal umzudrehen.

Na schön, dann mache ich mich auch auf den Heimweg. Zu Fuß, allein. Savarese protestiert nicht und macht keine blöden Witze, lässt uns einfach gehen.

Nach wenigen Minuten erreiche ich die Kreuzung der Straßen, die um den Bahnhof herumführen: Alle verlaufen parallel oder rechtwinklig zueinander, es gibt keine Möglichkeit, die Strecke abzukürzen.

Macht nichts. Langsam komme ich voran.

Das Naturhistorische Museum.

Das Jazz-Lokal.

Palazzo Carignano.

Das Handy klingelt eine Weile, leistet mir Gesellschaft. Es ist so hartnäckig, dass ich es aus der Tasche nehme und mich, ohne stehen zu bleiben, melde.

Savarese hat Recht: Diese hohen Schuhe sind typisch Frau.

Piazza Castello. Palazzo Madama.

»Nein, stör mich jetzt nicht, Gianni.«

Wenn ich etwas beherrsche, ist es, frühmorgens das Haus zu verlassen, ohne meine Mitbewohnerin zu stören, die erst um vier Uhr nach Hause gekommen ist und sich in ihrem Zimmer verbarrikadiert hat. Ebenso mühelos vergesse ich, dass heute in den Schulen die Woche der offenen Tür beginnt, was mir erst wieder einfällt, als ich von den Schülermassen geschluckt werde, die zur Eröffnung in den Hof strömen.

Einen Moment lang habe ich das Gefühl, an einer Feuerwehrübung teilzunehmen. Mühsam befreie ich mich aus der Menge, von der ohrenbetäubenden Musik, vom Kreischen des Megafons, das der Schulleiter wie eine Geisel in den Händen hält.

Das Schulgebäude ist menschenleer oder scheint zumindest so.

Als ich in Klassenzimmer 9 trete, höre ich über mir Schritte. Sie bewegen sich von einer Wand zur anderen und halten nicht an: Vielleicht hat Santojanni Heimweh bekommen nach seiner Zelle im dritten Stock.

Die Tür zum Leselabor ist nur angelehnt; ich drücke leicht dagegen. Ich habe keine Angst vor Santojanni, sage ich mir, während auf der anderen Seite irgendetwas auf den Boden fällt, zu Bruch geht.

De Lucia erblickt mich auf der Türschwelle, macht mir ein Zeichen, dort zu bleiben, dann führt er den erhobenen Zeigefinder an Mund und Nase. Sei still.

»Es ist alles in Ordnung, Davide. Wir suchen jetzt noch einmal.«

Santojannis Schuhe kommen und gehen in eigenwilligem Rhythmus. Sie zertrampeln unsere Zeichnungen zu *Zanna Bianca*, treten auf die defekte Tastatur des Schreibgeräts.

De Lucia sucht mich im Spiegel der Tür.

»Du wirst sehen, wir finden die Schnipsel sofort«, sagt er. »Wenn sie nicht hier sind, dann bestimmt in Klassenzimmer 9.«

Ich weiche in den Flur zurück, renne zur Treppe, stürze ins Förderbüro. Suche auf dem Bücherregal, in den Schubladen, im Schrank. Einen Joghurtbecher finde ich nicht. Er ist nicht da.

Die Musik, die aus dem Hof hochschallt, ist aggressiv, unerträglich laut. Man entkommt ihr nicht.

»Maria! Kannst du mir mal helfen?«

Es ist zwecklos. Niemand antwortet. Es ist niemand da.

Unter der Computertastatur, den Stühlen, den Plakaten, den Landkarten finde ich nichts. Ich fege Füllfederhalter und Bleistifte von den Bänken, höre sie über den Fußboden rollen. Die Musik ist verstummt: Das Megafon gibt die Platzierungen der Sportwettkämpfe bekannt.

Gott sei Dank, denke ich – zu früh, wie sich herausstellt, denn kaum ist der Applaus verklungen, dringt vom dritten Stock De Lucias Hilferuf zu mir.

Emma!

Was machst du, gibst du auf?

Ich finde den Becher nicht.

Du findest ihn, schau genau hin.

Ich schnappe meine Tasche, die ich auf den Boden habe fallen lassen, suche mein Handy. Direkt vor mir, unter einer Bank, liegt ein Becher. Er ist von den Stiften weggerollt, um nicht mit ihnen zusammen gesehen, um nicht verwechselt zu werden. Ich reiße den Deckel weg.

Mattia.

Völlig außer Atem komme ich im dritten Stock an, den Becher in der Hand wie eine Trophäe. Ich bin noch nicht einmal in der Mitte des Flurs angelangt, da sehe ich ihn schon aus dem Klassenzimmer stürmen. Santojanni schwingt die Hand in der Luft, als wollte er eine Fliege verscheuchen. Er ist riesig und wird mit jedem Schritt in meine Richtung noch riesiger.

Um uns herum beginnen die Wände zu zittern: Dunkle Adern von unterschiedlicher Länge schwellen an, gleiten von einer Seite der Mauer zur anderen.

Ich weiche einen Schritt zurück, nur einen.

Noch ein paar Meter, und Santojanni steht vor mir. Er senkt den Blick wie Andrea und Tommaso, hat durchsichtig blaue, durch die dichten Brauen böse wirkende Augen und einen Hauch von Bart. Er schwankt vor und zurück.

»Davide«, sage ich. »Ich habe auf dich gewartet. Hier sind sie.«

Er setzt mir die Faust aufs Gesicht, streicht an meinem Hals hinab, öffnet sie, um mein Handgelenk zu umklammern. Langsam zwingt er sich, den Griff zu lösen, seine Hand zu öffnen, die Plastikschnipsel entgegenzunehmen.

Die Wände hören auf anzuschwellen, lassen uns in Frieden. De Lucia holt uns ein, presst sich ein Taschentuch an die Nase. Er hat keine Brille mehr auf. Als er uns erreicht, rennt Santojanni los.

Der Notausgang führt zur Feuerleiter.

Die Feuerleiter führt zwanzig Meter in den Hof hinunter.

Wir folgen ihm wie zwei verzweifelte Seelen, umschweben ihn vorsichtig von hinten, während er ans Geländer tritt.

De Lucia steckt sein Taschentuch wieder ein. Seine Nase ist geschwollen, violett: Auf den geplatzten Blutgefäßen zeichnen sich die Umrisse ab, die ein Stoß mit dem Kopf hinterlassen hat.

Mit einer Armbewegung gibt er mir zu verstehen, dass ich mich links von Santojanni postieren soll, während er ihn rechts flankiert.

»Davide«, sage ich.

Wie in einem Alptraum springt Tommaso aus dem offenen Fenster.

Es ist nicht passiert, Emma, sagt Biagini. *Es hätte passieren können, aber es ist nicht passiert.*

»Was machst du da?«

Santojanni sieht mich nicht, ich existiere nicht. Er hebt den Becher mit den Schnipseln hoch, die er das ganze Jahr über gesammelt hat, die er während der Krise, der Krankheit aufbewahrt und verteidigt hat, schüttelt ihn, lässt die Schnipsel in den Hof fallen, auf die Mitschüler, auf die Lehrer.

Langsam trudeln Hunderte kleiner weißer Plastikteilchen nach unten, ohne eine genaue Richtung, und wir sind von diesem Schweben derart verzaubert, dass, wenn wir nicht wüssten, was ein Schneetreiben ist, wenn wir es nicht gelernt hätten, als wir Kinder waren, wir es uns nur so vorstellen könnten: als törichte Geste eines Gottes, den wir nie gesehen haben.

18

Heute Morgen scheint die Sonne. Ein völlig unerwartetes, geradezu unnatürliches Ereignis.

Den ganzen Winter über wütete die Kälte, als sei das ihr gutes Recht. Sie nahm sich alles heraus: Sie drang in die Mauern der Häuser ein, ließ sie verrotten. Sie griff die Menschen an, die sich in ihren Mänteln, Wohnungen und Städten einigelten, die Türen verrammelten, jede Zugluft für gefährlich hielten.

Der Regen prasselte auf die Dächer nieder, auf Schlafzimmer, Moscheen, Jugendzentren, Roma-Lager. Man gewöhnte sich an ihn. Mit Blitz und Donner kam man zurecht, wenn man einmal gelernt hatte, um Blitzableiter einen großen Bogen zu machen.

Der Hagel zerstörte Dachrinnen, Windschutzscheiben, Baugerüste, Beratungsstellen und Anlagen des Örtlichen Gesundheitsamtes.

Durch den Wind kam es zu Ausfällen bei Fernsehsendungen: Was ausgestrahlt werden sollte, ging verloren, geblieben ist die Werbung.

Der Schnee blockierte den Zugang zu Fabriken, Universitäten, Kliniken, weshalb Produktionsstätten und Krankenhäuser geschlossen oder anderswohin verlegt wurden. Nach Polen, Rumänien, in die Ukraine, in Länder, wo der Schnee leichter schmilzt. Die Universitäten verwandelten sich in Turnhallen, Werkstätten, Parkplätze.

In ganz Italien breitete sich Glatteis aus: eine dünne,

undurchdringliche, kompakte Schicht, die Neapel und das Umland, Aquila, Cologno Monzese und Rom überzog. Im Süden begann zu erfrieren, was angebaut worden war. Der Rest konnte nicht wachsen.

Viele nahmen Reißaus, wie Mäuse, die ein sinkendes Schiff verlassen. Die Kälte jedoch trieb sie in ihre Höhlen zurück, andernfalls wären sie getötet worden. Ein Teil der Überlebenden sah ein, dass es genügte, sich anzupassen, dem Winter zu entsprechen, ihn wenn nötig zu verlängern: Sie würden es schon schaffen wie früher oder besser noch. Deshalb traue ich der Sache nicht.

Diese Maisonne, die sich am Himmel breitmacht, dieses Zeichen von Mut, ist zu schwach, um sich gegen die Kälte durchzusetzen. Sie kann einen Platz am Himmel einnehmen, Widerstand leisten, indem sie ihre Strahlen in alle Winkel der Piazza schickt, aber dem Winter wird sie kein Ende bereiten: Sie ist nicht stark genug.

»Herein.«

Ich hasse Türen, bei denen ich anklopfen muss.

»Kommen Sie ruhig herein.«

Das Büro der Schulleiterin ist die Höhle eines alten Raubtiers, das heute immer noch Schaden anrichten kann – und schlimmer noch als früher, als Unerfahrenheit und mangelnder Einfluss uns bremsten.

»Entschuldigen Sie, wir bereiten gerade das nächste Schuljahr vor, und die Reform fordert meine ganze Aufmerksamkeit. Ich kann Ihnen nicht viel Zeit widmen.«

Mattias Ordner wird aus einem Aktenstoß auf dem Schreibtisch gezogen. Er wandert aus ihren Händen in meine.

»Sie können sich jedoch mit jedem Problem auch an die Belcari wenden.«

»Sie ist immer noch krankgeschrieben«, sage ich und streue damit ein Sandkorn ins Getriebe, das sich auf eine Lösung zubewegt, die aufgrund der Art, wie die Räder ineinandergreifen, schon seit dem Tag feststeht, an dem Mattia geboren wurde.

»Dann kümmern Sie sich eben darum«, sagt die Schulleiterin und setzt ihre Brille auf. »Sie sind ja schließlich seine Lehrerin, oder nicht?«

Wie sonst Santojanni gehe jetzt ich in Klassenzimmer 9 auf und ab. Nervös.

Mattia sitzt am Computer und kümmert sich nicht um mich. Er hat die Erlaubnis erhalten, seinen Aufsatz darauf zu schreiben und ihn gedruckt abzugeben wie eine Hausarbeit an der Uni.

»Es ist besser so«, sagt er. »So kannst du es wenigstens lesen.«

Ich lehne mich ans Fensterbrett, lasse mir Zeit.

»Deine Schrift kann ich auch lesen. Ich kenne sie nun schon seit Schuljahresbeginn.«

Er zuckt mit den Schultern.

Alles hängt miteinander zusammen, Mattia: die schiefe Schrift, die Hand, das Gehirn, das sie steuert.

Auf dem Tisch liegt der Sozialhilfeantrag, der ausgefüllt werden will. Soll er warten.

»Bist du müde? Du siehst müde aus.«

Ich reibe mir die Augen, um zu sehen, ob sich die Müdigkeit vertreiben lässt. Dabei bin ich geschminkt. Egal.

»Setz dich hierher«, sagt er. »Ich bin fertig.« Er steht auf, holt einen Stuhl, stellt ihn neben seinen.

DIESJAR WAHR SER SCHÖÖN. MIR GEFELLT DIE SCHUHLE ODER FREUNDE WIE PETTAR UND ICH LERNE DIE SACHEN. WIR HAHBEN EIN BUCH GELEHSEN DANN SKULBTUR UND FÜR MICH DIE PFERDE.

»›Für mich die Pferde?‹«, frage ich. »Was soll das heißen? So kann man keinen Satz beenden.«

Mühsam liest Mattia die Zeilen noch einmal, dann reißt er die Augen auf.

»Doch, kann man.«

Kann man in der Tat. Dann lassen wir es eben so.

»Wir sind reif für die Ferien, Mattia. Wir sind beide zu müde.«

Er klickt auf »Drucken«, aber es tut sich nichts. Die Tinte ist leer.

»Würdest du gerne in Urlaub fahren? Irgendwohin mit anderen Jugendlichen zum Beispiel?«

Mattia sucht seinen Ordner auf dem Desktop, speichert das Dokument dort ab.

»Ja«, sagt er schließlich. »Aber mit normalen. Keinen behinderten.«

Ich streiche ihm die Haare aus der Stirn.

»Schauen wir mal, wo ein Platz frei wird.«

Sein gekonnter Umgang mit der Maus zaubert uns etwas auf den Bildschirm: ein Getöse von Schritten, Leuten, Gelächter. Das Video, das Riccardi im Ägyptischen Museum gemacht hat.

Die Videokamera nimmt die Mitschüler auf, dann schnellt sie von einer Seite des Ganges zur anderen, streift die Exponate des Museums, schwenkt sofort wieder zur anderen Seite, um sich auf Dinge und Personen zu stürzen. Andreas Welt, die minütlich vor seinen Augen zusammenbricht.

Scheidungen, Kinder, Vernachlässigungen, Pflegschaften.

So steht es nicht auf dem Schild, aber so ähnlich.

Der Eingangsbereich ist elegant: Besser kann man nicht überzeugt werden, dass die Kanzlei ihr Geld wert ist.

Die Sekretärin will mir unbedingt einen Termin geben. Sie hält es nicht für möglich, dass ich tatsächlich da bin, obwohl mein Name nicht im Terminplan steht.

»Heute ist Sitzungstag, ich kann Ihnen nicht genau sagen, wann …«

»Ich warte auf ihn.«

Die Versuchung ist groß, wieder nach Hause zu gehen. Meine Tasche hält mich aufrecht: Ich presse sie an mich und gehe im Zimmer umher. Die Wände sind in einer satten Farbe gestrichen. Lachs. Die Sekretärin nimmt wieder ihre Position hinter dem Empfangstresen ein, ohne den Blick von mir zu wenden. Ab und zu klingelt das Telefon, ihre höfliche Stimme vergibt Termine, bedankt sich, verabschiedet sich.

Jetzt begreife ich.

Meine Beharrlichkeit und mein Alter beunruhigen sie. Sie ist sich sicher: Ich habe einen Lebenslauf in der Tasche und bin hier, um ein Vorstellungsgespräch zu erwirken. Wie eine angehende Anwältin sehe ich nicht gerade aus: Also bin ich hier, um ihre Stelle zu kriegen, und habe mich für diesen Anlass nicht anständig zu kleiden gewusst.

Es würde mir aber sowieso nichts nutzen. Wie es scheint, habe ich mit einem der Kanzleiinhaber gevögelt. Laut dem Schild am Eingang kommen zwei in Frage: Savarese oder Morelli. Und nach dem kurzen Blick zu urteilen, den Savarese mir zuwirft, als er mit gelockerter Krawatte den Raum betritt, besteht kein Zweifel, mit welchem.

Das Büro ist klein, aber sein eigenes Reich: Bücherregale, vollgestopft mit roten und blauen Ordnern, geschützt von einer Schiebetür aus Glas, bunte Karteischränke, ein Mac, Familienfotos.

»Mach's dir bequem.«

Er bedeutet mir, auf seinem Schreibtischsessel Platz zu nehmen, ich bleibe jedoch stehen, während er die Krawatte zum Kleiderhaken schleudert, die ihn nur um Haaresbreite verfehlt.

»Also bist du hier drin der Chef.«

Savarese zuckt mit den Schultern.

»Mein Großvater.«

»Das kommt aufs Gleiche raus«, sage ich. Er gibt darauf keine Antwort, lehnt sich an den Schreibtisch und verschränkt die Arme auf der Brust.

»Es ist Freitag, halb sieben und ich bin immer noch bei der Arbeit: Das ist nicht wirklich toll.«

Er dreht sich um, nimmt seinen Kalender vom Schreibtisch, legt ihn wieder hin.

»Also«, sagt er, »was verschafft mir die Ehre?«

Er sieht mich nicht an. »Wenn du jemanden umgebracht hast, musst du zu Sabatino gehen, den Flur runter.«

Ich ziehe Mattias Akte aus der Tasche und gebe sie ihm.

»Ich brauche deine Hilfe. Es ist wichtig.«

Savarese nimmt die Akte, sein Gesichtsausdruck verändert sich.

»Einer meiner Schüler kommt aus schwierigen Verhältnissen. Es besteht die Gefahr, dass er seiner Familie weggenommen wird. Kann man da was machen?«

Er blättert schweigend die Akte durch.

»Die Großeltern schaffen es nicht, sich richtig um ihn zu kümmern. Erzieher wären nötig, ein Pfleger.«

Savarese gibt mir die Akte zurück.

»Die hier kenne ich. Das ist eine sehr gute Wohngemeinschaft.«

»Ja, für Behinderte.«

»Der Junge ist doch behindert?«

»Ja«, antworte ich zögerlich. »Er ist ein schwieriger Fall.«

Er ist kompliziert, aber außer Mattia und mir weiß das niemand. In dieser Akte fehlen zu viele Dinge, deshalb ist sie so dünn.

»Er ist weder Fleisch noch Fisch«, füge ich hinzu. »Er wird sowohl bei den ›Normalen‹ als auch bei den Behinderten immer ein Außenseiter sein. Er wird immer alleine sein.«

Savarese legt mir eine Hand auf die Schulter.

»Er wird eine Gleichgesinnte heiraten. Oder so eine Verzweifelte. Eine Verzweifelte finden wir immer.«

Er versucht, mir ein Lächeln zu entlocken. Es gelingt ihm.

»Du bist ekelhaft.«

Aber es ist trotzdem in Ordnung.

Ich stecke die Akte wieder in meine Tasche. Wenn ich jetzt nicht sofort gehe, wird Savarese denken, dass da noch etwas ist.

»Noch was?«

»Nein«, sage ich abschließend. »Danke.«

Er schaut nach der Uhrzeit auf dem Zifferblatt, das an der Wand hängt.

»Ich bringe dich nach Hause.«

»Mach dir keine Mühe.«

»Nein, ich nehme dich mit«, beharrt er, holt die Autoschlüssel aus der Jackentasche. »Ich fahre sowieso bei dir vorbei.«

Kaum sind wir eingestiegen, schaltet er das Radio ein, drosselt aber die Lautstärke. Ich warte darauf, dass er etwas sagt, doch er schweigt und ich ebenso. Auf dem Rücksitz liegt ein Koffer.

»Wo fährst du hin?«

Er überlegt kurz, bevor er antwortet. »Margherita hat mich gebeten, sie nach Pavia zu begleiten.«

»Ein kleiner Urlaub also.« Es ist stärker als ich.

»Eine Rechtsberatung«, entgegnet Savarese. Ich rechne nicht damit, dass er weiterredet, doch er tut es.

»Ihre Großeltern haben ihr ein Haus vererbt, das alte Landgut, in dem ihre Mutter aufgewachsen ist. Eine Bruchbude, wenn man dem Vater glaubt.«

Das Fotoalbum kommt mir in den Sinn. Das Begräbnis. Der Bart ist mit der Zeit verschwunden, zum Schnäuzer geworden. Die Frau auf dem Foto ist durch eine andere ersetzt worden, ebenso das Kind.

 »Jetzt hat er einen Stiefsohn. Eine Art Musiker-Schrägstrich-Masseur-Schrägstrich-Yogameister. So wie ich es verstanden habe, käme dem die Bruchbude gelegen. Er sagt, dass er dort ein Zentrum für irgendwas einrichten möchte.« Savarese fährt langsamer, sucht einen Parkplatz. »Daher das rührende Familientreffen.«

Margheritas Vater hatte darauf bestanden, mir den Kaffee zu bezahlen. Wie es seiner Tochter geht, hatte er mich nicht gefragt.

»Deshalb hat sie ihn also nicht sehen wollen?«

»Sie wollte ihn nicht sehen, weil er sie mit vierzehn Jahren aus dem Haus gejagt hat. Und jetzt, sieh mal einer an, hat er sich plötzlich an sie erinnert.«

»Ist sie wütend auf mich?«

»Ich weiß es nicht.« Er sieht mich zum ersten Mal an, seit wir im Auto sitzen. »Vielleicht hattest du Recht, und das ist jetzt immerhin eine Möglichkeit, sie zu einer Rückkehr nach Hause zu bewegen«, fährt er fort. Dann lächelt er: Da ist er ja, versteckt zwischen zwei Bäumen: sein Parkplatz.

Heute zeichnet man uns für den Minotaurus aus. Dabei ist der Leguan tausendmal besser, denke ich.

Margherita ist nicht da und geht nicht an ihr Handy.

Die kurze Notiz auf dem Zettelchen, das sie an die Kühlschranktür geklebt hat, ist hastig hingekritzelt.

Bin weg, komme Montag zurück.

Ich hätte sie anrufen sollen, um mich zu entschuldigen, oder sie hätte es tun sollen.

»Besser du«, ruft sie mir vom Rand der Badewanne aus

zu. »Wenn ich zurück bin, dann versuch zu sagen, dass du es hättest tun sollen. Das wird mir gefallen, und ich werde dir leichter verzeihen.«

Ok, entschuldige, aber ich konnte es ja nicht wissen. Ich kenne deinen Vater doch nicht.

»Nein, nein, nein«, Margherita hebt die Hand. »So weit sind wir noch nicht. Fang an mit: ›Ich habe mich geirrt.‹ Das funktioniert immer.«

Ok.

»Und trag weniger Kajal auf. Es ist warm, in ein paar Stunden läuft dir alles runter.«

Ich tue, was sie sagt, dann räume ich meine wenigen Schminksachen weg.

»Was ist los? Warum machst du so ein Gesicht?«

Ich gehe in mein Zimmer, hole Jacke und Tasche.

»Ich verstehe: Du hättest mich nach Pavia begleiten wollen.« Margherita bricht in Lachen aus. »Es ist wegen Savarese. Du bist eifersüchtig.«

»Red bloß keinen Scheiß!«, verkünde ich mit lauter Stimme. Dumme Kuh.

»Na schön, in Ordnung, ich mache es gleich wieder gut: Möchtest du mich an diesem Wochenende zu meinen Vater nach Pavia begleiten?«

Danke, ich kann nicht.

»Wollen wir also über den Kuss sprechen, den ihr euch hinter meinem Rücken gegeben habt?«

Ich bin schon die Treppe runter, muss nicht antworten, nicht mal in meinem Kopf.

 Das Gymnasium, das den Wettbewerb organisiert hat, liegt am anderen Ende der Stadt. Die klassische Geometrie des festlich herausgeputzten öffentlichen Gebäudes verbrüdert es mit allen anderen Schulen. Fast allen.

Nach knapp einem Jahr beleidigt mich noch immer der Anblick einer elektrischen Pforte, einer sauberen Fassade, eines gepflegten Gartens. An allen Stadträndern im Süden gibt es Schulen. Aber sie sind nicht wie diese hier.

»Entschuldigen Sie ...«

Ein hochgewachsener, riesiger Mann verfolgt mich, in der vorgestreckten Hand ein Flugblatt, das darauf wartet, entgegengenommen, in die Tasche gesteckt, vergessen zu werden.

Wir sind reformiert worden, schreit das Plakat, das hinter ihm am Infostand klebt.

Andere sind über die Stadt verteilt, vor allen Schulen, auf den Plätzen: Es sind die Versammlungen der Gewerkschaftler und der Lehrer mit befristeten Arbeitsverträgen. Sie werben um die Solidarität von Eltern und verbeamteten Kollegen.

»Denken Sie daran, dass im Juni der Streik der Notenkonferenzen stattfindet.«

»Danke.« Ich nehme das Flugblatt, stecke es in die Tasche, vergesse es sogleich.

»Ich habe den Eltern gesagt, dass sie etwas früher kommen sollen, um ihn seelisch auf diese Menschenmenge vorzubereiten.«

De Lucia kommt mir vor wie ein Kind, das am Heiligen Abend darauf wartet, endlich die Weihnachtsgeschenke auspacken zu dürfen. Er trägt Jeans und Sakko, ein Kompromiss zwischen förmlich und sportlich. Das Ergebnis ist sonderbar, weil es nicht zu ihm passt.

»Das hast du gut gemacht.«

Beim Wettbewerb ist alles Mögliche eingereicht worden: realistische Darstellungen von Tieren und Menschen, Skulpturen nach dem Vorbild klassischer Statuen oder moderner Musikgruppen, Versuche in abstrakter Kunst, die unsere Interpretation auf eine harte Probe stellen. Der größte Teil der Arbeiten von Schülern des ersten Jahres drängt sich in der Ecke zusammen, die von Müttern, Vätern, Tanten, Fotoapparaten belagert wird. In der Mitte steht auf einem mit einer grün-weiß-roten Schleife geschmückten Podest der Minotaurus.

Wir treten näher, als ob er uns gerufen hätte. Die längliche, halborientalische Augenform mildert etwas den angsteinflößenden Ausdruck des Mauls, das vorsteht und bedrohlich aussieht mit den Backen, die sich aufblähen, um die vielen Zähne aufzunehmen.

»Du hast richtig gute Arbeit bei ihm geleistet. Das hätte ich nicht gedacht, als ich dich das erste Mal gesehen habe.«

»Wirklich nicht?«

»Nein.« De Lucia begreift meinen enttäuschten Tonfall offenbar nicht.

»Am Anfang nannte ich ihn immer Psycho«, gestehe ich. Es ist eine Last, die mir nun von den Schultern gleitet.

Er bricht in Lachen aus.

Irgendjemand bittet uns, zur Seite zu treten, damit er den Minotaurus fotografieren kann. Jedes Klicken ist ein Kompliment in unsere Richtung.

»Ich bin froh, dass du mich damals nicht dazugeholt hast.«

Es ist nicht Biaginis Stimme, die das sagt, aber das ist noch besser. Auch ich bin froh, es nicht getan zu haben.

»Nachts träume ich manchmal, dass ich ihm in den Hintern trete«, fährt er halblaut fort. »Bei all dem, was ich im Moment durchmache, den Problemen zu Hause, dem Probejahr, kriege ich schon fast einen Nervenzusammenbruch, wenn Andrea mal einen schlechten Tag hat.«

Ich würde ihm gerne sagen, dass ich das verstehe, dass es nicht so ist, als sei mir das egal, im Gegenteil, doch es bleibt mir keine Zeit, weil jetzt Riccardi in einem neuen, in die Hose gesteckten Hemd auf uns zukommt und schreit, wodurch er die Aufmerksamkeit aller Leute auf sich zieht.

»Sie können sich nicht vorstellen, was diese Auszeichnung für ihn bedeutet«, sagt Andreas Mutter. »Und für uns.«

Der Vater ist vom Minotaurus ganz hingerissen: Er möchte unbedingt, dass der Sohn neben der Skulptur posiert, während er ihn fotografiert. Wir schauen zu, wie er zu seinen Eltern geht. Irgendjemand hat um die Familie einen unsichtbaren Kreis gezogen, und die Leute hüten sich, hineinzugehen.

»Wir haben gerade noch Zeit für eine Zigarette«, sagt De Lucia.

Er sucht in seinen Taschen nach einem Feuerzeug, wendet sich dann mit hoffnungsvollem Blick an mich.

»Rauchst du?«

»Passiv.«

Er hat Glück: Seit ich bei Margherita wohne, habe ich, auf ihre ausdrückliche Bitte hin, immer ein Feuerzeug in meiner Tasche. Ich ertaste das Flugblatt, das zwischen den Schlüsseln und dem Portemonnaie zerknittert wird, und zeige es ihm.

»Ich hab schon eins«, erklärt er.

»Was sagst du dazu?«

»Ich meine, es ist eine Frage der Gewohnheit. Nimm die Behinderten: zuerst aus den Klassen verbannt, in die Ghettos der Sonderschüler. Dann wieder in die Klassen. Und wir haben uns nie daran gewöhnt.«

Das Auf und Ab, die Krisen, diese ganzen verfluchten Krankheiten, das alles erscheint mir inzwischen normal. Aber für Miranda, für Nicolini und die anderen ist es nicht normal.

»Jetzt streichen sie Stunden und Lehrer. Sie werden es nie schaffen, die Behinderten in Klassen mit dreißig Schülern zu halten. Das ist unmöglich.«

»Wir werden protestieren.«

»Nein«, widerspricht er. »Wir werden nicht weniger Schüler pro Klasse fordern: Wir werden fordern, dass die Behinderten woandershin gehen. Das ist die günstigere Alternative. Und die bequemere.«

Ein Mann in einem zu engen, verschwitzten Hemd versucht, uns auf sich aufmerksam zu machen.

»Man spekuliert auf Flaute, verlass dich drauf«, fährt De Lucia fort. »Je weniger sie uns geben, desto weniger fordern wir: Daran sind wir gewöhnt.«

Der Mann ist nun bei uns angelangt.

»Ich bitte um Entschuldigung. Ich bin Malipieri, der stellvertretende Schulleiter. Man hat mir gesagt, dass Sie die Lehrer von Andrea Riccardi sind.«

De Lucia gibt ihm die Hand und stellt sich vor.

»Es tut uns sehr leid, aber wegen eines Versehens müssen wir die Preisverleihung absagen. Wir können dem Jungen den Preis jedoch formlos zukommen lassen.«

De Lucia bewegt sich nicht.

»Welches Versehen?«

Der stellvertretende Schulleiter sieht mich an.

»Worin besteht das Problem?«, beharrt De Lucia. »Darin?«

Er schwankt mit dem Rücken vor und zurück.

»Natürlich nicht.« Der stellvertretende Schulleiter trocknet sich die Stirn.

»Obwohl es korrekt gewesen wäre, bei der Anmeldung auf den Zustand des Jungen hinzuweisen.«

»Ich will sofort mit dem Schulleiter sprechen«, sagt De Lucia und begibt sich, ohne abzuwarten, in Richtung Direktorat. Der Stellvertreter macht einen Satz, um ihn daran zu hindern, zur Treppe zu gelangen.

»Der Schulleiter ist momentan nicht da.«

»Daran habe ich keinen Zweifel«, entgegnet De Lucia und versucht, ihm auszuweichen.

»Hören Sie, verlieren wir keine Zeit mehr: Hier ist die Plakette, Sie überreichen sie ihm, und damit beenden wir die Sache.«

De Lucia packt ihn am Handgelenk und zwingt ihn, die Plakette bei sich zu behalten.

»Sie überreichen sie ihm, wollten Sie wohl sagen. Gehen wir.«

»Lassen Sie mich los«, empört sich der stellvertretende Schulleiter »Ich komme ja schon.«

Während ich den beiden folge, sehe ich Andrea inmitten der Menge. Er kann es jedoch nicht sein, weil er ein schwarzes Polohemd zu der Jeans trägt und ihm seine sauber gekämmten Haare hübsch in die Stirn hängen. Er ist ein hübscher Junge. Läuft, ohne herumzuhampeln, bleibt vor den Skulpturen stehen, betrachtet sie ein Weilchen, dreht sich dann um und kommt auf mich zu.

Die langen Augenbrauen sind über der Nasenwurzel deutlich voneinander entfernt und beschreiben zwei vollkommene Halbkreise über zwei wachen Augen.

Es ist Andrea. Ein gesunder Andrea.

Ich warte, bis er an mir vorbeigeht, drehe mich nach ihm um und sehe mir seine geraden Schultern, die seitlich herabhängenden Arme an; er mischt sich unter die Leute und verschwindet, ohne mich zu grüßen.

»Es ist uns eine große Freude, diesen Jungen für das großartige Werk auszeichnen zu können, das er geschaffen hat«, sagt nun der stellvertretende Schulleiter. Er reicht Andrea die Plakette, doch Riccardi weicht plötzlich einen Schritt zurück.

»Sei nicht so schüchtern«, tadelt ihn seine Mutter. »Danke«, stammelt sie und drückt die Plakette sanft an sich.

Der stellvertretende Direktor wirft De Lucia einen Blick zu, erklärt dann, dass er sich verabschieden müsse.

»Da bist du ja endlich, Filippo. Wo warst du? Die Preisverleihung ist zu Ende.«

Andreas Vater spricht im enttäuschten Tonfall meines Vaters.

Ich bin sicher, dass De Lucia dasselbe Gefühl im Bauch hat, das ich jetzt empfinde, während ich Filippo betrachte, der größer und hübscher ist in seinem schwarzen Polohemd, der aber dieselbe Konstitution, dieselbe Gesichtsform und dieselbe Haut hat wie sein Bruder. Er reagiert nicht auf die väterliche Provokation, sondern tritt an den Minotaurus heran und mustert ihn von allen Seiten.

Unter der Krankheit hat er allenfalls indirekt gelitten, denke ich. Um zu überleben, muss er ein wenig blind, ein wenig taub, ein wenig autistisch sein. Zu Hause.

Andrea fällt ihn von hinten an. Filippo befreit sich und drückt ihn an sich, indem er ihm einen Arm um den Hals legt.

»Er ist toll«, sagt er.

Der Bahnsteig hat sich nicht verändert, seit ich Anna hier verabschiedet habe.

Porta Nuova scheint vom Chaos, das man von anderen Bahnhöfen kennt, verschont zu bleiben. Man fährt ab, kommt an, geht weiter.

Neben mir wirft eine Frau mittleren Alters im geblümten Kleid ihre Zigarette weg und zündet sich eine neue an. Als der Zug in den Bahnhof einfährt, treten wir beide einen Schritt zurück, erschrocken über die Geschwindigkeit, mit der er auf uns zurast.

Sie sind da.

Manche möchten so schnell wie möglich nach Hause, andere würden am liebsten gleich wieder umkehren. In wenigen Minuten reißt uns die Menschenmenge, die sich aus dem roten Ungetüm in unsere Richtung ergießt, von allen Seiten mit sich fort. Gegen diese Übermacht kommen wir nicht an.

Am Rande einer lärmenden Familienwiederzusammenführung arbeitet Gianni sich vorwärts. Mit einer Hand presst er die Reisetasche an seinen Körper und überlässt den anderen jeden nötigen Platz für ihre Koffer und Taschen. Ich will gerade den Arm hochreißen, aber das ist nicht notwendig. Er hat mich schon gesehen.

Morgen in aller Frühe wird er wieder nach Neapel zurückfliegen. Da er sich letzten Monat bereit erklärt hatte, vier Dienstreisen ins Ausland zu unternehmen, darunter die Konferenz in der Mailänder Dependance seiner Firma heute Morgen, erhielt er die Erlaubnis, erst einen Tag später zurückzufliegen und kann so eine Nacht in Turin verbringen.

»Mitarbeitermotivation nennt sich das ...«

Er lächelt, aber die Krähenfüße um seine Augen verraten mir, dass er übermüdet ist.

»Du hast ja gar keinen Bart mehr.«

Immer noch blickt er durchs Fenster des Linienbusses auf die eleganten Gebäude der Innenstadt, die kein Vertrauen erwecken.

»Er hat mich gestört«, sagt er nach einer Weile. Er hat sie gestört, denke ich, er hat sie gestört.

Innerhalb von zehn Minuten hat er geduscht und sich umgezogen. Seit April benutzt der alte Gianni keinen Fön mehr, trägt in seiner Freizeit Jeans, zieht den erstbesten sauberen Pulli an, der ihm in die Hände fällt. Es ist schön, ihn aus meinem Badezimmer kommen zu sehen.

 »Stört es dich, wenn ich kurz mal was nachschaue?«

Nein, keineswegs. Nichts an ihm stört mich. Ich biete an, Kaffee zu machen, während er seinen Laptop einschaltet, die Mails durchsieht, einem ungeduldigen Lieferanten antwortet.

Er will den Computer gerade ausschalten, als sein Chef ihn über Skype kontaktiert. Der Zugriff dieses Mannes auf seine Untergebenen, die Art und Weise, wie es ihm gelingt, mit der Zeit in ihr Privatleben einzudringen, grenzt an Sadismus.

Er sammelt sie wie Jagdtrophäen. Maskiert sein Verlangen nach Bewunderung als Strenge seinen Mitarbeitern gegenüber; verteilt willkürlich Prämien und Urlaubstage; entlässt seine Mitarbeiter paarweise, ruft dann einen wieder zurück, damit dieser sich ihm gegenüber verpflichtet fühlt und sich glücklicher schätzt als der andere. Er stellt nur Frauen ein, mit denen er schon im Bett war. Das ist seine Vorstellung von einem Harem.

Jetzt pfeift er. Es ist seine Art, Gianni nach Konferenzschluss zu gratulieren: Die Nacht in Turin kann in seinen Augen nur einen Grund haben.

Ich schiele auf den Bildschirm, darauf bedacht, nicht in den Umkreis der Webcam zu geraten. Der Chef ist dick geworden, aber das ist es nicht, was ich denke, als ich ihn auf dem Laptop sehe. Das passende Wort ist: wohlgenährt. Üppig. Rundherum satt.

Gianni ist kurz angebunden und verabschiedet sich von ihm mit dem Hinweis, dass er ja jetzt nicht mehr im Dienst sei. Der Chef lacht und pfeift erneut ekelhaft jovial.

Wir gehen am Ufer des Po entlang, bis er zur Dora wird. Spaziergänge mit Gianni sind immer gleich. Sein ruhiger, gemächlicher Schritt, stets bereit, sich dem meinen oder dem Verkehr anzupassen, sein abwechselndes Reden, Zuhören oder Schweigen, seine Fähigkeit, sich nur dann ablenken zu lassen, wenn es angebracht ist, vertreiben die Traurigkeit, die Turin umgibt, verwandeln die geraden Straßen der Stadt in zauberhaft verwinkelte neapolitanische Gassen. Das könnten wir überall tun. Und sollten es auch tun.

Sie haben uns die Zukunft gestohlen, beschweren sich die Spruchbänder, die nach der Kundgebung heute Morgen vor dem Jugendzentrum zurückgelassen wurden. *Wir werden für eure Krise nicht bezahlen.*

»Ein wunderschönes Monster also.«

»Du müsstest es sehen, Gianni. Es ist wirklich eindrucksvoll.«

Während ich rede, wird mir klar, dass das Gefäß zu klein ist, um alles, was ich jetzt sage, hineinzugießen. Deshalb sind meine Auslassungen harmlos, notwendig. Deshalb unterbreche ich ihn, bevor er das Wort ergreifen und damit das Gespräch von der Schule auf andere gefährlichere Themen lenken kann, bei denen ich mich verhaspeln könnte.

»Wahrscheinlich versuchen sie uns mit irgendeiner im letzten Augenblick auftauchenden Gesetzesverordnung zurück in den Süden zu schicken«, sage ich. »Viele Kollegen hier sind zu Mord und Totschlag bereit, um uns nicht in diese Ranglisten zu lassen.«

»Und ihr seid zu Mord und Totschlag bereit, um hineinzugelangen. Sehe nur ich die Lösung des Problems?«, fragt er, und ich weiß, dass er scherzt, dass es nur sein Sarkasmus ist, diese Schweinerei als das zu bezeichnen, was sie ist: ein Krieg unter armen Teufeln. Allerdings ist es das erste Mal, dass er sich ein Problem von mir nicht so zu eigen macht, dass es ihm den Schlaf raubt. Es ist das erste Mal, dass er mich in eine Gruppe von Menschen einreiht und mich mit ihr allein lässt.

»Machst du Witze? Ich habe mich ja bewusst entschieden, hierher zu kommen. Es war schwierig.«

Das bereue ich sofort, doch es ist schon zu spät. Gianni ist aufgewacht, das Gefäß läuft über. Ich bleibe stehen und schaue von der Brücke hinunter: Ich will dieses Gespräch im Stehen führen.

»Es hat wehgetan, ja«, beginnt er. »Schlimmer, als du dir vorstellen kannst. Oder als ich es mir hätte vorstellen können.«

Als wir nach Hause zurückkehren, ist es bereits dunkel, und die Treppenstufen scheinen mir den Weg zur Wohnung zu verbauen, anstatt mich zu ihr zu führen. Gianni schließt sich in meinem Zimmer ein und telefoniert, ich setze mich an den Küchentisch und versuche, regungslos zu bleiben.

»Möchtest du etwas zu Abend essen?«, frage ich, als er wiederkommt. Im Ofen wartet irgendetwas darauf, aufgewärmt zu werden. Und irgendwo gibt es eine noch in das Packpapier der Enoteca gewickelte Flasche Wein.

»Nein, danke. Ich bin sehr müde.«

Wir wollen nicht essen. Sind müde.

»Dann also gute Nacht.«

Das wünsche ich ihm, ohne dabei aufzustehen. Ich muss sehr gut aufpassen, wohin ich heute Abend die Füße setze, weil alles kriecht, alles beißt, alles mich verschlingen will.

»Passiert das immer noch?«

Ich sehe ihn an.

Er greift sich mit der Hand an die Brust, presst sie zusammen.

»Nein, nicht mehr«, antworte ich, und um es ihm zu beweisen, lächle ich.

Sie heißt Claudia.

Ich will nicht wissen, wie sie heißt. Es interessiert mich nicht.

Sie ist ungefähr so alt wie du.

Ich glaube nicht, dass das eine Rolle spielt.

Sie schreibt, weißt du?

Was du nicht sagst. Mit achtundzwanzig?

Sie ist gut. Früher oder später wird sie was veröffentlichen.

Kann ich mir vorstellen.

Ich dachte, dass ich es dir persönlich sagen sollte.

Du hast falsch gedacht.

Es ist etwas Ernstes.

Etwas Ernstes.

Könnte es sein.

Gewiss, wie alles.

Ich will es versuchen.

Dann solltest du das auch tun. Du solltest es immer wieder versuchen. Und versuchen und versuchen und versuchen.

Ok.

Ok.

Möchtest du, dass ich gehe?

Nein, geh noch nicht.

Nein?

Nein. Morgen früh.

Ok. Morgen früh.

»Emma.«

Es ist zwei Uhr morgens, das ist Margheritas Zimmer, das sind meine Klamotten von gestern Abend, die ich immer noch anhabe, das ist die zerknüllte Decke, weil ich mich darauf ausgestreckt habe, und das ist Gianni, der neben mir kniet und meine Hand hält.

»Du hast geschrien.«

Schmerzhaft ist es nur am Anfang, dann gewöhnst du dich daran: Du atmest, massierst dir die Seite, zählst bis fünfzig. Bis hundert. Bis zweihundertzwanzig.

»Ich muss dir was sagen«, beginnt Gianni.

Er hat kein Licht gemacht. Ich mache es immer an, wenn mich die Schlangen wecken und ich alleine bin.

»Es ist, wie ich dir an Weihnachten gesagt habe: Es kann keine geben, solange es dich gibt.«

Es ist ja die logischste Sache der Welt: kein Licht, wir sind zu zweit.

»Also komm zurück oder verschwinde aus meinem Leben.«

Solange er meine Hand hält, finde ich keine Antwort. Und er hält sie fest.

»Komm zurück oder verschwinde«, wiederholt er. »Ohne einen genauen Zeitpunkt oder ein Datum, weil ich sonst auf diesen Zeitpunkt oder dieses Datum warten werde, um von dir zu hören.«

Zwei weitere Schlangen kriechen auf das Bett zu.

Gianni wartet nicht ab, dass ich ihn darum bitte: Er nimmt mich in die Arme und gibt mir einen Kuss auf die Schläfe, einen langen, traurigen Kuss, einen Schatten des Kusses, den er mir eigentlich geben will und den ich will und zu bekommen versuche, indem ich ihn am T-Shirt festhalte, mich hineinkralle.

Er aber macht sich los, hält mich fest und zwingt mich, ihn anzusehen, wie er weint.

»Wenn du jedoch verschwindest, dann komm nicht zurück. Ich will keine nächtlichen Telefonate, Scheißnachrichten, E-Mails. Hau ab und das war's dann. Du musst aus meinem Leben verschwinden.«

Nachdem er wieder rübergegangen ist, spüre ich die Abdrücke seiner Finger auf meinen Armen, die schmerzen, mich stören und schließlich vergehen.

»Wir sind fertig, freust du dich?«

Andrea lacht und vervollständigt sein Ithaka. Aus dem Mittelpunkt der Insel dringen Blutspritzer, Schreie, Schwerter und Pfeile. In seiner grausamen, recht originellen Darstellung hat er einen Ort der Seele in einen Vulkan verwandelt, der Menschenteile ausspuckt. Und er hat sich dabei köstlich amüsiert.

»Odysseus hat eine lange und gefährliche Reise unternommen. Dann ist er zu seiner Familie heimgekehrt und war glücklich.«

Riccardi äußert sich nicht dazu, die Sache geht ihn nichts an. Er ist mehr daran interessiert, den leidenden Kopf des Antinoos mit Locken zu versehen, während dieser aus dem Vulkan geschleudert wird.

»Aber es ist eine schöne Reise gewesen. Erinnerst du dich? Odysseus hat gegen die Skylla gekämpft, die seine Gefährten gefressen hatte, gegen die Charybdis, die sie hatte ertrinken lassen. Die Sirenen, die ihn betören wollten. Weißt du noch, was die Sirenen gemacht haben?«

»Die Nutten«, sagt Andrea, ohne die Augen vom Blatt zu heben.

»Ok, du weißt es nicht mehr.«

Am Ende der Stunde lässt sich Silvia von Riccardi das Heft bringen. Ich schaue zu, wie er sich neben sie setzt, auf einige Fragen antwortet, und hoffe, dass ihr nicht in den Sinn kommt, die Sirenen ins Spiel zu bringen.

Von hier aus gesehen, aus der hintersten Reihe, wirkt das Klassenzimmer größer, mit all den Schülern, die beim Schreiben die Köpfe heben und senken. Diese Bewegungen nehmen mich so gefangen, dass ich es gar nicht merke, als die Unterrichtsstunde zu Ende ist und eine neue beginnt. Silvia geht, Miranda kommt rein.

Ich bitte Andrea, das Mathebuch rauszuholen.

»Ich sehe, du hast alle Übungen gemacht.« Die Seiten, die ich ihm aufgegeben hatte, sind mit einem Bleistift ausgefüllt worden, der tiefe Furchen ins Papier gezogen hat.

Drei Sechstel sind die Hälfte.

Fünf Fünfzehntel sind ein Drittel.

Zwölf Zwölftel sind ein Ganzes.

»Du bist wirklich fleißig gewesen.«

Andrea streckt eine Hand nach dem Buch aus, will überprüfen, ob das, was ich sage, auch wirklich stimmt.

Die Klingel bestätigt den Beginn der Pause: Die Flure füllen sich mit Geschrei und Gelächter. Dann, viel zu früh, mischt sich in das Geschnatter das Geräusch der Schuhe, die sich beeilen, wieder umzukehren. Ich suche Andrea und finde ihn nicht.

Ich muss mich auf die Zehenspitzen stellen, um ihn undeutlich zu sehen, wie er im Flur rumhüpft.

»Los, Schildkröte, wir warten auf dich.«

Andrea macht ein paar Schritte, dann bleibt er stehen, dreht sich um sich selbst und rennt los.

Ich will mich gerade an seine Verfolgung machen, als mir klar wird: Andrea wollte sich am Getränkeautomaten versuchen, daran hochspringen, sich mit den Handflächen daran festhalten, hoffte auf eine andere, geheimnisvolle Oberfläche. Von der zigsten glatten Wand enttäuscht, wich er zurück.

»Was ist *Schildkröte*?«, fragt er.

Alles, was wir jetzt noch tun müssen, ist, auf alle Arbeiten, die er im letzten Monat angefertigt hat, das Datum zu schreiben. Dann können wir sie in die Mappe legen und abgeben.

»Also, Andrea, weißt du, was du machen sollst? Komm, fang an.«

Andrea blättert die Seiten durch, auf die wir den griechischen Tempel, den etruskischen Bogen, die römische Säule, das Pantheon und einige Stilmerkmale neugotischer Kirchen und arabischer Moscheen gezeichnet haben.

»Scheißbleistift«, sagt er, als er versucht, eine überflüssige Linie wegzuradieren.

»Schreib einfach nur deinen Namen und das Datum drauf. So ist es schon in Ordnung.«

Er radiert weiter, bis der Gummi in seinen Händen zerbröselt. Nicolini beginnt mit dem Aufrufen der Namen.

»Barellieri.«

»Hier.«

»Halt, nein«, sage ich sofort. »Zeichnen wir ihn hierhin. Schau her: Meiner Meinung nach müsste hier noch ein Bogen hin.«

Andrea hört mir nicht zu und leert sein Mäppchen auf der Suche nach einem anderen Radiergummi.

»Mancini, Morelli. Olla, Pautasso.«

Seine Finger bewegen sich schnell, werfen alles aus dem Mäppchen, was nicht radiert. Der schwarz-gelbe Bleistift scheint am hinteren Ende einen winzigen, nahezu aufgebrauchten Radiergummi zu haben. Besser als nichts.

Andrea radiert los, drückt das Blatt mit der anderen Hand auf die Tischplatte.

»Scinica und Zizzari«, beendet Nicolini die Anwesenheitsüberprüfung. Er macht das Klassenbuch zu und lässt sich ein Buch geben.

»Riccardi!«

»Andrea«, murmele ich. »Du bist noch nicht fertig.«

»Riccardi!«, brüllt er von Neuem.

Nicolini lässt sich gegen die Rückenlehne seines Stuhls fallen. Stöhnt.

»Riccardi, Riccardi, Riccardi!«

Andrea erhebt sich, stößt den Stuhl nach hinten. Ich bin sofort bei ihm, fahre mit der Hand vor seinen Augen hin und her, um ihn abzulenken.

»Schon gut, jetzt beruhige dich aber.«

Nicolini reibt sich die Augen.

»So, haben wir den Unterricht jetzt also beendet«, sagt er. Irgendjemand lacht.

»Andrea, nein!«

Ich vermag ihn nicht festzuhalten, bin nur ein Mensch, er hingegen eine Furie, die sich nach vorne stürzt, den Bleistift auf den Lehrer gerichtet, ein Vulkan, der inmitten von uns auszubrechen droht.

»Andrea!«

Ich packe ihn von hinten an den Schultern, er stürzt sich auf das Pult, versucht, an Nicolini heranzukommen. Der weicht mit rotem Gesicht zurück. Brille und Klassenbuch fallen auf den Boden.

»Halt ihn doch mal fest.«

Andrea ist nicht zu bremsen. Mit aller Kraft versucht er, sich durchzusetzen, auf Nicolini loszugehen.

»Bleib stehen!«, schreie ich, bin kurz davor, ihm zuzurufen, dass der Leguan das nicht will, dass er aufhören soll, den Psycho zu spielen, weil wir wirklich nicht mehr können.

Ich packe ihn am T-Shirt, halte ihn fest.

Nicolini weicht bis zur Wand zurück. Die Arme erhoben, um sich zu schützen.

»Andrea«, sage ich.

Sonst nichts.

 Ich habe jetzt verstanden.

Ich halte ihn in meinen Armen, spüre ihn zittern, und mir ist klar: Der Leguan will es. Er will, dass wir einen Bleistift nehmen und ihn ins Auge oder in den Bauch dieses Scheißkerls stechen, dass wir ihn leiden lassen, wie er uns jedes Mal leiden lässt, wo er es uns ersparen könnte und es nicht tut.

Andrea stampft auf, wirft sich nach vorn, zieht mich mit sich.

»Willst du mir wehtun, Andrea?«, frage ich. Auch ich fange an zu zittern. Wenn er mich auf den Boden stoßen möchte, stehe ich ihm nicht im Weg.

»Nein«, antwortet er. Ich muss ihn nur ein wenig anschieben, und schon lässt er sich hinausführen, die Treppe hinunter bis in Klassenzimmer 9. Ich sehe ihn noch ein wenig auf dem Stuhl schaukeln, dann gebe ich ihm ein Blatt und einen Filzstift, warte darauf, dass er zu zeichnen beginnt.

»Entschuldigt, störe ich euch?«

Die Kollegin betritt das Klassenzimmer und schiebt den Rollstuhl zum Computer.

»Nein«, sage ich.

Nun ist er ruhig, still.

Idras Schultern ziehen sich zusammen, während sie auf das Rad schlägt, eine Hand in den Mund steckt und sich beißt. Sie ist das Mädchen von Aljoscha Karamasow, das alles in Brand setzen will, während es uns von seinem Rollstuhl aus beobachtet, und sich freut, uns brennen zu sehen.

19

Was machen Enten im Winter? Wo waren diese Enten, als der Po begann, die Murazzi zu überschwemmen und versuchte, die Enten zu vertreiben?

Vielleicht gibt es einen natürlichen Imperativ, der über das »Pass dich an oder stirb« hinausgeht und auf der Flucht beruht. Hau ab, wenn es brenzlig wird. Kehr nach Hause zurück und bleib dort. Nur für ein Weilchen natürlich, bis es wieder anfängt, schlimm zu werden: Dann pack deine Koffer.

Falls der Nektar das Problem ist, muss man es wie die Biene machen und von einer Blüte zur anderen fliegen, so rasch wie möglich. Eine vertretbare Flexibilität. Eine angemessene Unbeständigkeit.

»Hey.«

Was wird aus den Bienen im Winter?

»Was beobachtest du da?«

»Die Enten.«

Margherita blickt von der Brücke hinab. Unter uns fahren sich einige Gänse mit dem Schnabel durch ihr Gefieder auf der Suche nach essbaren Überresten. Enten mit schwarzen und grünen Flecken tauchen halb unter, schütteln dann die Wassertropfen ab, schlenkern wie besessen die Hälse.

»Interessant«, bemerkt Margherita.

Ich kümmere mich nicht um sie. Das kann sie nicht verstehen.

»Worauf warten wir denn eigentlich? Was sollen sie tun?«

»Schau sie dir genau an«, antworte ich. »Meinst du, es sind dieselben wie im letzten Jahr?«

Das nun folgende Schweigen weiß ich zu schätzen und auch die Art, wie Margherita es mit kurzen Blicken und Achselzucken füllt, wenn irgendein vorbeikommender Jogger oder Radfahrer ihre Aufmerksamkeit wert ist.

»Ok«, sage ich, sobald ich bereit bin.

Wir machen uns auf den Weg, meiden die Arkaden: Ich brauche Wärme und Straßen. Sie hat nichts dagegen.

»Ich zahle dir das Zimmer bis September, falls du vorher niemanden findest«, sage ich.

Margherita nickt, völlig hingerissen von einem Paar flacher Schuhe in einem Schaufenster, die uns eine gebührende Beachtung abverlangen.

»Hast du ihn schon angerufen?«

»Nein«, erwidere ich.

»Warum nicht?«

»Ich weiß es nicht. Ich denke noch darüber nach.«

Margherita kommentiert es nicht.

»Wie heißt sie noch mal?«

»Claudia.«

»Blöde Tussi.«

Wir verzichten auf die Schuhe, ohne ihnen nachzutrauern: Der schicke Schnitt passt nicht so recht zu unserem Kontostand.

»Bist du sicher, dass du zu Gianni zurückkehren willst?«

»Natürlich«, sage ich und meine es dann auch.

Sie hakt nicht weiter nach, und als ich die Buchhandlung betrete, folgt sie mir, ohne zu protestieren. Wir schlendern zwischen den Regalen mit preisreduzierten Büchern hindurch.

Claudia schreibt. Wenn ich jetzt nicht zu Gianni zurückkehren würde, würde ich in einigen Jahren hier vorbeikommen, mich umsehen und bei der Suche nach einem Schnäppchen ihr Buch entdecken. Und das täte weh.

»Schau mal hier.«

Der Katalog in Margheritas Händen ist amerikanisch. Der Umschlag teilt uns mit, dass die Fotografin Rachel Hutter aus einem kleinen Städtchen in Iowa stammt, wo sie den größten Teil der Motive aufgenommen hat, bevor sie, wie alle, nach New York ging. Sie ist neunundzwanzig Jahre alt.

»Das da sieht genauso aus wie das Haus meiner Großeltern. Ein Gutshof, riesig und baufällig.«

Rachels Gutshof hat vier Fenster, von denen drei eingeschlagen sind, und einen Traktor, der in der Sonne geparkt ist.

Margherita blättert das Buch nach weiteren Ähnlichkeiten durch, die sie überraschen könnten.

»Sie waren Winzer. Dann ist meine Großmutter Witwe geworden und meine Mutter weggegangen und so weiter und so fort.«

Ich weiß nicht, was sie mit diesem »und so weiter und so fort« sagen will. Und so stelle ich mir all das vor, was gewöhnlich passiert, nachdem man von zu Hause weggegangen ist.

»Bist du noch mit Savarese zusammen?« Ich hätte gern, dass das die dem Kontext angemessenste Frage wäre. Ich starre weiter auf das Buch.

»Nein. Und du?«

»Nein. Natürlich nicht.«

Sie wartet ab.

»Es hat da aber einen Kuss gegeben. Eine Art Kuss.«

Margherita wird so heftig von einem Anfall tiefen Widerwillens überwältigt, dass ich lachen muss.

»Es wurde ja auch Zeit. Und, wie war's?«

»Nicht der Rede wert«, sage ich. »Das ist jetzt auch nicht mehr wichtig.«

Margherita konzentriert sich wieder auf die Fotos.

»Kann ich mir nicht vorstellen«, murmelt sie. »Schade. Ab und zu ein bisschen Sport ist gut für die Gesundheit.«

Wortlos nehme ich ihr den Katalog aus den Händen und kaufe ihn für sie. Beim Verlassen der Buchhandlung hält sie mich am Pullover fest.

»Bist du wirklich sicher, dass wir hier fertig sind?«

Vor einem Regal mit gebrauchten DVDs hält ein blonder junger Mann zwei Hitchcock-Klassiker vergleichend nebeneinander: ein bildhübscher Hamlet, der mit zwei Schädeln jongliert.

Es ist Fabio.

Ich dränge Margherita zum Ausgang, bevor er sich umdreht und sich zu fragen beginnt, wo er mich schon mal gesehen hat.

Wir haben noch viel zu tun: Der Abend beginnt mit einem Einkaufsbummel, da die Geschäfte früh schließen, dann ist da die Nacht in San Salvario in einem Lokal, das so überfüllt ist, dass wir uns lieber auf dem Bürgersteig gegenüber niederlassen, wo wir etwas trinken, Rachels Katalog herausholen und uns ausmalen, wie es sein muss, in einer Farm in Iowa aufzuwachsen und auf Fotos zu setzen, überzeugt davon, dass sie ausreichen werden, um abzuhauen.

Beim zweiten Bier entscheiden wir, ja, sie reichen aus. Zumindest in Rachels Fall. Wir sagen uns, dass sie neu und faszinierend sind. Und ausdrucksvoll.

»Wie ist es in Pavia gelaufen?«

Margherita lächelt.

»Wie es mehr oder weniger immer gelaufen ist: Er wollte das Haus der Großeltern. Es hat ihm schon immer gefallen.«

»Tut mir leid.«

»Als er Rita geheiratet hat, habe ich mich wochenlang nicht mehr zu Hause blicken lassen. Schließlich bin ich nach Bologna gegangen, habe zu arbeiten angefangen, mein Diplom gemacht. Und er hat nie nach mir gesucht.« Sie blättert noch einmal durchs Fotoalbum, ohne hineinzuschauen. »Vielleicht dachte er, dass mir diesen Monat das Geld für die Miete fehlen würde, aber er hat mich trotzdem nicht gesucht.«

Ich weiß nicht, was ich sagen soll. Mir kommt der Gedanke, dass nun Entbehrungen und Verfehlungen durch ihr Blut strömen, es klar, unbesiegbar machen.

»Meine Mutter hingegen hat mich geliebt. Wahnsinnig geliebt. Mehr als ihn.«

Ich versuche, sie zu umarmen, doch es klappt nicht so recht, weil uns das Buch behindert. Und die Biergläser gehen fast zu Bruch.

Margherita lacht.

»Jedenfalls kriegt er das Haus nicht, das begreift er

allmählich. Savarese hat für mich eine soziale Einrichtung ausfindig gemacht, die daran interessiert ist, und ich habe es an sie vermietet.«

»Braver Savarese«, sage ich. Sofort stoßen wir auf ihn an. »Worum geht es in dieser Einrichtung?«

»Minderjährige Mütter«, antwortet sie. »Unnötig zu erwähnen, dass ihn das geil macht.«

Um drei Uhr morgens stehen wir endlich wieder vor der Haustür. Margherita wartet darauf, dass ich die Schlüssel in meiner Tasche finde. In meiner oder ihrer, das ist ihr ziemlich egal: Alles um sie herum dreht sich.

Ich habe ihr nicht gesagt, dass es in der Wohnung zu viele Schlangen gibt, so viele, dass ich schon seit Tagen nicht mehr schlafen kann, dass alles, was ich esse, die Speiseröhre hinunterzukriechen scheint und mir Ekel bereitet.

Ich schließe das Tor auf und gehe vor ihr her durch den Hof, aber sie will unbedingt, dass ich ihr zum Garagentor folge.

Drin ist es zu dunkel, als dass man das Durcheinander unserer Koffer voll Winterklamotten und unnützem Zeug auseinanderhalten könnte, für das wir in der Wohnung mit all dem sonstigen Krimskrams keinen Platz haben.

In diesem Dunkel taucht jedoch etwas Neues auf.

»Was ist das?«

Das frage ich, aber es ist offensichtlich: Die alte Garelli habe ich ja schon in ihrem Fotoalbum gesehen. Der rote Lack war kräftiger, farbenfroher. Margherita geht näher heran und streichelt den Sattel.

»Meine Erbschaft«, sagt sie.

»Und, fährt sie noch?«

Ich umfasse die Handgriffe, als wollte ich einen Stier bei den Hörnern packen.

»Klar«, antwortet sie und trocknet sich die Augen.

Andrea folgt mir ohne großes Theater. Der halbleere Rucksack wippt auf seiner Schulter auf und ab. Heute ist der letzte Schultag: Wir können es ruhig angehen lassen, das tun alle. In den Fluren der Schule wandern Kartoffelchips und Törtchen von Hand zu Hand. Musik und Stimmengerwirr bilden die Geräuschkulisse. Es wird schon gefeiert.

»Ich habe eine Überraschung für dich.«

»Was ist die Überraschung für mich?«

»Das wirst du gleich sehen.«

Eine Weile schlendern wir auf dem Fußweg in der Sonne dahin, biegen dann um die Ecke und lassen die Schule hinter uns: De Lucia behält Santojanni im Auge, der auf einer Bank auf der anderen Seite des Weges sitzt. Neben ihm hat eine Frau Platz genommen; Andrea achtet nicht darauf. Als wir jedoch ziemlich nahe bei ihnen sind, verkrampft er sich.

Die Belcari steht auf, lächelt ihm zu.

»Da bist du ja, Andrea. Hallo.«

Er macht einen Satz rückwärts und packt mich, ehe ich ihn daran hindern kann, am Arm, hält mich vor sich fest: eine Mauer, die ihn schützen kann.

Grazia bleibt stehen, versucht, nicht näher zu kommen.

»Wie geht es dir?«

Andrea zieht mich von einer Seite auf die andere, lässt sich zu einem frustrierten Stöhnen hinreißen: Ich bin eine zu niedrige Deckung, um nützlich zu sein.

»Ich habe gehört, dass du einen Wettbewerb gewonnen hast. Du warst wirklich fleißig.«

Ohne meine Hand loszulassen, tritt Andrea näher heran, streckt ihr einen Arm hin, zieht ihn zurück.

»Im nächsten Schuljahr müssen wir ganz viel lernen.«

Andrea zerrt mich mit sich, bis wir neben der Belcari stehen. Wir kreisen sie gewissermaßen ein: Wir sind nicht gefährlich, könnten es aber sein.

»Was müssen wir lernen?«

»Viele Dinge«, wiederholt sie. »Du wirst schon sehen.«

Sein Griff lockert sich. Nach und nach lässt er mich ganz los, hüpft ein paar Schritte von uns weg, dreht sich um sich selbst. Als er Santojanni bemerkt, rennt er zu ihm hin.

De Lucia springt auf.

»Andrea, lass das!«

Er schert sich nicht darum, setzt sich neben Davide, beugt sich vor, um ihm ins Gesicht zu blicken. Santojanni starrt regungslos auf die Schule und beachtet ihn nicht. Nach einer Weile langweilt sich Andrea und lässt ihn sitzen. Er kommt wieder zu uns gelaufen, steuert direkt auf Grazias Hände zu und ergreift sie.

»Entschuldigung«, sagt er.

De Lucia und ich schleppen uns hinter ihm die Treppe hinauf, während er die Stufen hochrast, weil er es nicht erwarten kann, in Klassenzimmer 9 zu kommen. In den

Armen hält er das Paket mit den Temperafarben, die ich ihm soeben geschenkt habe: Er will sie ausprobieren, jetzt, sofort.

»Renn doch nicht so«, sage ich, weniger, um eine Reaktion zu bewirken, als für mich selbst: Ich genieße die letzten Nachwirkungen eines kleinen Willens zur Macht.

Kaum sind wir drin, reißt er das Papier der Verpackung weg und lässt alle Farbentübchen herausrollen. Er wählt die rote Tube, holt ein Blatt Papier hervor und fängt an, es bluten zu lassen.

Ich setze mich neben ihn. Wir haben eine lange Reise hinter uns und können es noch nicht richtig fassen, dass wir jetzt nach Hause zurückkehren.

»Ist das der Leguan?«, frage ich. Der Farbfleck hat Pfoten, einen Schwanz, einen kleinen Kopf und Stacheln, die ihn durchbohren.

»Ein Punk-Leguan«, sagt Andrea.

Ich zwinge mich, ihm den Kopf zu streicheln, wenn auch nur ein bisschen. Der Leguan auf dem Fensterbrett ist immer noch grün mit einer in die Höhe gehobenen Tatze mit Krallen und einem aufgerissenen Maul, das darauf wartet, etwas beißen zu können.

»Ihm fehlen noch die Augen.«

Mit zwei Bleistiftstrichen zieht er einen Kreis rechts und einen links von der Schnauze. Sie sind aber noch leer, ohne Farbe und ohne Leben.

»Es stimmt«, sagt De Lucia. »Hast du die Lehrerin gehört, Andrea? Im nächsten Schuljahr müssen wir den Leguan fertig machen.«

Das Getöse, das den Auszug der Klassen begleitet, erzählt von einem Jahr, das im Warten auf diesen Tag vergangen ist. Vergebens suche ich Petar in der brüllenden Meute. Geduld. Sein Recht, mich nicht mehr sehen zu müssen, ist in diesem Moment in Kraft getreten.

Ich warte, bis die Schule sich geleert hat. Zwischen Verabschiedungen und letzten bürokratischen Erledigungen dauert es noch eine halbe Stunde, bis alles wieder still ist. Die Hausmeister beginnen mit dem Aufräumen und Reparieren, indem sie von einem Klassenzimmer zum anderen gehen. Es ist wie Saubermachen nach einem Umzug.

Auf der Treppe des ersten Stocks sitzt Tommaso. Er hat sich zwei Finger in den Mund gesteckt und blickt auf die Fliesen des Fußbodens.

Ich klammere mich ans Geländer und fasse mir ein Herz.

»Verzeih uns, Tommaso«, sage ich.

Er nimmt die Finger aus dem Mund, betrachtet sie, zuckt mit den Schultern.

Er zeigt mir sein T-Shirt.

»Adidas«, lese ich.

»Mama hat es gekauft. Es gefällt mir sehr.«

Ich halte es eigentlich nicht für notwendig, es zu sagen, dennoch habe ich das Gefühl, dass ich es sagen muss, dass ich dazu gezwungen bin.

»Wenn du mein Sohn wärst, hätte ich das nicht geschafft.«

Tommaso stützt das Kinn in seine Hände.

»Du hast ja auch nicht meine Liebkosungen bekommen«, entgegnet er, bricht dann in Lachen aus. »War nur Spaß.« Er streckt die Hände nach vorne, wie um zu sagen, ich solle mich nicht ärgern.

Ich nicke.

»Verzeihst du uns also?«

Er sieht mich an, ernst.

»Wie könnte ich?«

Er hat Recht, denke ich. Verzeihen, ignorieren, vergessen, gute Miene zum bösen Spiel machen, sich anpassen, zusammenleben, Notlösungen finden – das ist bequem.

»Musst du gehen?«

»Nein, ich hab's nicht eilig.«

»Dann leiste mir doch Gesellschaft.«

Ich setze mich neben ihn auf die Stufe. Der Fußboden seiner Schule in Neapel überlagert den des Bernini mit seinen Fliesenmosaiken, ihrem geometrischen Flechtwerk.

»Wie kriegen sie den Boden nur so genau hin?«, fragt Tommaso.

»Ich habe keine Ahnung.«

Später, als meine Schuhe mit den zu flachen Absätzen über die Flure der Schule trampeln, um nicht wiederzukehren, spüre ich, wie sich unter mir ein langer, tiefer Spalt auftut.

Zuerst bersten die Fensterscheiben, alle im selben Moment. Dann reißt der Fußboden auf, als wäre ein Schwert direkt in die Mitte hineingetrieben und vom dritten Stock bis ganz nach unten durchgezogen worden.

Der Riss, der das ganze Schuljahr über verborgen geblieben war und sich von einem Klassenzimmer zum anderen, von einem Stockwerk zum nächsten schlängelte, hat sich nun geöffnet und die Decke einstürzen lassen. Die Rohrleitungen sind durchgerostet, und das saubere Wasser hat sich mit dem Abwasser vermischt und überflutet die Bänke, Schiefertafeln, Pulte.

Zu guter Letzt hat das Dach alles unter sich begraben, ist in sich zusammengestürzt, in Blöcke zerfallen, die ihrerseits zerborsten sind, sich in Staub und Erde, in feine Körnchen verwandelt haben.

Es kommt mir seltsam vor, die Kartons von meinen Ikea-Regalen zu nehmen, einen Schrank zu leeren, der so akkurat eingeräumt wurde, damit kein Kleidungsstück zu viel Platz wegnimmt, damit nichts sich mehr als notwendig breitmacht.

Alles jetzt wieder auf den Boden zu befördern, erscheint mir wenig vernünftig: Es zerstört eine Harmonie, die sich auf wundersame Weise ergeben hat und die dieses Gleichgewicht braucht, um Wohlbehagen zu erzeugen.

Oder zumindest ist das Margheritas Theorie.

»Hast du Gianni angerufen?«

»Noch nicht.«

»Dann schieb es weiter auf.«

Sie ist traurig. Das Monatsende naht. »Nehmen wir uns den Nachmittag frei?«

Die Schule ist wieder zum Leben erwacht, wenn auch nur für eine Woche.

Die Kollegen sind bereits drin, mühen sich mit den Klassenbüchern ab, den letzten Entscheidungen über Noten und Versetzungen.

Vom Bürgersteig gegenüber blicken De Lucia und ich auf das Gymnasium und fordern es auf, uns zu verschlingen. »Bist du sicher?«

»Ja.«

Elf Jahre zuvor stand ich wie jetzt vor meinem damaligen Gymnasium. Die Lehrerin für Geschichte und Philosophie trat vor die Tür, befahl meinen Klassenkameraden, hereinzukommen, wodurch sie eine Selbstverwaltung der Schüler schon im Keim erstickte. Einige von uns blieben draußen, darunter auch ich.

»Meine Abwesenheit wird die Notenkonferenz nicht platzen lassen, aber sie wird die Zahl der Streikenden erhöhen. Also ja: Ich bin sicher.«

Etwas verlegen geht De Lucia ein paar Schritte in Richtung Eingang. »Die Vorstellung, eine anonyme Nummer unter vielen zu sein, hat mir nie gefallen.«

»Es gibt keine anonymen Nummern«, erwidere ich.

Er lächelt mich an.

»Und du bist überzeugt, dass es eine gute Sache ist, die fünfzigtausendste zu sein?«

»Ich bin überzeugt, dass zehn mehr vermögen als fünf. Wenn sich alle zehn einig sind.«

»Demokratischer Impetus«, kommentiert De Lucia und sieht einem Kollegen nach, der hineingeht. Zauderer, der er ist, fährt er sich mit der Hand durch die Haare. Man sieht, dass es ihm schwerfällt.

»Geh rein«, sage ich. »Du kommst zu spät.«

De Lucia wägt meinen Tonfall ab, möchte eine Erlaubnis erhalten, die ich ihm geben werde für all die Male, in denen er mir während dieses Schuljahres beigestanden hat. Mein Biagini in Fleisch und Blut. Mein Professor.

Nur aus Dankbarkeit lasse ich ihn gehen, ohne ein Wort der Enttäuschung zu äußern. Ich gestehe ihm zu, den zigsten Ehestreit zu vermeiden und die zigsten Magenschmerzen bei dem Gedanken an die gekürzte Besoldung nach einem Jahr des Streikens.

Das Gymnasium schneidet eine beleidigte Grimasse, als ich ihm den Rücken zuwende. Stein ist dumm, begreift nichts.

»Vorsicht!«

Ich trete zur Seite und presse meine Tasche gegen die Brust.

Idiot.

»Savarese.«

Bestimmt kommt er sich unwiderstehlich vor auf dem Mopedsattel. Während er mir den gekränkten und selbstsicheren Blick eines Menschen zuwirft, der alles unter Kontrolle hat, kann ich mir genau vorstellen, wie er sich als Sechzehnjähriger mit seinem ersten Motorroller gebärdet haben muss.

»Du warst drauf und dran, sie umzubringen«, schreit Margherita und erhebt sich von der Treppe, um sich in die Mitte des Hofes zu uns zu gesellen.

Savarese stöhnt.

»Ich kenne schlimmere Arten, ihr auf den Sack zu gehen, ich bin schließlich Anwalt.«

»Du hast es zum Laufen gebracht«, sage ich.

Er räuspert sich, bis Margherita zugibt, dass es sein Verdienst ist.

»Steig ab, ich will es selbst ausprobieren.«

Savarese überlässt ihr den Platz auf dem Sattel. Sie dreht ein paarmal den Griff und riskiert dadurch, dass sich ein schon mitgenommener Motor festfrisst.

»Um Gottes Willen, man denke doch an die Kinder!«, schreit Savarese. Margherita boxt nach ihm und fährt los, zieht ein paar Kreise im Hof.

»Es ist ein schönes Geschenk. Zumindest dieses.«

Savarese schüttelt den Kopf.

»Ein Geschenk ist es eigentlich nicht.«

Ich blicke ihn fragend an.

»Im Fachjargon nennt man das unrechtmäßige Aneignung.«

»Habt ihr es geklaut?«

»Nein«, beteuert er und legt sich die Hand aufs Herz. »Der Stiefsohn-Schrägstrich-Musiker-Schrägstrich-Masseur-Schrägstrich-Habenichts hat es sich unter den Nagel gerissen. Wir haben ihm lediglich eine kleine Entschädigung rübergeschoben.«

Ich denke kurz darüber nach.

»War das deine Idee, Savarese?«

Er legt wieder die Hand aufs Herz.

»Nicht schlecht«, sage ich. »Das hast du gut gemacht.«

Er versucht zu widersprechen und schafft es nicht. Damit hat er nicht gerechnet. Als Margherita plötzlich abbiegt, muss ich zurückweichen, die Hände auf die Lenkstange legen, als genüge das, sie zum Anhalten zu bringen.

»Es ist einfach toll. Versuch es mal.«

»Nein, nein. Ich bin schon seit einer Ewigkeit nicht mehr gefahren.«

Savarese seufzt verzweifelt.

»Na los. Ich opfere mich.«

Er übernimmt Margheritas Platz und gibt mir ein Zeichen, aufzusteigen.

»Ich denke nicht mal dran.«

Margherita schubst mich zum Sitz. Den beiden bin ich nicht gewachsen.

»Fertig?«

Savarese katapultiert uns in die Mitte des Hofes, beschleunigt und dreht eine Kurve vor dem Garagentor, dann fädelt er sich durch die offen stehende Einfahrt und schießt hinaus auf die Straße.

»Wir haben keine Helme!«, schreie ich.

»Na und?«

Der Motor erzeugt einen ohrenbetäubenden Lärm. Ein akustischer Alptraum. Ein antikes Fundstück, das wieder unterwegs ist, um Hunden und Menschen den letzten Nerv zu rauben.

Wir überqueren den Po, fahren auf die Bürgersteige hoch und im Zickzack zwischen den Alleebäumen hindurch, die zum Palazzo Nuovo führen.

»Gib Gas«, brülle ich.

»Bist du sicher?«

Ich klammere mich um Savareses Hüften. Es weht ein Lüftchen, es ist toll. Wir sind schnell.

»Nein.«

Savarese lacht, dreht sich um, kann aber nicht mehr rechtzeitig antworten. Ein kleiner Knall zwischen den Radspeichen schleudert uns nach vorn und bringt uns ins Schlingern. Er versucht zu bremsen, wodurch wir in Schräglage auf einen Parkplatz für Fahrräder schlittern.

Wir streifen sie zwar nur, aber sie sind zerbrechlich und kaum befestigt: Eines fällt auf das andere und lässt sämtliche Fahrradbesitzer im Umkreis eines Kilometers herbeieilen.

»Da sind wir«, meint Savarese und vergewissert sich über den angerichteten Schaden. Der Motor ist abgesoffen, hat durchgehalten, so lange er konnte.

»Verfluchte Scheiße«, sagt jemand hinter uns.

»He, tut mir leid«, entschuldigt sich Savarese. »Sie hat mir nur gerade gesagt, dass sie schwanger ist.«

»Mann, was für 'ne Scheiße«, wiederholt der Besitzer des dritten Fahrrads in Folge.

Andere kommen hinzu.

Ich lasse ihn die Sache allein erledigen und entferne mich, um den Anruf auf dem Handy anzunehmen. Es ist ein Wunder, dass ich meine Tasche nicht verloren habe.

»Tut mir sehr leid, Emma«, sagt De Lucia. »Sie haben ihn durchfallen lassen. Mirandas Test ist schlecht gelaufen, Nicolini hat sie unterstützt, und die Konferenz hat sich angeschlossen.«

Hinter meinem Rücken gibt Savarese allen einen aus. Es regnet Glückwünsche, Schulterklopfen.

»Tut mir sehr leid, Petar ist intelligent«, fährt De Lucia fort. »Nächstes Jahr wird es sicher besser laufen.«

20

Margherita öffnet die Tür zu meinem Zimmer. Sie weiß nicht, dass sie riskiert, auf die über den Fußboden verstreuten Schlangennester zu treten, sie kommt einfach herein und schließt die Tür hinter sich.

Das macht sie immer, wenn sie in mein Zimmer kommt, als ob es in der Wohnung noch eine Person gäbe, vor der wir uns verstecken müssten, ehe wir reden können.

Auf dem Bett ist kein Platz für sie, da liege bereits ich und muss mich kleinmachen, wegen all dieser Köpfe, all dieser Schwänze, all dieser Augen, die mich bedrängen.

»Schläfst du?«

Das fragt sie, weil es hier so dunkel ist, dass sie zum Fenster geht, um eine Spur der Junisonne zu suchen. Aber an dieser Finsternis sind die Schlangen schuld: Seit Tagen bedecken sie alles mit ihrer rauen Haut.

»Darf ich?«

Sie wartet die Erlaubnis nicht ab, schiebt mich zur Wand, raubt mir die Hälfte des Kissens und streckt sich neben mir aus. Schweigend blicken wir zur Decke. Sie ist dunkel.

»Lass es dir gesagt sein: Du scheinst nicht außer dir zu sein vor Freude.«

»Ach nein?«

Sie kichert hämisch. »Entweder will man etwas zu sehr oder man will es eigentlich gar nicht.«

»Das ist es nicht.«

»Was ist es dann?«

Es ist das Geschlängel um Beine und Arme. Sie sind auf der Lampe, auf dem Schrank, auf dem Nachttisch.

»Ich habe ein Jahr verloren.«

Margherita sagt nichts.

Mit den Augen suche ich irgendetwas, das ich ihr überlassen kann wie ein Pfand des Vertrauens, ein Geschenk, das sie sich im Laufe der Monate verdient hat. Das Klingeln an der Tür macht jedes mögliche Gespräch zunichte.

»Ich wette, das ist für dich«, murmelt sie, ohne sich von der Stelle zu rühren, mit einem zitternden Lächeln und einer Stimme, die erst am Ende des Satzes zu Kräften kommt. Sie ist traurig, kann es aber nicht erwarten, Gianni kennenzulernen.

Die Sonne scheint, und alle sitzen auf den Stufen gegenüber der Uni. Das Sommersemester ist im vollen Gange: Die Tische des Cafés an der Ecke sind überfüllt, auf den Treppen des Palazzo Nuovo ist es ein ständiges Kommen und Gehen von Prüflingen und Prüfenden.

Niemand kann umhin, einen Blick auf das Spruchband am Eingang zu werfen, das jenes herausfordert und kritisiert, das am Tor des Gymnasiums auf der gegenüberliegenden Straßenseite hängt.

Zukunft und Krise begegnen sich in Rot und Blau: Das widerstandsfähige Überbleibsel der Kundgebung von heute Morgen.

»*Letterini* in Aufruhr«, sagt Gianni. »Aber sei unbesorgt: Wir sind nicht in Gefahr.«

»Im nächsten Jahr tritt die Universitätsreform in Kraft:

Glaubst du nicht, es wird einen ernsthaften Protest geben?«

»Bestimmt. In allen Blogs«, antwortet er.

Zwei Typen versuchen, das Spruchband herunterzureißen, aber irgendjemand pfeift, und sie geben auf.

Sie haben uns die Zukunft gestohlen bleibt oben stehen in seiner grauenvollen Phrasendrescherei, der Ungenauigkeit, die sich in Form von Slogans zur Wahrheit erklärt.

Die Leute auf dem Platz laufen durcheinander, Gianni redet, und an der Art, wie er atmet, an der Schnelligkeit, mit der er die bittersten Worte wählt, an der präzisen Absicht, die Arbeit, die er ausübt und über die wir nicht sprechen, nicht beim Namen zu nennen, an seinen Händen, mit denen er an den Jeans herumreibt, merke ich, dass er Zeit schindet. Also bleiben wir noch eine Weile auf der Treppe sitzen, unter dem Vorwand der Sonne und der frischen Luft, unterhalten uns über Politik und geteilte Schuld.

»Wir müssen aufwachen«, sagt er, verfällt in Schweigen, spricht nicht mehr. Er hat verstanden.

Als er in mein Zimmer ging, um seine Tasche abzustellen, sah er keinen einzigen fertig gepackten Karton. Er blickte sich um, schaute, ob sich seit seinem letzten Besuch irgendetwas darin verändert hatte, und entdeckte nichts.

Jetzt, während er schweigt, spüre ich ein schmerzhaftes Stechen in der Magengegend. Meine Augen beginnen zu brennen, die Hände zu zittern: Ich liebe dich nicht mehr. Du hast es vor mir begriffen.

Er hat seine Tasche geholt und wartet nun schweigend auf das Taxi.

Er wird nicht weinen, nicht jetzt. Er wird zu den Kollegen ins Hotel gehen, wird sagen, dass er müde sei und jetzt duschen wolle. Mit einer Ausrede wird er das Abendessen auslassen und morgen, wenn er ins Flugzeug steigt, ein paar witzige Bemerkungen über den Chef machen und darüber, dass sich drei Passagiere einen Fallschirm teilen müssen. In Neapel wird er sich zum Haus seiner Eltern fahren lassen, zum Essen bleiben und danach seinem Bruder bei der Vorbereitung für das letzte Examen helfen. Falls sie ihn nach der Reise fragen sollten, wird er antworten, dass sie wie alle anderen verlaufen ist. Am Abend wird er *sie* anrufen und mit dem Auto abholen. Er wird ihr sagen, dass er bereit sei, oder er wird ihr nichts sagen. Sie wird von selbst merken, wie es gelaufen ist, dass von nun an alles einfacher sein wird. Sollte ihr ein Zweifel bleiben, wird er ihn vertreiben oder sie wird lernen, damit zu leben wie mit einem bitteren Geschmack im Mund. Sie wird sich jedoch sicher fühlen können, gesegnet mit einem endlich vollkommenen Glück, auf das sie sich verlassen kann. Ihrem Glück.

»Halte durch«, sagt Gianni. Ich lasse mir von ihm die Wange streicheln, seine Hand darauf legen, ohne das Gesicht wegzudrehen. Nur er vermag den stechenden Schmerz zu spüren, der sich von meiner Brust zu den Beinen ausbreitet, in alle Richtungen.

Ich weiß nicht, wann er weinen wird. Ich fange schon jetzt damit an, während er dem Taxi bedeutet anzuhalten und sich umdreht, mir zulächelt, sich die Tasche auf der Schulter zurechtrückt.

»Vielleicht haben sie uns unterwegs was geklaut«, sagt er noch. »Was soll's: So reisen wir mit leichtem Gepäck.«

Ich küsse ihn auf die Wange, heftig. Er wischt sich mit den Händen ein paar Tränen weg, bevor er einsteigt und mich für immer verlässt.

Irgendwo tief in der Brust implodiert mein stechender Schmerz, löst sich auf, entfernt sich, befreit mich und lässt mich aufatmen.

Der die Böschung hinunterholpernde Schrotthaufen auf vier Rädern hat jetzt die nötige Geschwindigkeit erreicht, um die größtmögliche Zahl der vorhandenen Beine zu treffen.

Die Präzision, mit der es Vito gelingt, das Lenkrad des kleinen Autos gerade noch rechtzeitig herumzureißen, damit es nicht im Po landet, bestärkt mich und Margherita in unserem Verdacht, dass die Kamikaze-Aktion vor Kurzem beabsichtigt war.

»Du musst besser aufpassen«, weist Emilio ihn zurecht.

»Entschuldigt«, antwortet er und säubert die Räder sorgfältig vom Erdreich.

»Ich freue mich, dich zu sehen«, sagt Emilio und wendet sich Margherita zu. Bevor sie jedoch ihre gewaltige Verlegenheit überwinden kann, wird sie vom Gequatsche der Erzieher und Gäste der Villa in Beschlag genommen.

Es ist vielleicht das Verdienst der Kanus, die auf dem Fluss hin und her fahren, oder der mit in der Sonne liegenden Menschen überfüllten Wiesen, jedenfalls erstrahlt der Valentino-Park in ganzer Sonntagspracht. Da ich niemanden kenne, kann ich mich ins Gras setzen, ohne mich verpflichtet zu fühlen, Kontakte knüpfen oder am Sommerfest der Sozialgenossenschaften teilnehmen zu müssen.

»Hey.«

Ich wusste, dass er kommen würde.

»Hast du in deiner Freizeit eigentlich nichts Besseres zu tun, Savarese? Ach Gott: Du bist ja so allein.«

Er setzt sich neben mich, ohne die Sonnenbrille abzunehmen.

»Willst du wissen, warum ich hier bin?«

Noch nicht, denke ich. Ich konzentriere mich auf den Fluss, auf die Strömung.

»Weil ich für Feste wie geschaffen bin«, sagt er. »Welcher Art auch immer.«

Idiot.

»Im Ernst, ich kann nicht widerstehen«, fährt er fort und nimmt die Sonnenbrille ab. »Wann ist das hier zu Ende? Um zwei habe ich eine Taufe.«

Ich drehe mich zur anderen Seite, aber es nutzt nichts.

»Was machst du denn da, du lachst doch nicht etwa? Warst du nicht eigentlich drauf und dran, dich umzubringen? War sie nicht drauf und dran, Selbstmord zu begehen?«

Margherita befiehlt ihm, den Mund zu halten, dann beugt sie sich über ihn und nimmt ihm die Sonnenbrille weg, setzt sie auf.

»Steht dir gut«, sage ich zu ihr.

»Ich erblinde gleich, gib sie wieder her.«

»Ist sie nicht ein bisschen arg schickimicki?«, fragt mich Margherita. »Tendenz Goldkettchenträger.«

»Goldkettchenträger? Das ist nicht witzig.«

»In der Tat«, antworte ich. »Zuhälter-Style.«

»Ja, stimmt. Auch ein bisschen nuttig.«

»So, das reicht jetzt.« Savarese steht auf, tut, als wolle er sich die Brille mit Gewalt wiederholen, und sie überlässt sie ihm.

»Emilio hat mir gesagt, dass sie jemanden für den Sommer suchen.« Margherita lächelt, schirmt die Augen gegen die Sonne ab. »Es ist ein befristeter Vertrag, aber wenn alles gutgeht, könnte er verlängert werden.«

Sofort stehe ich auf und umarme sie. Wir reisen mit leichtem Gepäck. Notgedrungen.

Einen Meter von uns entfernt ringt Federico die Hände: Ich muss ein paar Schritte zurücktreten, damit er den Mut aufbringt, näher zu kommen.

»Das Buffet ist eröffnet«, flüstert er Margherita ins Ohr. Als sie zusammen zu den Tischen schlendern, wirken sie wie ein Paar, das eine eigene Art des Spazierengehens erfunden hat, ein wenig ängstlich, ein wenig krumm, aber ausgesprochen bezaubernd.

»Eine ist also untergebracht«, sagt Savarese. »Und du? Bist du Turinerin?«

Ich nicke.

»Vorerst.«

Er lächelt.

»Ein bisschen nuttig, ja, vielleicht«, gibt er zu und setzt die Sonnenbrille auf. »Aber Goldkettchenträger auf keinen Fall. Auf gar keinen Fall.«

Als ich an der Reihe bin, suche ich die gestrichelte Linie neben dem Datum und schreibe meinen Vor- und Zunamen auf.

»Wir können nicht garantieren, dass wir es schaffen werden«, sagt der Gewerkschaftler hinter dem Schreibtisch.

»Ich weiß.«

Es ist nur eine von tausenden Beschwerden, ein Funken von Widerstand. Es ist mein persönlicher Versuch, es mit der Obrigkeit aufzunehmen.

Schnell entferne ich mich, renne die Treppen hinunter, schaue keinem meiner Kollegen, die vor dem Eingang des Gewerkschaftshauses in Grüppchen zusammenstehen, ins Gesicht, möchte nicht ihr Gejammer hören über die, die ihnen die Stellen weggenommen haben, ich möchte das Wort *Süditaliener* nicht hören.

Deshalb habe ich Mühe, stehenzubleiben, als ich meinen Namen höre.

»Du hast es aber eilig!«

De Lucia hat immer noch dasselbe Lächeln drauf, mit dem er uns ein Jahr lang aufrechthielt. Ihm gewähre ich gerne ein Schwätzchen, einen Kaffee.

»Am ersten September trete ich den Dienst an«, sagt er. »Es geht wieder los.«

Er ist heute Morgen zur Kundgebung gekommen, obwohl er die Stelle gekriegt hat. Oder vielleicht gerade, weil er sie gekriegt und nichts mehr zu verlieren hat. Ich freue mich jedenfalls, dass er gekommen ist.

»Mach dir keine Gedanken. Dieses Jahr nehme ich ihn unter meine Fittiche, Petar. Du wirst sehen, Grazia und ich verhelfen ihm zu seinem Abschluss.«

 »Ich habe vom Leguan geträumt.«

»Ich war gestern in der Schule«, sagt er. »Und habe ihn mir wieder angesehen, den Leguan.«

Ich wette, er hebt noch immer die Pranke. Und reißt das Maul auf, bereit, zuzubeißen.

»Er ist noch immer blind, erinnerst du dich?«

Wir begeben uns zu seinem Auto, er bietet mir an, mich mitzunehmen.

Er öffnet die Fahrertür, steigt aber nicht ein: An einem seiner Schuhe hat sich der Schnürsenkel gelöst. Mit der Hand fordert er mich auf, schon mal Platz zu nehmen, dann stemmt er den Fuß gegen das Vorderrad und bindet den Schuh zu.

Das genügt, um mich in den Flur des Bernini vor einem halben Jahr zurückzuversetzen. Andrea war damals noch Psycho für mich.

Ich will gerade das Klassenbuch zurückbringen, und er kommt mir mit gesenkter Stirn und widerwillig verzogenem Mund entgegen. Er wird sich auf mich stürzen, nach mir schlagen, denke ich. Es ist das, was er immer tut.

»Dein Schnürsenkel ist aufgegangen.«

Verdutzt bleibt er stehen und blickt auf seinen linken Schuh. Seinen Rucksack hinter sich herschleifend, überholt er mich und geht zum Eingang.

Es ist der richtige Moment, abzuhauen, mich davonzumachen, aber ich tue es nicht. Ich bleibe stehen, wo ich bin, das Klassenbuch gegen die Brust gepresst, und beobachte ihn.

Andrea keucht. Er hat den linken Fuß auf eine Bank gestellt und mit seinen zuckenden Armen, die Finger um die beiden Enden des Schnürsenkels geklammert, versucht er sich zu erinnern, wie man sie richtig schnürt. Er probiert es von der einen Seite, dann von der anderen; der Knoten ist zu locker, dann drückt er zu fest, macht ihn wieder auf.

Es ist schwierig. Es ist unmöglich.

Sein Rücken bebt, zuckt, sein Kopf zittert, der Rucksack rutscht ihm auf den Schultern hin und her, die Jacke behindert ihn.

»Leck mich am Arsch!«, sagt er. »Verdammt noch mal.«

Ich könnte hingehen und ihm helfen. Ich könnte abhauen.

Ich tue es nicht.

Ich lasse ihn schwitzen, schimpfen, fluchen.

Nur zu, denke ich, mach weiter.

»Leck mich am Arsch!«, brüllt er schließlich. Erst die eine Seite, dann die andere, dann unten durch. Er hat es geschafft: Der Schuh ist zugeschnürt. Er kann den Fuß von der Bank nehmen, sich die Stirn trocknen, es ist alles vorbei, und ich bin immer noch da, sehe ihn an mit Tränen in den Augen. Mein Herz schlägt so heftig, dass es nicht mehr Teil meines Körpers ist, sondern ein lebhaftes Pochen des Fußbodens, der Wände, des Flurs.

Andrea fährt sich mit der Hand durch die Haare, richtet seinen Rucksack auf den Schultern gerade, bringt seine Jacke in Ordnung. Dann, während ich mich zu entfernen beginne, hebt er seinen rechten Fuß hoch, stellt ihn auf die Bank, löst den perfekt gebundenen Schnürsenkel. Und fängt wieder von vorne an.